松村謙三　三代回顧録

武田知己［編］

吉田書店

序

私は生まれて茲に八十年の春秋を送迎してきたのであるが、今から思うと慈愛の深い父母を中心とした家庭の中に育てられて成長し、学窓においても終始、信愛をもって薫陶された恩師と、そして学友とに恵まれたのであった。また学業を了えて社会人となってからも、言うまでもなく身上に推移、変遷はあったが、多くの先輩の指導、友人の交誼に接して、この長い歳月を経てきたのである。従って今もなおこれらの人々を思い出す毎に、衷心から、私の人生はこの上なく幸福であったと思う。

私の生まれた頃は、明治時代の草創期から興隆期に移ろうとする黎明を迎えた時で、それから大正時代、昭和時代の爛熟期となり、やがてそれが非常時、戦争期に入り、そして戦後の荒廃、混乱を経過して現代日本となるのであるが、まことに波瀾重畳を極めて、日本の歴史には空前の現象であり、日本人の経験では未曽有の事実の連続である。私としても、限りなき感慨の数えつくされぬほどのものを持つのである。

もう十年近くにもなるであろう。たまたま郷里の北日本新聞に請われ、私の親しく接した人達の回顧談を同新聞に連載し、名付けて『三代回顧録』とした。その内容の項目は、全く明治・大正・昭和の記憶を辿ったもので、知友土田恭治君の筆録を煩わし、同新聞の編集に委ねたものである。前後を併せて三百回、ただ時には、身辺多事、特に再三の海外旅行の止むを得ぬ場合などもあり、人と事とに十分に意図を尽くされなかった憾みもある。

このような次第で、公刊するつもりもなく過ぎてきたのであるが、端なく東京各新聞社の知友諸君が閲読して、これは三代に亙る側面史であり、中には将来に残すべき史料も存していることだから、ぜひ出版されるがよい、との勧告であった。この勧告に従って、それならば……と厚意を持たれた知友の諸君にすべての措置を挙げて委ねたのが、本書の公刊をみるまでに至った動機なのである。

前述した通りに新聞の連載であり、その制約に追われて体裁に不整頓を免かれなかったが、出版に際して日野晃君が煩労を厭わず、取捨選択に按配の任を担当された。本書の内容は元より私の単なる記憶に依り、多くの先輩や知友を偲んだだけで、或いは事実に誤りなしとは限らぬが、それは前後を通じて土田君、日野君の考証を経たことであり、できる限りその正確なるを期したのであった。そして東洋経済新報社の快諾と好意とに依り、本書の刊行となった。

本書は決して私の自叙伝ではない。回顧の形式も意図も、私の接触した人物の風格と事実の真相とを語るを旨とするにあった。従って項目の排列の如きも時代の順序を念頭に置いたのだが、叙述に大小なり繁簡なり種々の混雑や紛更の点もあるが止むを得なかった。読者の諒として頂くことを望む。

いま出版に際してその経過を述べるにあたり、土田恭治、宮崎吉政、日野晃、新井明、多田実、家城啓一郎の諸君および北日本新聞社の諸君の厚意、尽力に対して心からの感謝を表する。

この序を艸（そう）する間にも、感慨を新たにするは既に世を去られた先輩、同志、知己の追憶であり、声容はなお耳目に生前の如くである。謹んで各位の霊に本書を捧げる。

昭和三十九年七月十三日

松村　謙三

目次

写真出典・所蔵元（写真下に特記したものを除く）

4・11・14・32・66・67・75・103・151・285・320・364・385・386・390・397・399頁：松村家所蔵
166頁：河野一郎『河野一郎自伝』
237頁：古井喜実『日中十八年』
31・118頁：本書旧版
68・139・154・209・265・325・330・379頁：国立国会図書館
他は、パブリックドメイン下にあるもの、または吉田書店編集部所蔵、撮影のものを使用した。

松村謙三　三代回顧録

第1章　生い立ち、早稲田遊学

一　山本勘介の後裔に導かれる

明治時代が終わってはや半世紀余、大正時代からはやがて四十年に近い。その移り変わる時代の中で、私の接した人々の面影なり風格なりを追想し、時代の推移を考えると、まことに感慨深いものがある。

私の生まれたところは、富山県の福光という加賀の国境に近い一万戸ほどの土地であるが、子供のころの環境を思うと、多くの人から非常な感化や深い印象を受けている。まず第一に私を教え導いてくれた人に、山本宗平という竹扃と号された先生があった。山本先生は加賀藩士で川中島の合戦に名高い山本勘介の後裔といわれるが、明治維新の後に、いまの砺波市林地区に石﨑謙という有名な学者がおられて、その人の推薦でこられた。それ以来四十五年、福光にとどまって子弟の教育に当たられた篤厚の人である。

四十五年といえば土地の者は殆んど先生の薫陶にあずかっている。私の場合も祖父、父そして私と三代にわたって先生のお世話になっているほどで、したがってなにか面倒なことでもあると最後は先生の

山本宗平の胸像

裁断による……というような徳望家であった。私が山本先生に非常にお世話になったというのは、後年、早稲田大学に進むことにもその尽力をいただいた。当時は東京に遊学するというのは大変なことであって、山本先生が心配してくれたので私の志望もかなえられたような次第であった。教育家としての山本先生は文部省から表彰されているくらいであるが、いまでも福光の学校の庭には年ごとにきれいに咲く桜の大樹があり、その下に先生の胸像がある。それには先生の詩で

　老夫畢竟感何事　願使児童如此花

「老夫、畢竟するに何事をか感ずる。願わくは児童をしてこの花のごとくならしめん」と、題されているのである。私はこの先生から一生を通じての感化を受けた。

　それから私が小学校時代に訓育を受けた先生が近頃なくなられた。それは西砺波の浅地村の斎藤茂一郎さんといって福光高等小学校の校長をしていた。その先生の冗談半分ながら私に教えてくれたことをいまも覚えている。あるとき、伏木から氷見に修学旅行をしたがわらじが切れたので農家に買いに行き、下げてもどると、斎藤先生が「オイ、そのわらじはいくらしたか」「三銭です。高かったけれど、仕方ないので買いました」「そうか。それなら三銭五厘なら買うか、買わないか」「買います」「それなら、四銭ならどうだ。買うか」と五厘ずつ、小刻みにきかれるのでどこまでも答えてゆかなくてはなら

ない。すると先生は、「物事はそうしたものだ。小刻みにするとどこまでもついてゆくものだ。気をつけなければならぬぞ」とさとされた。選挙のときに、その先生の村に演説に行くごとに、もう年老いておられたが、どんな寒い日でも演壇のすぐ前にすわってだまって聞いておられ、終わると、ただ「ご苦労だね」とあいさつだけして帰られる。いかにも先生というものはありがたいとしみじみ感じるのである。こういう先生から、西も東もわからぬころから教えられたことを私はこのうえもなくありがたく思う。教育というものはこういう人格の先生にまつところがはなはだ大きい。

元来、私の生まれた福光という土地は、金沢から東山を越えたところにあり、この地名は『源平盛衰記』の中にも出てくるので、昔は北陸方面の交通の要衝だったと考えられる。福光は以前、製糸業が非常に盛んな町だったが、それはどういう原因だろうか。特別に繭の生産の多い地方でもないのに――というので調べてみると、有名な加賀の銭屋五兵衛(ぜにやごへい)が密貿易をする材料の生糸を、金沢で製糸したのでは人目につくというので山一つ越えた福光を選んだものだという。このために福光の製糸業が繁昌し豊かな土地柄となって、砺波地方はもちろん富山県でももっとも文化の発達した地方になったということだ。

この銭屋五兵衛についてはおもしろい後日談が生まれている。この銭屋の事業を福光では当時、前村某氏が銭屋の依託を受けて世話をしていた。すると加賀藩の裁断、処罰によって銭屋が没落し、福光にある銭屋の生糸はじめ種々の資産――いまなら隠匿物資というようなものが、ごっそり前村家の財産となってしまった。それが明治十四、五年ごろになって、銭屋の遺族から隠匿物資に対して返済の訴訟が起こされた。これがついに大審院にまで持ちこまれたが、ここでようやく無効――前村氏の無罪の判決となった。このときの前村氏の弁護士が富山出身の有名な磯部四郎(いそべしろう)氏で、のちに東京から代議士にも出ている。

磯部氏は何しろフランス留学から帰ったばかりの新知識であり日本の法律になかった時効論――つまり、欧米先進国の法律には時効というものがある。十年とか二十年とかある年限を経過すると時効にかかる。銭屋の提訴した事件は徳川幕府時代に起こったことだ。しかるにいまや明治維新によって、庶政は一新されているのだからいまさら取り上ぐべきものでない――のうんちくを縦横に駆使し、その弁論が裁判官を動かして前村氏の勝訴になったという話を聞いている。加賀藩の押収した銭屋五兵衛の財産は今に残る目録を見ても、現在の貨幣価値に換算して何百億円になるか、途方もないものになることだけは確かである。

二　憲法誤記で切腹さわぎ

福光の地名は昔、『源平盛衰記』に倶利伽羅合戦のところにでており、そこに割拠した石黒氏は織田時代のころまで砺波地方の豪族であったらしい。農政の大御所であった故石黒忠篤(いしぐろただあつ)氏、金沢の石黒伝六(でんろく)氏、射水の石黒氏、富山の中田清兵衛(なかだせいべえ)氏などはみなその末裔である。倶利伽羅合戦に源義仲側に参加した福光の石黒光弘が義仲にしたがって京都まで行ったが、京都で義仲の暴状をみて嫌気がさし、義仲の止めるのを振り切って郷里福光に帰った。その際、人質に自分の弟を義仲の手元においたが、義仲没落後、北国の道がふさがってやむをえず東海道を下り、のちに上杉管領につかえ、のち上杉氏が越後に移るにおよんで、これにしたがって越後におもむき、ついに蒲原郡に土着したものである。

先年、忠篤氏の厳父忠悳(ただのり)氏（元軍医総監）が九十歳のとき、忠篤氏に「祖先発祥の地へぜひ一度行きたかったが老齢となってその意を果たしえない。お前はかわりに行って祖先の地に詣でてこい」とのことで、私が忠篤氏を案内、福光に同行したことがあった。そのとき福光の図書館に納めてあった石黒家の系図を忠篤氏が持ち帰って、同家に伝来する系図と照合すると、千年ほど前に別れた先の系図がピタリ一致したとのことである。

南北朝時代になると、石黒氏は南朝方であったらしく、その勢力圏内の福光郊外の田中村に得能氏があり、福野郊外の野尻村に土居氏がある。これは四国を本拠にして、南朝方に終始した河野一族の後裔で、その武将たる得能通綱（とくのうみちつな）、土居通増（どいみちます）の一党の後であると考えられる。得能家は加賀藩の「十村（とむら）」という役、いわゆる名主をつとめていた。近代になって西田哲学――西田幾多郎（にしだきたろう）の愛弟子であった得能文（ぶん）という学者を出したが、父の親友であり、また山本宗平先生の門下生の関係で私も非常にお世話になった。また貴族院議員で逓信大臣となり、枢密顧問官となった南弘（みなみひろし）、元高岡市長の南慎一郎（しんいちろう）の両氏も得能の一族なのである。かつて私の秘書であった川端佳夫（かわばたよしお）君の選挙応援に、愛媛県に行ったとき、河野村という土地の有志に招かれた。その席上で、「私は北国の富山県で、四国とは縁がないようだが、川端との関係のみでなく、四国の名門の血は郷国に流れているのである……」と前述の次第を語ると、「これは不思議です。この河野村には、元寇の役――蒙古来襲に勇名をあげた河野通有（かわのみちあり）の城跡というものがあり、その得能、土居は河野の血族としての宿将なのであります。新田義貞が後醍醐天皇の勅旨を承けて、北国に下った際に、これに随従した得能、土居は金ヶ崎城で全滅した……と伝えられていたのに、それが北国に逃げ延びて子孫がいまも残っているとは」と私をなつかしがった。

ところで恩師、山本先生は皇室に対しては非常に崇敬の念を抱かれ、こといやしくも皇室のことになるとえりを正されたものであったが、同時に藩閥に対しては非常に憎悪の感を持っていた。このために薩長閥に対抗する大隈重信（おおくましげのぶ）その人に絶大の尊敬を払っていたのである。私を早稲田大学に遊学させることは、当時の郷里のふんい気としてはなかなか困難なことであり、父、祖父も非常にためらっていたが、山本先生が賛成の意を表して父に説いて上京に尽力してくれたのも、そういう心持ちからだと思われる。

このような次第で私の郷里は政治思想の発達が割合に早く、大隈重信の改進党が組織されると直ちにこれに応じていわゆる民党側に属したようである。その実例として、郷里の神社の宮司をしていた石黒俊邕（としか）という人が、政治に興味をもち同志とともに富山県改進党の組織に奔走したものとみえて小野梓（おのあずさ）氏からの手紙が残っている。小野氏は早稲田大学創立者の一人であり、改進党創立の主要人物で大隈総理（当時は党首を〝総理〟という）を助けて幹事長をつとめた人である。

小野梓氏の書簡は、宮司の石黒氏の発信に対する返事で、その内容はどういうことかといえば、「君方同志の努力で富山県に改進党をつくってくれるそうでまことに感謝にたえない。ついてはその名称のつけ方を聞いてよこされたが、それは改進党富山県支部というような名称は適当でない。よろしく富山県立憲改進党とつけてほしい」というので、改進党幹事長小野梓と署名してある。明治十四、五年ごろと推定して誤りない。そのころから政党に熱中した人たちの意気が盛んだったとみえる。富山県政党発達史の貴重な文献である。

もう一つは慶應義塾の出身で学者であり、政治家だった藤田茂吉（ふじたもきち）氏が、明治十四年の改進党をつくる前後に富山県を遊説し福光にもこられていることである。早稲田大学の校歌「都の西北……」の作詞で有名な故相馬御風（そうまぎょふう）氏の夫人はこの藤田氏の愛嬢である。相馬は私や石橋（いしばし）（湛山（たんざん））などと早稲田ではいっしょだったが、私が糸魚川へ遊説かなにかで行ったときに会うと、話のついでに「オイ、君に会ったらぜひ見せたい物がある。それはおやじ（藤田）の遺品を整理していたら『北遊日記』というものがあってね。君の方に遊説に行ったときの日記なのだ……」というので見せてもらうと北遊の行程が書かれてある。それを相馬氏がだれかに筆写させて、私のもとに送ってくれたので、福光の図書館に保存させている。

福光という土地はそんな時代に、このような環境を形づくっていて、政治的関心の強い土地柄だった。私の父親は篆刻に趣味を持っていたが、この間も、その作品を調べているうちに、木の印材に「憲法発布祝賀会」と彫ったのがでてきた。明治二十二年というのに、この地方でも盛んに憲法の発布を祝賀したものとみえる。

これは余談になるが、小杉町の片口安太郎氏は今年九十二歳の高齢で健在である。地方まれにみる漢詩人でまた少壮のころから政治に志した宿老であるが、憲法発布当日の初版の官報を持っておられる。立派な特別刷の紙に、憲法とこれに関係する全文を掲載したものであるが、その官報のなかに誤りがあった。「朕、明治十四年十月十四日将ニ明治二十三年ヲ以テ之ヲ召集シ議会開会ノ時ヲ以テ……」という勅語のなかに、その日を、二日、間違えたのである。十二日がほんとうである。これを明治天皇が、官報と同様に百官の前で読まれたので大騒ぎになった。

林田亀太郎氏の著書『明治大正政界側面史』上巻の中にもあるが、責任者は井上毅――学殖と謹厳できこえ、国学と法制の学問を兼ね備えた人で、あの荘重な旧憲法の条章はこの人の手になったものである。その人が憲法の前文にこのような誤記をし、しかも明治天皇が大典発布の式場でそれを朗読せられ、官報にも誤記のまま載っているのである。それで責を負って切腹する覚悟をきめ、重臣の筆頭である伊藤博文が慰留してもきかない。官報のほうも一部はすぐ刷りかえたが発送済みのものは間に合わない。当人の井上が責を負うとなると問題は他にも波及するし、大変なことになってしまう。そこで結局天皇より「その儀に及ばず……」との優諚があってようやく井上をおさえたということがあった。ところが片口氏の持っている官報はその誤りのある初版なのである。これは珍しい文献で貴重なものである。当時、この大騒ぎのあったことを、知る人は多くはないであろう。

三　竹槍持って投票に

私の祖父の名は松村清治(せいじ)、父は和一郎(わいちろう)、祖父は七十幾歳まで長命したが父は不幸にも中年でなくなった。その子供の私からみれば身びいきかもしれぬが実に父はよくできた人であった。また私の家に勤続七十五年という日本一の勤続者として表彰された善兵衛という番頭がいた。父も祖父も長年世話になったからこの人には一目おいていた。私なども乱暴するとよく意見もせられ、かわいがられもした。ところが私の子供のころには平常は祖父にも父にも冗談ひとつ言えないほどこわくて、非常に取っ付きにくかった。取っ付きにくかったが、父、祖父とも酒が好物で、親子睦まじく晩酌には必ず二本ぐらいずつ飲むが、酒を飲むとガラリと機嫌が変わって親しみよい上機嫌になってくる。そこで、子供同士が機会をのがさず、祖父にいろいろとねだるのだが、どんなことでも聞きいれてくれる。私は酒を飲まない。飲めば相当に飲める、と思っているが、家庭で晩酌するほど酒は好きでない。けれども家庭のため気分転換には、やはりこれは少し飲んだほうがよいのではないか、と考えさせられる。

それから、私の外祖父に大谷彦次郎(おおたにひこじろう)という老人がいたが、これが改進党員というか、改進党びいきというか、その土地の井波町は自由党の根拠地なのに、老人だけはガンとして改進党の旗を揚げて譲らないという有様だった。

松村家一族（前列右より、松村謙三、父・和一郎、祖父・清治、母・たみ）

七十の賀かなにかの祝いに、こい……というので招かれ、その帰りぎわに老人は「お前は大きくなったら、いまに代議士になるだろう。そのときの用意に、福光の傍の西山に大きな山をもっているからお前にくれてやる。お前が大きくなるころにはよい山になるだろう。それから秘蔵している骨董なども供のものに持たせてやる」といって、頼山陽や松村呉春や與謝蕪村などの書画、青磁の鉢などの品々を、私を送ってくる召使いの者にもたせてよこした。これを見た父は「そういう品物をもらうわけにはゆかぬ」と、山林をはじめ全部まとめて返したが、しかし山陽の幅だけを、せっかくの好意なのだから……と、もらっておいた。その幅の詩は七言絶句で、

　蠹翰紛披煙海深　含毫無下復沈吟
　愛憎恐誤英雄跡　一穂寒灯知此心

「蠹翰を紛披すれば煙海は深し。毫を含んで下すなく復た沈吟す。愛憎英雄の跡を誤らんことを恐る。一穂の寒灯此の心を知るあり」というのである

が、これは山陽外史の修史の随感であろうが、のちに新聞記者になった時分にも、どこか自分の気持ちにかなうので、大事にしていまも持っている。大谷の外祖父は、私が代議士になることを予知したわけではなく、そういう希望だったろうと思われる。それから明治二十五年、私が小学校に入って八歳か九歳のころに日本の政党史のうえで類例のない活劇が演ぜられた。

衆議院は解散され総選挙となったが、時の山縣有朋内閣の内務大臣品川彌二郎は、陣頭に立って圧迫干渉を強行、民党の候補者、有権者には放火、流血の暴行が加えられ、その生命、財産も危機にひんする状態にまで陥った。富山県の選挙においてもその苛烈なことは有名であった。民党の候補者、後援者はほんとうに生命の保障を求めることができなかった。

その当時、金沢には遠藤秀景という人を首領として盈進社と名づけた壮士の結社があった。これは福岡の玄洋社とならび称せられるくらいで、この総選挙には民党を敵視し、その候補者を迫害するのに手段を選ばなかった。壮士連中が凶器を携えて、金沢から山越えして福光、石動へと進出してきた。石動では荒川村の宮田という有志が壮士のために殺されている。この事件は非常に人心を激昂させたとみえいまもそこには石碑が建てられている。その碑文の撰者は大隈さんであり、揮毫は大隈門下で鳴らした牟田口元学さんである。もちろん名前だけだと思うが大隈さんの撰文というのは、全国にほとんど例のない珍しいものである。

福光にも盈進社の壮士がやってきた。私の家に押し掛けてきたときは、大雪の折りだったが、どういうわけか——私が九歳かそれぐらいの子供なので無理はしまい——というのか、私が応対にでて行かされた。すると刀をスラリと抜いて、玄関の畳の上にブスッと刺して大きな声で「おやじはいるか」とどなった。それでびっくりしてワッと奥にかけこむ。家中は大騒ぎになる。具合が悪いと思ったのか、壮士はそのまま帰って行ったことを覚えている。そして殺人の宣伝か、示威のつもりか、飼犬を殺して白雪を血で染めたりなどした。その時の選挙というものは吏党派はなにごともないが、民党派となるとまったく命がけで、投票に行く時はいっしょになって、竹槍を携えてお互いに護衛するほどだった。

物ごころつくか、つかないころから、そういう環境に育ってきたし、またそういう印象を受けてきたのだから、その影響や感化があろうことも当然といえるかもしれない。そこで今日まで改進党系の流れをくむ政治家として終始するに至ったのである。

四　豪放な友人たち

中学校は、一年生は富山中学、そのうちに高岡中学が新設されたので二年生に転校した。それで高岡中学の第一期の卒業生ということになっているが、同期生はわずかに十二人だった。

最初の校長は堀卓次郎という法学士で、のちに広島高等師範学校の教授となられた。また篠島久太郎先生にもお世話になり大きな感化を受けた。高岡中学時代の私は、別に特色のない平凡な生徒にすぎなかったが、ただ絵画に才能があるというので、担任の先生からしきりに美術学校に入るように勧められたものである。数年前に横山大観画伯とともに飲んだことがあるが、この話をして、私もこの道にすすんでいたら先生のように偉い画家になったかもしれぬと冗談をいって笑ったこともある。

私は平凡な生徒であったが同級生には奇抜な連中がおった。たとえば荒木彦弼という男――海軍を志望し、主計官となり、のちに呉の工廠長となり、石川島造船所の社長などを勧めた人物である。数々の逸話の持主であり、荒木が予算課長をしており私も議会にいるので、議会解散後には二人でよく飲み

21歳の頃の松村謙三（後列左）、松村の隣は石黒俊通。前列左から、影近清毅、木田八太郎、近内八太郎〔明治37年2月7日、赤坂近衛三聯隊舎内にて〕

まわった。ところがどこでも名前を呼ばずに〝御前様〟という。それが金使いがあらい大名遊びをするから御前様というのでなく、いつも帰る時間が午前になるので午前様といわれた。

練習艦隊でアメリカに行く航行中のこと、太平洋上で酒に酔っぱらい、あまりにクダをまくので、カンにさわった司令官も司令官だが荒木をボートに乗せて太平洋の真中に放りだしてしまった。幸いに後続艦に救い上げられたので命が助かった……という逸話もある。そのときシアトルにいた旧友の武部毅吉君（のちに富山県会議長を務めた）を訪ね、連日連夜飲みつづけ、さすが酒にはひけをとらぬ武部君も、ついにカブトをぬいだという豪傑である。いま存命していたら大変なものだと思うが、戦後、追放中に不幸にしてなくなった。躍如たる面目が、いまも眼前に浮かぶのである。

それから富山県新湊の出身で寺井勝太郎という人物。これは私が報知新聞の大阪支社長のときに、東京帝大を卒業してから訪ねてきて「報知新聞に入れるように、お前から紹介してくれ」という。「なんだ、帝大を出ているのに、なにも新聞社に入ることはあるまい。どこか会社にでも入るがよかろう」

「いや、そんな面倒なところでなく、ぜひ新聞社に……」とせがむので報知の社主三木善八氏にあてて紹介状を書いたが、そのあとで上京して三木社主に会うと、三木氏は「お前はおそろしい豪傑を紹介してよこしたものだ」と言う。なんのことかわからず「なにが豪傑なのですか」と聞くと、「君の紹介状を持参した寺井君のことだ。〝平常、『報知新聞』をどうみているか〟と聞いたら〝床屋の店先にある程度の新聞だと思うから、私は見ておりません〟といった。〝それじゃ、なにもこんな新聞にこなくてもいいじゃないか〟というと〝よそに行くことは知っておりますが、この新聞には松村がいるから、入るに面倒くさくなくてよいので参りました〟という。あまり奇抜だったから、それなら採れ……と思って、入れることにした」という話であった。

　寺井はそれから郷里の関係からでもあろうか、浅野総一郎氏に見いだされて、その秘書になった。ところが浅野の秘書という仕事は、まず一年と続かないとされていた。なぜかというと、浅野という人は夜中でも早朝でも目が覚めて、なにか思いつきがあると、枕元の電話ですぐ秘書に指令を発するのである。そのために秘書は夜も眠れずヘトヘトになって、身体を悪くして一年と続くものはないのだが、寺井は大酒飲みなのに、その秘書を何年もやった。そして後には、庄川開発は浅野が草分けなのだが大牧のダム建設には会社の代表として井波に陣取り、一切の準備を整えたのが実はこの寺井であった。

　また宮長平作という男――これは日本の建築界の元老で、その親分肌の気風は他に類のないものであった。私が終戦直後厚生大臣に任命された時分に、東京は焼野原で都民は住むに家がない。バラックの建築が焦眉の急だ。それで建築業者を呼んで早速バラック建築をやるよう頼んだが、当時宮長君が建築の組合長で、そのあっせん努力によってようやく建築がはじまった。それが戦後、東京でのバラック建築の最初のものだった。

荒木とか寺井とか宮長とか——こういう豪放らい落、奇抜な連中も、みななくなってしまい、往年の同窓で残っているのはわずか二人となった。その一人は生涯を教育に捧げつくした龍山義亮君で、現在でも子弟を訓育している。それと私の二人だけなのである。

高岡中学を卒業して、東京遊学を許されたが、早稲田大学に入ることは、まだ確定するには至らなかった。けれども私学を希望する動機はあった。それは校長の勧めるのに反発したのである。当時の校長は官学出身なので、しきりに官学万能を力説するのに反感をもったのであった。私は同期生の石田義太郎、高日義海と意見を交換した末に、三人か四人で私学に進む決心をした。それには早稲田大学文科の卒業で島村抱月などと同窓であった小木植という英語の先生がいた。のちに江田島の海軍兵学校の教官となり、さらに三菱本社に入った趣味豊かな人であった。この先生が早稲田出身だから早稲田へ行けという勧告にもよった。すると初期の議会に出られた島田孝之という郷党の先輩があって、父とも親しい間柄であったが、私の上京に当たって大隈さんはじめ犬養〔毅〕さん、尾崎〔行雄〕さんなど名士への紹介状を書いてくれた。この島田という人は立派な志士の風格を備えて大隈さんの信用もきわめて厚く、その紹介状を戴いたことは、私にとってなによりもありがたいしあわせなことであった。

五　暑い寒い、とはなんだ……

私が大隈老侯へ出入りを許されたのも、島田さんからの紹介状によるものであるが、上京するとまず大隈邸におもむいてお会いくださるようにお願いした。もう相当に生意気ざかりなので大隈さんにお会いした後で、その感想を郷里の友人に、はがきで知らせた記憶がある。それは今も冷汗の出るような生意気なもので、「きてみればさほどでもなし富士の山　釈迦や孔子もかくやありなん……」という古歌などを書いて送った。しかし富士の山は仰げば仰ぐほど高かった。

それから、犬養さんに会ったときの印象は薄く、記憶に残っていないが、品川の東海寺の境内に家を借りていた尾崎さんを訪ねた情景は、きわめて鮮明に思い浮かべることができる。貧乏でも堂々たる門戸を張った尾崎さんは、私が応接間に案内されると、大きな紋付の羽織、はかまの和服姿で、白い太ひもを胸高に、端然とした容姿でむかえられた。隈板内閣の文部大臣を辞められた後であるから、まだ四十歳になるかならぬかという年配のころであろう——そこで私は、名士を訪ねたら、まず寒暑のあいさつをせねばと考え、今日は寒いとか暑いとか言ったものらしい。すると尾崎さんはじろりと私をみて、さて「お前は学生だろう。商売人のように、暑いとか寒いとか、そのあいさつはなんだ」と頭からしかられた。これには返すことばもなく参った。「お前はいったい、なんのためにきたのであるか」「島田さんの紹介状にもありますが……実は私学を希望するので早稲田にでも入ろうかと、ご指導をうけたまわりたく……」というと、前文部大臣たる人の返事が面白い。「日本の大学というのは、金をかけた大学ほど悪い。一番に悪いのは、一番に金をかける学習院である。つぎは帝国大学である。早稲田あたりは貧乏だからよいだろう……」

尾崎さんの面目躍如たるものがある。それで私は早稲田に入ることに決心した。だがその後は尾崎さんをみるとなにかおびえる気持ちがして、議会に入ってからもなかなか尾崎さんに会おうとしなかった。尾崎さんを晩年に逗子の別荘の風雲閣にはじめてお訪ねして、この話をすると笑っておられた。

最近、友人の五明忠一郎（ごみょうちゅういちろう）君——まことに律儀な篤志家で、晩年の尾崎さんの秘書のようになって世話役をつとめた。それに対する礼心のつもりで、尾崎さんは九十三翁、九十四翁と落款に冠して、たくさんの揮毫をあたえられた。近ごろそれを私のところに持ち込んできたのであるが、見ると実に面白い。昔ながらに雄健、高邁な風格は変わらぬが、その揮毫に選ばれた辞句をみていくと、理想を追うてやまなかった進歩的な尾崎さんその人の信念なり心事なりに、老来どういう変化があったかを如実に示しているのだ。

「擁書万巻夢孤鶴　歴仕三朝伍雞群」と題したのがある。書を擁すること万巻、孤鶴を夢む、三朝に歴仕して雞群に伍す――九天に高翔する孤鶴たることを期した尾崎さんが、明治・大正・昭和の三代の間を、塵溜めをあさるチャボのような連中につきあってきたというのだ。

それからまた「六十四年汚議席、三千世界誰匹儔」とか。――いかにも昂然たる尾崎さんの気性が現われており、そして辞句の底に、満腔の感慨をたたえているのに心を打たれるのである。和歌は巧拙は別として時を憂え世を憂え、そくそくとして人に迫るものがある。「直き道道とし行かば人の世に怖ることの何かあるべき」と――これは、尾崎さんの身辺に加えられた弾圧に対する抗議であり、信条に殉ずる告白で、いかにも性格をみずから描いている。「時し得ばわれは五洲の民草を救はむものと夢みたりしが」――平和主義を提唱してきた尾崎さんが、反戦主義者として軍部に憎まれ、陰に陽に迫害を加えられるのに述懐したのだ。

「大君もきこし召しらむ生命にも代へて今日なすわが言挙げを」――これは〝明治天皇がおわすならば、こんなバカな戦争はされまい〟と演説したときの作。この演説によって起訴された。「わが注ぐ純き血潮は千万の御霊となりて御国まもらむ」――起訴中の作か。不敬罪というので極刑さえ覚悟して、心事を吐露したのであるが、さすがに公判では不起訴に付された。

「永らへしかひぞありける大君の御楯となりて命捨つれば」――皇室を護る正しき言論によって命を

捨てるなら、永らえてきたかいもあるのだ……と、歌意の本旨はそこにあるのだ。「燃えさかる庭の紅葉の色のよさ君に捧ぐる真心に似て」——終戦後の混乱期の作。皇室を軽視する民主主義の風潮に対して、尾崎さんが自分の〝国体観念〟を表現したのである。

「世の人は流れの末を祝へども吾は涙すその源に」これは〝新憲法〟に関する批判の態度である。世人のよろこびに反して、自身の悲しみを明らかにした表白なのである。尾崎さんといえば、いわゆる〝共和演説〟によって、文部大臣の椅子を去った人であり、一般に民主主義思想の政治家として承認されていた。忠君思想・愛国思想を提唱されても、これを真に受けない者があって、共和演説のため失脚後のカモフラージュだ……などと無礼なことばを放つ者さえあった。

尾崎さんからいえば、本来の面目にすぎない……とされるだろうが、世界大戦の勃発を憂え警しめられて、軍部の横暴・専恣に真っ向から対立したのでやはり非忠君思想・非愛国思想の権化のようにいわれた。しかるにこの揮毫をみると、まったく尾崎さんの心から国を憂え世を憂えられた信念がわかる。五明君の持ち込んだ揮毫を見る人は、だれも尾崎さんの変化におどろくだろう。尾崎さんは軍部のいうところ、なすところはまったく偽忠君主義・偽愛国主義にほかならぬとし、それが皇室と国家とに不測の禍因となることを予言していた。これを尾崎さんは悲しんでいるのだ。戦後の人心の変化はいうまでもないが、この尾崎さんの揮毫——九十余歳の老先輩の心境を述べておられる数十幅の作品に対するなら、私でなくても限りない感慨を催されるにちがいないであろう。

早稲田では政治経済科に籍をおいたが、在学中の回想は多い。なかでも同学同遊の面影は、いまでもありありと眼前にほうふつする。

高岡の出身で、関与三郎(せきよさぶろう)という男がいた。早稲田ではまれにみる秀才と推称されていた。東京に出て勉強するには学資が足りないというので、当時の十二銀行の郷里の支店にきており、その縁故から私とは懇意であった。関は文科に籍をおいたが、私に文科の連中の友だちが多いのは関の紹介によるわけである。その当時の文科は坪内逍遥博士が王座を占め、その下に島村抱月先生などのいた影響もあろうが、杉森孝次郎、片上天弦、相馬御風、秋田雨雀、それから石橋湛山、関与三郎——明治三十九、四十年は文科の豊作の年であった。

私が石橋と最初に会ったのは関の下宿であって、それ以来の交際であるが、石橋をみるといつも関の生前が思いだされる。在学中からその秀才が認められ卒業後は大学にとどまりドイツ、フランスとヨーロッパ留学を終え、その豊かな学殖は人々を驚嘆させた。しかし惜しむらくは、これほどの人物であるのに酒に魅せられた。それも普通にたしなむとか好むとかでなく、飲んだらどうにも始末におえなかった。

私がはじめて総選挙に立候補したときに、関が深沢政介という友人とつれ立って私の応援にきてくれた。深沢という男は、乃木〔希典〕大将の従兄弟で、顔も乃木さんによく似ている。演説はまずいが、酒のほうは関と二人で飲みつづけていた。この深沢は早稲田大学、大隈会館の主事などをしたことがあって、私とはもっとも懇意な友人で、支那へもいっしょに行ったことがある。すると私の選挙参謀のなかに気のきいた者がいて、深沢に、「あなたは、あまりむずかしいことをいわないでよい。お前さんを紹介するから、候補者のことなんかも、松村さんがどうこうとかいわないでよい。ただ横柄に、ちょっと〝松村のために頼む〟とどなってくれればよい——」と注文した。こう打ちあわせて深沢を紹介した。なにしろ、乃木大将の従兄弟が松村君のために、とくに応援にこられたというのだ。乃木将軍の血縁で、容貌も非常に似ているし、その率いる旅順攻囲軍の花形として、金沢の第九師団は〝猛戦苦闘〟

武名を内外にあげたのだから効果は一〇〇パーセントだった。

ところが関にいたってはひどい。高岡の会場で酔っぱらってよちよちになって演壇に上り、「松村が代議士に出るなんて、そんな馬鹿な話があるか。それに松村の演説を聞いていると、先刻から〝頼む、頼む〟というようなことであるが、けしからん。むかしスチュアート・ミルがロンドンの市民から請われて代議士にでる時は〝いっさい選挙民の世話はしない。自分の政治上の行動には選挙民は干渉してはあいならぬ。それから自分は金を一文も出さないが、それでよいなら出てやる〟といって最高点で当選した。それでイギリスの自由経済がミルの力で進展しイギリスの十九世紀末の繁栄がもたらされたのである。そうでなければ代議士は役に立たぬ。頭を下げて自分に投票してくれとはなんだ。松村はけしからん……」と言うのだから応援にきたのか反対にきたのかわからない。

選挙参謀の面々もあきれて「それでたくさんだからもう出てくれるな」と止めると「そんなに心配するな」と言いながら、翌朝になると酔っぱらって、紙を取り寄せて「松村候補之応援」と大書し、この旗を立てて二人引きの人力車に芸妓と相乗りで、三味線をひかせて、町の中を練って歩く。すると警察がそんな無茶なことをしてはいけない。選挙違反になる――というので、この関と深沢の友情には感謝したが、参謀の面々が手を焼いたことである。

六　酒客博士論文を書かず

あるとき早稲田大学の総長だった田中穂積（たなかほづみ）さんが「ちょっと会いたい」というので訪れた。すると総長は「実は折り入っての願いだが関のことだ。関という男は、早稲田の一枚看板です。専攻は社会学なのだが、あれが博士号をとってくれると、大学でもこれに越したことがない。それで、自分も関に〝何か書いてくれ、論文を提出すればすぐ博士になれる。大学の代表的教授だから学位をとってくれ〟と頼んでも〝そんなことはつまらぬ〟といって酒びたりだ。聞くと貴方が関とだれよりも懇意だという。あまり酒を飲まずになんでも結構だから、論文を提出して、学位をとるように説得してくださらぬか。これがお願いの話だ」と熱心に頼まれた。

そこで私は田中さんに頼まれたとおり関に「博士論文を出すように」すすめることにした。なにしろ関のことだ。話をしても聞くか、聞かぬかは受け合いかねるが、とにかく関を口説きにいったが、関のいうのには「なにをいうのだ。おれにまずい酒でも楽に飲めるくらいの待遇をしてくれるのならまだしも、そのまずい酒も飲めないような待遇をしておいて、酒をつつしめの、博士論文を書けのと、そんなわからぬ話があるかい。いやだ」といって、とうとう書かずに生涯を終わったのである。こういう酒客ではあったがその学者としての勉強は、また群を抜くものがあり、その貴重な蔵書は戦争前だが、本屋が評価しても〝三百万円を下らぬ〟とされていた。その範囲はイギリス、アメリカ、ドイツ、フランス、ロシア、オーストリアの各国にわたるもので、その保管を石橋湛山がやっていたのである。これを早稲田大学に寄付しようとしたのだが、なにか遺族の方に異議があるとかの話で、立教大学か日本大学かに、全部納まったと聞いているが、富山県から出た学者としてはとにかく異色の人物としなければならない。

関や石橋や私などの時代は、早稲田の学生の移り変わる過渡期ともいうべきところで、制服のきまったのも当時であったが、だれもそれを着用しない。新しい連中の間に、ほんの少し見かける程度だった。教室に出入りするのに、和服に下駄か足駄が普通で、帯のかわりに荒縄を結んでいたのもあった。土佐っぽは長髪にして、それをワラで結んでいるという風であった。学生もそうだが、教授や講師にもまたずいぶんと変わり種がいた。

われわれの時代のそうした先生たちの中で、ただ一人の生き残りの恩師がいられる。それは学士院長を長くつとめられた山田三良博士であるが、私が文部大臣になると非常に喜ばれて、「私の弟子がこんど文部大臣になったぞ」とだれかれに披露された。

坪内逍遥、高田早苗、天野為之の三先生は、早稲田の三尊といわれて別格であったが、その坪内先生は予科で「実践倫理」を説いておられた。また文科ではシェークスピアの講義を実に身振り手振り面白く講釈せられ、千五、六百人も入れる講堂は、坪内先生のときは文科以外のわれわれも、寄席へでも行くような気持ちで欠かさず聞きに行き、いつも満員であった。

変わった先生では和田垣謙三、田尻稲次郎、それから志賀重昂とか長田忠一――志賀矧川、長田秋濤という文名は、詞壇で鳴らしたものである。いま、あのような風格の先生は、早稲田にも、また他の学校にもいるかどうか。

和田垣博士のだじゃれは、天下に響いたもので講義を聞いても、どこまでほんとうかどこまで冗談かわからないくらいだった。経済学史をやっておられたが、たとえばオーストリアの有名な学者スタインのことを引用すると「スタインとはストーンのことだ。由来、名前に石の字のついた者にはえらい人間が多い。イギリスではグラッドストーン、日本では大石良雄。この和田垣も、表面には石が見えぬが和田垣の垣は石垣だからえらいのである」という調子なのであった。

田尻博士は財政学の大家で大蔵次官、会計検査院長として令名のあった人だが、ひょう逸で諧謔を好まれた。教室のなかにボロボロの洋傘をぶら下げて入ってこられるが、食事をするときでも教員室では食べない。学校の廊下に、水道の水を出しっぱなしにしている桶があったが、それに洋傘をよせかけ、玄米の握り飯を水で食べる。しかもそれが毎日である。いつか講義のさいに、後藤新平がなにか国政に関しての意見を発表したのに、これを批評し「そんなことを、余計なシンペイしなくてもよろしい」と教室をドッとわかした。

それから志賀先生は志士的風格をおびた人で有名な地理学者であった。日本の名勝奇景を学術的に紹介したあの『日本風景論』の著書は、今日でも貴重な文献で、志賀矧川の名を文壇に高からしめている。

また高田早苗先生などとともに代議士にもなって国会で活動せられた。その知識はきわめて広く、記憶力は人一倍であった。あるとき先生に「どうしてそのように記憶ができるのか教えてください」というと、実に面白いことを話してくださった。「君の国には庄川の上流に五箇山がある。平家の落武者の末裔が住むといわれている。その平野への出口に城端という町があるだろう。その城端という名前を覚えるのには、その字を分析するとよい。城という字は（土成り）、端という字は（山にて立つ）というわけで奥の五箇山と共存共栄の関係を示すものだ。すべてそのようにして記憶すると忘れない」といわれた。面白い記憶法である。

七　安部先生の講義に感激

長田忠一――と聞いただけでは、いまは覚えている人も少なかろうが、長田秋濤といって明治末期に文名をあげ、同時に粋人、才人としても知られていた。フランス語が達者で『椿姫』や『鐘楼守』の訳者で、その洗練された筆致は、いまでも高く評価されている。

この長田先生は相当な放蕩者でよく神楽坂あたりを学生といっしょに飲み歩いたが、その遊びぶりは、すこぶる奇抜だった。連れて行った学生が酔っぱらって、前後不覚になって寝込むと、カミソリをもってこさせて、大切なところの毛をそり落としてしまう。あくる朝、そられた学生が目を覚まして、びっくりして「いかに先生でも、あまりのことだ……」と憤慨して、翌日わざわざ学校の教員室に暴れこんで談判すると、先生少しも騒がず、「貴様はそんなことでは駄目だぞ。酒に酔っぱらって大切な毛をそり落とされても知らぬようでは一人前の人間になれん。おれがそったのになにが不服だ。そられる貴様の料簡が間違ってるのに、なんの文句だ」とかえってやりこめられ、学生のほうが頭をかいて引きさがる――というような時代だった。

私は第二外国語に支那語科をえらんだが、この支那語のクラスからは、どうしたものか代議士だけはずいぶんと出た。山道襄一、牧山耕蔵、春名成章、水島彦一郎、安倍邦太郎、それに私と、同じクラスから六人も出たのである。後にブラジル大使になった桑島主計なども、同じ支那語科の仲間から出ているのである。

支那語主任の青柳篤恒先生には非常にやっかいになったものだが、私が厚生大臣になると、保険局長に青柳一郎という名がある。ハテ……と思って「失礼だが、貴方は早稲田の青柳先生の令息じゃないか」というと、局長は「そうです。あなたのことは、よく存じています」という次第で、人生の機縁を深く感じたのであった。青柳先生は高田先生の女婿だから、一郎君は高田先生の愛孫であり、高田、青柳両先生は私の恩師なのである。

当時の早稲田大学における豪放、闊達、不羈、らい落の代表的教授の思い出を話したが、同時に、他方には温厚な風格と真摯な信念とによって、さしもの奔放な学生も、その前ではえりを正させた教授もまた少なくなかった。この間、財界で有名な原安三郎氏が、同氏が早稲田大学の卒業生であることはよく知っていたものの、原氏の夫人が浮田和民先生の愛嬢であることをはじめて知って、浮田先生がなつかしまれた。浮田先生からは、西洋史の講義を受けたが、おだやかな風貌と静かな声調は、幾十年を経ても目にし、耳にした記憶は消えない。原氏とともに昔のことを語り合って、いつか時間の移るのも忘れたこともあった。

それから安部磯雄先生。私は安部先生から、いまはどうか知らぬが、そのころの学生なら、百人が百人知っているスマイルズの『品性論』＝キャラクター＝の講義を聞いて、このうえなく心を打たれた。スマイルズの『キャラクター』は、東洋流にいえば、まず『論語』というようなものであるが、それを安部先生は独特の理想で説かれた。火のような正義感を、水のように静かに説かれた。私の青年の日の感激であった。

それは大正十年ごろのことであるが、安部先生が私の郷里富山県福光の町にこられて、その薫陶を受けた早大校友の吉江作太郎君の家に泊まられた。まだ先生が社会党（安部は一九二六年に社会民衆党を結成する）をつくることを発表されていなかったが、私どもにその意図を打ち明けられた。そこで私は先生に向かい、「政党をつくるということは、容易ならぬ事業ですが、ことに今から……とあっては、大変な事業のように考えられる」と所見を述べると、先生は高遠な理想を説かれた。それは「現在自分は、家庭において父としての任務を果たした。それであるから、今後は自由な身である。欲するままに、公けに捧げてもよいようになった」というので、これに関する先生の信条が面白い。大隈老侯は人生百二十五歳説を高調されたが先生は百歳説を仮定された。

「人間の寿命が百歳まであるとするならば、心身の発達期として二十五年、四分の一を必要とする。

両親に子供を育てる責任がある以上は、結婚する時期は、どうしても三十歳以前でなければならぬことになる。人間は五十歳を越えると、心身が衰えてくるから、子供を育てる義務をまっとうするには二十五歳前後で結婚するのがよい。自分はこの見地に立って子供をすべて育て上げた。それだから残る生涯を社会のため政治に捧げることにしたのだ。そこで自分のこれからやろうとする社会党だが、自分は早稲田で野球や庭球によってスポーツ・スピリットを鼓吹した。あれと同じ精神で政党を育成、運営し、実際に清潔な政党を出現させたい」という希望を述べられたが、これが本来の安部先生の信念であり、理念であった。そして政治への第一歩を踏み出されたのである。

先年、大隈会館で、片山哲、河上丈太郎、西尾末広などの連中が大勢集まって、安部先生の追憶会をひらいたが、私も列席して「考えてみると、先生のもとに参加した人々は、先生の感化を受けて、スポーツ・スピリットでやってこられ、いまでもゼントルマン・タイプの人が多いので結構である」と話した。ところが後から西尾君が私に向かって「自分はヘソの緒を切ってから、はじめて紳士扱いを受けた」と言ったので、みな大笑いしたのであったが、安部先生という人は、そうした立派な性格の理想家であった。

八　〝赤スネ〟姿の早慶戦

安部先生を語ったついでに、話をスポーツに向けると、私は第一回からの早慶野球戦を見ている。

第一回戦は三田の綱町球場で行なわれたが、早稲田の主将・捕手―橋戸信、投手―河野安通志、遊撃手―泉谷祐勝、二塁手―押川清などで十一対九で早稲田が敗れた。明治三十六年秋の試合で現存するのは泉谷だけだ。第二回戦はやはり綱町球場で行なわれ、早稲田はシート順の打撃、すなわち投手河野、捕手山脇正治、遊撃橋戸、一塁手森本繁雄、二塁手押川、三塁手泉谷、外野順の陣容でのぞみ早稲田が勝った。三十七年六月である。第三回戦は早稲田の戸塚球場で行なわれ、早稲田はまたもやシート順の打撃で十二対八と連勝した。三十七年十月三十日。ほかに一高を破り学習院をおさえて早稲田は完全優勝をとげたのである。

試合は脚絆をはいたが、早慶戦は赤スネで、本場のアメリカの服装様式は早稲田が渡米したとき調製したのが元祖であり、現在では想像することもむずかしいものであった。早稲田の渡米――この破天荒の優勝壮挙は、野球部長の安部先生が、「完全優勝したなら、本場のアメリカにつれて行く」と前年、選手に約束した。それが実現したので大学当局に交渉すると本気に相手にするものがない。約束を重んじて先生が大隈老侯に陳情すると、「それは大賛成だ。ぜひ決行したまえ。わが輩がよいといえば、よいんである」と承知した。明治三十八年の春で日露戦争の最中である。老侯は日米親善というところから別に考えたこともあろうし、その見識は群を抜いていたものである。

当時の早慶試合には両大学の争覇、母校の名誉をかけて……というので選手も応援の学生も、早稲田から三田まで六マイル以上の道のりを歩いて行った。それで応援ぶりは怒号乱舞、野蛮なくらいの熱狂ぶりをみせたものである。付近の空気まで熱を帯び試合が終わるとみなヘトヘトになった。

第一回戦には負けている。その辺にいる車夫をつかまえ「乗っけてくれ」「あなた慶応か、それとも早稲田ですかい」「早稲田だ」「ヘッ、まっぴらご免」といった調子。第三回戦では慶応の学生のほうがひどい目にあう。帰りに疲れて神楽坂あたりで、お茶か牛乳でも飲もうとしても「慶応ならお断わり」をくらって、てんで店にも入れないという状態であった。

野球部長としての安部先生の功績は大きい。戸塚球場が安部球場と改称されたのも、先生の遺徳をしたうものであり、球場の一隅には先生の胸像が雨の日も風の日も拝礼する人々に温顔でほほ笑みかけているのである。野球を愛すること先生のごときはまれであろう。しかもバットもボールも手にされなかった。好むのは庭球であり、嗣子民雄（たみお）君がデヴィス・カップ戦に名声を博したのも、故なしとしないのである。

早大野球部の第一回米国遠征。中央に立っているのが安部磯雄〔明治38年〕

高田早苗先生と青柳篤恒先生とには、いろいろお世話になり、尽きない思い出の数々があるが、その中で――

私がはじめて衆議院議員に立候補したときに、「総選挙に出馬いたしますから……」とあいさつにうかがうと、高田先生は非常に喜ばれて、「君が政戦場裏に起つというのであれば、遊説にも行ってやりたい――が、早稲田大学の総長としては、一党一派に偏して応援もされない。といって金もなし、せめてもの寸志に、私が書を揮毫して送るから、それを世話になった人々に差し上げることにしてくれ給え」とのことで、とりあえずお礼を述べて帰った。五枚か十枚書いてくれることと思っていたら、選挙の最中に先生から小包が届いたのであけてみるとナンと百五十枚もある。今も選挙区の砺波地方に「半峯」の落款のある先生の書が多いのは、その時にわけたものだ。高田先生の「半峯」の雅号は、身長がズバ抜けて高いから、みなから〝半鐘泥棒〟とアダ名されていた。上下をもじって「半峯」としゃれたものである。

ところで、高田先生は明治二十五年の選挙大干渉の際にご用党の壮士に斬られ、背中に大きな創痕があるくらいだが、その後も富山県にも時々こられたことがある。先生はよく私につぎのように話された。「君の郷里の富山県に行って演説するのはもうこりごりだ。三べん行って三べんともひどい目にあっている」とのこと。最初にこられたのは明治二十年代のことであろう。石動町で、板垣の自由党と大隈の改進党が対立した時分で、現在は変わっているが、当時の石動町は自由党一色のところなのに、そこで改進党の演説会を開くというのである。演壇の前にワラ縄の網を張ってあるが、なんのためにそうしたのかわからない。先生の演説に油がのってくると、大向こうから泥ワラジを投げる、棒きれを投げる。自由党の壮士が押し寄せる——が、逃げだすわけにはゆかない。しまいには喊声(かんせい)をあげて突貫してくる。事態が容易ならぬというので、味方の連中が先生を引っかついで楽屋に逃げる始末で、この演説会はそれでつぶれた。

そのつぎには魚津町に遊説に行ったときのこと。聴衆は静粛に聞いているので得意になって長広舌をふるっているうちに、ガラガラと物音がして大地震のよう。気がつくと、先生は楽屋に向かって演説していた。反対党の壮士が劇場の奈落に入りこみ、回り舞台を動かしたのだ——とわかったものの後の祭りでしようがない。

第一回、第二回は政談演説会であったが、第三回は早大総長として、大学の寄付金募集のための演説

大隈重信邸での富山出身者記念写真〔明治35年〕
3列目右から3人目の白い服が松村謙三。前列左から4人目より大隈夫人（綾子）、大隈重信、鳩山夫人（春子）、鳩山和夫

であった。「その時の会場は砺波の真如院というお寺であったが、後で考えると、演説のはじまる直前まで坊さんのお説教があったとみえて、聴衆はじいさんばあさんばかり。どうも大学の寄付を願うという相手ではない。しかし登壇した以上は黙って引っこむわけにゆかず、演説をはじめると、連中はお説教の続きと思い違え、私を坊さんだと思って演説の区切りごとに〝ナンマンダブツ〟〝ナンマンダブツ〟と称名を唱える。結局、寄付金の依頼は一言もいわず、信心深いじいさん、ばあさんを前にして、坊さんの応援演説のような格好になってしまった。富山県という土地は、私にとって演説の鬼門に当たるらしい」と言われた。いかにも、これではこりごりされるはずである。

私が社会人として出発したのも、まだ早稲田に在学中であった。すなわち報知新聞社に入社したのも高田先生のご配慮によるものであった。

江蘇省蘇州市の寒山寺にて。左端が松村謙三。写真の裏側に「髭の人が蘇州領事白須〔直〕氏」と記されている〔明治37年12月27日〕

九　卒業半年前に渡支

ところで青柳先生の思い出といえば、支那語主任の先生につれられて、孫文の革命以前——前清時代の末期——明治三十七、八年にかけてはじめて中支方面に旅行したことがある。上海に着いて、日清汽船の船で揚子江をさかのぼって行った。南京には端方という人物が、巡撫で在任していた。端方は明治四十四年、革命の前駆ともいうべき四川省成都の暴動に、四川総督趙爾豊が殺されたので、湖広総督として鎮圧のため出動して同じ運命に陥った。この端方は親日派要人で、有名な古銅器の収集家であり、殷、周の時代からのすばらしいコレクションを見せて自慢していた。死後に一部は日本に渡ってきて大阪の住友家や京都の藤井家などに入ったように聞いている。

それから、さらにさかのぼって武昌に着いたのが三十八年の正月元日であった。ここの湖広総督が有名な張之洞だったが、当方はなにしろ大隈さんの紹介状を持参しているから、丁重な歓待で宴席を設けてくれた。そしてシャンパンを抜いたりして「日本のために乾杯する……」というのである。それは

「けさ、旅順口が陥落しロシアのステッセル将軍が日本軍に降参した」という電報が着いたからだ――といって、張之洞が祝賀の意を表してくれたような次第で、当時の情景がいまも印象強く残っている。この張之洞という人は、清朝末期を飾る政治家であり、学者であって、その声望は李鴻章と並び称され、いわゆる長者、大人の風格を備えていた。張之洞の主張で、明治三十五年ごろから三十八年ごろにかけて留学生として日本に派遣された者が一万二、三千人にものぼり、また日本人で教師として招かれた者が六、七百人にも達した。そこで支那からの留学生に対しては、当時の官立、私立の大学でも特別の措置を講じたものであったが、教師として先方におもむく連中もあって、私にも交渉があった。

新聞社に入って、十五円程度の月給が標準であった時代に二百円の報酬であった。一身上の都合もあって私は応じかねたが、のちに衆議院に議席を並べた神田正雄君などは、意気さっそうと赴任したものであった。それから大正年間に入って、また交渉を受けたことがある。第一次革命によって清朝がほろび、孫文に代わって袁世凱が大総統となったが、これを孫文の国民党派がクーデターによって倒そうとして、黄興の第二次革命となったが、黄興の革命派から早稲田大学に申込みがあり、選考されて、私に――となった。当時は報知新聞社にいたが乗り気になって承知し、その心構えでしたくしていると、同県人の豪傑が現われて「ぜひおれに譲れ……」となった。この話は後に譲りたい。

十　名優団十郎も参る――天下無比の太刀山――

私が東京に出てからの学生時代、それから新聞記者になった当時の芸能界――娯楽方面の話をすると、芝居は歌舞伎のほかに新派が出て、相撲は東京と大阪、そのほかには日常の庶民階級のための講談、落語の寄席があり、女義太夫が人気を集めていたものだ。いまでも強く印象に残っているのは、芝居の団十郎、浄瑠璃の摂津太掾、相撲の梅ヶ谷（うめがたに）と常陸山（ひたちやま）。この不世出の人たちの演技を親しくみたことは非常にしあわせだったと思っている。

ます相撲からいうと、正月の春場所と五月の夏場所だけで、横綱の梅ヶ谷は東方、常陸山は西方、日本国中のヒイキは知るも知らぬも東西にわかれるわけで、日露戦争を機会に、相撲熱というものは全国を風靡した。そして、越中富山は〝相撲王国〟として小学校の児童までも知っていた。名力士として常陸山、荒岩（あらいわ）、逆鉾（さかほこ）などという連中に対抗して、富山だけで梅ヶ谷、玉椿（たまつばき）、緑嶌（みどりしま）、おくれて太刀山（たちやま）という強豪を輩出し、人気力士の半分を富山県で占めたのだからおよそ他に類例はない。

梅ヶ谷は豊満型の四十貫、それこそ絵に描いたような力士で、照国（てるくに）がその面影をしのばせたが、及びもつかなかった。腹ヤグラに乗せたら絶対に優勢で、剛壮無比とされた常陸山の泉川（いずみかわ）も効を奏せなんだ。両者の勝率は常陸山がまさっているが、人気は五分五分だった。梅ヶ谷は五尺六寸、常陸山は五尺七寸、そんな程度だったが、土俵にのぼると身長を超越して大きく見えた。梅の巧妙、常陸の剛快、満場を熱狂させた壮観さはいまもなお好角家の間に語り継がれているのである。

玉椿は短躯五尺二、三寸だが、立合いの上手なことは……相手の胸に頭をつけたら、だれも動かせる者はなかった。常陸山でさえも玉椿に食い下がられたら手も足も出ないのだから〝相撲の神様〟といわれた。関脇の地位を長く保ち「名力士」といわれた。そのころの力士で、六尺というのは横綱の大砲（おおづつ）だけだったが、太刀山が出て、巨漢と剛力ぶりで人を驚かした。当時、常勝を誇る常陸山を倒し、天下無比の威名をとどろかしたことは、中年以上の人たちならだれでも知っていよう。それ以来、富山から力士が跡を絶えた。しかし大鵬（たいほう）、安念山（あんねんやま）（羽黒山（はぐろやま））、明武谷（みょうぶだに）等はその父または祖父が富山から北海道に移住した者の子孫で、大鵬の納谷、羽黒山の安念はその出身の村だけにしかない珍しい姓である。近頃はようやく梅ヶ谷型の若見山が出たが〝相撲王国〟の富山県であった。歴史と伝統との名誉にかけて、ひとつ往年の盛名を取り返してもらいたい。

芝居については、私が東京へ遊学したころには九代目団十郎がまだ生きていた。私は一度「勧進帳」かなにかを見たことを記憶する。後年、私が報知新聞の名古屋支局長になったころ、名古屋人の自慢話だが、名古屋という土地は好劇家も多く、したがって鑑賞眼がこえている。さすがの団十郎も参ったという話。

大阪の役者が東京にのぼるときは名古屋で興行して、その評判がよいとなると確信を得て東上する。東京の役者が大阪にくだるときも同様、名古屋に寄って、まず試演してから自信をもって京阪に乗り込むという慣習があった。団十郎も大阪に行くときに、この慣例で名古屋に寄り市川宗家十八番の「勧進帳」を上演した。旅の衣は鈴懸けの……判官義経、四天王の面々、それから満場の注目を浴びて団十郎の弁慶が花道に現われた途端「弁慶がセルロイドの眼鏡をかけているか！」と手痛い一発が飛んだ。なるほどセルロイドの眼鏡をかけた弁慶ではドッとくるのも道理だ。それでその舞台は駄目になった。ところが、まだある。そのつぎにまた名古屋で上演したとき〝今度こそは……〟という気構えでやはり「勧進帳」で観客をうならせるつもりだった。例のとおりに花道に現われた途端に「弁慶がコハゼの足袋をはいているか！」と、普通にはあまり気づかぬところをピシャリ指摘された。ヒモの足袋をはかぬ粗相をやっつけられたわけだ。前には眼鏡でやられ後には足袋でやられたので、それで団十郎は、その後は生涯名古屋の土地を踏まなかったと伝えられている。

とはいうものの、この団十郎の「勧進帳」を私が見たのは歌舞伎座であったが、とにかく明治期を代表する人物五十人だけを選んで書いた兆民中江篤介の名著『一年有半』の中にも、市川団十郎が激賞されているのだから、その演技の圧倒的な魅力は推して知られよう。それから、この『一年有半』の五十人の中には義太夫浄瑠璃の名人として竹本摂津太掾の名が挙げられている。私が名古屋から大阪支局長（報知新聞）に転じてからは、文楽座はまだ盛んなときであったから、心ゆくまで、その至芸に接することができた。

　前にも述べたが、明治四十年ころには娯楽機関も映画館などはなかったので、庶民階級にしろ学生層にしろ、随処にある寄席に行ったものである。寄席といえば、講談なり落語なりが主であるが、現今の歌劇とか歌謡とかに比すべきものが、すなわち娘義太夫なるもので、当時の東京市十五区で、この娘義太夫の定席が三十を越えたという。

　当時の人気を集めたものは竹本綾之助、豊竹呂昇、豊竹昇之助、竹本朝重などと相ついで、高座の花とうたわれ、昇之助には昇菊という姉があって糸をつとめた。その芸もさることながら姉妹の美貌は鳴らしたもので、新詩人の木下杢太郎（太田正雄医博）の〝東京風物詩〟の中にも、その美声と艶容をたたえているほどだ。

　ところで綾之助と並び称されたものに、竹本小土佐がある。朝重はその姪、土佐重はその娘なのだが、明治五年生まれというからもはや九十幾歳だろうが――小土佐だけは依然として達者だときく。私が文部大臣在職中に、文化功労表彰の委員会で、小土佐を文化功労者として表彰したことがあった。そのときに「五十年も前のことだが、私もあなたの浄瑠璃を聞いた……」と言ったら、非常に喜んで、小土佐倶楽部の公演会に招待状をよこしてくれたので行って聞いてみた。「太閤記」を語ったが、きたえたノドは八十歳を越えても少しも枯れたところがなく感心したことであった。

第2章　新聞記者時代

一　毛布をかぶって取材――つかみ所のない若槻次官――

その当時と現代を比べるなら、大学の数も学生の数も少ないので、在学中から就職に狂奔するとか、卒業後にも就職難に苦労するとか、心身を悩ます者がなく、まったく隔世の感がある。

ある時、高田先生から、「ちょっとこい……」といわれたので、なんの用事かと思って行くと、「ほかでもないが報知新聞から、子飼いの記者を養成したいので適材をよこしてくれ……と言ってきた。君、どうだ、行ってみる気はないか」「それは、どうかひとつ――ぜひお願いします」「それでは、これをもって行くがよろしい」というので、報知新聞社長の箕浦勝人(みのうらかつんど)氏にあてた紹介状をしたためてくれた。そこで、これを持参して箕浦氏に面接すると「明日からこい」と、簡単にきまった。それで月給は十八円五十銭である。その時分の学費は、月額十円もあれば、下宿屋の二階でぜいたくな太平楽をならべ、のんびり勉強のできたものである。まして私は、まだ学校にいるのだし、〝そば〟が一銭なのだから、現在の金に換算すると大変なことになる。話がきまるとすぐ、なにより先に大隈邸にかけつけて、この旨を報告に及び御礼を申した。

「オゥ、そうか。それはよかった。しっかりやれ。わが輩はだ、自分で筆こそ執らないのであるが、世界の新聞記者を指導している。いわば新聞記者の元締めだ。――そこで、お前に新聞記者の心得を説いて聞かす。昔、孔子は、一を聞いて十を知る……といったが、一を聞いて十を推理する、さようなケチなことでは、今日の新聞記者にはなれない。一を聞いたなら百か二百ぐらいまでも推理する力を持たぬと、優秀なる新聞記者となれないんである。たとえばだ、お前の郷里の富山県には、南方に立山という大きな山がある……という一事を聞いて、すぐ富山県全体のことを推理しうるくらいの能力を持たねば一人前の新聞記者にはなれぬ。富山の南に高い山があると、冬季になればシベリアから、冷たい風が吹いてきて山にぶつかって雪がつもる。春季になれば雪が融ける。雪が融けたら、それを流す大きな川が、五つや六つはできるんである。すると、その川は雪とともに土を流すので、そこで富山の平坦部に沃野ができる。沃野には農耕が興る。その農耕によって農村が発達する。農産物の増大するにしたがって、これを集散する町ができる。三里とか四里とかの距離で、区域、区域の中心の町ができると、その川の口には、これを総合し、分散するための港が、当然出現して繁盛することになるんである。また、農耕を主とする地方の人情は素朴だ。それに冬季の降雪で陰気な天象が影響し、宗教の信仰が厚くなる。この人情と信仰心とに原因して、深刻な残忍な犯罪は少ない。これが特質なんである。近来は水力電気というものが提唱されてきたが、それで農業の労働力と工業の労働力が結びつくことになる――という次第で、一つの山の存在から、県の全体が推理されるんである。わが輩を博識強記というが、要は推理力なんである。お前も一を聞いて十を知る程度のケチなことではいかん……」

と訓戒されたのを、きのうのように鮮やかに記憶している。これはひとり新聞記者としての心得ばかりでなく、世に処する尊い教訓であろうと思う。

報知新聞に入社したときの条件では、子飼いの記者として育てあげるというのであった。ところで私の所属は経済部であるが、茫洋としてつかまえどころのない箕浦社長の下に、編集局の筆政を統率する主筆は、江藤新作(えとうしんさく)という人であった。この人は、明治維新の四大支柱たる薩長土肥のうち、肥前を代表して大隈重信、副島種臣(そえじまたねおみ)、大木喬任(おおきたかとう)らとともに維新政府に列し、そして西郷隆盛(さいごうたかもり)に先だって反乱を起こした江藤新平(しんぺい)の遺子なので、いかにも乃父の風格を思わせるところがあった。明治六年の秋に、征韓論によって廟堂の主張が対立したとき、大隈、大木は政府に止まったが、副島、江藤は下野し、郷党の不平を慰撫するため佐賀に帰省した江藤は、かえって擁立されて佐賀の乱をおこし、七年の春に斬罪に処断されている。

副島、江藤は下野した後に、民選議院の設立を建白しておるが、要するに薩長両派の専横を憤慨して起こったので、大隈さんも深くその真意を知っているし、親友の遺孤でもあるし、とにかく非常に信頼しておられたのである。江藤さんは改進党―進歩党の政客であり、衆議院に議席も占められたが、その謹厳と廉潔とは人によく知られ、最初はちょっと近寄りにくいと思われるほどで、前にもいったとおり江藤新平の性格は定めしこういう風だったろうと思われた。

当時、犬養毅(いぬかいつよし)といえば天下御免の毒舌家で、だれであろうと、遠慮も会釈もない。それほどの犬養にして江藤さんのいる前では、滅多な冗談もいわない……というほど、畏敬もされ信頼もされていたのである。ただ非常にひどい肺患を病んでおられ、若死されたが、大隈さんも犬養さんも、有為の士をなくしたと惜しんでいた。もし達者でいられたなら、明治の末期から大正、そして昭和の初期にかけて、立派に働かれたことと思う。その江藤主筆に受けた薫陶は、忘れられぬものがある。

報知の経済部に入った翌日かに、貿易協会かなにかの宴会があって、部長から出席しろといわれた。

出ると、向側に横浜の貿易商人どもが四、五人いて、箱根かどこかに行って芸者を揚げて、大騒ぎをした話をしている。すると、その中の一人が、「その話はするなヨ。向側に新聞屋がいるぞ」「ナニ、かまうものか、新聞記者なんて猫みたいなものさ」と、小声であったが、私の耳に聞こえた。私は持っていたフォークをたたきつけてやろうかと思ったのであったが、その頃の世間が新聞記者に対する認識は低く、いわゆる新聞屋扱いするのが私のカンにさわったのだ。

それから今も時折り通ると想い出すのは、焼けた大蔵大臣の官邸。当時は大蔵省にも官邸にも、記者倶楽部というものはない。そのたまり場がない。ところで通常国会が近くなると、予算会議がはじまるのだが、中に入れてくれない。ちょうど大蔵大臣が阪谷芳郎（さかたによしろう）で、大蔵次官が若槻礼次郎（わかつきれいじろう）という時だった。予算会議のすむのは夜の十一時、十二時なのだが中に入れてくれぬので、毛布をかぶってれんが塀に寄りかかり、省議の終わるまで立ちん坊を決め込む——そういう状態だ。予算のきまるのはたいてい十一月、十二月だから外とうが白く霜に凍る。やがて十一時、十二時ごろになると、現在のように自動車のないころだから、若槻次官や主計局長が人力車でやってくる。門を出ると梶棒を押えて、省議の内容を聞いて材料を取るのだが、それが容易でないのだ。ことに若槻次官となったら当時から、ああいうつかまえどころのない話をする名人で、ぬらりくらりとはずして、右にも左にも取れるような話口だ。若槻次官から要領を得た取材ができるようなら、一人前の記者とされた。

二　相場で千円もうける——三木社主の命令で経験——

その頃の経済界は、日露戦争後の非常なブームというか、その好景気の反動期に入る時で、いろいろなことがあった。たとえば〝成金〟ということばの生まれたのも、すかんぴんの鈴木久五郎が、数百万円ももうけたからで、経済界の変動は非常なものだった。

ちょうど四十一年だったと記憶するが、その年の暮れに、新年は休まなければならぬので、正月の分の原稿の書きだめをすることになった。経済部長の谷新太郎さんから、今後の景気の予想を適当な人たちに聞き、楽観説と悲観説とを、正月中にかわるがわるに出そうという企画だ。そこで私は各方面の巨頭を丹念に歴訪した。ところが、悲観説は一つもなく、楽観説ばかりで渋沢栄一、大倉喜八郎、浅野総一郎、それから金融界では第百銀行の池田謙三とか、そういう人たちをずっと回ったが一人も悲観説を唱えるものがない。その理由は、「今や日本の経済界は、実力を備えてきたのだから、金利が低下をみ、株式が高くなるのは当たり前ではないか。この情勢から推せば悲観する必要がないのである」という趣旨で、この景気は続いてゆくとするのであった。

そういう中にあってただ一人、この景気は考えねばならんのである……というのは大隈さんだけで、とにかく悲観説を立てられたのに、経済界の中心にある人たちは、こぞって楽観説だった。すると、まだとそ気分の正月の十二、三日に、楽観説の記事が載り終わらぬうちにドカドカと下がり、一月から二月になると株式の値段が半分になって、パニックの時代に入ったが、こうなると財界の権威者の話も、あてにならぬことだと思った。

さて、谷経済部長の下に森泰介、その後から入ってきたのが元建設省の政務次官堀内一雄君の父親の堀内良平であるが、森泰介は実にきちょうめんで、新聞記者にしては珍しい人であった。私の居室に懸けてある西有穆山禅師の扁額「卓然無動揺」——卓然として動き揺らぐことなしというのは、私が新聞社を辞めるときに、森氏が私に贈ってくれたものであるが、春夏秋冬幾十年、これをみつめると、常に森氏その人と相対しているように思われる。

前に述べたように、報知新聞の社長は箕浦勝人氏、その大株主というのは創立者の大隈さんと、社主の三木善八氏との二人であった。新聞経営者としての三木氏の見識と才幹とは、今でも斯界の語り草であって、数多くの逸話が伝えられている。

三木善八氏は淡路の人で、龍渓矢野文雄（りゅうけいやのふみお）氏の社長時代に入社して、経営の実権を握った人である。矢野龍渓は政治家であり文筆にたけた人で、その著『経国美談』のごときは当時の紙価を高からしめたものである。新聞はこの時代に大きな進歩をとげた。たとえば新聞にフリカナをつけたのも、報知の矢野・三木両氏の合作である。またその以前はむずかしい漢文口調であったのを口語体にしたのも矢野氏らの功績である。新聞に写真を銅版で印刷する技術も報知が最初にとりいれたものである。色刷りも同紙がはじめた。新聞の夕刊のはじめは万朝報であるが、しばらくで休刊し、それが今日のようにどの新聞も夕刊を出すようになったのは、明治三十九年に報知新聞が箕浦・三木時代にやったのがはじめてである。私はそのころ編集局にいて、その苦心を知っている。三木氏は一ヵ月に一、二度、新参の社員を自分の家に呼んで食事をともにしては、その意見を聞きもし、また教えてもくれるが、それが目玉のギョロリとしたおじいさんで、みるからにこわい。もう呼ばれるかと思うと、なんとなしにゾッとしたものだ。

ところで、この三木社主の訓告というか、命令というか、これで否応なく相場をやらされた。相場というものに興味もなく、知識もない私が、半年ほどであるが熱心に相場に打ち込んだ。だから私は前にも後にも一度っきりであるが、相場に経験がある。あるとき、三木社主にごちそうに呼ばれて、説教をうけたまわると「お前の書いた経済記事をみると、記事が生きておらぬ。お前はおそらく相場というものを知らぬのだろう。相場を知らなくて書く経済記事などは、クロウトからみたらなんの値打ちもない。経済記事というものは、相場を知っていて書かなければダメだ。お前に反して、堀内良平はすでにその道に苦労しているから、書いていることはなかなかよい。だから、ひとつ相場をやれ。私が金をだすからやってみろ」と、五百円か七百円かをだして「すべて森泰介の監督をうけてやるがよい。私が森にいっておく」と、相場の元手と案内の段取りまでつけてくれた。その金をいただいて、森を顧問にして相場をやってみた。

森はきちょうめんな性質だから相場の売買を帳面につけて手抜かりなく取り計らってくれた。そのときは株式の変動の多い季節であったが、半年で決算してみると、運よくも千円足らずだがもうかっている。それを約束だから大森の三木社主の家にもってゆくと、とても喜んでくれて「それはよかった、よかった。ところで、相場というものがわかったか。わかったならそれでよろしい、もうこれかぎりでやるなよ。この金はお前たちにくれてやるから勝手につかえ」というぼたもちで頰をたたかれるようなことばなのである。一人前の経済記者を作るのに、このように気をつかってくれた。それを森と二人で飲んで歩いたものだ。

三木善八という社主は、記者を養うのにそういうふうに金をかけて育ててきた。これは私の後輩の社員の話であるが、三木社主の経営者としての達識を物語るし、また社主その人の深慮を知ることのできる例だ。大正十二年九月の関東大震災のときに、東京市内のおもだった十数新聞社のうちで、焼け残ったのは報知新聞と東京日日——いまの毎日新聞の二社だけで朝日、時事、読売、国民などは全部被災したのだ。そして報知はなんらの損壊もなかったといってよく、とくに新聞用紙は各社が王子製紙と契約していたが、報知だけは北欧の特約外紙で、貯蔵していた深川の倉庫は安全であり、また輸送中の用紙は太平洋を航行中――という好運にめぐまれた。このとき社員の一人が、社屋は安全、機械は無事、用紙は懸念がないのだから、報知の社運はますます発展する機会に直面した……と三木社主にあいさつすると、社主は案外にも「さあ、私の心配しているのはそれだ。焼け太りといって、復興に努力する者は、懸命の意気でやるし、やりとおしたらえらい成功をする。それを焼け残った好運に安心し、もし有頂天になったら、それこそ……」と、眉をひそめたという。三木社主はそういう人だった。

ところで、前に述べた支那――清国時代に、先方から、早稲田大学に「教師として招へいしたい」との申込みがあり、月給は二百円ということだったが、私は辞退した。のちに代議士として党籍を同じくした神田正雄君などは、その招へいに応じて四川省の成都におもむいたものである。その後、黄興の武漢革命の時であるが、やはり早稲田大学に「その画策を補佐し、あっせんする人物を紹介してくれ」との申込みがあり、支那語科出身というので、報知新聞にいた私のもとに、青柳先生から「行かぬか」との交渉があった。それは面白かろう、ひとつ取りかかるか……と、私の気持ちが動いた。

すると、富山市出身の松井宗七という、これがなかなかの面白い人で私どもや横山四郎右衛門君（現北日本放送社長）などと早稲田の同窓で、帝国製麻会社に入っていたのであったが、私を訪ねてきて「君は現に報知新聞という有力社にあって働いているのだから黄興革命の仕事は、どうか私に譲ってくれ」という談判だ。それで大学のほうに交渉し松井君を推薦して私に代わってもらうことにした。松井君は大学の支那語教授である渡俊治という先生と二人で黄興の顧問という名義で、物資の調達その他のことに奔走していたが、やがて革命軍の旗色がわるくなり敗戦となった。すると、日本人の債権者がたくさんいるのだから、松井君と早稲田の渡先生は顧問をしたため、関係者から手厳しい催促をうけた。これについて松井君も困った。やむをえず債権者をどこかのお寺に集め、お寺の裏に自動車を待たせておき、やおら債権者に「成功を期した武漢革命は遺憾至極にも失敗したが、しかしわれわれ同志は必ず再挙して目的を達する。だからそれまで債務を待ってくれ、その時は必ず倍にして返す。わかったろう、サヨナラ」と言い終わると、さっと身をひるがえして、待たせておいた自動車に乗って雲を霞……。これでは債権者も、観念するほかはなかろう。話の筋は通っている、といえば通っているようだ。このときは私の弟が病気で入院していたが、そこへ松井君が逃避して一週間ほど隠れていた。——それから一時北陸タイムスに入社し、最後には支那に渡って不幸青島でなくなった。

三　名古屋銀行の取付け騒ぎ——二、三年まとめて勘定払う伊藤公——

報知新聞の経済部にいるうちに一年半ばかりすると名古屋に出張させられた。が、この出張が契機となって名古屋支局に私が行かねばならぬことになった。これは左遷といえば左遷であるし、栄転といえば栄転であるし、考えると少しとまどう転任であった。

最初に出張させられた使命というのは、ちょうど経済界が変動期に入って、名古屋支局からはしきりに〝あぶない〟という悲観情報の通信がくる。ことに名古屋銀行が取付けを受ける……という不穏な情報もある。そこで、本社でも心配して、私に行って見てこい……となった。そのときの名古屋支局長が三田村玄龍（みたむらげんりゅう）——といったらわからぬかもしれぬが、三田村鳶魚（えんぎょ）といったら、びっくりする人もあるだろう。いうまでもなく、江戸時代の制度・慣習・風俗・文学の専攻家だ。その研究の範囲が、柳営の奥から市井の路地裏に及ぶので、これこそ〝町の学者〟というにいかにもふさわしい人なのであったが、この経済のことのわからぬ文士の通信だけに、社でもなおさら心配して、私に「行ってこい」となったのだ。

そこで旅費を十分に会計からうけとって、夕方に社を出ると、バッタリ出会ったのは飲み友だち。この悪友と会うと、気持ちがゆるんでどこか料亭で飲み出し、そのころは〝汽笛一声新橋……〟のころだが、新橋駅へきてみると、はや終列車は出たあとだ。それで仕方がないから翌朝の一番列車にのりこみ、夕刻四時頃に名古屋に着き笹島にある支局にゆくと、明治銀行の専務をしていた上遠野富之助という人がきて私を待っている、この人は私の大先輩だ。上遠野氏は秋田県の出身で、町田忠治さんの同輩であり、早稲田大学を出てから報知新聞記者となり、それから名古屋の奥田正香という人に招かれ、同市の商工会議所の書記長になり、明治銀行の常務となった。

大学と新聞社の関係で面識はあったが、私を見るなり「貴様は一体、いままでどこをうろついていたのだ」と、顔色が変わっている。上遠野氏の顔色も、ただならなかったが、面くらった私は「どこをうろついていた……といわれても、私はいま着いてここにきたばかり」と答えると、上遠野氏は「オイ、きょうの報知の夕刊にだね〝名古屋銀行が取付けをくって大騒ぎだ……〟と載っているそうだ。東京から電話で問い合わせてくるから、こちらから報知の本社に電話をかけ、谷新太郎を呼び出し〝だれの通信か？〟とききただしたら〝松村だ〟という。谷は〝松村の打ってよこした電報だから、信用して載せたんだ〟という。〝松村はまだきていない〟と、いま電話を切ったところだが、貴様はどこから電報を打ったのだ……」というのだ。

やがて、それは私が打った電報でなく、三田村が打ったのを私と間違って載せたことがわかったが、それが大騒ぎになり、ほんとうの取付けとなって名古屋のパニックとなった。そこで当時名古屋銀行の常務だったのが、後に山一証券の社長となり東京の株式界で長老扱いされた杉野喜精氏。それがとうとう居たたまれなくなって、辞職して東京へ逃げ出す始末……こういう大変なことが起こった。私には悪意もなにもないが、酒を飲まずに早く名古屋に行っていたら……それでパニックが起こらない、という次第でもなかろうが、ともかく大変な結果となったのである。

本社では三木社主が、私の立場に同情してくれて「まあ、松村の責任といえば責任だけれども、悪意のものではない。どうだ、松村を名古屋にやっては……」といって、懲罰的処置で転任となったが、そこで三田村は東京へ帰り、私が支局長となった。その赴任のとき、三木社主の訓戒せられたことは「名古屋に行っても、貴様はコセコセと材料なんか送らなくてもよろしい。名誉回復のために上品なお付合いをして名誉を回復するのが肝腎なのだぞ」と、こういわれて月給のほかに毎月百円か二百円の交際費をくれた。その頃の百円は大金だ。それで名古屋では非常によい付合いができた。そして一年半ほどもおったが、今でも同地に懇意な人の多いのは、そのときの関係からである。

ところで、杉野喜精氏であるが、名古屋を逃げ出してから、東京で〝山一証券〟の社長になってから、なにかの機会によく会うと、「今頃まで名古屋におっても、名古屋銀行の頭取ぐらいがせいぜいだったろうが、私を東京の舞台に引き出してくれたのは、まったく君が飲み過ごしたおかげだ」と、冗談をいったものだ。

私が名古屋におもむいたときは財界の恐慌期、また動揺期であったが、同時に新しい名古屋の生まれる陣痛期でもあった。それまで同地の財界の実権を握っていたのは、御家衆とかなんとかいう旧藩時代からの門閥の階級で、非常な勢力であった。

そのころは日本銀行の支店長が赴任すると、まず地元の伊藤銀行へあいさつに行かねばならなかった。営業ぶりも旧式で、私の行く少し前まで、行員は畳にすわって事務を執っていたが、上遠野氏が明治銀行を支配したのはその移り変わりの黎明期である。その御家衆の権力から名古屋の経済界が解放されたころに築港が完成した。これは名古屋にとっては画期的なことで、築港祝いのお祭り騒ぎの中に、報知新聞が、当時東京に二台しかなかった〝自動車〟を名古屋に送って市民をアッとびっくりさせた。私が報知新聞に入社した当時の営業部長は頼母木桂吉氏で、頼母木氏が外遊すると、自動車を見て驚いた。新しいもの、めずらしい物には、とくに興味を持つ人だったから、早速買い求めてきた。これが日本で二番目の自動車で、いちばん初めは皇族――有栖川宮威仁親王さまが外国から購入されたと聞くが、その〝東京第二号〟を築港祝いに景気を添えるためもってきた。そして市中を乗り回すと、市民は驚いて目を丸くするばかりだった。それで、第三師団長が乗せてくれとか、知事の深野一三が乗せてくれとか大変な騒ぎで非常な評判を博したものである。いまでも当時の自動車の写真が築港の事務所に掲げられているそうだが、夢のような話である。

名古屋では、同じ早稲田大学出身の小山松寿氏も同業のよしみで親交を結んだが、同じく友人の増本敏三郎――この人は私と同窓で戦時中、名古屋時計会社の社長として日本の飛行機製作に非常に貢献した人である。いま一人蔵内正太郎――この人も早稲田の卒業で有名な『日本財政史』を書いた人。この二人に誘われて渡辺一牛という観相家が実によく当たるという評判だから見てもらいに行こう――ということになった。そしてこの人相見が大変なことをいう。「貴下は、お気の毒なことだが、奥様と別れる。また東に行きたいと思うのに西の方に行くことになる。それで、だんだん小さい家に入ってしまいにはなにもなくなる」と散々な予言だ。「そんな馬鹿なことがあるものか」というと渡辺一牛は「骨相は天性であるが、血相は後天的の運命が表示されているので絶えず変わる」という。「これを総合しての判断だ」というのだ。

別に気にもとめていなかったが、ところが、それから二、三ヵ月して、家内が出産のため死去し、まもなく大阪の支社長に転任の命令である。大阪に行ったが当分の住居は〝鶴の茶屋〟という北区の大きな屋敷の茶室を借りて、富山の叔母から付けてよこした老婆と住まい、まさに人相見の予言どおりになったのである。

やがて堂島の二階家に移ったが、そうすると、有名な〝北浜大火〟だ。一万何千戸の被災で朝の五時から晩までも焼け続けて、火元の此花町などは、支社から一里ほども隔っていたのに、夕刻になると支社も自宅も類焼の厄にあった。……こんな次第で、渡辺一牛の予言どおり無一物になってしまった。私はそれから決して人相見などに見せぬことにした。馬鹿なことだ。

名古屋支局長時代は一年半ほどであったが、ここで伊藤公についての思い出がある。大隈老侯には、さきに述べたとおり非常にお世話に預かったが、これに対抗して在朝の最高地位にあった伊藤博文の赤裸々な真面目を知ったのは、実に名古屋時代だった。

私は伊藤公には、なんらの関係をもたないが、新聞記者としてはしばしば面会する機会を得た。伊藤公にしろ、大隈老侯にしろ、一言にしていえば、さすがに維新の波をくぐった大政治家として、非常に骨組の太いしっかりしたことで、いまどきの政治家には求めても得られない。やはり明治維新の風波をしのいできた人は、さすがに偉いものだと思わせた。伊藤公の朝鮮統監時代に、私はちょうど名古屋にいたのだが、公が京城と東京とを往復するときは、必ず名古屋で下車して河文旅館で豪遊する。幕僚とともに、それは底抜け騒ぎだ。元老とか統監などという固苦しさを脱却して、心から愉快に騒いで遊んだ。後年、私が河文に泊まったときに当時を思い出して「伊藤公が泊まると、大騒ぎをしたものだが、どんな遊び方をしたのか、聞かしてくれ」というと、女将は「伊藤公の遊び方はご承知のとおり、まったくの駄駄羅遊びです。ただ非常に面白いのは、きちょうめんに勘定を払ったことなど一度もありません。二年に一度、三年に一度か、カバンに札をいっぱい詰めて来ることがあります。おそらく明治陛下から御下賜金でも戴いたのではないでしょうか。そして私を呼んで、カバンから握れるだけつかみだして、〝ホイおかみ〟とそこに放り出す。勘定が足りるのか、足らぬのか、いっこう聞きもしないで手づかみで放り出すのです」とのことであった。実に面白い。

そこへゆくと、大隈老侯のほうはそれとまったく反対である。——というのは、老侯の旅行には多くの場合に夫人が付いておられ、執事がお供していちいち克明に勘定を支払い、茶代を出す。ちゃんと奉書に水引をかけ、それに執事が〝金何万疋〟と書く。一疋は二銭五厘、一万疋で二百五十円ということになる。これは京都の御所流である。貴族主義といわれた伊藤公の私生活はこのように豪快であり、平民主義の大隈侯のほうはかえってこのように貴族的であった。

伊藤公がかつて名古屋に泊まり岐阜の長良川へ鵜飼見物に出かけて、万松閣に泊まった。そのときには小山松寿君もおったと思うが、新聞記者が追いかけて、万松閣の向側の宿屋に陣取り、監視の目を光らせて、警戒を怠らなかった。私どもは晩食ののちに床に入ると、下から宿屋の主人が飛び上がってきて「床を上げてくれ、いま伊藤公がこられる……」という。主人もおどろいたろうが、私たちもおどろいた。床をたたんでいると、ドテラ姿の田舎老爺の村長さんという格好で〝ゆでタコ〟のように酔っ払った伊藤公が階下から上ってきた。それからドッカとあぐらをかいて「酒を持ってこい」という。下から酒を取りよせて、杯をあげながら、山縣有朋(やまがたありとも)、桂太郎(かつらたろう)の悪口をさんざん聞くに堪えないようなことをいう。実に痛烈である。新聞記者にとってこれほどありがたくて面白い話はない。これが二時間ばかり続いてから「紙を持ってこい」という。揮毫をしてやるとのことで、さっそく紙を取り寄せて出すともう大酔のうえだから、字だか画だかこのころの前衛書道の傑作のようなものを書き散らし、だいぶおそくなってから引き揚げられたが、一同は大喜びである。すると秘書官の古谷久綱（ふるやひさつな）が来て、七重の膝を八重に折るといった態度で「なんとか勘弁してもらいたい。新聞に書かれたら困る。ぜひお願いする。それから揮毫も返してくれ。必ず書き直して進呈するから……」と、持って行ったまま取り上げっ放しとなった。

そのころ、朝鮮の李王世子（りおうせいし）――李垠（りぎん）殿下を、日本で勉学させるため、七歳ぐらいのときに連れてきたが、統監服を着た伊藤公は、王世子の手を握って、軍艦から得意満面で上陸したときの光景が深く印象に残っている。そうかと思うと、あるとき神戸に迎えてから、新聞記者が汽車で面会を請うと、統監府付武官の村田惇（むらたあつし）少将が出てきて「きょうは非常に機嫌が悪いから許してくれ、会ってもろくなことはない」という。しかし記者団は承知せぬ。ねばり抜いてとうとう取り次がせると、伊藤公が出てきて、一杯やったらしく「きょうは貴様たちに会わん。その説明をしてやろうか。この前にきた時もウソばかり書きおって……サヨナラ」と、記者連中

李王世子（前列左から２人目）と伊藤博文（前列右端）〔明治42年頃〕

の名刺を、バラリとまいて引っ込むという、稚気満々の気分もあって、いかにも憎めない、そういう点があった。まことに骨の太い開け放しの面白い風格であった。

四　北浜大火を通信――親戚に数奇伝の持主――

明治四十二年に名古屋支局から大阪支社に転任した。当時の大阪市は経済都市として、旧時代から新時代へと移る過渡期であり、その機構の刷新、人物の躍進というものは目をおどろかすような壮観ぶりであった。その経済界において金融方面の牛耳を握っていた中心人物はまず三十四銀行頭取の小山健三氏、それから山口銀行総理事の町田忠治氏、それに北浜銀行頭取の岩下清周氏といってよい。この三人が代表的人物として挙げられよう。それから実業家の顔役としては片岡直輝氏という人などもおって、ともかく近代都市として発展途上にある大阪市は、その外観も内容も、実にめざましい活躍をしめしているときなのであった。

ところで、私は新聞記者としては、経済部出身なので、経済界の人物と接触していたのであるが、支社長としての仕事は、不思議に社会部に関係したことが多く、東京の本社からもしきりにその活躍を賞賛された。しかし大阪ではどこを訪ねても、まず第一のあいさつには「新聞屋はん、もうかりまっか」といわれるのに実に閉口した。

前に述べた〝北浜大火〟だが、大火の通信は報知新聞として出色の記事だった。一万数千戸の被災なのだが、堂島川にかかった橋が虹のように燃えてゆくほどだった。私が支社の電話を東京にかけっぱなしで通信していると、支社にも火が迫る――。夕方になって薄暗いころに、いよいよ二階が燃え出した。熱いので水をかぶり、支社の連中をつれて飛び出したが、街上は犬、ねこ、ねずみ、へび、などの火の中から焼け出された小動物が街路を埋めて、足の踏み場もないのに驚いた。それを命からがら逃げのびて、対岸の大阪ホテルにようやく落ちついてそこを事務所にした。私はどうせこの大火だから、家は焼けるものと思って、召使いの老婆お藤に手紙を持たせて、当時神戸にいた同学の友人石田義太郎君のところへ避難させ、家具などは全部放棄した。ところが私の安否を気づかって、例の支那豪傑の松井宗七君が火の中をくぐってやってきた……そうだ。そして家の中に入ってみると、だれもおらない。なにか持ち出してやろうと思って見回すと、目についたのはロンドンタイムス社発行の『ヒストリアン・ヒストリイ』の二十幾冊〔Henry Smith Williams による *The Historians' History of the World* 全二十五巻、一九〇八年〕。これを押入れの蚊帳を引き出して包んで、急いで戸外に出たが、もういけない、火だ。それで、堂島川の端に置いて逃げだしたのだが、火事がおさまってから、これが無事に私の手元にもどった。——というのは、川端に並んでいた住友倉庫の番人がそれを倉庫の中に入れてしまってくれたのだ。これだけが、焼け残った私の唯一の財産だった。これは松井君の記念としていまも所持している。

私が大阪に赴任した時は「鶴の茶屋」の一室を借り、それから堂島の二階家に移ったが、この大火ののちに堺市の浜寺公園に移った。浜寺公園地の中に二、三軒の小住宅があってこの一軒に引き移ったが、生涯のうちで当時のような静閑、のん気な生活は二度とあるまいと思っている。朝の散歩に庭のきれいな砂を踏んで歩くと、浜の林の中にポコリポコリと砂が盛り上がっている。掘ると、ころころところげ出るのが松露だ。鉛の小さい分銅を綱につけて、海に投げてやると、食いついてくるのがイイダコだ。バケツを持っていって三十分も遊ぶと一ぱいになるのだ。今の浜寺からみると隔世の感だ。

付近は河内の国だから、南朝の遺跡が多い。長野という駅があって、そこに観心寺という小さい仏寺があるが、これが楠木正成の菩提寺として由緒があり、正成が挙兵したさいには奥方や子供たちを、いつも観心寺に避難させたほどの深い関係があったのだ。その庭には確か国宝になっていると思うが〝一重の塔〟がある。北条討伐の軍が終わった時に、そのお礼に寺の境内に〝五重の塔〟を寄進したが、ようやく一重ができたところに、また足利がそむいたので、ついにそのまま中止し、湊川に戦死したのである。楠公の首塚もこの庭内にあり、いまも行人の涙をしぼる。これは湊川の戦いののちに、尊氏が楠木の遺族に送ってきた首級を埋めたものである。父の首級をみて、正行が自殺しようとし、母に諫止されたのも観心寺の持仏堂である。正成の有名な「非理法権天」の旗やお守りの厨子や、楠木の古文書類は、いまもていねいに保存され、中には国宝のものもある。南朝の研究資料として貴重なものだ。

観心寺の奥には、後村上天皇の御陵があり、近くには楠木の兵を挙げるに本拠とした赤坂、千早、金剛山の古城址があって、当時の私にはこのうえもなく感懐をよび起こしたものだ。この長野駅の付近は、また松茸の産地で、秋郊の散策には絶好の土地だった。私は浜寺から、よくここらの地に杖をひいた。

私は浜寺公園の寓居から、南海電車で毎日大阪の報知新聞支社に通勤していたが、この沿線は堺市にかけて当時は大阪郊外の遊興地であり、通勤時には前夜からの泊まり客などがのりこむので、まことに迷惑した。

ある朝、例のごとく宿酔のさめぬらしい商人風の男が座席にかけて傍若無人にふるまっていたが、前に立っている奥様風の上品な婦人を見ると、「ワイの膝の上にかけなはれ……」と、ひどくからみだして、いやがる婦人の着物をひっぱりすわらせようとする。見るに見かねる始末だが、なにしろ酔漢なので乗客が眉をひそめているばかりだったが、婦人の近くにいた堂々たる紳士――三十貫もあろうという魁偉の大丈夫が「そんなに膝にかけさせたいというなら、私が失敬しよう」といいながら、ドッカと腰をおろしたので、酔漢は悲鳴をあげて「勘弁してくんなはれ……」とわびたので車内は爆笑。私もその痛快ぶりに腹をかかえた。これが大阪商船会社の社長中橋徳五郎の女房役、のちに中橋に次いで副社長から社長となった山岡順太郎氏その人だった。二人とも金沢市の出身だが、この山岡氏がのちに宇治川電力の社長となり、黒部川水系電力開発にはじめて手をつけた功労者である。

後年報知新聞社を辞して帰郷しているときに、砺波中学校校長の吉波彦作君から頼まれたことだが、私の郷里の少年で竹本十吉というのが、砺波中学を優秀な成績で卒業したが、家庭が貧しいので学資がなく、上級の学校に行けない、まことに惜しい俊才だから……と、竹本少年を依頼された。——といっても私には将来にわたって長く世話する余裕がない。このとき、ふと山岡氏を思い出してこういう秀才だから書生にでも使って勉強させてくれまいか、と同氏に依頼の手紙を出した。懇意といっても一年内外の交際であるし、返事をもらえるかどうかとさえ思っていたのに折り返して手紙がきた。「お手紙をみたが、当人に造船学を専攻する意思があるならば私の家において、十分に世話をいたすことにする。また卒業の暁には私の経営する大阪鉄工所で、その部面で使用してもよろしい。当人の所存はどうであろうか」。勉学から就職まで、至れり尽くせりの厚意である。竹本少年も感銘して、そのお世話になり、山岡氏のもとで造船科の学業を終え、大阪鉄工所に入って相当の技術者として認められ、その素志を遂げた。

名古屋で住んでいた家というのは、名古屋では随一の繁華街であった栄町通りにあって、部屋数が十三もある玄関構えの堂々たる屋敷なのに家賃は三円だった。あまりに安すぎるので聞いてみると有名な化物屋敷などと、つまらん評判があった家であった。この家に私といっしょにいた松村桓君のことであるが、私の本家の松村與三郎の弟で松村精一郎、西荘と号した人があって、私の家や現に美術家の松村秀太郎氏と同じく別家格となっていた。

西荘という人は病気のため耳を患い、口を利くのも不自由なのに明治十何年ごろか、当時の大学者敬宇中村正直先生について英学と漢学とを学び、また〝聾才子〟とも号して英文の翻訳もあるほどだ。敬宇先生といえば、こういう人こそ本格の文化人であり、およそ明治中期以後の知識階級で先生の著わした『西国立志編』を読まぬ者はないといってもよかろう。それほど当時の青年を啓発したところが多かったのである。いま福光地方にこの西荘という人の書を見かけるが、また敬宇先生の書のあるのは師弟の関係から、その手を通して得られたものなのである。妻女は名古屋の人であって、西荘の病死したのちに数人の遺児があったが、桓君はその長子であって、そういう次第から私のところに同居するようになったのである。

桓君は非常な秀才で家庭の事情から苦学し、福光小学校で教員をしたこともあるが、名古屋医学専門学校には陸軍の貸費生として入学したので、それから東京の戸山にあった陸軍軍医学校に入り、更にその教官として軍医中将にまで累進した。例のバイアス湾上陸の時は、軍医部長として従軍したが、その司令官は古荘幹郎大将だった。いざ上陸敢行という直前になって突如、古荘司令官が卒倒した。脳溢血である。将兵の意気は天を衝くばかりだ。士気に影響させてはならぬし、司令官の意志は湾頭の土を踏むことにあるのだ。よし――と決意、即断して軍医部長の責任で司令官を担架で上陸させた秘話もある。その南方派遣軍に関する軍隊衛生の周密な研究は、軍医学校に保管されていたが、戦後アメリカ軍が進駐してきたときに業績や資料の一切を挙げて持ち帰ってしまった。

桓君のことを話したついでだが、総領らしく平素は沈着で温和な長男の桓君とは反対に、次男の千之となると大変だ。これは父親がなくなってから母に連れられて名古屋の福田家に養子となって引き取られた。なにしろ無類の腕白者で、なま傷の絶えることがない。養子にいってしばらくすると大げんかをして養家先を飛び出した。まだ十歳ぐらいの子供なのに行方不明となって、どこへ消えたのか風のたよりもない。それで泣きの涙の母親は、せんかたなく家出した当日を命日として、あきらめるほかなかったが、それから明治四十三年の五月からロンドンで日英大博覧会が開かれたことがあった。その時に「見物のためドイツからロンドンにきた……」と、母親にあてて、一枚のはがきがきて、はじめて生きていることがわかった。だがはがきだけで、それからどこへどうなったものか、その後は一向に消息がない。

ところが田中内閣のシベリア出兵のとき、シベリア派遣軍に従った桓君の友人である陸軍軍医が、汽車の中で向かいにすわっている男が桓君にいかにもよく似ているので「あなた、松村と申されぬか」「私、福田という者です」「そうですか、実は友人の軍医にそっくりなので、松村桓というのだが……」「や、その桓なら兄貴らしい」ということで、いろいろ話し合った。この軍医が帰ってから知らせてくれ、ようやく所在が判明した。その時の母親の驚喜というものは、居ても立ってもおられないという有様であった。あとからその話を聞いてみると世の常の流離とか放浪とかそういった種類、程度のものではないのだ。

十歳か十一歳で家出した少年がどこへ行ったかと思ったら、そこは敦賀なのだ。どうして生きていたものか、それから例の向こうみずの気性で、ウラジオストックに行く船でシベリアへ密航した。それでロシアに渡って十五年、国境を越えてドイツに入って十五年。ロンドンから日本の母に便りをしたのは、ドイツにいた時分なのである。それから変転してハルビンに落ち着いて福田組を組織し、大同汽船公司や機械製造の鉄工所などを経営した。かたわら有名な「トロイカ」というキャバレーを経営し、またセミヨノフの金塊事件にも関係していたようである。

昭和十八年のこと。私が北京に旅行したとき、早稲田大学の校友が歓迎会を開いてくれた。会場は雅叙園という支那料理店で、主客とも大いに歓をつくしたことだった。すると幹事の一人が「この楼の主人は、あなたの親戚だそうで、あとで会っていただきたいと申しております」「親戚ですと……」「福田といっております」「福田という親戚は思い当たらぬが……」といって、とにかく主人のいうままに会ってみると千之先生だ。「なァんだ。君だったのか」といったが意外の面会なので、その後の事情を聞くと「従前のハルビンにみきりをつけて北京に移り、今はこの雅叙園を経営しているのだ」という話だった。

戦後やむなく一族郎党を率いて日本に帰り、銀座に「トロイカ」という同名のロシア料理店を経営していたが、この数奇伝の主人公は先年世を捨てた。

五 〝千里眼〟をスクープ――五十種類の科学実験――

大阪の支社で珍しかったことは〝幽蘭女史〟という女傑が、よく鬼権と呼ばれた木村権右衛門という高利貸といっしょに訪ねてきたことだ。格別私に用があるというのでないので、支社の連中も弱ったものだ。なにしろ本荘幽蘭（ほんじょうゆうらん）といえば、明治末期に知らぬ者がないというほど有名で、怪物視された女性だ。

幽蘭女史も晩年は振るわず、だれかが「東京の谷中墓地――共同墓地に石碑がさびしく建っている……」といったが、伊藤博文などの宰相級から市井のゴロツキとまで交わるというのが評判だったが、どうした次第か大阪に流れてきたのである。ところが、そのころ大阪で有名な金貸業の木村権右衛門――これが通称〝鬼権〟という高利貸なのだ。この〝鬼権〟と幽蘭女史が、どうして意気相投じたのか仲よくなって「世間のやつらは〝高利貸だ、高利貸だ〟といって非人間扱いをしてくさるが、法律で許されている金貸業がなんで悪い」と、両人が連れだってやってくるのだ。人間が人間なので困った。

　私が大阪にいる間、経済の方面は私の専門であり、経済都市でもあるから、経済問題の取扱いが主であったが、妙なことに社会面の大きなことが連発してその方面に一方ならぬ骨を折った。三面の問題で特種中の〝特種〟になったのは〝千里眼〟の問題だ。当時は〝千里眼〟のことを盛んに書きたてて、好奇と興味とに日本国中を沸かしたものだ。それは偶然の機会からで、私が前から知っている東京帝国大学の文科教授で心理学の大家福来友吉（ふくらいともきち）博士が大阪にみえ支局に訪ねてこられたので、「なんの用事で……」と聞くと「四国の丸亀に〝千里眼〟の実験に行く」とのこと。そこで〝千里眼〟の説明を詳しくしてくれた。「おもしろい。非常におもしろい。ぜひ私を連れていってくれ」と頼むと、快く同行を承諾してくれた。そこで丸亀に行って福来博士の実験に立ち会ったが、実験の本人というのが丸亀裁判所の判事の夫人で、長尾郁子（ながおいくこ）といい四十五、六歳と思われる年配であった。

　福来博士は〝透視〟と名づけたが、それが当たる。非常によく当たる。――その前に、九州にも一人あって御船千鶴子といったが、これは透視するものを額に押しつけたが、御船よりもずっと成績がよかったのだ。長尾は御船の話を聞いて、あるとき碁石をつかんで「いくつか」というと当たる。それから漸次進歩して、なんでも透視できるようになった。話を聞くと近所に催眠術の上手な人がいてどうもその影響を受けたらしいのである。

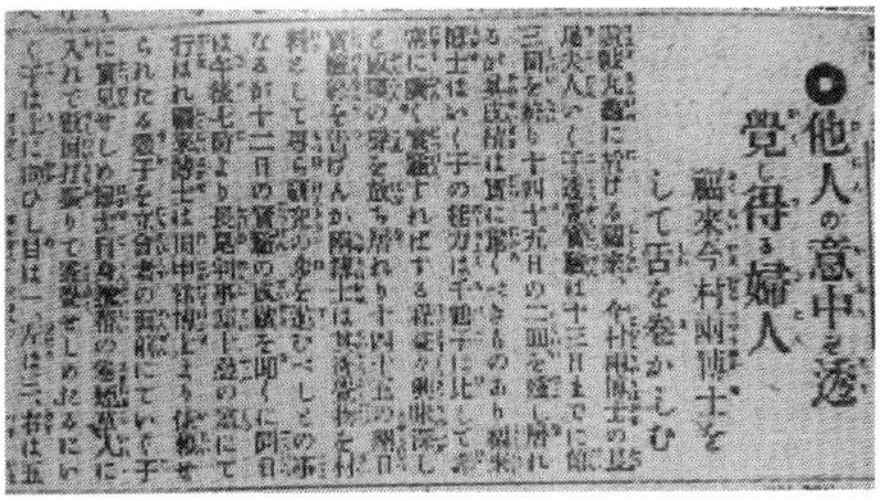
他人の意中を透覚し得る婦人
福来今村両博士をして舌を巻かしむ

「千里眼事件」の第一報記事〔『報知新聞』明治43年11月15日〕

その事実を、見たままを通信してやると、たちまち天下の評判となった。そこへ『万朝報』から、のちに早稲田大学の法科の教授となった中村万吉君が特派記者としてやってきた。そこで「福来博士だけでなく、私たちにも実験させてくれ」と申し込んで、その承諾をえた。そこで私がまず実験に当たった。その実験は次の間の二分芯のランプの下で、私が〝至誠通神〟と神の偏だけ書いて「これは違った」と反古にしてポケットに納め、あらためて〝至誠通天〟と書き直して、たばこのかんの中に入れ、隣りの八畳の部屋に行って、実験を頼んだ。すると隣室で夫人が口をすすぎ、太神宮さまに祈念するのか柏手の音がする。出てきて、私の持っているのをみて「テーブルのうえにかんを置いてください」という。しかし私はそれを手に持っていた。すると夫人は合掌瞑目すること数分間、やがて「わかりました。〝至誠通天〟ともみえ、至誠通神ともみえる」といった。これには私も驚いてしまった。

だが、これは〝読心術〟というものかもしれない。中の物を見ずに心を読む。アメリカあたりに発達しているそれではないか——とも思ったが、中村も同じ実験をさせてもらった。それもピタリ当たる。なにさま不可思議千万なのである。

ところが妙なことに発展していった。福来博士や私たちが、そういう透視が、どんな具合でできるかと聞くと「黄色の光が脳から出てくる。そうすると物体なり形状なりが見えるのだが、その光は額からまっすぐに、右から出るのは左方に、左から出るのは右方に、交差するのである」というのだ。一種の交感神経の作用のようにも思えるのであるが、その出る光を写真の乾板に写せぬだろうか……ということになり、福来博士が試験してみると感光する。透視が念写に発展したのである。

それから福来博士が、種板の包の上に丸い輪を書き、その上にだけ光線を通すことができぬか……と幾度か実験したが、それもできるし、ついには長い物でも、四角な物でも、簡単な文字でも念写に成功したのである。おしまいには、天照皇太神という字がそのままハッキリと出たのである。「私たちも実験したい」と福来博士に話して、夫人に交渉させると「いたしてもよろしいが慣れた方に持っていてほしい。福来さんに願いたい」というので、中村と知恵をしぼって問題を出した。それは種々考案して〝中〟の字を、念写させてみた。なぜ〝中〟の字にしたかといえば、型を持っていて、その型をなにか光線で写すのではないか、型の取れない字――すなわち〝中〟という字なら型に取れない。ところが見事に〝中〟が写ったのだから、全国の津々浦々まで大評判だ。社務もあるので、私は一ヵ月ほどで大阪に帰り、代わりの記者を付けたが、中村は、引き続き滞在している間に、なにしろ〝透視〟から〝念写〟へと問題が奇々怪々をきわめるので、学閥の争いとでもいおうか、帝国大学の理学部が起つにいたった。福来文学博士に対し、理学部の部長である山川健次郎（やまかわけんじろう）博士が、門下生の藤（ふじ）〔教篤（きょうとく）〕、藤原という両理学士を連れて、科学的実験を行なうというので、丸亀にやってきた。藤原というのは、有名な気象学者の藤原咲平（ふじわらさくへい）博士の若き日のことである。

山川博士は東京で種々の試験材料を整えた。たとえば、透視には紙を折っただけの物、撚りにした物、鉛に包んだ物、銅に包んだ物やら、ラジウムの影響があればどうとか、とにかく五十種類ほどの実験材料を持参して丸亀へやってきた。そして、福来博士も立会いのうえで〝透視〟の実験に取りかかると、五十種の中で、三十幾つかは間違いなく当てた。まずは〝まァまァ〟というところだが、さて、それから例の光を写す〝念写〟の実験になると、はなはだ具合の悪い妙なことになってしまった。それは実験ということになって山川博士が写真の乾板を入れたのを出し「念写してください」「承知しました……」といって念写にとりかかったら、途中で夫人は顔色を変え「私はお断わりいたします」と言い捨てて奥に入った。一座も驚き、かつ騒いだ。福来博士は奥に行って、夫人に「どうしたのですか」というと「私は山川博士は人格の高い立派な方と聞いていたのに、人を愚弄しています」「どうしてです」「中に乾板がありません」「そんなことはない。山川博士が入れられたのだ」と念のためにあけてみると、はたしてない。それでカバンの中に入れるときに、ソッとスリかえたのでないか……という論議が生じた。乾板の装置をしたのは、丸亀高等女学校の写真室――暗室であった。藤原氏が念のため、その写真室に行ってみたら乾板があったので、これでひと悶着が起こるし、なにしろ天下の注目した問題だから甲論乙駁、面倒な騒ぎとなった。

山川博士は会津藩の名門の出身で、兄の浩(ひろし)という人は徳川幕末の際に京都で勇名をとどろかし、明治維新ののちは陸軍に登用されて将官にすすみ、男爵となり、妹の捨松(すてまつ)は明治四年に渡米した女子留学生の一人で、のちに大山巌(おおやまいわお)元帥夫人となった。

博士もやがて東大総長となり男爵となったのであったが、その性格はいかにも古武士の風があった。それで種板がぬけていたのを知って、夫人が台所で働いているところに行って、板の間に手をついて「誠にあいすまぬ」とわび、ようやく夫人の怒りも解け、翌日からまた実験に入ることとなった。それで、ふたたび実験に入ろうとしたら、前よりもさらに大変な事件がもちあがった。材料を入れたかばんを玄関に置いたが、実験に取りかかろうとしたら、紛失して無い。そこでまた大騒ぎとなった。すると山川博士側では、それは長尾側の作為だと疑う。ついにはかばんがどこにあるのか〝透視〟ができるならやってみろということになった。夫人が透視すると、木の橋の下の溝に差し込んである……という。それから、あたりをさがしたら、なるほど溝の中にあった。――という次第で群疑百出、なにがなんだかわからなくなり、この問題はそのままになったのであった。

山川博士に随行した藤、藤原の両理学士は、のちに〝千里眼〟の実験というパンフレットを刊行したが、私はそれを郷里の図書館に贈っておいたが、当時は日本で最高級の総合雑誌であった『太陽』誌上でも、論争を展開するにいたったほどであった。そしてこの〝透視〟〝念写〟の可能性については、隣室でしたためる時に、天井の節穴からのぞくのだろうとか、型を付けてラジウムを使用するのだろうとか、種々の否定説が出たり、福来と長尾とが仕組んだものとか、大学の文科対理科の抗争とか、それからそれへと拡大していった。

その後になってから、精巧な〝念写〟が発表されたり、どの程度まで真実であり信頼してよいものか知らぬが〝読心術〟とか〝自己催眠〟とかにせよ、普通の人と違った能力をそなえたのではないか。それは異常な、鋭敏な神経の持主である女性によく見受けられるところだ。長尾郁子は一、二年後に病死し、御船千鶴子も一、二年後に急死して世人を驚かした。あるいは身体の衰弱、異変による神経の作用のようなものかどうか知らぬが、そうした論争に大いに花が咲いた。

六　噴火？の伊吹山に登れ――姉川流域の大地震――

大阪城をめぐる堀の〝かい掘り〟を市がやったことがある。あの堀には種々の伝説があって「大阪の落城の時に、豊太閤の蓄積した〝黄金の延棒〟を投げ込んだのが今もある」とか、あるいはまた「築城以来、水を入れ替えぬので、タタミ一枚ほどの大コイがいる」「いや、それはウナギである」というような話である。よし、これは新聞種になる――と主催者に頼んで堀の中にもぐることにした。

潜水服を見て私が入ろうと思ったが、〝伊吹山爆発〟探検のとき、私に供した木曽定吉記者に瀬踏みさせることにした。生命に別条なし……というので、木曽はためらわず潜水服を着用して、衆人環視の中で水中に入った。いうまでもなく潜水作業は、足に重い靴をはき、それで身体の均衡を保って水中を歩くことができれば一人前なんだが、熟練しない者は水中でひっくり返ったり、水上に跳ね上がったりして、なかなか簡単なものではない。さて木曽記者はいかに……と眺めていると、十分か二十分か経ったと思う途端に、ドカンと三メートルほど飛び上がった。そこで専門の潜水夫をもぐらせたが〝金の棒〟も見つからなければ〝大コイ〟の姿も見当たらない……との報告でケリになった。その〝伊吹山爆発〟の探検というのは――

明治四十二年七月三十一日の〝北浜火災〟についでの活躍は、二週間後の滋賀県下の〝姉川流域大地震〟である。京都に経済人の会合があり、私も列席するためおもむいていると、八月十四日夕刻にグラグラと揺れてきた。かなり強い地震なので、すぐ支社に電話で連絡した。同時に、大津の測候所に震源地を聞いてみると、「まだ精細にはわからんが、立山山系の活動ではないか……とも考えられる」「伊吹山の噴火ではないか」「いや、伊吹は水成岩の構成だから、ありえない」という返事である。

そのうちに震源地は姉川流域で、相当以上の被害があるらしいという情報があり、想像したよりも激甚であることが判明したので、大阪支社に不時呼集を発令し、京都支局からも選り抜き、足腰の達者な連中を五、六人ほど引き連れて、私が陣頭指揮してただちに出発した。立山山系の活動だとすれば、できるだけ北進せねば……と考えた。米原駅までの車中の話では、立山山系の活動によるらしく、奥に行くほどひどいとのことだ。米原で汽車は不通となり、夜道をかけて虎姫駅まで行くと、はじめて立山の活動ではなく、中心は姉川流域であるとわかった。この姉川は織田・徳川対浅井・朝倉の勝敗を決した有名な古戦場だ。

そこで虎姫で旅館に入ろうとしたが、家人も女中もおびえて野営して屋内に入ろうとしない。それで一行は案内なしに二階にとおり、電灯はつかぬのであんどんの火で通信を書いていると、揺れ返しの強いのが、またもや見舞ってきた。びっくりした一行は、夢中で二階から飛び下りたが、これでは仕事もできないので、ひとまず米原にもどって、そこで方策を立てようと、余震の激しい中をまたぞろぞろ夜道をかけて米原に帰りついたが、大津方面は不通だが、名古屋方面の列車は出るという。名古屋なら勝手知ったなじみの土地だし、これ幸いとただちに乗り込み、名古屋に着いて東京の本社に電話すると、こんども取材は抜群、報道は機敏だぞ――とほめてくれたが、その後が大変な注文だ。「そこでだ。東京では〝伊吹山が噴火し、その爆発によるのだ〟といっているぞ。だから、すぐにだれか伊吹山に登らしてくれ。急ぎ、急ぎ。たのむ」「なに、伊吹山の噴火、爆発だと。それに登るのか」「ああ、そのとおり」と、甚だ冷静を極めた返答だ。爆発中の伊吹山に登れという指令だ。電話に出たのは、どうやらいまも衆議院の議員会館に顔をみせる横前正輔（よこまえまさすけ）君らしい。あとから当人に聞くと「そんな無茶なことを取り次ぐものか」といっていたが、同君でなければ、そんな無茶なことをいう者はおらぬはずだし、私はたしかにそうだと考えている。

しかたがない。一同を集めてそのことを告げ「どうだ志願者はいないか。これは決死挺身の勇気を要する冒険なんだが……」というと、これにはさすがに一同も青くなって――あきれて返事もできずに、ただ目をパチクリさせているだけである。そこで、私が「よし、それでは、私が登ってみることにす

報知新聞大阪支社時代の松村謙三（前列中央）

る」というと、私のとりたてた青年、木曽定吉記者が「それなら、ぼくも参ります」と決意を表明したので、二人で登山することにした。

醒ヶ井から登山すると、伊吹山には前から米原の方面に大きい山崩れがあって頂上から麓へ続いているが、いかにも煙が噴きあがる。それに登るのだから大変だ。――といって引き返すわけにはいかぬので登ることにしたが、途中で、背後から声をかける者がある。『大阪毎日』の記者だという。三人連れだって噴火点をめざし、余震のくるたびにキモを冷やしながら進んでいった。やっと〝山崩れの絶頂点〟についたが、ここで噴火、爆発の原因が判明した。その山崩れの跡は断崖絶壁、まことに、ものすごいばかりであるが、余震のたびに大きな岩がおそろしい音響とともに落下していく。その土煙りや砂煙りは、まるで爆煙のように舞い上がるのだ。遠方からみた噴火説の正体はこれであった。――もう日の出になった。雄大な太陽をおがんでから、醒ヶ井の方に下山したことであった。いまでも、米原を通るたびにまことに無鉄砲なことをしたものだと、当時を追想する。

七　頼母木氏、日本初の飛行機作る――箱根で「観楓画会」を開く――

私が名古屋におった時に、築港の祝賀祭りに、頼母木桂吉氏が洋行中に購入した自動車――日本で第二番目のそれを持って行き、人の目を驚かしたことは前に述べたが、それに味をしめたか頼母木さんが自動車に興味を持って意外な大損をした話がある。

来日したアート・スミスによる飛行実験前の様子〔大正5年5月、金沢練兵場にて〕

大阪に転任してからだが、大阪でバスを二、三台ほど輸入して営業した者がいた。それが火事で半焼けになった物を頼母木氏が買い込んだ。半焼けだから修繕すれば元どおりになるに相違ないと考えたのだ。ところが日本では修繕のできる人間がいない。それで大損をしたが、それでも一台だけ幾らか動くというので、新聞の運搬用に使っていたが、絶えず故障を起こすので結局はダメになった。――が、そういう着眼をする人だった。

やはり大阪時代だが、アート・スミスというアメリカ人が飛行機を持ってきて、日本で最初の横転、逆転をやった。すると頼母木氏は、日本でも飛行機を作らねばならぬ――といって、大阪の森田鉄工所というのに相談し、協同で飛行機を作りあげたものである。形はスミスの飛行機のようなものだ

田中光顕

が、自動車のエンジンかなにかを利用したものである。大阪の城東練兵場を借りて日中はあぶないから夜明け方に飛ばそうという。私も期待して見に行ったが、やがて飛び出し地上を二、三尺も離れたかと思うと、ひっくり返った。これが日本における飛行機製造の最初であるが、頼母木氏が元祖ということは知る人が少ないだろう。ともかく、先覚者として記憶すべきことであると思う。しかし頼母木氏はこのような失敗が重なって、ついに社をやめて政界に入ることになった。

東京の本社に帰ってから、企画部の仕事を主宰するようになったが、いまでも記憶しているのは、箱根で大がかりな観楓画会を開催した時のことだ。この観楓画会なるものには、本社としても多少の義理があって挙行したのである。その当時、宮内大臣の田中光顕（たなかみつあき）が目白に宏壮な大建築を起こして、三十万円も投じたと伝えられ、そのころの人を驚かしたものだ。世間では〝目白御殿〟と称したが、田中は明治天皇の臨幸を仰ぎたいつもりだったという。――というのは、明治維新の元勲の邸宅に三条〔実美〕、岩倉、それに大久保、木戸がなくなった後には、天皇の臨幸されたのは大隈、伊藤、井上〔毅〕の邸だけで、田中は久しく跡を絶っていた行幸を仰いで家の誉れとしたかったらしい。だから玉座とも推測される勾欄付きの床の間とか、百畳か百五十畳敷か――普通の畳では小さく見えるので、備後表の原産地に特別に注文し、肥料を多く施して四畳一枚の畳を作る藺草を育てあげた。屋根のかわらでも普通と違い、一枚二銭か二銭五厘のときに十倍近くもの値段で焼かせ、しかも田中自身で検査し、不合格の分を砕いた……と、いうのだから、推して知るべきだ。建築はいうまでもなく、総ひのき造りで、結構は善美を尽くしている。

ところで報知新聞の社会部記者で、名文をもって知られた田中花浪すなわち田中万逸君が、その豪華な建築ぶりを新聞でさんざん非難し、筆端のほとばしるところ、用材は帝室御用林の木曽のひのきを充当している……とまで指摘したものだ。こうなっては、田中宮相も黙っておられず、新聞社を相手取って名誉毀損の訴訟を提起した。その言い分は、木材は木曽ひのきではなく、紀州ひのきだというのだ。そこで法廷では実地検証となり、木曽のひのきか紀州のひのきか、それを鑑定するため裁判所と新聞社から専門家を連れて行ったが、新聞社で委嘱したのに清水仁三郎という建築技師の大家がいた。結局、それが木曽ひのきだと確証し、また判事が宅地を検証したところ、四畳一枚の畳ですべりこけて心証を害するなどいろいろのことがあって田中側が不利となり、この訴訟は取り下げられたが、こんな事件で臨幸を仰ぐなどは思いもよらず、建物は〝あかぢ銀行〟の渡辺治右衛門の手に移り、さらに〝講談社〟の野間清治に移った。清水氏は岩崎家の別荘なども造って、高級建築の権威として広く名を知られたものだが、のちに衆議院議員にもなっている。そんな関係から私も懇意になった。

その清水が、箱根の強羅に大きな旅館を持っていた。従来の箱根七湯のほかに強羅は明治末期に、仙石原は大正初期にひらかれたものだが、清水がやってきて、ひとつ強羅を紹介してもらいたいというのである。そこで報知新聞社主催の〝観楓画会〟の企画となった。会費はいくらだったか忘れたが、旅館に一泊させて歓待し、画集を一冊ずつ贈呈するというので非常な人気を呼び、希望者が多くて困ったほどだった。

『報知新聞』の美術欄を担当していた佐瀬得三――これは書家の佐瀬得所の子息で、顔がひろいものだから、当時売出しの画家寺崎広業、村田丹陵、荒木寛畝、それから中村不折など二十人ばかりも集めた。それに接待係として女優を連れて行った。女優がはじめて出現した当時だから、一行は珍しがって大喜びだ。なにしろ特別列車で箱根に乗り込み、紅葉狩りをして、大家の揮毫をみやげにされるのだ。ところで強羅に着くまでは、まずまず無事だったが、女優を連れて行ったのがそもそも失敗のもとだった。一行は四百人の大勢だし、画家の連中も酔っ払うし、その晩のにぎやかさといったらない。

　さて翌日となって席画ということになると、女優が色紙、絹などを持ってきていて、いち早く画家の前に集まり、「先生どうぞ……」とねだると、先生は肝心の画帖を放って、女優連中の色紙ばかり描いている。これには困った。大変なことだが、とにかく残った分は東京に帰って描いてもらうことにし、どうやら一行を納得させて帰京するという段になると、広業や不折は〝酒〟、〝酒〟で動かない。すると動かないのに乗じた者が、うまくとりいって幅物やなにかを揮毫させるという有様だ。広業も不折もその他の大家もみな名だたる酒豪だが、そのうちに広業、不折の二大家が口論の果てに取っ組みあいの大げんかをはじめた。――というのは、広業が社のためにとくに揮毫してくれた尺八の立派な山水の画を廊下に立てかけておいた。そして広業が小用に立った後で、不折が見ると「なんだ。こんなまずい絵があるか。おれが直してやる」と言って、遠慮会釈なく手を入れて加筆したのだ。これだけなら、まあよかったのであるが、広業画と落款したそのそばに「不折加筆」と書して自分の判をベタリと押したからことだ。当時の画壇では山水でも人物でも、狩野芳崖や橋本雅邦という大家がなくなったあとみずから第一人者をもって任じ、他からも推されていた広業だ。この酔っ払った大天狗の鼻を折ったのだから、納まるはずはない。「これはなんのまねだ。人を馬鹿にするのもいい加減にしろ」と怒りだしたが、不折は不折でひと癖もふた癖も持ちあわせている頑固無類の山男だ。広業が破ろうとするので、だれやらが持って逃げだしたが、その晩は飲んだくれの大天狗と山男とがとうとう取っ組みあいをはじめるという始末で、いやもうとんでもない〝観楓画会〟になった。

それから帰京して清算してみると大変な欠損であった。その当時で六、七万円の損だったから三木社主から、なんというつまらんことをする……としかられたが、ことのなりゆき、かくのごとき次第だったからいたし方がない。ところが、その欠損をすぐみ埋め合わせることができた。――というのは、広業と不折とのけんか沙汰の種となった幅を、これは面白いから表装しておくがよいというので、それを社長室に掛けておいた。すると社長を訪ねてきた金持ちがあって、それを見ると、「これは珍しい。広業と不折との合作で、そういう因縁つきのものならいちだんと面白い。いくらでもよいから譲ってくれ」と懇望し、その金額をすぐそこにおいて、さっさと携えて帰ってしまった。それで大目玉をくった〝観楓画会〟の大欠損も、この物好きな篤志家の出現によって補って余りありということになった。こういう企画部の仕事も、営業局長の頼母木桂吉氏がなにかと支持してくれたからだと今にして思い出される。

私が報知新聞に在社した期間は足掛け七年になる。退社したのは明治四十五年の夏ごろであったが、それはその年の正月にまだそれほどの年でもないのに郷里の父が生涯を終わったからなのである。

第3章　大隈侯の思い出

一　大隈侯付きの記者に——婦人には温雅な態度——

私が報知新聞の大阪支社に在任中に大隈老侯が来阪されたのは、たしか明治四十一年か四十二年と思うが、その旅行に随従するように——と本社に呼びよせられ、東京からずっと随従してまわった。それでのちに本社に帰っても老侯の邸に、しょっ中伺候し、旅行には数度お供する機会を得たわけである。このとき、老侯が大阪に着かれると、盛んな校友会が開かれた。食後にいろいろの座談があったが、なにかのはずみに、老侯は神社の鳥居に関して、非常に該博なうん蓄を傾けて実にくわしく話をされた。鳥居は南方からきたもので、今でもどんな型が残っているか等、等。そのうち老侯が「それで南方では、鳥居のある家もあれば、ない家もある」と言うと、列席のだれかが「いや、人間だってとりい（とりえ）のある者もあれば、ない者もあるんである」と口真似して半畳を入れた。さすがの老公も、長広舌のホコ先を折られたことであった。

そこへ当時大阪商船の社長をしていた中橋徳五郎氏が訪ねてきたが、中橋も相当に大ぶろしきを広げるので評判だった。「大阪商船では貿易を拡張する目的で、インド方面に商品見本の船を派遣して非常な成功を博したが、こういう企画は汽船会社のうち大阪商船がはじめて着手したものです」「その船というのは、どれほどの大きさのものか」「七千トンです」と、中橋が得意気に答えると、「なんだ、中橋ともあろう者が……。せめて一万五千トンぐらいの船でも送ったのかと思ったら七千トンの船とは……。イギリスあたりは一万五千トン、二万トンの船を送っている。七千トンの船を日本一などといったら、むしろ先方で軽蔑されはしなかったか。中橋ともあろう者が、なんということだ」とまき返されて中橋も頭をかかえて退却した。やはり同じ大ぶろしきでも幅が違うわいと思った。

それから小野梓先生の娘さん〔安子〕――この人は、神戸の医学校を出て同地で開業していたが、その人が大阪の旅館に老侯を訪ねてきた。すると非常に喜ばれた。「あなたの顔をみると、おとうさまに会うような気持ちがする」といわれ、親身になって自分の子をさとすように「東京に出てこないか。すべて私がお世話するから……」とねんごろにすすめられた。

すると小野先生の血を受けただけに、お嬢さんは「自分の力ひとつでここまできたのですから、あくまでも独力でここでやってゆきます」と厚意を謝して辞退した。「さようなことをいわずに……」と老侯はすすめられたが、ついに気持ちをひるがえさなかった。前年、小野先生没後、七十年の記念会が催されたときにその遺族をさがしたいというので、私が当時のことを渡辺幾治郎氏に話すと、それが縁となって娘さんの住所が判明したが、京都に独身でおられる。往年の佳人もいまは八十歳を越えている。

人生の縁故は不可思議なもので、私の叔母は京都に住んでいたが、重病で大阪の緒方病院に入っていると、その主治医が小野さんであったというし、それから私の叔母の谷村家とはまことに懇意な交際をしていられたようである。小野先生の記念会にも出席されて、あいさつをされたが立派なものであった。それから衆議院の長老であった故林譲治（はやしじょうじ）氏とも親戚の関係にあったようだ。当年の追憶の数々

大隈重信の高野山旅行〔明治43年〕。右から3人目増田義一、4人目北畠治房、5人目大隈重信、6人目大隈夫人、籠をはさんで高田早苗。二人おいて松村謙三

の話もうけたまわり、帰洛されてから手紙をよこされたが、その字体も文章もしっかりしたもので、まるで男子のようであった。この小野さんが、大隈老侯の前に出たとき、老侯の感慨がどれほどであったか。そのあふれるばかりの温情を、私はいまも忘れることができないのである。そしてその情景ははや半世紀の昔のこととなった。

この大隈老侯に随従した最初の旅行は、老侯に綾子夫人、それに増田義一（ますだぎいち）氏のほか家従や執事などの十何人であったが、旅行はいつも大人数であった。それに門下生や校友などの送迎者が加わるので、老侯の旅行というものは実ににぎにぎしく人の目をそばだたしめた大名行列であった。

東京を出発してから、まず沼津で歓迎会があった。その開会のあいさつをしたのは郡長であったが、役人なものだから「大隈侯は政治を志されたのであるが、こんど、政界を引

退せられ、教育に専念されて……」というような趣旨のことを述べたのであった。すると、怒ったことのないので有名な老侯であったが「だれか知らんが、いまのあいさつはとんでもない話である。わが輩は決して政治をやめてはおらんのである。教育というものは、政治の大なる部門に属するんである……」と、大勢の前で強くたしなめられた。私は老侯のけわしい表情というものをはじめて見た。

老侯の旅行にかならず夫人が同伴されることは有名でもあったが、随行してみて、奥さんが付いてゆかねばならぬ理由が納得された。元来、老侯は〝いや〟ということは決して言わない。好意を無視することができないような鷹揚な性格だ。だから旅行先で、明日の行程に関係ある地方の有志が「私どもの近所をお通りなされるのでありますから昼食をさしあげたいので、なにとぞ……」「よろしい。若い者をまぜて大勢で迷惑だろうが行く」という。この〝若い者を連れて〟というのが、また老侯の得意なのだ。すると他の有志がどこでなにを……と願うと、即座に「よろしい……」である。同じ時間の約束を際限なく、七つでも八つでもおかまいなしだ。それを抑制、制止するのが夫人の役目だ。「明日は何々の先約がありますから、行けません……」と整理する。だから「御本尊の承諾を得たから――と鬼の首でも取ったつもりでもそれはだめだ。夫人の許可がなければ……」と、よく連中に注意してやった。なんという大まかさ……ではあるが、これでは夫人が同伴しなくては、らちがあかぬことになる。それで〝大隈さんは、奥さんには頭が上がらぬらしい〟という評判もあったほどだ。夫人がヒステリーを起こしてむくれると、老侯が不自由な身体で髪を結うのを手伝い、機嫌を直した……などといううわさも取り沙汰されたほどだ。

この旅行のときに、大津から山かごに乗って比叡山に登り、京都に出た際のこと……坂本あたりの急坂で休憩したが、夫人がきせるを出すと、老侯がたばこをつめて火をつけて夫人に渡す。それをすって老侯に返すと、ポンポンと捨ててつめ直してまた夫人にすすめる。これにはみんなおどろいた。笑いをおさえかねて、私たちがふきだすと「わが輩のような年寄りがこういうふうにしても、なにがおかしいことがあるか。お前らのような若い者がやればきざになるんである。そねむな、そねむな」といわれた。だいたい老侯は婦人に対して、そういう温雅な態度をとられたものである。

増田義一氏も随行していたのであるが、その経営している実業の日本社から『婦人世界』を創刊した。あるとき汽車の中で、向こうの方に華族階級の婦人とも思われる上品な女性がいた。増田氏はその雑誌を贈りたいが、なんだか気はずかしいとみえてためらっていた。すると老侯は、それと察して雑誌を持ち、不自由な義足を運んで婦人の前まで出かけて、「私は大隈という者ですが、あそこにいるのは増田義一で、この雑誌を出したのであります。これをあなたに読んでもらいたいと思っているのだが、若い者ではずかしそうだから私が持ってきたのです。これを差し上げるから読んでごらんなさい」と言われた。貴婦人らしい女性の方でも、老侯ということは承知している。その話しぶりのうまさには、なんともいえない喜びを感じたようであった。

二　居眠りして冠のひもを焼く――専門家を驚かした演説――

大隈老侯と女性の話がでてきたが、徳川幕末・明治維新の際に活躍した人だから相当なものだったらしく、佐賀藩から長崎に派遣されたころの豪遊ぶりはいかにも大隈式らしく堂々たるものであった――と、語り伝えられている。

この旅行中、京都で丸山の村井吉兵衛（むらいきちべえ）氏の別邸に泊まったときと思う。そこで昔の話がでた。「わが輩が改進党を創立したときわが輩の行状について絶えず固苦しい意見をするのが矢野龍溪だ。〃どうも総裁ともあろうものがそんなことでは困る〃というのだ。けむたくてしようがない。それで、いつか龍溪のアラをさがしてそんな文句を並べさせぬようにしようと思っていた。ちょうど京都に遊説にきて、祇園の中村屋に泊まった。夏のころだが、朝早く階下に洗面所に行くと、矢野の蚊帳の中から、乱れた寝巻姿の美人が出て来たんである。〃フウム、こりゃよいものを見つけた。よし、よし……〃と、そしらぬ振りをしていた。朝飯のときに、犬養や尾崎などもおった。そこでわが輩が座中を見回して〃さて、きょうはひとつ、ここで裁かなければならん奴がいる。それで罪状をみなに話す。それから裁判することにする……〃というと、矢野は真っ赤になって逃げだした。それから後は、いっこうにわが輩の行状について、意見がましいことは言わなくなった」と、私たちを笑わせた。

京都では維新当時の懐旧談の数々を、夫人を相手にされていた。当時わずか三十二歳の青年だが、佐賀藩を代表する首席で、参議に任ぜられたのである。「朝廷に出仕するのであるし、服装は衣冠束帯である。佐賀の地方武士階級には、装束の方式などはわかろうはずがない。それで、専門の服装係がいて着けてくれるが、便所で用をたした後はどうも始末におえない有様で、難渋したものだ。そのころの会議は、平安朝時代と同じで夜であった。夜十一時、十二時から始まる。ある冬の厳寒の夜に、会議があるので出仕したが、だれも出ておらない。広い控の間だから、ひとしお寒さを感ずるのである。そこで出ている火鉢に椅子を引きよせ股火鉢をしているうちに、いい気持ちに暖まってきたのでついフラフラと眠ってしまった――。と、あごが熱いので目が覚めた。見ると冠のひもが火鉢に垂れて火がついていたので驚いて消しとめた。しかし冠のひもは位階を表わすことになっているので、陛下から賜ったものであるから、かけ替えがない。やむをえず、焼けて短くなり、フサのないひもの冠をつけて御前に出て、会議に列したのである。すると、お年若ではあったがこのひもにお気付きになられて、陛下は〝大隈の冠のひもは焼けたようであるが、代わりを遣わせ〟と仰せられた。こんなに困ったことはなかった。穴があるなら入りたい気がした」などと話された。当年の武士出身の大隈さんの面目がよくわかる。

この旅行で岡崎に泊まったときのこと――。この土地は花火が名物なものだから、歓迎のために花火を御覧に入れようと、もう大変ににぎやかな騒ぎだ。すると、綾子夫人の顔色がすぐれず、非常に面白くない機嫌のように見受けられた。「どうか、花火はやめていただきたいのですが……」といわれるのである。これは、条約改正問題のとき、来島恒喜(くるしまつねき)によって爆弾を投げつけられたために老侯は隻脚となられたが、その爆弾の音響が夫人の耳にしみ込んで、その連想から花火の音が気になるらしく、それで、せっかくの歓迎花火だがやめてもらったのである。老侯の隻脚というのは、遭難の際に生命が気遣われたが、夫人の決断によって、順天堂病院の佐藤進(さとうすすむ)博士が執刀し、大腿部から切ったのである。それでも十年はもたぬだろうとされたが明治二十五年から、四十年間も元気満々、生きながらえられたのである。大隈老侯の提唱された〝百二十五歳説〟というのは、動物はその成長完成期の五倍生きるものである。人生、心身の成長完成期は二十五歳であるから、その五倍、百二十五歳まで生きられるので、機会あるごとにさかんにそれを高調されたから、大隈さんの〝百二十五歳説〟といえば、天下に知らぬ者はなかったのである。

ところで、岡崎――三河という土地は、花火も名物だがスッポンの名産でもきこえている。すると早稲田大学の校友が老侯の百二十五歳説にちなんで、大きなスッポンを百二十五の数をそろえてかごに入れて持ち込んだ。廊下に置いたらあばれてはい出て、廊下中スッポンがはいまわる。これには老侯も困られた。百二十五歳説の提唱者であるから、不断に摂生に注意されるのはいうまでもないが、旅行中に私が感服したのは朝は四時に起きて運動される。それは杖を用いてはおられるが、就床するときには義足をはずしている。それで壁や戸をささえにし、杖を力に隻脚をつよくドシンドシン踏まれるのである。それから、演説と座談だが、いたるところで演説される。それがどこへ行っても同じ演説はしない。随時随所、当意即妙というか、実にぴったりしたもので、聴衆にあかず耳をかたむけさせる独特のものなのであった。

名古屋に行くと医師の会合があって演説の懇請だ。「よし」と言って臨席される。どんな演説の内容かと思うと、日本の医術発達史を説かれる。弘法大師が漢方を日本に移してから明治維新の医術革新にいたるまで、とうとうとしてよどむところがない。結論としては、維新の後にはドイツ派の医術を採用したが、海軍だけはイギリス式の医術を選んだ事情など当時を見るように話される。ところで、その聴衆は全員が医師なのである。その専門家を前にして、その歴史を説くのだから驚くのほかない。さきに比叡山の登行を話したが、比叡山では全山の僧侶を集めて〝法然上人の一代記〟を説いて聞かせる。それが精密をきわめて専門の僧侶をびっくりさせた。高野山に登ったときは中腹の茶屋に休んでいると、じいさんばあさんの同行連中が旗を立ててやってきて休んだ。すると老侯は例のような歩き方で、コツコツとその近くに進まれ、一同を見回して「わが輩は、いまの名前を大隈というのであるが前世は弘法大師でその生まれ代わりなんである。そこで、お前たちに弘法大師の一代記を説いて聞かそう……」というのである。そして老侯がじゅんじゅんとして説かれると、じいさんばあさん連中は感涙を流して謹聴しているのだ。「……これで、わが輩の前身がだれであるかわかったろう。いま弘法大師の生まれ代わりのわが輩が、お前たちに握手をしてやるのである」と同行連中の汚い手を、一人一人握ってやられる。そうすると、みんなは心から感激して、手ぬぐいを取り出して、握られた手をていねいに包んでゆく者もある。〝私は平民主義者だ〟とか、〝僕は民主主義者だ〟とかいってこれを誇りとして話をする人たちは、そのころでも多かったが、汚い手を握ってやるまでの暖い心持ちはなかったようだ。私がそうした情景を親しく見たのは後にも先にも大隈老侯ただ一人しかない。高野山に登ると、老侯のことだから非常な歓待であった。それから先方の懇望で、一場の演説をされたが、比叡山のときと同様に、全山の僧侶を集めて、弘法大師の日本文化におよぼした影響——という意味で、弘法大師の生涯と功績を話された。演説が終わった後で「老侯の話はどうか。きたんのない批評を聞かせてくれ」というと、あそこは学僧の多いところだが、いずれも申し合わせたように「偉いものです。さすがに大政治家としての見識は、普通の人と違っております」と答えるのであった。高野山から和歌山市におりて校友の南方家に一泊して歓待を受けられた。南方家から有名な植物学者——南方熊楠(みなかたくまぐす)氏が出ている。大きな酒造家である。その酒の命名を老侯にこうた。老侯は即座に〝世界一統〟と命名された。いかにも大隈さんらしい名前である。占領行政時代にはこのような文句は、みんなとりかえさせられたが、これだけは老侯の命名ということで許されて、いまもそのまま〝世界一統〟の名が残っている。老侯の旅行というものは、常にこのように明るく、にぎやかなものだった。

三　豪壮だった生活ぶり——朝吹英二が幕僚に——

大隈老侯の旅行の話をしたついでに、老侯の驚くべき記憶力について語ってみたい。まず老侯の人並みはずれた記憶力——これはだれでも驚嘆し、敬服したものだった。そこで、あの該博な老侯の知識というものは、どうして得られたのか。これは目を通して読書で得られた知識はわりあいに少なく、耳から入ったのを、いわゆる一を聞いて百を知るという、独特の流儀で消化し推理された結果である。これが日常の巧妙な座談に、雄大な演説に口をついて出てくるのである。その記憶力は人の顔や名前などでも五年、十年、さらに二十年を経ても正確に覚えていて忘れない。まるできのうのことでもあるかのように屈託なく話される。たとえば明治天皇が北陸道を巡幸されたとき、老侯がおともされたが、そのときの話をうけたまわったことがある。「……金沢から津幡に出て、倶利伽羅の峠の上でお休みになった。そこには松の木が、こういうふうにはえていて、なかなかよい景色であった。石動（いするぎ）に下りて上埜という家で休み、福岡の島田七郎右衛門（しまだしちろうえもん）宅で昼食を召された……」と、何十年も前に通られた路次を、地名も人名もそのままに話された。

もっと驚かされたことは、老侯が主宰されて『開国五十年史』という本を編集、刊行したが、その編集室を大隈邸の大きな部屋に設け、十人ばかりの編集員が仕事をしていた。そのまん中に安楽椅子をすえて、老侯がドッカと掛け、監督されるというのである。あるとき私が老侯のところに参り、そこに通されたが、編集員の一人が老侯の前にきて、明治八、九年に出たなにかの太政官令が、法令全集をさがしてみてもわからない。それはいつ出たものでしょうか……と聞いた。すると老侯はちょっと考えてそれは何年の何月何日である――と苦もなく答えられた。非常に重大な法令ならともかく、さほどでもない些細な太政官令の出たことを、布令の年月日まで詳細に覚えているなど、普通人にはまねることのできないすばらしい記憶力である。

日本人で記憶力のすぐれた人を二人ほど知っている。盲人で国学者の塙保己一（はなわほきいち）……記憶力のみで大部の『群書類従』を著わしたことはだれでも知っているが、もう一人は僧侶で、たしか鉄山和尚といって、その墓はいまも鎌倉にある。いつぞや鎌倉に行って見たのであるが、その臨終に際しての偈（げ）は〝老僧の身は天地を包む空山に向かって我骨を埋むることなかれ〟というので、自分の骨を灰にして散らした傑僧——それはたぶんこの鉄山和尚だろうと思う。この和尚は、支那に留学して『大蔵経』を全部、暗記して帰朝したというのである。帰国後は昼の間托鉢して得た紙に、夜その記憶をたどって『大蔵経』を筆写し、ついにこれを完成した。これはいまも大和の長谷寺かどこかに現存しているはずだ。このような超人間的記憶力は常人のとうていおよぶべきものではなく、支那では有名な唐の張巡が、一度閲読した本は一生を通じて忘れなかったというが、これは天分とみるほかはない。老侯もまた、そういう一人ではなかったろうか。

ところで、大隈老侯は決して〝困った〟ということばを口にせず、それが自慢でもあったが、陸軍大尉の白瀬矗という人を隊長とした南極探検のとき、さすがの老侯も、その資金募集が順調に進まぬので、みずから〝困った〟と告白された話がある。南極探検の壮挙が企画されると、老侯は後援会長に推され、当時財界の大御所であった渋沢栄一が副会長になって資金の募集をやったが、やってみると大隈・渋沢の盛名をもってしても予期したような資金が集まらない。——しかし、資金は集まらないのに船の出帆する期日はせまってくる。現在のように、政府が経費を出してくれるわけではないので、どうにもならなかったらしい。そのころに、新聞記者をしていた私が叔父の谷村一太郎とともに大隈邸を訪ねて引見されると、老侯は「わが輩はこれまで、かつて〝困った〟と言ったことのない男なんである。ところがこんどというこんどは、実に困った」と言われた。だから私は老侯の〝困った〟という発言を、そのときはじめて聞いた。そしてことばを続けられた。「わが輩は、満身創だらけである。——しかしながらそれはみな向こう傷ばかりである。後ろ傷というものは一つもないんである」とこう然として言われたが、このときの心配と苦労とは非常なもので、船が品川から出帆した際には、はじめてホッとされたようである。それで白瀬中尉も老侯に非常な恩義を感じて、南極に上陸してから、地名に〝大隈〟とつけたのがあった。

大隈老侯の日常は豪奢というより、むしろ豪壮な生活だったが、いったいどこからその生活費が出たか……これは世間で大きな疑問とされていた。ロンドンで相場をやってもうけたんだろう……そういううわささえ立った。大隈老侯にふさわしいうわさではあるが、事実はそんなものではない。老侯に信任されていた町田忠治氏が、大隈家の財政顧問だったので、かつて私が「大隈さんは自身の財政をどうしてまかなっておられたのか」と聞いたことがある。町田さんは「ロンドンで相場をやった……というような、つまらぬうわさがあるが、そんなことは絶対にない。だいたい地所の切売りをやっていた」と説明してくれた。明治維新の後であるが、当時は早稲田のみょうが畑、現在の鶴巻町から大学の敷地にかけて十数町歩を手に入れておった。その地所の値段というのが、坪当たり三厘ぐらいだったというから千坪三円程度、ほんとうの話とは思われない安値だった。

いまの丸の内一帯の空地を、政府が払い下げるため入札に付したが、だれも希望する者がない。買手がないので、政府から押しつけるように三菱に交渉し、坪当たり十何銭かで買わせたが、それがいまの丸の内である。それからみると、早稲田の坪三厘は高すぎるとされた。そのころ早稲田は、まったくの田園風景であったが、そのうち大隈家の別荘ができ、それからさらに本邸となるし、また早稲田大学の前身である東京専門学校が建設されて、しだいに住宅地、商店街の発達となり、したがって地価も高くなった。その広大な土地の切売りはだいたい坪二十五円ぐらいからで、それで豪華な生活を支えてきたのであるが、大正十一年に老侯がなくなられたころには、売る地面もおおかた残っていなかったそうである。

福沢諭吉の甥で中上川彦次郎、三井財閥の総帥であったその人の妹婿の朝吹英二。歿後に『朝吹英二伝』というものが、その知人によって刊行されている。この本は遺族の承諾を得て朝吹氏の事蹟、性行をもっとも赤裸々に書いた面白い伝記である。朝吹が吉原で道楽したこと、新橋から三ヵ月も帰らなかったこと、大相場をやったこと、骨董趣味は金もうけだけであったこと——そういう数々の逸話までも、関係者が仮面をつけずに故人とともに登場しているからこれほど面白い伝記はない。その中に老侯に関したことも書いてあった。実業家としての朝吹は、三菱で働いて、のちに三井に移ったので、大隈老侯には非常に尽くしたらしく、したがって尾崎、犬養、町田など大隈幕下の政治家などは、みな朝吹と心からの親友で、その連中もずいぶん朝吹の世話にはなっている。朝吹の大隈老侯にたいする関係は、普通にいう親近さではなく、大隈と福沢の提携にあたり、福沢の選考によって大隈の幕僚となったらしい。それで大隈家の台所をよく知っているし、なんとかして資金をつくってあげたいもの……と、あれこれ苦心したらしい。それで有望な事業をやることになり、九州の炭鉱を買って経営したが、ちっとも石炭が出ない。もうかるどころか大損した。それでそれを貝島太助に売り、貝島が経営するとその年から当たりに当たって、これが今日の貝島をなした基だ。そこで株相場にかかったが、郵船株をうんと買った。買っても買っても下がって、どうにもならない。これで三年ほど苦労したが、ようやく芽が出て——明治二十年前後のことだろう。当時の金で三十万円ほどもうけたのであった。この金を持って朝吹

朝吹英二

が大隈邸に行ったときには、さすがに傲岸不遜な当年の老侯も、ほんとうに喜ばれたそうで「そうか。――これでわが輩も一生、政治道楽ができる」と言われた。この事情が『朝吹英二伝』に詳しくのっているが、大隈家の会計というのは、地所の切売りのほかにまあ、そういうものがあったわけである。

四 〝楠公権助論〟の主張――福沢諭吉、大隈侯と提携――

私が若いころ――二十五、六歳の時分に、報知新聞支局長として名古屋に二、三年ほど滞在していた当時、名古屋の三井銀行支店長は本社の重役を兼ねての矢田績(やだせき)という人で、この人が采配を振るっていた。この矢田氏は福沢諭吉先生直門の秀才で、慶応義塾では犬養毅、尾崎行雄などの同級生であった。とくに犬養氏は矢田氏とともに成績抜群、いつも首席を争っていたが、卒業の前年、矢田氏に総合点二点の差がついて首席をうばわれ、負けん気の犬養氏は中途退学をしたという話がある。さて矢田氏はなかなかの識見のある論客であり、立派な人物であった。私もいろいろお世話になり、教えを受けていた。また時折りよく福沢先生その人の逸話なども聞かされた。

福沢先生は豊前中津藩、いまの大分県中津市の出身で、その郊外に先生の生家が保存されており、私もいつぞや九州方面を旅行した途次、そこを訪れたことがあるが、藩士でも軽輩の家柄なので、百姓家という構えであったと記憶している。二階建てであって、それは納屋に使っていたらしいが、そこの二階が福沢先生の勉強室だったそうだ。一代の先覚者であるとともに教育家である偉人の誕生した家、そして勉強した部屋がこれであるか……と思って、まことに感慨にたえなかった。

矢田氏の語るところによると、先生はその部屋で勉強されたそうだが、英語の辞書を一枚、一枚を暗誦して頭の中に入れるとそれを千切って窓から風に飛ばしてしまう。そしてまた一枚、また一枚という具合でとうとう全巻を頭に入れて全ページを風に吹き飛ばしたということである。そうして覚えた英語であるが、驚いたことには、六十幾歳のときに脳溢血で倒れられると、すべての記憶を喪失されたらしく、ありふれたやさしい単語さえも忘れてしまった。それを病気がだいぶよくなるとまた英語の勉強をやり直して、三年後に元のとおりに英語をマスターされたそうである。そのような大患を克服して常人のまねようとしてできない勉強をなしとげられた体力、むしろ精神力のすばらしさは、さすがに福沢先生なればこそであろう。

西洋の学問をするため、志を立てて大阪に出たときは、まだ若いころであったが、緒方洪庵（おがたこうあん）の塾に入門した。緒方先生は医家であるから、したがって先生も診療に当たったそうで、そういう際の面白い話も伝えられている。それから福沢先生は、そのころ非常な酒豪家だったそうで、大げさに言えば斗酒なお辞せず……で、一升や二升は平気で、それだけ飲んでも、あの堂島橋の欄干を、端から端へ歩調も乱さず、平気で渡った、というのだから、大変な酒豪であったらしい。

矢田氏は、またこういう逸話も語られた。――あるとき、先生のお宅に伺うと「明日の日曜は、みんなで郊外に遠足しよう。弁当は当方で支度するから」と言われるので、一同は楽しみにしてあくる日を待った。それは先生は酒は好まれるが、評判の衛生家であり、日常の食物などにもよくよく注意されて、家人にもやかましく言い付けられたから、遠足の弁当も、よほどのごちそうに相違ない……と、食い気ざかりの連中は期待したのである。そして先生のおともして出かけたが、昼になって弁当の包みをといてみると、握り飯にたくあんの香の物、それに針金よりも固い刻みスルメと、それだけであった。あまりの期待はずれに箸を取りかねていると、みなの失望した顔の表情を見やった先生は、「私は平生、よく衛生を重んじろ、食物に注意せねばならぬ、とやかましくいうが、しかし消化とか滋養とかいって、それになれてくると、当然、胃腸も弱くなるし身体も弱くなるのだ。だから不時の場合を考えて、粗末な物やまずい物も食べて、胃腸を鍛錬し、身体を強健にせねばならぬ。きょうの弁当は、そのために用意してきたのである」と言って、まずみずから箸を取られた。先生がそれだから一同も先生に従うほかない。矢田氏はその教訓をいまも肝に銘じている……と、その情景をなつかしまれた。福沢先生の門下生に対する教育方針、訓育方針はどこまでも門下生の精神を鍛えあげることにあったと思える。日常の些少事でも、それを採って用いられたわけである。そうして〝独立自尊〟にまで誘導し完成するようにされたわけである。

福沢先生の親しく執筆して、世に公にされた主張に〝楠公権助論〟というのがある。これは楠木正成の湊川に戦死したのは、権助が縊(くび)ったと同様だ……と批判したから、比類なき名臣を市井の匹夫と同一視するというので、世上の問題となったが、先生の深意は別に存したのだ。正成があくまでも忠節に徹底しようとするならば、どんな苦境に立とうと生命を捨ててはならぬ。なぜ自分の所信を持して戦わぬのか。耐えがたきを耐え、忍びがたきを忍ぶことこそ、真個の大丈夫でなければならぬ。断じて中途で挫折してはならぬ……というあきらめの心持ちを排斥したのである。とくに正成を引っ張りだしたのは日本人の崇拝する理想人物であったからで、その最後にとった心事と態度とが日本人の美点であると考えられるものが、ややもするとかえって欠点となるおそれが多い。それでは複雑多岐な国際国家として立ってゆく資格を失うことになると、時代に警鐘を与えたのだ。

晩年になってから先生には別に〝やせ我慢の説〟というのがある。これは有名な主張であるが、晩年にやせ我慢の心事と態度とを推称し、石にかじり付いてもやり通す……という気性が大切であると教えられたのだ。これは以前の楠公権助論とは多少違う。そこに先生の心境の推移がみられるのである。先生の主張を味わってみると、現代でもなによりの教訓であると思われるのである。

この福沢先生と大隈老侯とが薩長連合に対し隠然として大隈・福沢の連合をもって当たったのである。それで福沢門下での逸材と目された犬養毅、尾崎行雄、藤田茂吉、箕浦勝人とか、また中上川彦次郎、波多野承五郎（はたのしょうごろう）、朝吹英二とか、とくに福沢先生に縁故のある人々を選び抜いて大隈老侯に推薦し、その股肱とも羽翼ともして、活躍させていることは、その間柄を十分に物語るものである。政治における大隈と、言論教育界における福沢と、この両者が提携して、とりわけ大隈の組織した改進党に福沢門下がこぞって参加したのでは、薩長藩閥の警戒、畏怖するのも当然であろう。大隈と福沢とはまさに反政府陰謀の巨魁である――として、その動静に神経をとがらした。

前に矢田績氏に接したときに、なかなかの論客であった……と私の印象を述べたが、明治十四年に大隈下野の政変ののちに、矢田氏は福沢門下の精鋭としてその同窓とともに全国遊説の途につき、反政府の気勢をあげたほどであるから、そういう印象を受けたのは、別に不思議ではなかったのだ。その十四年の政変に、中上川彦次郎氏は福沢先生の甥であるからという理由で、やはり政府の重要な地位から追われたのであるが、のちに中上川氏が三井に入ったときに、矢田氏も後輩として、その中上川氏の「つくづく偉かった」ということを知った……と、私に話されたのを覚えている。中上川氏が山陽鉄道の社長であった時分に、矢田氏が随行して線路視察をしたことがあるが、中上川氏はわらじがけで、細かな点まで検査して歩く。実に周到なる注意ぶりであったという。旅館に泊まると、翌朝に新しいわらじを出すが、それをはかずに腰をつけて、前日のわらじをはいて出発する。それが破れてから、はじめて腰のわらじに代える――それほど細心でありながら、その企画の大胆なることは、まことに驚くのほかはなかったとのことである。

矢田氏の語られた恩師の福沢先生についての結論は、明治維新の前後だから、まだ大小を手ばさんでちょんまげを大事にしていたときに、きたるべき次の時勢を透観し、正反対に前垂れ掛けの教育方針を確立し、新しい時代に適応せしめて、そして明治の将来を開いた独創のすぐれた見識の持主ということだった。

同志社を創立して、新しい精神を鼓吹した新島襄（にいじまじょう）も、その独立と自尊とに、日本人の心の芽を培養し、大成させようとしたものだ。高い理想の炬火を掲げて、次の時代の日本人として恥ずかしからぬ国民を作る——そういう熱烈な気概で、教育家として立ったと思われる。終戦後から今日まで日本の変革は、明治維新の当時より比較にならぬほど重大なものがあり、さらに今日より明日を重なてゆく将来の変革も、まだ大なるものがあるとされるというものである。教育界にも第二の福沢諭吉、新島襄の現われでるのを待望するのは、無用の希望であろうか。教育というものは、文部省と日教組とが争うだけで、それで効果があがるものではない。官学とか私学とか区別しているが、今日の私学はまったく官学の模倣であり、追随である。なんらの特色あるわけでもない。教育界に一人の福沢先生なく新島先生がない。これで日本はよいのか。若いころに矢田氏に接して聞いた話から、こうした感想もわいてくるのである。

五　怪物行者、飯野吉三郎——豪傑、田淵真面目を発揮——

ところが、私が早稲田大学に入ったのは明治三十五年だったと思うが、その前年の四月に宏壮な大隈邸が火災にかかり、新邸がようやく落成したころであった。火事は昼のことで、学生たちがかけつけ、玄関の大きな仁王像をかつぎ出したそうである。この大隈邸の火災を予言した者がある。それは明治、大正にかけて、一世の怪物といわれた青山隠田の行者、飯野吉三郎（いいのきちさぶろう）である。

志賀重昂先生は、奥さんの関係から飯野とは親類にあたるが、この飯野について、私が志賀先生から親しく聞いたことがある。――飯野が、なにか普通人と異なる一種の能力を持っていたかどうか、これはどこまで信用してよいかわからぬが、詐欺か、なにかの事件で監獄に入っていたときに、ある朝のこと、看守に向かって「きょうはほんとうに気の毒な事件があった。欧州のある湖畔で高貴な女性が、悲運の最期を遂げられたようだ」と話した。それを看守が典獄に報告すると、典獄は「バカなことをいえ……」と笑いとばしたが、間もなく欧州電報が、オーストリアの皇太后がジュネーブ湖畔で、凶手に遭ったことを報道してきたので、典獄もびっくりしてにわかにその信者になり、飯野は獄中にありながら大変な厚遇を受けていたということだ。詐欺で入獄していた飯野が、それからは先生扱いとなった――と、志賀先生の話であった。

志賀先生自身も、奥さんと同行して外出したとき腹痛となり、あわてて帰宅すると、飯野が玄関から「まあ大したこともあるまい、見舞に来た」と上がり込んできたという。飯野のやり口というものは、信者が来ると、一室に案内し「おれの顔が、ある高貴な方に似ているのがわからぬか」と、高飛車にきめつける。高貴な方とは明治天皇をさしているので、天皇とは兄弟分だと暗示するわけだ。だから政界、財界の上層部の連中や、はなはだしきは宮中関係の者などもこれを信仰し、その隠然たる勢力は、大したものであった。この飯野は、大隈邸が焼ける数ヵ月前からその信者で、大隈侯に親しい代議士を大隈さんの邸に遣わし「大隈邸がやがて焼けるから注意しなさい」と警告した。大隈さんは、もちろん笑って受け付けない。一ヵ月もするとまた別の人間が来る。はねつける。一週間ほど前になると飯野自身がやってきた。大隈さんは「会う要がない」と玄関払いをくわしたが、飯野は憤慨して「心配して親切にやってきたのに、面会さえせぬなら勝手にしろ。焼けてかまわぬなら、焼けるがよい」と、大声で、どなって帰った。すると、一週間ほどして飯野の予言どおり丸焼けになった。

また飯野がやってきたが、たいがいの人間なら、飯野の予言が敵中したのだからそれを信仰しそうなものだが、大隈さんは「そんな者には会わん」と、追いかえしてしまった。当時の政界で、元勲とかなんとかいわれる階級でも、飯野にはろう絡されたが、大隈さんはこれをしりぞけて会われなかった。山本権兵衛内閣が成立したときに、飯野が出かけて行き、「山本に会えという神様のお告げによって参った」というと、山本は「当方にも神様のお告げがあって、飯野に会うなとのことだ」と追っ払ったというが、私の知るかぎりでは、このような迷信にとらわれなかったのは大隈さんと加藤高明さんだけであった。

昭和三年、普選第一回の総選挙結果をみると、政友会二百十八人、民政党二百十七人、まさに伯仲の間にあって、明政会、革新倶楽部、実業同志会など、各三人ないし六人の小会派がキャスチング・ボートをにぎる次第で、その議事運営は非常に困難をきわめた。そこで政府与党を中心として盛んな争奪戦がはじまった。暴力、強迫、誘惑など、手段をかまわず醜悪な争奪戦が公然と行なわれた。故郷の今井君のごとき、暴力に対する私の身辺を心配して太いステッキをもって、わざわざ護衛にきてくれた。

私ども早稲田の校友がもっとも困ったことは、大隈老侯の令嗣の大隈信常侯が田中内閣の久原房之助氏に動かされて暗躍したことであった。信常侯は松浦伯家から養子に入ったのであるがなんといっても老侯の後嗣である。それが平素老侯のお世話になったわれわれ民政党所属の校友代議士を築地の料亭に招待した。まず床の間を背にして先輩の増田義一、小山松寿、永井柳太郎（ながいりゅうたろう）、中野正剛（なかのせいごう）、山道襄一、牧山耕蔵などの面々十幾名ばかり。私は新参だから最末席に、私の上席には純無所属の田淵豊吉（たぶちとよきち）がすわっていた。やがて宴が終わりかけると、信常侯から改まってあいさつがあった。「こんど自分は老侯の志を継いで政界に一旗上げるつもりだから、老侯に縁故の深い諸君は、ぜひ自分を助けて傘下にはせ参じてもらいたい」という話である。別に新党を作って民政党を裂こうというわけである。あまりのことにみな驚いた。首座にいた増田義一さんがなんとか返答のあいさつをすべきである。それが黙って首を垂れて一言も語らない。つぎの小山松寿君もまた沈黙してしまった。平素おしゃべりの永井も中野も山道も、みな一言もしゃべらずに黙ってしまった。十分ばかり一座がシーンとした。そのとき私の上席にいた豪傑田淵豊吉が席を進めて言った。「私のごとき末輩が出るべきではないかもしれませんが、侯爵のごあいさつに対し当然増田君か小山君から一同を代表してご返答申すべきはずでありますが沈黙してなにも申しません。中野や永井のような平生のおしゃべりも黙って一言も申しません。なにも申さんけれども、その腹の中は私がもっともよくわかっております。よってこの私がみんなにかわってご返答申し上げます」と名のりでた。「私ども早稲田大学におりますころ、老侯から学問の独立ということは常におそわりましたが、おやじの縁故によってその息子の旗上げに付いてゆけという教えは老侯からかつて聞いたことはありません。私どもがそのような情実因縁についてゆかぬことが老侯の教えと存じます。そのようなことはおやめなさったほうがよろしい」と遠慮会釈なくやっつけた。そうしてなお「私ども老侯邸にお伺いいたしましたとき、昼ごろともなれば〝お前たちきょうは弁当でも食ってゆけ〟といわれ当時五十銭か一円の弁当だが、それがありがたくて涙が出るほどうれしかった。いまこの席で山海の珍味をごちそうになっている。それだのに少しも貴方に対してありがたいともうれしいとも思わぬ。これはどういうわけか。一言で申せば、貴方は求むるところあって、このようなごちそうをなさるが、老侯はわれら学生を心からかわいがって〝弁当でも食ってゆけ〟といわれた。その心持ちの違いであります。このようなことはおやめなさったがよろしい」とズバリ言ってのけた。一座はまったく白け渡った。信常侯はそのまま立って帰られたあとで増田義一さんは、田淵の前へ来てすわり直して「田淵、貴様という貴様は平生駄々ばかりこねて実にやっかいな男だが、きょうというきょうはほんとうにでかした。よく言ってくれた。お礼をいう。どこか席を改めて飲み直そう」と、田淵を主賓として席を改めてみなで飲んだことがある。

田淵は一種の哲学をもった奇人で、しかもすこぶる学殖の深い男で、一生不遇のうちに終わったが和歌山の選挙区の信頼も厚く、選挙の時など野外で演説をして疲れると「ああ眠くなった。一眠りするから君らも待っておれ」と野原で大の字になって昼寝をはじめるが、聴衆は散り去らず覚めるまで待って、さらに田淵の話を聞いたとのことである。晩年愛妻に死別し、子供を抱いて放浪した。先般もその令息が訪ねてきてくれた。音楽を学んでいるようだったが、どこか田淵の面影が残っているようでなつかしかった。

六　国葬よりも国民葬で——母堂、蓮根の糸で織物——

田中内閣のときに私は先輩安達謙蔵(あだちけんぞう)氏のお供をして鳥取から松江、山口に寄り九州に回った。私はそのときの旅行のことがいまも頭にこびりついて忘れられない。松江では明媚な風光、ラフカディオ・ハーンの遺跡などまことに心をひくものがあった。日本海づたいに萩に入ると、そこは維新発祥の地

――。吉田松陰の松下村塾をみて、その簡素さに感じ入り、土間の米ツキで米をつきながら塾生に教授した当時の松陰およびその門下生を想像して血の躍るのをおぼえた。伊藤公出生の家は足軽百姓のあばらや、庭の出口に大きな敷石がある。厳格な母堂は伊藤公の幼時、寒中徹夜、その庭石に正座させて庭訓をたれたという。後年、伊藤公は帰省して旧宅を訪ずれ、往時を回顧し、母堂在世の日を想い、低回去るに忍びなかったと伝えられる。伊藤公といい、大隈侯といい、藩は違うがその母堂の偉かったことは同じだ。

大隈侯の母堂〔三井子〕の話はしばしば老侯から聞かされた。大隈侯幼年のころは無類の乱暴者で、生傷の絶え間がない。母堂は深く心配して侯が朝起きて顔を洗うと、必ずすぐその手の平に〝南無阿弥陀仏〟と書き「けんかをするときはこれを十回口中に唱えて、それからやれ」と命ぜられた。仕方がないからそのとおり〝南無阿弥陀仏〟を十回唱えるうちに、大ていけんかする気分は消えうせて、けんかは少なくなったそうだ。これは老侯の直話である。

それから、かつて老侯の東海道旅行に従って岡崎の大樹寺〔徳川家の菩提寺〕に参詣したときのことである。仏壇の前を通って脇床の前にゆくと、老侯はなにか電気にでも打たれたように直立不動の姿勢で、そこに掲げてある観音菩薩の幅に向かって礼拝せられた。私らは驚いて、あとで老侯にそのわけを伺うと、老侯はつぎのように母堂のことを語ってくれた。

「わが輩は子供のときに腕白であったばかりでなく、政治家になってからも絶えず死生の間をくぐって奔走したものだ。そのころはまだ母も達者であったが、わが輩の身の危険について非常に心配し、とくに条約改正の一件で片足をとられてからはいっそう痛心せられ、一念発起してあの蓮根の細い糸を非常な根気で丹念につむぎ、それで一反の織物をみずからつくられ、それを四十八に切って画工に嘱して子供を抱いて慈愛に満ちている子安観音を描かせ、全国四十八ヵ寺に寄進してわが輩の安全を祈ってくれた。あれがその一幅である」とのことであった。伊藤公といい、大隈侯といい、人傑はただ偶然にできたものではない。陰に、偉い母親のあったことをつくづく感ずる。老侯が腎臓癌で危篤のとき、高田早苗先生が病床を見舞った。そうすると、平生きれいにひげをそっていた老侯が、全く別人のように蓬々たる白髯で、まるで高僧のような姿であった。その枕頭の床には、中国の大統領黎元洪（れいげんこう）が書いて贈った大幅をかけ、枕元にはなにか宗教の本が置かれてあった。高田先生が「宗教の本をお読みですか」と聞くと「今までは現世の事ばかりをやってきたが、そろそろえん魔との問答も研究せねばならぬときがきたようだ」と笑われたそうである。

　母堂は非常な仏教信者で、多少その感化も受けたのであろう。私が、かつて上京した母を連れて大隈邸を訪問したとき老侯は「おまえの国は仏教の盛んなところだが、おかあさんを築地、浅草の本願寺へ案内したか」としきりに聞かれる。「まだ連れて行かない」と答えると「それはいかん。ぜひ明日にでもおともしなさい」と私にいいつけて母にもすすめられた。

　国民が敬愛、親愛の感情をもって迎えた政治家としての元勲は、実に大隈老侯一人であったといえるほどだ。その元勲がなくなられたのに〝国葬〟にならない。すると早稲田大学の市島謙吉（いちしまけんきち）氏あたりの発案かと思うが〝国葬〟よりも〝国民葬〟という銘を打って日比谷で大規模の葬儀を行なった。会場の日比谷公園では、広場はありのはうすきまもないという言葉どおり、会衆三十万とされたから未曽有の盛況で、空には飛行機が飛び、地上には群衆が押しあい、いかにも老侯の明るい平生にふさわしい、はなばなしい葬儀であった。その後になって山縣有朋、大山巌という元老がなくなったさい、ともに〝国葬〟の儀を行なったのであるが、特殊な関係者のほかに参列者もなく、大隈侯の〝国民葬〟のように各階級、各階層の老若男女が参集した葬儀とは、まるで情景が違っていたのである。この〝国民葬〟の前後には、おもしろい――といっては不謹慎であるが、ほかの元勲にみられぬような情景があった。そのうち、私の見たこと、関係したことの二、三を話してみたい。

大隈老侯の霊柩は日比谷公園の会場に送るのに、非常な重量だからトラックにのせ、行列を組んで日比谷に送ることになった。すると田淵豊吉を先頭に純情な学生などの連中は憤慨して、いやしくも老侯の霊柩をトラックにのせるとはなんだ――と言いだした。「そんなけしからんことがあるか。早稲田大学というものがある。学生にかつがせろ」とねじ込んできた。「道理千万だが、なにしろ非常な重量だ。万が一にも落とすようなことがあったら大変だ。それだけは勘弁しろ」と言っても学生たちはなかなか聞き入れない。承知するまでは動かんぞ……と、大隈邸の玄関に校友、学生が百人ほどすわり込んでしまった。だれがなだめても承知しない。おしまいにやむをえず侯爵夫人がでて説諭せられたので学生たちはようやく、しぶしぶ帰った。

さて葬儀の当日、出棺の時刻になると、棺側の随従者として高田早苗とか尾崎行雄とか、そういう人たちを選定した順序があった。ところが田淵豊吉などが棺側にぴったり付きそい、真剣に緊張した眼中には高田、尾崎などそういう人たちも無いらしく棺側について行く――。すると、見かねた塩沢昌貞(しおざわまささだ)教授(田淵君の恩師)が「君なんかのでる場所ではないからしりぞき給え」としかると、田淵は「なにをいうか……」と、塩沢教授の乗っていた人力車の梶をねじあげたので、教授は一間ほど後にはねとばされたということもあった。その晩、大学で地方からでてきた私たちに慰労というか、晩餐会を催してくれた。ところが田淵君の胸の中には種々の感慨がこみあげてくるらしく、それらの余憤から、ごちそうをならべてあったテーブルをひっくりかえすなど、手のつけられない始末となってしまった。――だが、田淵は知られるとおり無邪気な男で、虚飾などは微塵もなく、よそ目には無遠慮、不作法だと眉をひそめさせる態度も、老侯はその真率を愛して学生時代でも非常に彼を愛した。その老侯が死んだ。田淵の胸にはなにか切ないものがこみあげたのだろうと思う。

葬場でも犬養、尾崎という先輩が、西久保弘道（にしくぼひろみち）にひどくしかられたこともあった。西久保は警視総監、東京市長をやった人だが〝国民葬〟の葬儀係を引受けた。礼拝の時刻は正午から三時までの予定だが、会衆は三十万――とても全部の人が礼拝するわけにはまいらぬ。打ち切るに忍びんから礼拝時間をせめて一時間だけでも延ばそうという。それがみんなの意見だ。ところが、西久保が「予定どおりにとり運ぶ」と言ってがんとして聞かぬ――。それを犬養、尾崎の両氏が「この会衆だ。せめて一時間でも延ばすことにせよ」というと、西久保は「あなたがた黙ってなさい」とどなりつけた。〝大隈の国民葬〟というものは、それほどまでに国民大衆の愛慕と敬意のうちに行なわれたもので、人気があった老侯だから、葬儀も人気があった……と、そういうよりほかに形容しがたいその日の盛況ぶりなのであった。

第4章　政界へ

一　父と祖父をなくす――閑を利用して植林――

報知新聞に入って経済部記者として約一年半ののちに名古屋支局長、大阪支社長としてそれぞれ一年半ほどずつ勤務し、ふたたび本社に帰ってからは企画部面を担当させられ、経営関係の仕事を見習うことになった。すると明治四十四年になって、このうえなく私を愛してくれた祖父がなくなり、その悲愁の消えぬ同じ年の暮れに父が病の床についた。症状はチフスである。驚いて帰省し看護に手を尽くしたがかいなく、あくる四十五年の一月十一日に、ついに帰らぬ旅路の人となった。それまで長い都会生活ばかりで家事を心にかけぬ私であったが、いま父に死なれてみると全く風樹の悲しみに堪えぬと共にいろいろ整理せねばならぬこともある。しかしどう手を付けてよいか、まったくとまどった。家庭の事情がこうなっては名残りおしいが新聞社をしりぞき帰郷するほかない。そこで、このむねを申し出ると、せっかく子飼いの記者として育ててきたのに……と、箕浦社長も三木社主も残念がってくれたが、事情が事情ゆえ、どうにもいたしかたなく、それでは……と社友の待遇をあたえて許してくれた。そして帰郷して、いままでとはまったく一変した生活環境の中に入った。

するとこんどは母が病気になった。それに弟の尚則（なおのり）が東京でこれも病気になるという始末で、やがて弟は危篤だとの知らせがきた。そこで郷里から東京へ、東京から郷里へ――と、行ったり来たりする有様だったが、幸いに弟は回復して茅ケ崎で静養し、それから帰郷することができた。故郷の山河、風物に接してみると、数々のことが思い出された。

元来、私は小さいときに脳水腫をわずらって、医者は〝この子は長生きはできぬ〟と言ったそうだ。病気がなおってからも頭だけが大きく、家の中を歩いても、なにかにつまずくと身体の安定を失ってすぐ倒れるという具合なのである。それで父が私を連れて、金沢市の病院でみてもらうために行った。そのときに「まあ、ブランコでも作ってそれで遊ばせるのだな」というので帰ってからそうすると、頭が大きく重いものだから、ひっくり返ってさかさまに落ちる。――そういう子供だったのだ。他人から見るといまはすこしも目立たぬらしいが、私が帽子をあまりかぶらぬのは、なにも無帽主義というのではなく、頭に合うものを手に入れることが困難だからで、とくに堅い夏帽子となるとほとんど絶対といってよいくらい入手できなかった。

衆議院議員になってからだが、昭和の即位御大典の大観艦式が神戸沖で挙行されたことがある。いわゆる日本海軍の全精鋭を集めたもので、その壮観はまたと見られぬだろうといわれた。もとより陛下も御臨幸になるので、陪観の議員も正式に盛装せねばならぬが、私の頭に合うシルクハットは、どこをさがしまわっても見当たらない。やむをえず、小さいけれども普通の物を持って行ったが、陛下の着御を奉迎するとなると、先着の私たちは帽子をかぶらなければならぬ。軍艦の甲板に並列してそれを頭の上に乗せているとさっと吹いてきた海風がシルクハットを飛ばしてしまった。それが舷側に落ちて、ひっくり返ったまま波に浮いているのだ。このときほど冷汗をかいたことはない。大観艦式の艦艇の中に、私のシルクハットが、無心に参加しているのである。

先年インドからネール首相が日本を訪問したとき、早稲田大学にもこられるという。私は大学の校友であるから列席してくれというので出かけた。正式の歓迎だから大学の関係者は一様にガウンを着て、フサの垂れた四角な帽子をかぶるのだが、ガウンはともかく私の頭に合う帽子がない。それで小さいのを借りて手にしていた。――すると式場に入ると帽子をかぶってくれという。かぶれといわれても、それは無理だ。どうしても七インチ四分の三ではだめで、超特級でないと役に立たぬ。身長のほうはどうして伸びたのかわからぬ。父も中肉中背、母も中肉中背だし、それから祖父も背たけはさして高くはない。ただ曽祖父の着物が残っているが、これは私が着ても大きいところをみると、隔世遺伝とでもいうのかもしれない。それとも私の乳母というのはおそろしい大女で、五尺五寸ぐらいもあったろう……と思われ、今でも記憶しているが、その乳をのんで育ったから、そうした影響もあるかもしれない。

さて家を継いで別になすこともなく、日を送っていたが退屈でしようがない。私が東京から郷里福光へ帰ったのは明治四十五年の夏で、大正元年と改元されて、日本も、そして私も画期的時代を迎えたわけである。そうこうしているうちに、やがて春を迎えてから、ふと思い出したのは父が残してくれた西山の山林である。それに閑適生活の時を利用して植林することにした。当時はなにも考えたわけではなかったが、その後何十年か経てこれが私の活計を助けることになった。

そのうち、私を推して町会議員に挙げてくれた。すると郷里で耕地整理を行なうことになったが、私にその会長になるように……との交渉である。ことは土地所有者の利害に関する重大問題であり、新聞記者の閲歴と経験としか持たぬ私にはまことに面倒な仕事であるし、もとより辞退したのであったが、無理矢理押しつけられてしまった。ところが前田（まえだ）久太郎（きゅうたろう）、桐山友吉（きりやまともきち）――こういう熱心な人たちがむずかしい問題を処理してくれて、その完成には十年ほどかかったが、最初の計画を遂行しえたときは、実に喜びにたえなかった。

また当時のことで思い出されるのは、町会で町有山林があるので植林することを決議し、準備を整えて着手した。そこで、立山の芦峅に私の懇意な佐伯静という老人がいるので、これに福光町の植林計画の話をすると、老人は「それには、立山の五千尺以上の場所に杉の天然林がある。これなら風雪に耐えて育つ。その苗木なら雪に倒伏するようなことはない」と説明してくれた。そこで佐伯老人に頼み、天然林の種子を集めてもらい苗木に仕立てて植えたが、なるほど老人の説明のとおりで、いまでは成長してうっそうたる美林が繁茂しているのである。

ここで、ちょっとエピソードを述べるが、私の郷里砺波地方にはすぐれた先覚者がいて、その識見と努力とによって地方の振興、発展をみたことが大きいということだ。そのよい例が中越鉄道の建設なのである。中越鉄道というのは、北陸線のできる前に早くも実現しているのだ。高岡と城端との間に敷設されたのだが、これは、いま砺波市に入った鷹栖村の大矢四郎兵衛氏の力によるものなのである。大矢という人は大地主で、のちには衆議院議員にもなったが、その代議士時代に、私は早稲田大学に在学中であったが、はしなくも面識を得て熟知となったのであった。

当時、下宿屋で私と同室の友人に、下新川郡の若栗村出身の西田為三という学生がいた。西田はのちに才幹を見込まれて安田善次郎の分家の養子となったが、碁が強くてみずから二、三段の実力があると言っていたものだ。ところで、この西田が大矢氏の好敵手なので、わざわざ西田を訪ねてきては烏鷺の勝負を争うのだが、そういう大先輩であるから同室の私は勝負の終わるまで待つのであるが、それが徹夜になることは毎度で、私は眠いのを我慢していたものである。

中越鉄道の敷設計画が立てられたのは、明治三十年前後のことだろう。大矢氏が代議士にならぬ前で、その腹心として砺波出身の松島与信、谷村一太郎――この谷村は私の叔父であるが――そういう人たちを重役にあげた。ところが鉄道関係についてはしろうとのことだから見込み違いが多かった。砺波方面の線路を先に敷設したから、いよいよ機関車を上げるのに船で伏木の港に運んだが高岡まで容易に持ってこられない。分解して高岡に運び、また組み立てるというようなこともあった。技師長は和田善睦という土佐の人で、ひげをはやしたいかにも土佐人らしい型であった。かつて参議院議員で、よくアジア問題などに出てくる高良（こうら）とみ女史は、この和田善睦氏の長女で高岡で生まれている。

先覚者に痛ましいことはその努力に報いられぬことである。全財産を注ぎ込んでの事業は完成しても業績はあがらず、せっかくの中越鉄道も経営の困難でついに安田系に安く売らざるをえなくなった。

大矢氏は、また北海道の開拓などにも力を入れられたが、のちに鷹栖村の古老が中心となって立派な銅像を建て、その遺徳を顕彰している。その碑文は、生前親交のあった尾崎行雄氏に依嘱して同氏の筆になるものだ。この中越鉄道が完成をみたので、それまで風俗でも言語でも金沢市の感化、影響を受けていた地方であったが、それからは富山市、高岡市を中心とするようになり、ある意味で独立したようになった。

谷村一太郎

二二、三百票差で落選――東園知事、県営電気を実現――

そうこうしているうちに県会議員にあげられた。郷土の人たちが一所懸命理想選挙でやってくれた。そのころ私は生活の変化した故からであろうか、健康がすぐれなかった。神経性昂進、脈搏促迫――という容態なので、県会役員の椅子は、みな他に譲ってやるから、そのかわり仕事のほうも頼むぞ……という条件をつけておいた。

当時の富山県知事は東園基光（ひがしぞのもとみつ）といって、公卿華族の子爵であった。この人の無軌道といったら――およそ通常の人間なら、いくらなんでも軌道があるものだが、東園知事にいたっては軌道もなにもないような、珍しい風格だった。一例をあげると、高等女学校を津沢におくことにきめておきながら、各地の誘致運動の招待に応じ、さかんに宴会に出る。石動（いするぎ）町の招宴に出てのあいさつに「そんな女学校のことなどを心配するな。いまに府県の合同があるようになる。石川県と富山県と合併する。そのときは県庁を富山にもおけない。金沢にもおけない。その中間の石動におくことは必然だから安心せい」と人を煙にまいた。すると、この東園知事が、その時分の地方では思いもよらぬ大事業をもくろみだした。県営電気という計画で、無軌道であればこそ取り付いたわけだろうが、普通の人間ならば、まず手をつける勇気は持ちあわせておるまいと思う。

このきっかけというのは、常願寺川改修の問題である。この川は安政年間の大地震のため、河流がふさがり、それが抜けて惨たんたる大洪水になったことは有名だが、以来大変な山崩れのため水源が荒れ、雨があれば氾濫するし、雨がなければ渇水となる始末で実に手におえない。それで内務省にいくどか陳情した結果、沖田という内務省の土木技官が出張したうえ治水状況を視察し、その対策を立てることになり、間もなく現地に到着したのである。東園知事は内務部長の森本泉を同伴して視察の案内をしたが、水源の山地をみた沖田技官は、意見を聞かれると「これは大変だ。しかし技術者として、やればやれないことはないのだが、それには非常に金がかかる。さりとて、いま国ではそんな金がないから、政府として、すぐに手をつけかねる……」と答えたついでに、負けおしみにほんの思いつきを話した。「だから、ここで水力電気を起こす設備をして、その利益で気長に治水に取りかかるようにしたら、どんなものか」と付言したのを、真っ正直に受け取った知事が、「よし、それではやろう」となったので、別に周到な調査、細密な計画から生まれたものではないのだ。

常願寺川の濁流や土砂の処理となると当時の技術では至難なのであるが、知事は例の気性から、もうやりたくてしかたがない。私たちは急先鋒となって、あくまでも反対の態度で終始したが、知事は信念を貫いて県営の富山水力電気の実現となった。いまとなってみれば、東園知事の思い切った考え方が富山県にとって非常な利益となっており、私ども当時これに反対してきた者は、いまさら赤面にたえないと思っている。

後年、斎藤実（さいとうまこと）内閣が組織されたときに、私は農林参与官となったが、この県営電気に反対したため意外な機会に東園子爵に一本ちょうだいさせられた。このとき東園子爵は貴族院議員となっており、全国山林会の会長で、農林省には相当強力な立場をもっていた。当時山林会の会合に大臣と私がそれに出席したが、東園会長を私が知らぬと考えて、農林大臣の後藤文夫（ごとうふみお）氏が東園子に私を紹介すると、「いや、松村君ならよく知っている。富山県知事の時代に、そのころ県会議員だった松村君から猛烈な反対を受けて、ひどい目にあっているから……」と、その当時のことを披露されたのであった。東園子は、肺炎が悪化して逝かれたが、その直前に、私のところへ使者を寄こした。用件は「貴下の懇意である若槻礼次郎男の家には、家伝の肺炎の妙薬がある由をうけたまわっている。それについて、自分のためにぜひともそれを頒与していただきたい。この儀を懇望する」というのであった。そこで、いそぎ若槻邸におもむいてこのことを語ると「さあ、効くか効かぬか知らないが、家伝の薬はまさにある」というので、これをもらい受けてただちに届けたことであったが、効き目がなかったのか間もなく訃報が伝えられたのであった。

私が県会議員に出たときは、理想選挙を看板にして立ったが、地盤としては地理的にみると、福野からの道と、津沢からの道と、この両方を押えると他の候補の侵入を許さないという地勢だ。西野尻に富田という豪家があるが、そこを本拠にして、青年たちは道路を監視し、他の候補の運動員の姿を見ると、自転車で一挙一動を警戒するので手も足も出ない始末で〝理想選挙〟かなにか知らぬが、無事に当選した。最初は一回だけつとめて、それでやめるつもりであったが、次の選挙になると「適当な後継者がないから、また出てくれ……」とすすめるのだ。そこでやむをえず承諾したが、前回の当選に得意になっていたので私のほうから条件を出した。

それは、こういうことだ。「立候補はするが、依頼状は書かぬ。また演説もやらぬ。それでよければ……」というのだが、それでもよいとのことで、同志や知己の諸君は忠実に奔走してくれる。それを私は家に閉じこもって頭も下げず足も運ばず、開票したら二、三百票の差で落選した。すると一所懸命に運動してくれた諸君の中には、ひげをおとすものもあれば頭をそるものもあり、世間にあわせる顔がないと温泉に逃げるものもある……という騒ぎである。私が自身からすすんで陣頭に立ったというならまだしも申し訳はあるが、手も足も動かさず、悠々閑々となまけていたのだから、これらの人々になんとも申し訳がない。後悔しても追っつかない。人力車でおわびにかけまわって郡内の有志に不徳をわびたが、選挙というものは、同志に対しても正しい意味において全力を尽くすべきものだとつくづく感じさせられた。

三　ヒスイをばらまく――天津で成功した中野長作――

大正十一年の夏――永井柳太郎君にさそわれて平野英一郎（ひらのえいいちろう）君と私との三人で、中支から北支にかけてのん気な旅行をした。平野とは早稲田大学で支那語科で席をならべた仲間であり、晩年絵をかいたが先年物故した。

まず青島に行った。第一次世界大戦で日本がドイツの勢力を駆逐してからもう五、六年もたっているので市街に日本情緒がただよっているし、青島商業会議所会頭の田辺郁太郎（たなべいくたろう）君は浜松市の出身であるが、早稲田の同窓である。その招きに応じて私ども三人が青島へ行ったのである。青島という土地は支那としては夏が涼しく、そこの海浜ホテルに一ヵ月も滞在した。それに田辺君が有力者としていろいろ歓待してくれ、便宜もはかってくれたので、なんの不自由も窮屈さも感ずることなく日をすごしたのである。

そこで永井君の話であるが、青島へ行く汽船に福太郎という女役者の一座が乗り合わせていて顔見知りとなったが、それが青島にある日本劇場にかかった。劇場主は角屋という私と同郷のものだから毎晩木戸ご免である。永井君は大の芝居好きで、暇さえあれば見物に行く。この劇場主は私たちを特別に待遇してくれる。福太郎というのは、まことに大根役者なのだが、そのうちに〝忠臣蔵〟をやった。そこで義士の一人が吉良上野介の情報を得るため八百屋に化けて入り込むという場面がある。例のとおり永井君などとともに見に行ったが、宿に帰ってから十二時過ぎ――一時ころに私の部屋をノックするものがある。あけてみると永井君だ。「おい、僕はどうも眠られぬから少しつき合って話をしろ」「なんだ、夜中に……」「君は感じないかしらぬが、僕は今夜の福太郎の芝居を見て実に感激して眠られんのだ。それは、あの主君の仇を討つため粉骨砕身、生命を賭して悲壮な苦心をしている幕だ。しかるに僕たちは、いま日本の大改革をやろうという大望を抱きながら、家にいればなにかとぜいたくをしているし、外に出ると自動車ばかり。こういう浮薄な精神、柔弱な意志で、どうして大事を成しとげられるか。これを思うと眠られぬ」というので、朝まで話し合ったことがあるが、永井君の性格にはこういう一面があった。てらったところもあったかもしれぬが、つまり自分自身感激性をもっているので、他人をも感激させたということだろうと思う。

　青島に滞在している間に田辺君の家で田辺の奥さんが毎週一回〝永井を囲む会〟を開き、友だちの奥さん連中を招いて話を聞くと、それが評判になってわれもわれもと集まって、どうにも始末がつかぬようになった。それで招待券をだすことにすると、その招待券に値がついて十円、二十円、三十円とせりあがった。永井君のことだから婦人の好む話をたくみにやるから一度聞いたら、たちまち〝永井ファン〟になってしまうという人気であった。青島から済南へ出発するときに停車場に行くと黒山のような人出だ。そのほとんどが永井君の見送りで、その八割までは婦人たちであった。それから済南に行き、泰山に上り、孔子の郷里である泗河の大聖殿に詣で、それから天津に行ってしばらく滞在した。北京に行き、さらに大同の石仏を見ることになったが、この天津の話になると、いつも思い出すのは中野長作（なかのちょうさく）君のことである（ところが、この話をしているところへその中野君が昨晩、食道癌のため高岡市の市民病院で逝かれたと聞き、少年時代に知り合い、現在までの中野君とのいろいろの長い交誼をおもうと、まことに心さびしい感にたえない）。

私が高岡中学に入ったのは、同校が創立されたので富山中学から転校したわけだが、最初は博労町にあった本願寺の教室を使用していた。冬になって、博労町の中野という畳屋に下宿すると、そこの子息に眉目秀麗の少年がいて、よく私たちのところに遊びにきた。中学を卒業してからは、中野君ともいつか疎遠になってしまったが、この支那旅行の途次、天津ホテルに滞在していると、ある朝部屋をノックするので、だれかと思ってドアをひらくと、美男子の青年紳士がほほえみながら「私に見覚えがありませんか」「さあ、見覚えがあるようですがあなたは……」「あなたが中学時代に下宿しておられた中野のせがれです」というようなわけで、奇遇を喜んだのであった。

中野君は高岡の〝北一商会〟に入り、その後独立して当時は天津で綿花貿易を経営し、三井物産支店につぐ大貿易商にまで進み有数の成功者として数えられていたらしく、私のために天津、北京の諸方を案内してくれたのであった。天津でももっとも宏壮な料理店で豪華な宴席を設けて歓迎してくれたので、厚意を感謝して出席すると主客二人のみで十数人分の椅子があいている。そこへぼたんのように着飾った日本芸妓が大勢入ってきて、それぞれの椅子に腰をおろした。この連中がみな中野君と心安い仲である。宴、たけなわのとき、中野君は上衣のポケットからザラザラと碁石のような音をさせて、つかみだしたのは目もさめる翡翠（ひすい）の上等品で「さあ先生、どれでもお気に召したのを取ってください」と言い、これか、あれかと選定したうえで数個をおくってくれた。それで残った分は、みな芸妓たちにくれてやった。その豪華ぶりに私も驚かされたことであった。

中野長作君はそれから四、五年すると、反動期に入って見事失敗し、天津をしまって帰国し東京の私の家にやってきたが、やがて福光の太平木工会社の支配人などになった。しかし小さい舞台の役者ではないので、戸出町の戸出物産――織物会社――の支配人、専務として手腕をふるい、それから高岡市の北日本興業の社長となり、戸出、高岡の文化人として知られたものである。一人の子息も俊才で、三菱商事に入社して将来を嘱望されたのに、戦時中に召集されてマニラで行方不明となり、やがて戦死確認となって後嗣を失い、まことに気の毒にたえなかった。

北京に行ったときには、黎元洪が大総統だったと思うが、〝天壇憲法〟――北京の天壇に立って天地神明に誓って宣布した憲法――により招集した議会を見物したが、傍聴席は私たちだけで、汚い老婆が子供を遊ばせていたが、それほど国民とは没交渉である議会だったらしい。とにかく、茫漠たる広さをもつ国だから時差が大きく、職場の四隅に時計があって、四川、広東、上海、北京の時間を指示している。また議員の演説も発音が違うので言語が通ぜず、それがため演説には通訳がついているのが珍しかった。それから清朝時代の宮廷の庭園であった万寿山を見た。

さらにそれから大同の石仏寺、雲崗の仏跡を見物に行くことになったが、永井君は足が不自由なのでとりやめ、平野君と私とで見にゆくこととした。大同の駅から雲崗までは相当の距離があるので馬を雇ったのであるが、私の乗馬は片目なので、二度も三度も落ちた。その頃は大同の石仏は、まだ今日のように喧伝されていなかった。

四　辻政信、酒豪大観に参る――天才画家、菊池左馬太郎――

大正十三年、物の安いころだった。私が貧乏して父祖の代から伝わる骨董を売りに出したことがある。この売立てで万暦赤絵の香炉が評判となり、売立ての呼びものになった。この香炉は相当の代物で、かなり高い値で売れるのではないかと期待していたが、どうもパッとした値が出ない。売立ての後見役になってくれた親類の福野町の山田正年（やまだせいねん）君が心配して、自分の親類にあたる富山岩瀬の富豪馬場家へ話して売ってやろうといって世話してくれた。ところが、馬場家ではいらないという。仲に入った山田君は大変困り、とにかくこれを担保にして、しばらく二、三万円を貸してくれといって香炉を馬場家にあずけてきた。その後、馬場家の当主であった正治さんが結婚することになった。そのとき、日本銀行総裁をしていた井上準之助（いのうえじゅんのすけ）さんが媒酌をしてくれたので、そのお礼に井上さんを東京の馬場邸へ招待した。馬場家では同家に伝わる秘蔵品を並べたが、正座敷には青磁の香炉を、次の次の座敷だかに例の赤絵の香炉を飾った。これを見た井上さんは、わかってかどうか知らないが青磁の香炉をほめないで赤絵の香炉ばかりをさかんにほめる。そして、これは家代々に伝わっている香炉かと聞く。馬場家ではまさか借金のかたにとってあるものだとも言えず、家代々に伝わるものであると言わざるをえない。苦しい返事をして、どうにかその場をつくろったので、どうしても買い取らなければならないはめになり、山田君に証文を返してきた。

後年、私が井上さんと親しく交際するようになったとき「あなたに、大変お世話になったことがある……」とこの話をしたところ、井上さんは「あれは、君のものだったのか……」と二人で大笑したことがある。戦後、財産税を納めるために馬場君が、器物を売りに出したとき、それを引き受けた道具屋が私に赤絵の香炉を引き取らないかと言ってきた。私は、とても引き取る気にならぬので断わった。その香炉は流れ流れて、いまは福光町の波多栄吉（はたえいきち）君の蔵に納まっていると聞いている。

いま、私の郷里福光町は太平木工、波多栄吉君の木工事業などまったく木工の町である。もともと福光の町は生糸の町であって、木工の町ではなかった。その木工の道をひらいたのは京都の画家で菊池左馬太郎、号は素空という人である。菊池素空先生は竹内栖鳳などと同窓で、同じく狩野芳崖に学びのちに浅井忠氏の後をついで京都の国立陶磁器試験場長になり京都の陶磁器の発達に大きな貢献をした人物である。菊池氏は日本画、図案、陶器と、ゆくところ可ならざるなき天才で、しかも恬淡寡欲、まことに芸術家らしい人であった。武藤山治、井上準之助さんなどがその人を尊敬し、その作品を愛しその後援者であった。

この天才画家菊池左馬太郎とわが郷里福光との結び付きはわれわれの恩師山本宗平先生の銅像のことからである。ちょうど私が大阪にいるころ、私の叔父谷村一太郎と私あてに、福光の山本先生の門人ら――そのころは福光の成人はほとんどみな先生の門人だが――金を三百円余送ってよこして、これで先生の銅像を建ててくれ、もしこの金で銅像が建たないなら石碑でも建ててくれと申してきた。いかに物価の安いときでも三百円で銅像が建つわけがない、どうしたものかと、ある日谷村の大阪の宿所で相談していた。そこへ偶然入ってきたのが菊池先生である。私は初対面だが、谷村は前から非常に懇意の仲のようであった。「これはいいところへ来てくれた」と、谷村から山本先生の事歴を述べ、銅像のことを相談すると、菊池素空氏は非常に山本先生の高徳に感激し、そのような立派な先生の銅像なら私がただで制作してあげましょうと引き受けてくれ、京都で原型の胸像が立派にでき上がった。それを高岡で鋳たのがいま福光の校庭の桜樹の下の山本先生の銅像である。その台石は門人の小俣某など福光の石工の寄付でわずか三百円で除幕式の費用まで弁じたので、日本一の安い銅像だといわれていた。戦時中徴用されたが不思議に鋳つぶされず高岡の銅器屋の店先にあったのを戦後郷里の人が発見しこれを買って、ふたたび校庭へ帰られたのである。このような次第から福光の人は非常に菊池素空先生に感謝し傾倒した。先生もまた福光の人情と風物とに非常に親しみをもたれ、その後冬季、夏季の休みには必ず福光にみえて、私の祖父の別荘である迎月亭に滞留せられ、福光の人士と親しまれた。いま福光地方に先生の揮毫作品の多いのはこのような関係からである。

明治の四十三年五月十五日から日英博覧会がロンドンに開かれた。その博覧会に菊池先生が京都陶磁器試験場長として視察におもむき、そのついでにドイツ、ロシア、北欧諸国の農民芸術を視察、調査し、たくさんのサンプルを持ち帰られた。先生はこれらの農民芸術に非常な興味を持ち、京都に帰りこれを試作してみた。しかし京都では土地柄、非常な精巧なものができるが、どうしてもその素朴な味が出ない。やはりその素朴、単純な味を出すには農村で作らなくてはいけないことがわかった。それで谷村一太郎に相談して、それならわれわれの純朴な郷土の福光地方でやってみようじゃないか、ということになり、谷村をはじめ、かの立野ケ原桜ケ池の築造など南砺農業水利の功労者である井口仁志（いのくちにし）氏、あるいは油田の桜井宗一郎（さくらいそういちろう）氏、砂土居次郎平（すなどいじろうべい）氏、安念次郎左衛門（あんねんじろざえもん）氏、福光の尾山善次郎（おやまぜんじろう）氏および私などが各金一千円ずつを供出しあい、尾山善次郎氏が主任となって福光の農村でこの農民芸術をこころみ、暑中休暇に菊池先生が来ていちいち指導をして制作したのである。それには創造の種々なる困難があった。いまこそ木工の町であるが、その当時は第一、轆轤（ろくろ）を引く技術者がない。加賀の山中は、木工玩具など旧来盛んなところだから同地から師匠を招いてはじめた。日本では山中や箱根で木工細工は前からあるが、彩色はみな染料を使っていた。

しかるに北欧の農民芸術はことごとく塗料を使っている。その塗料の使用にも相当の苦心技巧がいったようだ。今日日本の木工の彩色がことごとく塗料になっているのは、この福光における菊池先生の研究の指導に始まる。とにかくそのようにして立派な北欧の芸術に負けないものができたが、その後、日本でも農民芸術は各地に興ったが、その最初のものはこの菊池氏の指導によるものである。しかし事業の経営としては非常な困難にぶつかった。それは、氏の事業が農閑期だけを利用したものだから、東京、大阪のデパートなどで好評を博して注文がきても、農閑期でなければできない。それでは商売にならない。したがって自然に工場製作に変わり、ついに会社経営に移らざるをえなくなった。これが福光の太平木工会社の起源であって、井口仁志君や、桜井宗一郎君が社長となって苦心経営し、いまは砂土居行雄(すなどいゆきお)君がやっている。

菊池左馬太郎氏は戦前早くなくなられたが、その作品は京阪地方、東京、福光などにたくさん残っている。先年京都で先生の遺作展覧会が開かれたが、日本画、陶磁器、織物図案など実に多方面の作品で、その中にも西陣の出品にかかる明治皇后陛下の綾織の帯地のごとき実に立派なものであった。福光にもいまなおたくさんの作品があるが、前田久太郎君所蔵の瀑布の大幅のごときは、墨痕淋漓として実に見事な傑作である。菊池先生が福光でもっとも懇意にしていた尾山善次郎君が死んだのをいたみ、尾山君が生前教育事業に熱心であったことを思って半折を二百枚も揮毫して福光で画会を開き、その資金で福光小学校に尾山氏奨学資金を設け、長く福光の子弟の育英に貢献したが、戦争の変動のため、いまはどうなったか知らない。――絵画のことに話が及んだが、私には、なくなられた横山大観(よこやまたいかん)画伯に忘れられない思い出があるので、大観画伯追憶の一節をこのところに加えて、近代における日本画界の巨匠をいたみたい。

大観画伯のことについては、茨城県から選出されていた代議士の故中井川浩(なかいがわひろし)君から、よくうわさを聞かされていたが、私は直接に面識はなかった。ところで、文部大臣の時分、ある日、辻政信(つじまさのぶ)代議士がやってきて「お頼みがあるから承知してくれ……」とたっての話である。「いったい、なにごとだ」

「実は横山大観と中村岳陵（なかむらがくりょう）との仲について、貴下に仲裁人になってもらいたいのだ」。その仲裁というのは、大観と岳陵とはもとより先輩後輩の関係なのだが、院展のことかなにかで行違いがあり、それが不和のたねとなって、十年間も不仲のままに過ぎてきた。そこで、両大家の不和は画壇の不幸でもあるし、私に間に立って和解させろ……というのである。「けんかの話で辻君が持ち込んできたのならわかるが、和解の仲裁をしろとは、およそ不似合いだね」「いや、冗談を言っては困る。下話はつけてあるから、ぜひ仲に立ってくれ」というような次第だったが、在任中はその都合がつかず、退任してから辻君から希望されて新橋の料亭で、私と辻君とが立ち会って両画伯の対面をみたのであった。数年前のことだ。双方の意志が融けているし、非常になごやかな気持ちで画商の某氏を加えて五人で愉快に酒盃をあげた。日曜日の午前十時ごろからだ。そのときの大観画伯の話だが――

「だいたい、私の酒は師匠の教えなのだ。岡倉天心（おかくらてんしん）先生の塾に入っていたころ、先生から〝画家になるなら毎日一升ずつ飲む訓練をしろ……〟という御託宣で、春草、観山などと毎日飲み方のけいこなのだ。元来、わしは下戸だったのだが、師匠の仰せだからやむをえずのどに指を入れては吐き、吐いては飲む……そういう師匠の仕込み方で鍛錬した酒だから、あだやおろそかのものでない」「それでは朝酒から……」「朝酒の、昼酒のと、そんなけちなものではない。朝、目がさめて夜眠るまで一日中連続というやつなんだ」。飯はなにほどもとらず、まったく酒で栄養をとるわけだ。それで九十の齢を保つとはまったく驚いたものだ。そうして言うのには「齢は老いても頭は若い。松村さん、貴下は政治家だ。政治家に年齢はないはずだ。政治家でも芸術家でも、常に時代に新風を吹き込まぬといかん。わしはもう九十だが、まだ若いつもりだ。貴下もしっかりしてくれ」と当たるべからざる元気さであった。おしまいには「一つ隠し芸をやろう」と、評判の〝谷中鶯〟を唄われたが、この〝やなかうぐいす〟というのは岡倉天心先生の作とかで、大観画伯がこれを唄われるときは、感興の最高潮を表わすのだそうで、その声調の若々しいことといったら……。そのうち大観画伯の意気はますますあがって、得意の踊りも出そうになる。さすがの私もまったく参って仲裁人という重大な責任があるが、午後二時ごろ中座して帰った始末だった。あとは辻君が引き受けたが、この戦場往来、名だたる豪傑辻政信君もどうやら相手になれなんだらしく、とにかく夜まで痛飲されたというからまったく驚くほかはない。辻政信君ほどの猛者を前にしての酒に、談論風発、いささかの老いを見せない。その巨腕をふるう大作に、新風を示した画伯との会合を思うと、いまでもさっそうたる面目が目に見える。天心先生――岡倉覚三その人がいかにも先覚者として、また志士としての気概の持主だったことは、ここに説くまでもないのだが、谷中の天心塾、それから茨城の五浦海岸の集団生活当時などずいぶん貧乏だったとのことだが、酒は別問題だったらしい。その門下で養成された俊才のうち、菱田春草がその天才を惜しまれつつまず逝去、それから下村観山が世を謝し、最後に大観画伯が天寿をまっとうして逝いた。

ついでに思い起こすのは、その菱田春草のことだ。春草がまだ若いころ、大観か観山か知らぬが、ともに富山県を巡遊したことがある。そのころはまだ名前が売れておらぬので、安い潤筆料でも描かせてくれる者がない。そこで当時の高岡銀行の頭取が私の妻の父親の荒井庄三氏だったが、むりに頼み込んでできたのが〝日の出〟の題で、海岸の松林に明けゆく暁色がでて日が描いてないが、日の出の気分がほのぼのと出ている。非常な傑作だった。ところが銀行では承知しないのだ。〝日の出〟というのに太陽がない……という批評で、春草の苦心した構想も、彩管のさえも買ってくれない。とうとう春草に太陽を描き加えさせた。潤筆料は二十円か三十円かであったろう。これには春草も驚いたろうし、情けなくも思ったであろうが、背に腹はかえられず、旭日を描き添えた。この絵は、やがて銀行の社宝のように大事にされたが、その後に合併などもされたし、いまはどうなったかつまびらかでないが、春草にはこういう不遇当時の逸話もあったのである。

五　ビールは酒でない、西能氏——選挙は体力の争い、上埜さん——

そこで郷党の先輩の思い出に帰ることにする。その前提のような話だが——大正の初年、大隈老侯が富山県にこられた。それから間もなく、国民の歓呼に応えられて大隈内閣を組織されたのである。そのとき老侯が富山にみえられたのは三十余年前に明治天皇の北陸巡幸に陪従されて以来のことと思うのだが、政党の有志をはじめ県民は、非常なよろこびをもって、老侯を迎えたことだった。

ところで、当時の高岡市というのは、自由党の稲垣示（いながきしめす）が勢力を張っていた影響で、政友会の金城湯池ともいうありさまであったから、改進党の創建者である大隈老侯には、あまり好感をもっていないのであった。老侯が高岡市にみえても、その演説会場の貸し手がない——というわけである。すると松島という市長（この人はどこかの郡長をつとめた人であった）が「世界的偉人とされる天下の名士を迎えるのに、政党政派にもとづく感情をさしはさむのはよからぬことである。演説会場がないならば市役所を明け渡して提供しよう」というわけで、市役所を開放して大隈侯を迎え、市の吏員はその日だけ隣りの家をかりて執務した。この話を聞かれて老侯も大いに感激され、後日に至っても老侯はよくその話をされていた。このとき、私の妻の実家である荒井建三（けんぞう）君が老侯のために尽力した。そういう関係から荒井君も衆議院にでることになった次第であるが、この老侯歓迎に西能源四郎（さいのうげんしろう）君が登場してくる。西能氏は、老侯に会うつもりで、砺波の郷里から富山市にでてきたが、旅館に着いてから、〃老侯との面会

西能源四郎

はいつでもできるから……〃と、とりあえず酒、酒で座敷を動かない。友人たちが酔っ払った当人を大隈老侯の前に担ぎだしてくると、たいへん酔っ払っているので老侯の前でくだをまき、みんなが非常に弱ったことがある。しかし、まことに愉快な人であった。私の名古屋時代――朝早く門をたたいて訪問してきた人がある。それで「君のおやじの友人の西能だ。こんど代議士になり、上京の途中、立ち寄ってみた……」という話なのであった。折りからその日、私のところには高岡中学でも早稲田大学でも同窓であった高日義海という友人が来泊していたが、これも酒ではだれにもひけをとらぬ実力の持主なのである。西能氏の話によると「わしは、こんど衆議院議員になったから、友人たちにすすめられ禁酒している」という。そこで、朝飯を出したがはしを取らぬのだ。どうして食事せぬか……と聞くと「名古屋にビールはないのか」「ビールのない都市はなかろうが、お飲みになるのか」「うむ、ビールは酒じゃない」というので出すと、一本、また一本で、とうとう朝飯が夕方になってもつづいた。その後、私が上京したおりに大石（おおいし）正巳（まさみ）氏の邸を訪ねると、私のあいさつが終わるか終わらぬかに「こんど、お前の国からえらい豪傑が出てきたな」「豪傑――といって、だれです」「西能源四郎という男だ。わが輩の家へきて〃先生、この家に酒はないのか、初対面に酒を出さぬという法はありますまい……〃という。そこで酒を出すと、飲んでいるうち、隣りの部屋で孫どもが遊び騒いでいると〃餓鬼ども、やかましい……〃と大喝して酒盃をかたむけている。他人の家にきて子供をどなりつける男は初めてだ。ずいぶん、変わった手合いもいるが、あれほどの豪傑はちょっと無いて」と、さすがの大石氏もどぎもを抜かれたというのである。

　私の少年のころ、福光に荒木堂という塾があり、塾主は織田といった。これは徳川幕末の名剣士榊原鍵吉の門人で、剣道の達人という評判だった。よく私の家に遊びにきて、その自慢話が「安政大地震のときには、丸の内の旗亭の二階で、友人たちと酒を飲んでいた。それ地震だ……と知ると、畳をポンとたたいて、外に跳躍して出たが、これが武道の極意で、他の連中は不運にも圧死してしまった」という。この荒木堂の屋後に堤があって〝魔谷〟といい、名称からして恐ろしい。織田老人の話によると「沼の主というのは畳一枚ぐらいの大こいだ。それが浮かんだときにやりを持ち出して刺したが、うろこが固くて逃がしてしまった。残した二、三枚のうろこは大皿ほどあった」という自慢である。明治二十五年の内務大臣品川彌二郎の選挙大干渉のさいに、金沢市から盈進社の壮士が抜刀してきたときには鉄扇で立ち向かい、指を三本斬られたが、壮士を追い返したものである――というのが自慢だ。

　私が数年前、中近東、アジア旅行のとき、ニュージーランドに着くと、そこのウェリントンの日本大使館で、いろいろ世話してくれた領事が、話を聞いてみると、この織田老人の孫だった。ところで西能源四郎氏がまた織田老人の弟子で、酔うと刀を抜きたがる。別に人を斬るのでないが、奥さんは心得たもので、そうと見ると、安い瀬戸物を持ち出す。酔豪傑は気合いをかけて、やっと斬りつける。――そういう風格だから、衆議院でも相当の名物男だったに相違ない。

　大正十三年――清浦内閣の選挙は、まだ両砺波、婦負をあわせた区制のままで行なわれた。従来長く上埜安太郎さんと野村嘉六さんとが出ている選挙区である。一は政友会、一は憲政会、ともに中央においても両党の重鎮であった。その選挙に、先輩の島荘次君などが、ぜひ私に出馬するように……とすすめられた。しかし、家庭の事情もありかつ先輩の野村嘉六君の選挙を妨げてはよくないと考え辞退した。親友の武部毅吉君などはまだアメリカから帰ったばかりで、ちょうど和倉温泉に遊びに行き、そこから酔っ払って私の宅へ電話をかけ、私の妻を呼び出し「松村がこんどの選挙に出るなど、そんなことはぜひおやめなさい。ばかばかしい。そんな金があったら僕と酒を飲んで当分愉快に遊べる。ばかなことはよせと松村に伝えてほしい」と言ってきた。そこで私の家内なども必死に止める……こんな次第で出馬を断念した。そのときの議会は任期満了までつづき、昭和三年につぎの選挙が行なわれた。待望の制限選挙の撤廃が行なわれて第一回の普通選挙である。

選挙区も変わって野村君は富山の方へ変わったので〝こんどこそ……〟と先輩、友人らが、さかんに推挙してくれ、前回には「ばかなことだ」と出馬に反対した武部君までも乗り気ですすめる。そのころ、私は持病の神経昂進症がよくない。それで健康がすぐれぬので、これでは……と断わると、高岡中学の同窓で砺中町の医師津田竜平(つだりゅうへい)君——政治が好きで私の懇意な友人、生涯私のために非常に尽くしてくれた人である——がやってきた。「身体が悪いなどと、しろうとになにがわかるか。どれどれ裸になってみろ、診察してやる……ふうむ、なあんだ、少しも差し支えない。加減の悪いくらいは選挙をやると治ってしまう」という始末で、そうなると気持ちもまんざらではなくなり〝よしやるか——〟となった。県会の第二回の選挙のこともあるし、こんどは十分に陣頭に立って努力したのと、友人同志の絶大な支援があって、幸いに当選をかち得たが、私の健康を保証したこの津田君は、自分は心臓まひで早くなくなってしまった。実に惜しいことをした。

この選挙のときは北国地方は大変な大雪で、交通も途絶するほどであった。ちょうど投票の当日だったと思うが、汽車の中で上埜さんと偶然いっしょになった。上埜さんは郷党の先輩であり、政党は違っておったけれども私は学生時代から懇親に願っておった方である。「おれはこれまで十一回の選挙をやったが、こんどのようなひどい選挙ははじめてだ。もうこれで君とは選挙はやらぬ」と言う。別にいままでの選挙と変わりもないのに、どうしたんですか……と聞くと「それは君、あたりまえじゃないか。おれはこの齢で、からだは小さいし脚は短い。君は齢は若いし、からだは大きい。この大雪の中で君が村々をまわる。おれのほうの有志たちは〝松村が来たのだからおれにもこい〟というけれど、君のあとをいちいち追っかけられるものではない。それかといって行かぬわけにもまいらず、こんどはほとほと疲れた。だいたい選挙というものは主義政策の争いだと思っていたが、こうなると政見の争いではなくて、まったく国技館の相撲と同じだ。体力の争いでは、おれが君に勝てるわけはないじゃないか。もうこれでおれはやめた」と、冗談のようにこんなことを言われたが、上埜さんと私とはこのときはともども当選したが、そのつぎの選挙から上埜さんはふっつり引退して、のちに高岡や富山の市長をつとめられたのである。

六　県議会で便所問答――盟友のため弁護に立つ――

私が衆議院議員として中央政界に送られたときは四十四歳であるから、政治に志すものとしては、その年齢は多くの人々に比べて決して早いとはいえない。それだのに、私は以来三十幾年、追放の間を除いて議席に列している。私がかくのごとく長い政治生活を送りえた裏にはまったく私のために、友情、旧誼から甘んじて下づみになり、よろこんで私のために犠牲となり努力してくれた方々のおかげによるものである。

たとえば、根尾宗四郎、高広次平、北六一郎、島荘次、根尾長次郎、砂土居次郎平、桜井宗一郎……そういう人たちは、みな国会議場にでてしかるべき才幹をもっていた。高広君が貴族院に議席を有したほかは、みな私のために縁の下の力持ちをしてくれたのである。

根尾宗四郎という人は識見の深い長者の風格をそなえ、禅に参じたという点にも、その資性を思いみることができる。大きな地主で地方農業のうえには非常に尽くされた大功労者である。庄川の合口用水事業のごとき、まことに規模の大きい、そしてきわめて困難な事業が完成したのも、根尾君の努力によるもので、今日も両砺波の農業水利が完全なのは根尾君が会長として、その徳望をもって困難な問題を解決されたのによること多大である。貴族院などに当然出てしかるべき人であった。

それから忘れられているが、北六一郎——この人は、早稲田大学と慶応義塾と両方を卒業しており、非常な雄弁家で、もし衆議院にでも出たら、まさに出色の雄弁家として名声を博したことだったろうと思う。私などより大先輩で県会議員にもなられたが、まことに円満な人柄で、また同時に数多い逸話の持主でもあった。私の大学時代に、叔父の谷村一太郎が京都にいた時分、偶然に落ち合ったのが初対面で、二人で清水の方に散歩した。暑いので一風呂あび、飯をくおうとあたりを見ると、清水の坂のわきに〝自楽居〟という閑雅な料亭がある。案内をこうて「部屋があいているか」というと、北の風采がいかにも貴公子らしく堂々としているので「どうぞ……」という。北がゆうゆうとして上がって行く。私も後について二階に通ると、間もなく「あいすみませぬ、まちがえたので、お帰り下さい」とわびる。「通しておきながら帰れとはなんだ……」と北が怒ると、女将も女中も困惑して「当家は一見——はじめての客はお断わりしております。どなたかご紹介があればよろしいのですが」と釈明するので、すると北は大阪の会社にいる谷村に電話し「紹介しろ……」というと谷村は「とんでもない。その家は普通の客をあげない。西園寺さんなどいう連中の行くところだ」とたしなめられ、ようやく谷村が迎えに来たので立ち帰ったことがある。のちに県会議員をやめて、高岡銀行に入った。それは高広次平君のおとうさんが頭取をしていたので、北に対して「政治家というものは、人が頭を下げるとそり返るくらいのものだが、銀行員となると、先方があいさつせぬ前に、こちらから頭を下げねばならぬ」と訓辞を与えた。それを肝に銘じて、自分の生地に近い石動の支店長になった。ある日、銀行から帰宅する途中で、前方を見ると顔に見覚えのある婦人が来る。そこでていちょうにお辞儀すると、その婦人は驚いて「あなた、なんの真似です」というので、よくよく見ると自分の細君だった。

それから島荘次――この人は長く県会に出ていた闊達な性質の愉快な人で、私などは非常に世話にあずかった先輩である。その平生は諧謔、機知に富んで、よく笑わせもし、教えもしたものだ。県会議員のころに、官僚がいばる階級意識の強い時代だったので、県庁の便所にも高等官便所と平民便所とあり、厳重に区別されていた。それで県会で質問した。「知事や部長など、高等官たちの小便はわれら平民とはなにか違っているのか」とたたみかけた。知事はびっくりして「それはどういう意味ですか」「いや〝高等官便所〟という札が掛かっているから、特別な小便でもするのかと思ったから……」とやった。そこでただちに〝高等官便所〟の札がはずされた。そういう調子でことを始末していった。あるとき、いっしょに風呂に入った人が、島君に「眉毛や頭髪が白いのに、そこだけ黒いのは、どうしたわけなのですか」と聞くと、すかさず「ああ、これか……。眉毛や頭の毛は生まれたときからはえていたが、これはなにしろ二十年近くおくれてはえたのだからな」と応答した。砺波、とくに庄東というところは、わりあいにそういう豪快味を帯びた面白い人が多い。

武部毅吉は早稲田の同窓だ。大学を出てからアメリカに留学して、長い間、先方にいたが、その帰朝みやげが多産系の鶏〝レグホン〟だ。日本に白色レグホンを輸入した第一は、武部なのである。それまでの日本の鶏は、愛玩とか観賞とかが主目的で、産卵のほうは閑却されていた。それが年産二百個以上という優秀種を輸入して、その繁殖、伝播に力を尽くした。地方ではさほどに認めなかったが、農林省では事績を重視し〝藍綬褒章〟か〝紺綬褒章〟かを授与している。早稲田時代から武部の〝酒〟というものは大変で、帰国してからも旧態依然、酒のうえで警察とけんかして、交番の書類をどうこうしたとかで告発され、裁判沙汰になってしまった。そのときの弁護に立ったのがなくなった野村嘉六君。警察の調書に、因縁をつけて首尾よく無罪にした。「警察の調書を見ると〝被告の武部毅吉は放蕩無頼の奴で、はじめ米国のシアトルに渡り、のちにアメリカのワシントンに行く……〟とある。また〝彼の親友は福光町の松村謙三と二塚村の青木孝恒の二人だけである……〟とある。こんな調書は、断じて信頼することができない。米国とアメリカとを違った国である……と考えるような無識ぶりだ。また〝だれも相手にせぬ。親友は松村と青木とだけだ……〟とあるが、かく申す野村弁護士も親友の一人でござる、と申し上げる」という論法で、無罪——。

酒は酒として、武部の頭脳はずば抜けてよかった。県会に出ても群を抜いた。アメリカに長く生活しているし、ほんとうの〝民主主義〟を理解している人物であった。ところで、戦争中のことだが、富山県知事の矢野というずいぶん県民を弾圧した男が、武部を目して自由主義者とし、こともあろうに不敬罪をもって罪状を構成し、現職の富山県会議長たる武部を収監し、起訴するのに司法大臣の承認がいるので、手続きをとった。ことここに至っては、私も起たざるをえない。司法省に起訴の伺いを立てたと聞いて、私は司法次官三宅正太郎(みやけまさたろう)君を訪ねていった。「奇怪しごく、無実の事柄で起訴するという不法暴圧を差し止めてほしい……」と言った。三宅君は温雅な紳士であった。同君の情操と雅懐とは、その著わした随想録によって、天下に知られていた。私は盟友のために無実の罪を説明した。「あなたのほうに書類は回るであろうが、こういう弾圧はぜひ止めていただきたい」というと、三宅次官は「ちょっと待ってください。書類がきているか調べますから……」と言って事務の者から書類を取り寄せ、一応見てから「やあ、こんなばかなこと——、起訴するようなことはしませぬ。あなたに書類は見せられませぬが、結論だけ申しますと、これは起訴するなどという問題ではありません」と断言された。

あまりに明快な返事なので、少し驚いて「それは、どうして……」「書いてあることに根拠がない。だからいろいろのことをつけ加えているが、調書の本文よりも当人に対する人物評を各方面から集めている。武部という人物はなんとか、かんとか、多くの人間に武部の悪口を言わせている。本文だけではおぼつかないとみえて、三十人にも五十人にも武部の悪い評判の聞書を添えてある。これでは問題にならない。起訴などの問題ではありません」と聞いて、安心した。

富山県知事たる者が、いやしくも県会議長を起訴するために不敬罪の罪状を数えあげて司法省に承認の指示を求めたのが、その理由なしとして、却下されたのである。あわてざるをえない。当然、武部県会議長は即刻釈放せらるべきであるのに、これをしばらく握りつぶし、策をろうしてその面目を保とうとした。そして、警察から武部の奥さんを呼び出して、しかつめらしく言うには「もしいっさいの公職を辞する……というなら、釈放することにするが、あなたからご主人にそうすすめたらどうか」とくどいた。普通の女性ならまず承諾するところだが、武部の奥さんは首を振った。むろん、司法省の却下した事実など、夢にも知ってはいない。「主人が政治に関係することなどは私としてはいやなので、平常から止めていましたが、今回は不敬罪という世間に顔向けのならぬ、また先祖にもあいすまぬ罪名で起訴されるという始末になりました。それについて、いま公職から身をひけば不起訴にするというようなおことばですが、そういうことでは、自分で不敬の事実を認めることになります。主人がやめると申しても、私がやめさせはいたしません」ときっぱり拒絶したので、署長の手におえず、知事が小細工で面目をつくろおうとしたのもすっかりあてがはずれた。武部の妻女にふさわしい偉い人であった。

時の枢密顧問官の南弘氏が帰県したとき、高岡市役所の前を通ると〝財産を陛下に奉れ……知事〟という大看板が出ているのに「なんというばかなあきれたことをする奴だ。累を皇室に及ぼす」と憤慨し写真にとって枢密顧問官の面々にも配り、枢密院議長の平沼騏一郎（ひらぬまきいちろう）男にも送って注意した。間もなく平沼氏は大命により内閣を組織した。その手はじめにすぱっとその知事の首を切った。武部君の性格といい、その常識、手腕といい、衆議院に出たら必ず頭角を抜いたに相違ない。それにもかかわらずまったく私のために縁の下の力持ちをしてくれた。まことに盟友の感を深くする。

武部君と親交のあった詩人江東片口安太郎翁は武部君追悼の一詩を私に寄せられた。

槓空健鶻気崖巍（空をかけるの健鶻気崖巍）　奇略収功酒百杯（奇略功を収む酒百杯）
飛躍中央不成大（中央に飛躍して大を成さず）　牛刀割鶏太惜哉（牛刀をもって鶏を割く太だ惜しいかな）

七　平軍逆に源軍を破る――倶利伽羅峠の北陸大演習――

私の当選した当時の政情は、与野党が全く伯仲して争奪戦が激しく、政府の民政党に対する脅迫、誘惑の対抗策として地方地方の代議士を道ブロックにわけ、熱海、伊東、箱根などに合宿させ、院外団の猛者連中が護衛の任に当たり、昼夜を問わず警戒おさおさ怠りなかった。当時これを〝かん詰〟と称して激烈な政争に世間のうわさのたねをまいた。かんの中に固まっている民政党の代議士を政友会がかん切りをもってすきをねらっている——そういった漫画が新聞の紙面をにぎわしたものだ。

北陸団体の代議士はそろって箱根湯本の〝福住〟に集まった。その世話役は桜井兵五郎君である。まるで態のいい監禁だ。温泉に入るか、碁でも打つか、退屈千万である。われわれ陣笠はまだ新参だからだまって辛抱しているが、かえって老人連中がおさまらない。まず福井選出の熊谷五右衛門君が齢やがて八十、白ぜんを逆だてて〝ゆでだこ〟のようになって怒りだす。「人をばかにしている」とどなる。やはり福井選出の松井文七君もこれに和して承知しない。おしまいには野村嘉六君までも文句をいいだす。世話役の桜井兵五郎君もほとほと困じて、やがてかん詰をやめて東京へ帰った。

田中首相といえば、同氏がまだ大将の軍服をぬがず、政友会の総裁とならぬ前のこと——大正十三年ごろか、北陸大演習に一方の司令官として、その武を競うたことがあった。舞台は倶利伽羅の古戦場で、源平両軍を近代式の会戦とした統監部の想定であった。この会戦——倶利伽羅の険阻による防衛の平家方は町田経宇大将、越中より攻めのぼる攻撃の源氏方は田中義一大将、これが両軍の司令官であった。——ここで話は、その以前にさかのぼるが、私が県会議員のころ、県道の指定が県会に提案された。私の郷里の福光と金沢とを結ぶ路線——これが森本線、もう一つ山手に寄る南方に小俣線があるが、並行した双方を認めるわけにはゆかない。そこで小俣線は、いつも除かれたものだが、これが指定されるかどうかで山村開発には大きな影響があるので、小俣村の金岡卯太郎という人が、その指定を得るため奔走していたものだ。私にも懇願してきた。反対党の上埜安太郎君などにも依頼したが、どうにも実現しない。当人はそれでも、あきらめず運動していた。あるとき、私が不用意に金岡君に口をすべらした。それは「金沢師団の演習地——立野ヶ原に出るのに、師団では工兵隊の手で道路を補修して往来しているが、師団のほうで〝軍用道路として必要だ……〟ということになると県でも考慮するだろう。まず、このほかには策があるまい」と話したことがあった。すると県会が開かれて、私が定宿にしている舟山館に泊まっているところへ朝早く金岡が私を訪ねてきた。居室に通すと、高級将校を同伴していたが、もとより私の知人ではない。話してみると、泊——いまの朝日町——の出生で金沢師団の参謀長金山少将、この人は砲兵科出身の俊才なのである。「余の儀ではないが、この金岡という人物が先だって師団長を訪問し〝小俣線を軍用道路として証明してくれ……〟との陳情で、理由を聞くと県道編入のため、ぜひとも必要だという。追い返そうとしても帰らぬ。〝願いが聞き入れられるまでは動かぬ……〟と師団長官舎の玄関に二日も三日も居すわるという次第で、師団長も〝かわいそうだから、なんとかしてやれ〟という。当人に聞くと〝県会議員の松村氏に会ってくれ〟というので、ともかく同伴して参った次第だが……」という話だ。それで金山少将といろいろ打合わせをして、金山少将から知事にしかるべく交渉して承諾させてもらった。もう議案を刷り直す時間がないので、朱書で添加して県会に提出、通過したことだった。

この金岡という功労者は、最近なくなったが、さて金山少将は一年後に中将となり、町田軍の参謀長として倶利伽羅峠による防衛軍を指揮して田中軍と対峙した。

倶利伽羅に双方が対峙しているとき、金山参謀長は地理を十分熟知しており、とくに金沢、福光間に二県道を利用しうることを、さきの経緯でよく知っているから、町田軍は、その方面に大軍を迂回させ、福光から田中軍の背後を衝いた。源平両軍の戦いでは、源氏の火牛の策は陽動作戦、石動の北にある砺波山から迂回し、石川県の竹ノ橋、津幡に平家の背後を衝いて大勝を得たんだが、こんどはまったく反対である。これでは田中軍は、どうにもならない。富山県のほかに熊本県にもう一ヵ所あるというが、この一帯は、いわゆる散村式の農村——一戸一戸、大きな杉の森を持っている農村——の特徴を利用して逃げこんだものの、田中軍は顔を出すことができぬ。進むも退くもならぬ始末となった。御野立所は北蟹谷にあり、最後に大会戦を演出するのだが、田中軍は森の中にかくれて出てこない。統監部の指令で、大会戦はやったにせよ、もう町田軍のため死命を制せられた後だから、寿永の昔の源平戦とはまったく逆となった。元はといえば金山将軍が、金岡という地方有志家の努力に厚意をよせたことが、とくに地理に通じさせ、おそらく勝味のない防衛軍としては、思いがけない勝利を占めたことになったのである。田中大将を政友会の総裁たらしめた策士に横田千之助（よこたせんのすけ）氏らも数えられるが、横田も大演習に司法大臣として金沢にきており、その〝田中評〟がおもしろい。「田中大将は馬車には乗れるが馬にも乗れるのかね」と冷やかしたというが、横田はまた奇略縦横の男であった。

観兵式は金沢で行なわれ、そういう時代なので大にぎわいだった。そのころ衆議院の〝好男子三人男〟に数えられていたのが若槻内務大臣の秘書官であった木村小左衛門（きむらこざえもん）、仙石鉄道大臣の秘書官田中（たなか）武雄（たけお）——これが金沢で大いにもてたらしい。大演習が終わって帰京することになった。旅館から大臣と相乗りで停車場に向かうと、この秘書官たちを、駅前の店先などを借りて東・西の美形連中が見送る。「そら、自動車がみえた！」と大騒ぎ。その中には感極まって飛び上がった途端に、足を火鉢に突っ込んで大やけどをした者もあるという始末……。とにかく当時はそういうのんきな時代だった。

その木村小左衛門はすでに世を去り、田中武雄も政界を去って優遊している。田中首相は、軍人時代は軍閥の寵児としてとくに長州閥の正統な相続人として、山縣有朋、桂太郎、寺内正毅（てらうちまさたけ）から認められており、その豪放な性格が評判であった。近衛第一連隊長時代に野党の大隈老侯をその営庭に招待し、連隊の兵士に老侯の演説を聞かせた。ほかの男なら即刻くびにされるところだが、田中のことだからついにそのままとなった。大隈老侯も心から田中は偉いとほめられた。ところが政友会の総裁となった前後から不思議に人気が減退していった。それでも田中内閣の夢を実現したが、軍人から急に大政党の総裁――一国の首相となったのだからすこぶる板につかず、まったくお門違いの感があった。議会の答弁なども不用意でこっけいだったが、それがまたかえって田中らしく面白かった。ある農村議員から「現在農村の根本対策はなにか」と聞かれ、当意即妙のつもりで「肥料の公平な分配である」と答弁して満場の哄笑をかったことなど、いまに伝えられる逸話である。このような形勢で田中内閣はできたが、組閣以来、つぎつぎに困難な問題が続発して、ついに例の〝張作霖爆死〟という収拾すべからざる問題に逢着するにいたった。

そのころ満洲に君臨する張作霖（ちょうさくりん）は、漸次勢力を増大し、ついに北京に進出、中国統一の野望を起こした。これに対して蔣介石（しょうかいせき）は、当時広東にあって軍官学校などを起こして兵を養っていたが、これまた北伐の軍を起こし、南方から漸次北上した。田中内閣は済南における邦人の現地保護をすると称して済南に出兵し、ついに蔣介石の軍と衝突して有名な邦人虐殺事件が起こった。

八　張作霖爆殺事件――田中内閣ついに総辞職――

民政党では現地視察と邦人慰問とを兼ね、山道襄一君を団長に小山倉之助（おやまくらのすけ）、神田正雄、森峰一（もりみねいち）、岸衛（きしまもる）、それに私の一行六人が済南に行った。私は新代議士で議員になってから百日ぐらいだったが支那旅行はたびたびで経験がある。済南の虐殺事件は実に惨たんたるものであった。そして幾多の問題を残した。これらの調査を終わって帰途青島から満洲にわたり、長春（新京）までゆく予定で奉天までくると、そのさきの汽車は不通だから下車してくれという。理由を聞くと「けさ、ここの鉄橋が破壊されて、張作霖が殺された」という次第である。その方面にはなおもうもうたる黒煙が見える。それで下車して「まず総領事館に行こう」となったが、総領事は林久治郎君。早稲田大学出身で私たちの先輩だ。すぐ飛びこんで「どうしたのだ……」と聞くと、林君は興奮して「ひどいことだぞ、陸軍の連中がやったんだ。これは容易ならんことになる。とにかく情報は提供するが、ここにいると軍の連中に目をつけられるから、湯崗子の温泉にでも行け」という注意なのである。城外には日本人の居留地があるが、張作霖の部下に不穏の形勢があるとかで、城内と外部との間にバリケードの柵をつくり、城内に向かって鉄砲を構えてものものしい警備ぶりである。それで湯崗子の温泉にねころんで、各方面の情報入手に努めた。

私はその以前の旅行だかに、ちょっと張作霖を訪問したことを記憶する。なんの機会だか覚えないが、たぶん報知の特派員という資格で奉天の衙門を訪れ、重武装した兵士に導かれて幾つも幾つもの厳重な門をくぐり応接の部屋に案内せられた。その部屋に入って驚いた。広い床の間に大きな剥製の虎がいまにも跳りかかるような姿勢で立っている。その周囲の壁には鉄砲やら青龍刀やらが一面にかざってある。そこに待っていると張作霖が出てきた。ちょっとみてさらに驚いた。満洲馬賊の出身だから容貌の魁偉な男とばかり思っていたのに、これはまた小づくりな平凡な男

山道襄一

で、また話をするのに決してこちらを正視しない、伏し眼にときどき相手を見て話すところに、その曲者らしい面影があったことを記憶する。

さてその張作霖がねらわれるにいたった前後の事情は、北伐の蔣介石がおいおい北上してきて張は絶体絶命となった。日本のほうはその機会に東三省における権益を張に要求した。しかし張は頑強に日本の要求をしりぞけた。そこで軍のどこかに張作霖暗殺の計画が進められたらしい。その計画は東京との連絡もあったらしく、あるいは田中首相との連絡さえあったとうわさされた。張が北京から奉天へ帰る途中、山海関か奉天でやっつける計画であった。その日本のすご味のある空気を感得して、張作霖ははじめて日本の要求を承諾した。それならやっつけぬでもよい……となって、計画中止の指令を打った。山海関には徹底したが、奉天には徹底しないので、大事になった。

私たち一行は奉天駅からわずかの距離の満鉄の鉄橋付近までかけつけた。ここは下は京奉線、上は満鉄線のクロスするところで、上の満鉄の大きなガードが三丁ほど先に吹き飛ばされている。その下には張作霖の乗っていた客車はペシャンコにつぶれている。張作霖の生死もつまびらかでない。これは大変なこととびっくりして前記のように総領事館に林総領事をたずねた次第である。私ども一行は林総領事との打合わせによって、湯崗子の温泉に一週間もつかって総領事からの情報を収集した。それによると林総領事と軍の代表とは支那側の官憲と事件の立会調査にとりかかった。その結果はどう弁解しても歴々たる証拠を向こう側に握られている。

一、京奉線が満鉄ガードの下に来るまで、張作霖と日本からついている軍事顧問儀我（ぎが）〔誠也（せいや）〕少佐などが麻雀に夢中になっていたが、爆発の少し前に儀我少佐は更衣のためと称してつぎの客車に移って難を免れた。これは儀我が爆発を予知して避けたのであろう。

一、爆破の状況をみるに、上の満鉄のガードの下に火薬を装充して爆破したものらしく、その証拠に客車は上から滅茶滅茶に押しつぶされているが車両は脱線していない。

一、そのとき使用した火薬が橋台にいぶりついている。それをみると黄色火薬で日本以外には使っていないものである。支那側はこんな高級な黄色火薬はこちらで使っていないと主張する。

一、その付近に南方の志士と称するものが斬奸状を懐にして自殺している。日本側はこのものが南方から潜入してその大事を決行したんだと主張する。その男の死体を裸にして調べるとまったくひどい阿片の中毒者で、いわゆる癮（いん）という中毒患者である。からだ中、注射の跡だらけでそんな荒仕事のできるものではない。斬奸状を開いてみるとまったく日本流の漢文である。支那側の立会人は「これは日本流の漢文で、たとえばこの中に〝南風競わず〟と書いてあるが、日本では南北朝のことなどによく使いますが、わが国ではそのようなことばはあまり使いません」と主張する。――それでもとやかく理屈をつけて〝水掛論〟でおしきったのであったが、最後に至ってどうにもならない確証がでてきたので困った。それは橋台から少しはなれたところに日本兵の監視所がある。橋台の下に爆薬を埋めて、そこから監視所まで電線を引き、監視所でスイッチをひねって爆破させたのであるが、不覚にもあわててその電線を巻いてかくしておくことを忘れたのである。それで監視所まで電線がそのままあったのだから、どうにも言いくるめるわけにいかない。これで完全にまいった。

三日ほど滞在しているあいだにそういう不手際やら不始末やらがわかったので、事件の表面も裏面もすっかりわかってしまった。それでも奉天にいると、軍人がさかんに私たちをおどかした。石川県出身で某という少将がごちそうするというのである。それがまた大変な材料でまるっきり悪食料理だ。入口の水かめの中を見せるので、のぞいてみるとへびとうなぎの合の子のようなものが毒々しい真っ赤な腹をして気味悪く動いているのだから、食欲なぞは出る次第でない。食卓につくと、泥溝のかえるとかねずみとかなめくじとか、そんなものを運んでくる。神経質の山道君などは箸もとれないのだが、私は意地になって、みんな平らげた。胸が悪くて困った。

　張作霖が落命してから、同族会議を開いたときに、むすこの張学良（ちょうがくりょう）は重臣を前にして、父のかたきは断じて報いねばならぬ……と、その憤激はすごいものだったそうだ。そのさい、私どもは日中、奉天城内を視察した。非常に不穏である。民衆がぞろぞろ私どもの後をついてきて、中には石を投げる。早々に退却した。――そういう材料を収集して、東京に帰った。事態は重大だ。

　帰京早々一行そろって小石川久世山の邸に浜口総裁を訪ねてあいさつし、事件の全貌について報告したところが、それが終わるまでじっと傾聴していたが、眉目を動かさず「よくわかった。少し私も考えてみるから、もう一度来てくれぬか」という。そこで翌日、重ねて訪ねて行くと、前日の報告を分析して、またさらに質問点に検討を加え、ひとつひとつについて巻紙に書いてくわしく聞くのである。その質問に対する説明が終わると、最後に「この事件に関する問題は実に重大だ。党派の関係を越える重大事であるから、この材料の取扱いは、自分にまかしてもらいたい……」と言って、総裁が取り上げてしまった。偉いものだ――と、私はしみじみ考えた。いまとはいわないが、こういう問題については再三再四、深考熟慮を重ねて事態を処理するというくらいの真剣味をもつ政党総裁を、私ははじめて浜口総裁によって知った。いやしくも大政党の総裁はこれくらいの心掛けが必要であろう。

　耳を蓋うて鈴を盗む……そういうことばがあるが、この事実は世界周知のこととなり、日本でも永井柳太郎、中野正剛君らによって議会で批判された。西園寺公は国家の元老としてこのような軍紀の乱脈が、国軍の信用を失墜し、それが国家の面目を傷つけ、陛下の聖明をおおい、国家の禍難をひき起こすことを深く憂え、田中首相を呼んで切に軍を粛正し、責任を正すことを忠告した。おそらく陛下の御意思をもうけたまわってのことであろう。田中首相はその場で軍の粛正を断行し、責任を糾明することを誓った。田中はそれのみならず、すすんで陛下に拝謁し、西園寺元老に誓ったとおり、関東軍の粛正を断行し、責任者を厳罰すべき旨を奏上し、陛下はそれを嘉納された。しかるに田中は当時の陸軍大臣白川義則（しらかわよしのり）にこれを相談すると、白川陸相は粛正、処罰に反対し、満洲の責任者の将校も、張作霖を殺したことはほめられこそすれ、処罰されるとはもってのほかだとりきみだした。田中は軽率にも西園寺公、ひいては陛下にまで申し上げた誓言をひるがえして軽い行政罰くらいにすることにした。それを参内して陛下に申し上げると、陛下はそれは前言と相違するではないかと問われたと伝えられている。田中はあわてた。改めて侍従に会い、ふたたび拝謁を願い出たが、その問題ならば改めて拝謁は無用であろうと侍従からいわれ、万事休して総辞職となったと伝えられる。

いずれにしても軍が統制をかき、虎を野に放つようになった端緒はこのようにしてひらかれたのである。

九　鬼気人に迫る中野の演説――用意周到な永井氏――

そのころ議会でも、議会外でも非常に雄弁がはやった。いまにくらべるとまことに雲泥の差である。いまはよくいえば議会は実質的になり、事務的になった。悪くいえば低級になり、無味乾燥になった。はなやかな言論は議会から影をひそめた。野次のごときも同様である。むかしの野次には含蓄があり、機智があって、寸鉄人をさすようなものがあった。

ある大臣の演説がお経のような節つきであった。そこで大向こうから「もう焼香もれはありませんか」ときた。大臣の演説は滅茶滅茶となった。高橋是清さんが大蔵大臣のとき、財政の説明をして「三年計画うんぬん」と言うと、間髪をいれず「だるまは九年」ときた。高橋さんの風貌がまるでだるまそっくりなので、満場哄笑、さすがの高橋是清さんも壇上で立往生した。いまはそのような洗練された野次はない。あるのは低級な悪口ばかりだ。

明治以来たくさんの雄弁家が輩出した。土佐から出た馬場辰猪、小野梓などは議会が開かれる前における雄弁家の草分け、先達であろう。議会が開かれてからは島田三郎、犬養毅、尾崎行雄らが、おのおのその雄弁を誇った。さらに永井柳太郎、中野正剛、山道襄一、川崎克、斎藤隆夫らが出て議会を飾った。おもしろいことは、これらの雄弁家は多く改進党、すなわち憲政会系の人が多いことで、自由党、政友会系には、ほとんど出ておらぬことだ。私は学生時代に、島田三郎氏の演説を議会で傍聴したことがあった。どういう演説だったか忘れたが、さすがにとうとう、大江の流れるような感じを受けたが、なんとなく冗漫平板のような印象を免れなかった。ことに島田氏の頬にきずがあって、それがいかにも笑っているように見えて、攻撃の演説には向かない。島田氏の演説を聞いたのはそれきりであった。しかし〝シーメンス事件〟の山本権兵衛を糾弾した予算委員会の応答、本会議の問責演説は火を吐くような力の入ったものだったと伝えられる。

犬養氏の演説は実に簡潔で、短刀でじかに人の肺腑をえぐる思いがあった。桂内閣のとき、藤沢某が教科書の南北朝問題を提起して、当時議会の大問題となったことがあった。それを例の桂首相のニコポン——懐柔で、藤沢が質問を取り消して姿をかくしたことがあり、大騒ぎとなった。この跡始末を犬養が立って大演説をやり、大義名分を明らかにしたことがある。非常な雄弁であったようだ。そのとき私は報知の支社長として大阪にいた。藤沢某は大阪の大儒、藤沢南岳（ふじさわなんがく）翁の嗣子である。それで私は東京本社の社名によって、南岳翁を訪ねて子息の行動を告げ、南北朝問題に関する意見を求めた。たしか夜中のことである。そのとき先生は齢八十をこえた白髪の老翁であった。私からはじめて子息の行動を聞いたらしく、座に堪えないほど興奮して私には答えず、ただちに女中を呼んで嫁女をここへ連れてこいと命ずる。私はなにごとかと驚いて控えていると、そこへ子息の夫人が出てきてすわるのを待たず、涙を流して「いまこの方からうけたまわると、むすこはせっかく南北正閏の大義を唱えながら、桂総理に懐柔せられ、変説して姿をかくしたとの由、けしからぬことだ。そのような奴は親でも子でもない。勘当する。お前はこれからすぐ東京へ行って本人を捜し出し、おれの命ずるとおり勘当を言いわたし、二度と家門に入るなと申し伝えてこい」という権幕だ。私も閉口した。この平和な老先生の家庭に、このような波乱を起こすことはまことに気の毒なことだと、早々に帰ったことを記憶している。当時としては、犬養氏の演説で収拾せねばならぬほど重大なことであった。

　尾崎氏の演説は、犬養氏とまた異なった精彩のある演説であった。しかしあの長い議会生活の中で、私どもは先生の後半の演説は聞いているが、その前半は知らない。むしろその後半よりもその若かりし前半のほうが精彩があり迫力があったのではなかろうか。藩閥内閣を攻撃して「衮龍（こんりょう）の袖にかくれて……」と海軍の予算について、前に樺山（かばやま）〔資紀（すけのり）〕海軍大臣をとっちめたとか、藩閥の専恣についてのちに桂総理大臣の顔色を失わしめたとか、いまもその雄弁が語り伝えられている。

　そこで思い出されるのは、やはり大隈老侯である。犬養にしろ、尾崎にしろ、島田にしろ、みな大隈の幕僚である。永井、中野両君にいたってはその門下生である。老侯を仰望して早稲田大学に入ってきたものだから、ある意味では老侯は議会雄弁家の元締めという地位にあった。

ところで大隈老侯という人は四十九歳まで〝演説〟などはしたことがない。座談の雄であったが、きわめて峻厳な、近づきにくい人であったようで、明治十五年の春に〝立憲改進党〟を創立して総理となったので、そのときはじめてしかたなしに演説をした。それまでは自信がなかったが、やってみると案外にできがよかったので、にわかに自信を得たというのである。しかし、明治維新政府では西郷、木戸、大久保につぎ、他の参議の首位にあって面倒な外交の衝に当たったときに、ごう慢なイギリス公使パークスなどと論争し、これを屈服させているほどだから、その素地はすでにあったといえる。老侯の演説はまったくでたらめであり、当意即妙であり、原稿の用意などしたことはまったくない。それが実に立派な文章となり、演説となるのである。まことに〝天馬空をゆく〟という有様が老侯の演説であった。

そこへゆくと永井柳太郎君や中野正剛、斎藤隆夫君などの演説は、みな相当に原稿に苦心惨たんしたものである。永井君の雄弁は、老侯のそれとはまったくちがって、実に一字一句を、いやしくもしない。幾度か添削された原稿を用意し、その苦心努力を重ねた末にあの雄弁が生まれたのである。いまに伝えられる「西にレーニン、東に原敬」「天にかがやく一点の星も地に咲く一輪の花も……」というような美辞麗句もかくのごとき苦心を重ねた末にできたものである。だいたい永井君の原稿は、喜多壮一郎君や相馬由也君に口授して初稿を書き上げたようである。それを永井君自身が丹念に原稿用紙がまったく赤くなるまで加筆添削してはじめて仕上がるのである。

私はかつて永井君に同行して、東北地方を遊説してまわったことがある。彼は朝、宿に着くと二時間ばかりの間、一切の客を謝絶して午後の演説の用意をする。東京から出て初日は福島――そこで大衆に、用意した原稿を暗誦して雄弁をふるう。それで大衆の受けかたをみて、さにその原稿を添削する。

この訂正版をつぎの仙台でいま一度試験する。そこで大衆にぴったり受ける自信を得たならば、それからあとは盛岡でも、青森でも、秋田でも、山形でも一字一句ちがわぬ演説をする。そうした念の入ったやり方だからこそあの華のごとき雄弁は、まったく聴衆を魅了するのである。今日のような、マイクロフォンのない時代に、二万の大衆を集めて、隅から隅までゆきわたるような大雄弁は、おそらく空前絶後ともいえるだろう。しかし永井君の演説は、最初の一会場で聞けば、そのあとはどこで聞いてもほとんど変わらない。これが大隈老侯の演説と全然その趣きを異にする点である。永井君の用意のない演説というものは、それは時によると聞くに堪えないことがあった。だれかの結婚式に、永井君夫婦が媒酌人をつとめられた。そして永井君が、仲人のあいさつに立った。まったく原稿の用意がなかったとみえて、その新婦は、加賀の山中の宿屋のお嬢さんであったが、永井君は、そこで山中温泉のいわれ、温泉の効用から説き出したところ、なかなか結びがつかなくなり、媒酌人のあいさつがなんと一時間以上にもなり、聞き手も困ったが、ご当人も困ったという有名な話がある。その結婚式に列した若槻礼次郎氏は隣にいた私に、永井君の仲人演説は四畳半の座敷で三間柄のやりを使うようなものだねと言って笑われた。永井君の雄弁はまったく非常な錬磨用意のうえにできたものであった。

永井柳太郎

中野正剛君の演説も、聞いているとあの激烈な文句が口をついて飛び出してくるように感じるが、その実、やはり相当に苦心して原稿を作り、洗練されたものであった。斎藤隆夫君の議会演説も有名なものだったが、彼は演壇には決して原稿を持って出なかったものの、これまた非常に苦心して原稿を暗誦してやったようであった。かの有名な軍部弾劾の演説などは、数日間の推敲を重ねた苦心のものだと伝えられている。どうも老侯の門下のものは、その天分においては老侯の天馬空を行くというようなわけにはまいらなかったようだ。

そこで、これらの雄弁家もおのおのその特徴に、適不適があったようである。永井君の演説は、議会演説も有名だったが、実際は大衆演説であった。名句はいろいろ創りだしたが議会では斎藤君におよばず、なんといっても数万の大衆を前にした雄弁家であった。これに反し斎藤君はまったく議会だけの雄弁家で、一般大衆に向かっての演説はだめであった。それだから斎藤君はみずからその長所短所を心得ておって、議会外での演説会にはほとんど出たことがなかった。中野正剛君にいたっては、これは大衆演説にも向いたし、議会演説も相当なものであった。精かんな、あいくちを人のくびにつきつけるような特徴があった。予算委員会などの一問一答は、実にぴったりしたもので〝張作霖爆死事件〟の弾劾問答のごとき鬼気人に迫るの概があった。田中内閣はこれがためについに崩壊したものである。

雑誌主催の座談会に参加する斎藤隆夫（中央奥）と松村謙三（右）
〔『経済雑誌ダイヤモンド』昭和11年6月1日号〕

十　浜口雄幸、半日で組閣――町田氏の秘書官になる――

田中内閣はさきに述べたような次第で、昭和四年七月崩壊し去った。そこで憲政の常道にしたがって、大命は浜口雄幸(はまぐちおさち)氏に降下した。浜口氏は半日で組閣を完了した。国民の衆望も、民政党というよりむしろこの人に帰したという有様であった。この内閣の使命は、ひとつは放漫な財政を引き締め、その基礎を定めるにあった。そのためには〝金の輸出禁止〟を解いた。一時の不景気を覚悟しての非常な英断である。いまひとつはようやく頭をもたげた軍部の横暴、とくに満洲における、野に放った虎のような関東軍を制御することであった。それはある程度は国民の後援によって成功した。しかし最後は浜口氏はそのために凶弾に倒れ、万事休するにいたった。

浜口氏は一代の偉材として、国民の信頼を集めていたのみならず、それは政党の総裁として真に政治的幸運に恵まれていた。というのは、そのころの流行語である〝在野十年〟〝苦節十年〟の間に、加藤高明伯が作りあげた遺産を文字どおりに、そっくりそのまま相続したことなのである。遺産とは人材のことだ。加藤高明氏が十年にわたる在野時代に苦心惨たんして憲政会に集めた人材は、当時の人材の大部分を網羅したといっても決して過言ではなかった。加藤総裁をめぐる巨星群は、むしろ壮観というべきものだった。浜口氏はこの遺産を引き継いで、民政党総裁となったのである。前総裁の若槻氏をはじめ伊沢〔多喜男〕、下岡〔忠治〕、仙石〔貢〕、幣原、安達、江木〔翼〕、町田から片岡〔直温〕、その他等々。内閣を二つも三つも組織できるほどの人材を擁し、しかもその顔ぶれは少しも見劣りがしないのだからすばらしい。それにさらに井上準之助氏などが加わった。その巨星群のほとんどの閲歴は、官界、政界、財界の各方面に雄飛し、総裁の先輩たる人々であり、これが一致協力して推服したのだから、総裁の威望に重きを加えるのは当然すぎるほど当然なのである。その中でも仙石貢(せんごくみつぐ)氏は、浜口その人にとって同郷の大先輩。財界、政界の長老で、加藤高明内閣では高橋是清、犬養毅両氏の間にあって潤滑油たる役目を帯びて、鉄道大臣として働いた。憲政会と政友本党との合同、立憲民政党の成立というとき、憲政会では領袖の安達、江木、町田、片岡、原〔脩次郎(はらしゅうじろう)〕、小泉〔又次郎(こいずみまたじろう)〕、富田〔幸次郎(とみたこうじろう)〕、頼母木、降旗(ふるはた)〔元太郎(もとたろう)〕の協議で〝総裁には浜口雄幸君を推挙する……〟とただちに決定した。――が、当人に向かって直接交渉したら「自分は貧乏人である。それに健康を害しているから政党の総裁という大任に耐えられない」と、真顔で謝絶するのはわかりきっている。直接交渉はいかん……。ここは仙石の雷老爺に納得させるに限る……というので町田忠治、原脩次郎両氏を代表に、仙石邸に赴かせた。

「ほほう、あのノロマの浜口を新党の総裁に……冗談を言っちゃ困る。あれに政党の総裁ができるものかい。それに第一、浜口には一銭の金だってできやしないよ。諸君はいったいそれをどう始末する。そんな交渉役はまっぴらご免だ」と、木で鼻をくくるような話で、二の句がつげない。そこでやむなく直接交渉となったが、両三日して〝浜口氏が仙石邸を訪問した……〟と聞いたとき、領袖の面々は安心の胸をなでおろした。浜口その人の心が動かねば、仙石氏と会う要はないからである。浜口氏は仙石氏に対して「……まことに熱心な勧説である。政治家として、できるものなら総裁になってみたい。それにはご老体が援助してくださること……それなら大任を引き受けようと思うのである」と、心情を述べると「そうか。肚がきまったか――それなら、やるがよかろう」と言ったきり、仙石氏はあとはなにも言わず、だまって、じっと浜口氏の顔をながめていた。仙石氏の心中では、浜口氏が往訪して決意を述べるのを聞くまでもなく、町田、原両氏から懇請したときに自分の子供のように思う浜口のために全力をあげて助ける覚悟をしたと思える。後年、仙石氏が逝去したのち、家屋敷地はすべて三菱銀行に担保に入り、大きな借金をしていたことがわかった。浜口氏に貢いだのであろう。

このようにして浜口氏は新たにできた民政党の総裁となった。しかしその後は決して順風満帆というわけにはゆかなかった。まず第一に起こったのは党結成早々床次竹二郎氏の離脱であった。民政党は憲政会と政友本党との結合である。結党のときは両者の人事も渾然一体となって、すこぶる順調にいったとみえたが、それが一年たらずにして突然床次氏が離党した。しかも床次氏は、政友本党以来の同志にもあらかじめはからないで独断で離党を決行したらしい。その事後に報告を受けた旧同志は、大いにろうばいして去就に迷った。これをいさめたものも多かったが、すでに〝後の祭り〟でどうにもできなかった。床次氏の最高幕僚として、終始枢機に参画していた榊田清兵衛氏さえも事前に相談を受けなかったらしい。それでも床次氏の声望によって四十人余りが同氏と行動をともにし、離党していったが、山本達雄、桜内幸雄、田中隆三、小橋一太、小川郷太郎、大麻唯男、原夫次郎などの領袖は床次氏とたもとをわかち、その後まったく民政党内に同化してしまった。

なお民政党結成のときに、あの有名な〝五ヵ条の政綱〟を作ったものは、当時新進気鋭の永井柳太郎、中野正剛の諸君であった。その〝五ヵ条の政綱〟はおそらくいまの政党の政綱としても、決して時代に遅れぬ立派なものであった。しかるにその一ヵ条に〝天皇の下議会中心の政治を行う〟とあるのが、後日、軍部の勢力が盛んとなったころ、右翼から非常な攻撃を受けたことは、世人のよく知るところである。いまから見れば当然のことだが、当時はそれが解党に至るまで、〝民政党はけしからぬ……〟と非常な攻撃を受けた。この一章は実は中野正剛氏が筆をとり、はじめはただ〝議会中心の政治を行う〟とあったのを、浜口氏が筆を加えて〝天皇の下〟の四字を差し加えたということであったが、その後中野氏は安達氏とともに脱党し、自分で書いたその政綱の攻撃を痛烈にやった。世の中は実に変転きわまりないものである。

前に述べたように浜口内閣は衆望をになって成立し、各大臣は決定した。さらに政務官も決定した。やがて秘書官を決定する順序だ。その以前に私は町田農林大臣に、同県・同学の山森利一（やまもりりいち）君を秘書官にするようにすすめていた。その経緯は町田氏が報知新聞の社長時代に、山森君が政治部記者としてその才幹を認められていたことによる。私は報知新聞在社当時は町田氏と懇意でもなんでもなく、衆議院へ出てからの関係だった。町田氏は報知新聞の大先輩であり私は後輩であるが、私が報知新聞にいたころには町田氏は大阪の山口銀行の総理事であり、町田氏が報知新聞の社長となられたときは、私はすでに退社、帰郷していたので別に交渉はなかった。ただ、私は大学で支那語をやったし、代議士になってからも幾度か支那に旅行している。いつか町田氏を訪問すると「代議士にもなって、今後大いにのびてゆこうというのに、君のように、そう支那ばかりに行っていたのでは、支那ゴロになってしまう」と言われ、党の政務調査会に入れられ「大阪に行って金融の関係を調べてこい」と言いつけられたことがある。その程度の間柄であった。そこで私は「山森君のことはよく知っておられるし、ひとつ秘書官にされたら大いに役立つだろう」とすすめると「それはよい考えだ」と山森君を採用するつもりになっておられた。すると、何日か経ってから、私の下宿していた新宿三光町の大沢という家に町田大臣から迎えの車がきた。それで町田邸におもむくと「君が山森君を推挙したので自分もそのつもりであったが、前日の閣議で〝大臣秘書官には代議士を任用する〟――閣議でそのように決定した。残念だがいたし方ない。そこで、どうだ。ひとつ君が秘書官をやってくれぬか」という話であった。不意のことでもあるし、郷里に帰って十年も遊んでいた私に、秘書官などと気のきいた仕事はできそうもないので、そういう次第を述べてこれを断わった。そして下宿に帰ってくるとその下宿の主人というのが政友会が大きらい――改進党以来民政党でないと夜も日も明けぬという人物。下宿するときも「政友会か、民政党か」と、所属政党を聞いたのち、はじめて二階を貸してくれたほどだった。そして同家に下宿してからは、毎日帰ると、その日その日の〝政治報告〟をしなければおさまらない。――そういう人物なのであった。

　下宿に帰ってくると、主人が「大臣から車を寄こして呼びに来たそうだが、なんの用事だ」と聞くので「秘書官になってくれ――というのだが断わってきた」と答えると、顔色が変わった。「なんというばかなことをするのだ。そんな不心得な人は、いてもらいたくない。こちらから頼んでもいく者が多いのに、向こうから頼まれて、それを断わるという法があるか」とさんざんに怒られた。「だが、もう断わってしまったのだから……」と主人をなだめて、そのままに過ぎたが、一週間ほどすると、また車で呼びにきた。行くと「ほかを物色したが、どうも適当なものがないから、身辺のことは前の秘書官を嘱託にしてさせる。まあ、名義だけでもよいから承知してくれたまえ」と口説かれ、そうまで希望されて辞退するのもどうかと思い快く承諾するむねを答えた。これが町田先生から生涯の厚誼を得るにいたった発端である。いまでも覚えていて野田（武夫）などからよくからかわれることだが、秘書官に任命された早々、日曜日かなにかの日に大臣のところに出掛けて行った。そのとき、和服を着ている私の姿を大臣はじろじろ見まわしていたが、「松村君、いなかではよくやっているが、東京ではやらんのだから気をつけたまえ」と言われたが、なんのことかわからない。大臣の差す指の先を見ると、えりにつまようじを三本もさしている。これにはなんとも恐縮したが、こんなことからして長い年月の間を、お世話になったのである。

　そこで農林大臣の町田先生がどんな理由から、さまで懇意でもなかった私を秘書官に採りあげようとされたのか。早稲田とか報知とかの関係でないことは私にもわかっているが、別段に聞きもしなかった。あるとき——町田先生が晩年になられてから、熱海の別荘で食事をともにしたときであるが、なんの気もなく、私が「どういう次第で私を秘書官になど採用されましたか。だれかが推挙されたものでしょうか。それとも先生自身のご発意だったのでしょうか……」と聞くと「安達謙蔵だよ君を推挙したのは……安達君が〝松村をつかえ〟と言ったのだ」と答えられた。安達氏がなぜ、私を町田先生に推挙したのか——考えてみると、なるほどと思いあたり、うなずけることがあった。

私が衆議院議員に当選してちょうど半年ほどたったころ、鳥取県の代議士で谷口源十郎（たにぐちげんじゅうろう）という人が私をたずねてきて、「こんど鳥取県で大会が開かれるについて、本部から安達氏が臨席される。それで、君も随行してきてくれないか」「新参代議士の、しかも鳥取県にはなんら特別の縁故もない者がゆく必要があるのか」と聞くと、「いや、鳥取県会の情勢というものは、民政党と政友会との頭数がすれすれなので、実は知事をとらえたほうが勝つ。知事の向背によって、ことは決する。が、こちらには知事を取り込む術がない。知事がどういう男かわからぬので、こっちに引っ張る方法がない。ところで、その知事が語るところを聞くと、こんど富山県から代議士に当選した松村氏は、自分の地方から出た者で懇意だという。知事は久保豊四郎（くぼとよしろう）というのだが、その懐柔のために、ぜひ来てくれたまえ……」という次第である。久保豊四郎君なら私の付近の井波町出身で、子供のころからよく知っている。谷口君が〝来てくれ〟というので〝よし承知した〟と快諾した。そこで、安達氏におともして鳥取に行くと、知事公、なんと思ったのかみずから駅まで安達氏を迎え、県庁の自動車で送り迎えをするという、そのころとしては異例の好意の寄せかたである。これには安達氏も、いささかびっくり……といった顔つきであった。時は田中内閣のもとでもあるし、普通の地方長官なら、在野党の人間と知ると、いかに懇意のものでも、わざと留守を使って避けたり、顔をそむけるのが常なのに、白昼、たれはばかるところもなく、この厚遇では驚くのも当然だ。さすがに懇親会には出なかったが、二次会には飛び込んでくる。私とは懇意にもせよ、帰るときには、わざわざ駅まで見送りにきた。そして「去年、外遊したときにロンドンで求めたものであるが……」と、ホワイトホースのウィスキーを二本も窓から放りこんでくれるという次第だ。そのとき、安達氏は「私はこれから九州へ行くのだが、ここまで同伴したのだし、どうだ君も九州へ連れだって行くことにしないか」というので「それではおともを致します」と、食道楽の安達氏の鞄の中から珍味を取り出して、もらったウィスキーを飲みながら松江、山口に寄り、九州に行った。

この旅行後、間もなく田中内閣が倒れ浜口内閣の出現となったが、この内閣で安達氏は偶然内務大臣となった。当然、地方長官の大更迭を行なうこととなった。安達という人は一飯の恩も必ず報じ、いささかの恨みも必ず報いるような人であった。久保君は安達氏が鳥取遊説のさいの論功行賞でもあろうか、四等県の鳥取県から一躍一等県の岩手県に栄転した。非常な躍進であった。それがあまり目立ったから犬養内閣になったら、安達系というのでばっさりやられてしまった。久保君の栄転が論功行賞であるとすれば、町田氏が秘書官をさがしているさい、安達氏が私を推挙したのも、あるいは鳥取行きの因縁からかもしれぬ。私の思いあたるのは、このほかにはないのである。はたしてそうだとすれば、私と町田先生との関係、農政との関係を結びつけてくれたのは久保豊四郎君だともいえる。因縁とは妙なものである。

第5章　浜口内閣から斎藤内閣まで

一　町田農相の逸話

そのころの農林省は相当人材のそろったところであった。いまでも衆参両院に議席をもち、国政に参画している人たちで、当時の農林省からは、故松村真一郎、故石黒忠篤、故荷見安、小平権一、笹山茂太郎、重政誠之兄弟、井野碩哉、周東英雄、竹山祐太郎、故三浦一雄、和田博雄など立派な人材が出ている。その首脳部の連中は、みな善良な、そして農林省らしい純朴な人が多く、いまも思い出す逸話が数多い。

第一に大臣の町田忠治さんがたくさんの逸話の持主である。町田さんの愛称を〝ノンキナトウサン〟といった。それが〝ノントウサン〟となり、切りつめて〝トウサン〟となった。その由来は、町田さんが社長時代の『報知新聞』紙上に、麻生豊君が漫画「ノンキナトウサン」を連載した。それがすこぶる世間の評判になった。その〝ノンキナトウサン〟の顔も性格も、町田さんにたいへんよく似ている。あるとき町田さんが議会でなにか演説しているとき、反対党の原惣兵衛君が大向こうから〝ノンキナトウサン〟と野次を飛ばし、満場大笑いとなって演説はつぶれた。それ以来〝ノンキナトウサン〟が町田さんの別名となり、さらに略して〝ノントウサン〟が愛称となった。もう一つの町田大臣のあだ名を〝近メシ〟といった。それはどういうことかというと、よく人に「近いうちに飯でもくおう」と言いながら、あまり約束を履行しなかったというところから起きたものである。なんでもそのころ報知の記者だった横山四郎右衛門君（元北日本新聞社長、現在取締役、北日本放送社長）の付けたあだ名だと伝えられる。町田さんが若槻内閣にはじめて農林大臣になったときの秘書官は報知の政治記者をしていた川口清栄氏であった。川口氏は五尺に足らぬ低い背たけで、そのうえ極度の近眼であった。町田さんは大臣の親任式が終わって農林省に初登庁し、大臣室で省の幹部を集めて就任のあいさつとともに一場の訓示を与えた。きわめて厳粛な場面である。時の山林局長であった佐藤百喜君はこれまた非常に小柄な、そしてやはり極度の近眼で、ちょうど秘書官の川口清栄氏とは背たけから風采まで大変よく似ていた。慎重な半面、非常に粗忽屋だった町田大臣は、佐藤山林局長を川口秘書官と間違えて「君、秘書官が役人の中にまじっているのはよくない。こちらへ来給え」と、いきなり佐藤氏を列から引っ張り出した。驚いたのは佐藤氏で、なにがなにやらわけがわからず、ただあわてるばかり。あとで秘書官と局長を間違えられたことがわかり、大臣も役人も大笑い。この一件で、かえって固ぐるしいその場の空気も、にわかにやわらぎ、下僚との親しみも増して、あとあとまで省内が円満にいった――と町田大臣の逸話として伝えられている。

町田さんが第二次農林大臣のときの政務次官は、はじめは岡山県選出の西村丹治郎氏。それが途中急死せられて栃木の高田耘平氏がそのあとを継いだ。両氏とも、まれにみる人格の高い人で、ともに終世を農政にささげた功労者である。公用でなければ決して役所の自動車に乗らない。役所の往復は東京駅まで役所の自動車で送迎させ、駅から自宅までは電車にぶらさがって通勤する。両氏とも一生を清貧に甘んじ、真に農民のために尽くした。私は両氏から一生忘れぬ感化を受けた。私が職務柄、自動車を乗り回し、ときに新橋、赤坂の料亭に車をつけておいた。それを見た高田氏から〝公私の別を厳守するよう〟戒められたことをいまも覚えている。高田耘平氏は数年前に八十幾歳の高齢で永眠された。

高田氏が政界を引退されると、選挙民が同氏の功徳をたたえて生前に銅像を建設した。すると高田氏は、歳月が経つと銅像の前にくる郷党の人も少なくなり、顔を合わせる機会も失われるだろう……と、銅像のかたわらに地蔵尊を建立し、これに豊作地蔵という名をつけて、仲好くならぶことにしたのである。高田氏がなくなられてからもなにしろ豊作の地蔵さまだから、農村の老若男女はだれかれとなく参詣してお祈りする。そして農事の改良進歩に献身された高田耘平先生の銅像をあおいでは、いろいろと故人の遺徳をしのんでいるのである。

町田忠治

死の数日前に、高瀬伝(たかせでん)代議士を通じて「生前ぜひ一度会いたい」とのことで、私は取るものも取りあえず高田氏の郷里栃木県那須郡の荒川村に病床を見舞った。もはや危篤の状態であったが、しいて家人に助けられ正座して私にいうことは、自己の私事のごときは一言もふれない。日本の前途のこと、日本の農政に関することのみを語った。

高田氏の奥さんも貞淑な婦人で、よく夫に仕えたものであるが、痛ましいことに盲目になったが、この盲目の妻女を、高田氏は十年ほどもなにくれとなく面倒をみ続けた。議政壇上では硬骨漢としてきこえたこの人に、こういうやさしい、思いやりのある一面があることが郷土の人々を大変に感激させ、いまも美談として伝えられている。

西村氏のなくなられたのは、汽車の中である。岡山から東京への途次で、朝になっても寝台から出てこられぬ。それが最後であった。——がそれも同氏を知る者からいえば、政治家として国政に献身し、名利を顧みず、無私の信念に徹した人の生涯に、なにかふさわしいものであるように思われた。

そのときの事務次官は故松村真一郎氏で、当時財政の長老で、高橋是清さんと並び称せられた山本達雄氏の女婿である。この人は実におもしろい風格の人で、非常に潔癖家であった。書類を閲覧するのに、人が手を触れたところをきらって、あまり手を触れていない紙の上の端でページを操る。昼食なども奥さんが料理し、奥さんがふろしきで包んだ弁当でないとくわない。当時、蚕糸局長だった石黒忠篤君などの猛者が局長室にやって来て、口角あわをとばして議論する。机の上がつばでいっぱいになる。それが気になってならない。議論が一段落すると給仕に命じてきれいに消毒させるという騒ぎであった。かつて法制局にいただけに非常に議論にくわしく、なにごとにも一家言があった。町田大臣がなにか重大な問題を決定せねばならぬときに「大臣、結論だけを申しなさい、その理由は不肖私が後から間違いなく付けますするから」と言ったことは、当時農林省内の有名な話であった。それで、なかなか機知に富む奇抜なところもあった。

かつて富山県の庄川問題がやかましかったころ、庄川の下流の漁民が、えん堤反対の陳情に真一郎次官を訪ねて来た。どうもその青白い顔色といい、姿といい漁民らしくない。次官は陳情をろくに聞こうともせず「みなさん手を挙げてみせろ」とどなった。そこでしかたがないから、みんなが不承不承手を挙げた。松村次官はその手をいちいちじろじろ眺めながら、大喝一声「そんな青白い手で漁師がつとまると思うか」と叫んだ。それで雇われ陳情者たちは、化けの皮をはがされて、とりつく術もなく引き下がったという逸話もある。しかしそれでいて非常に親切な人であった。終戦直後、私が農林大臣をうけたまわり、困難な食糧問題に当たったときなどは、ほんとうに陰となり日向となって私を援護してくれた。あるとき貴族院の予算委員会へこいというので、なにげなくその委員会に行くと、真一郎氏自身が私に「質問あり」と言って立ち上がった。これはやっかいなことになったと思っていると、微に入り細に渡って農政問題を五十ヶ条にわたって質問をしてきた。それで終わったかと思うと、こんどは真一郎氏が改まって、「以上の質問に対し、もし私が大臣だったならばこのように答える。もしこの答弁に不満があったら、そこだけ答えてほしい」と言って、いちいち自問自答する。なんのために質問したのかわからぬ。私は「すべてそのとおり」と答えるだけでよいわけだ。いや実に驚いた。これはおそらく真一郎氏が私の不慣れなことを心配し、委員会で雑多な質問攻めにあうのを心配して、くわしく自問自答して委員会の質問攻めを封じてくれたものらしい。実際ありがたいことであった。氏の令息で山本家のあとを継いだのが東大の教授で〝東洋史〟の権威である山本達郎（やまもとたつろう）博士である。

それから蚕糸局長や農政局長を勤めた石黒忠篤氏――農政の大御所であったことはだれでも知っている。〝モジャモジャひげ〟が、ぴんと上向くと機嫌の悪いときであり、反対に下向くと機嫌のよいときである。要領のよい下僚はそのひげのありさまを見ては機嫌を占い、書類の決裁を求めた。そのころ、まだ課長であったと思うが、小平権一氏――その令息は若くて数学の功績で文化勲章を得られた天才である。その父である権一氏も企画性に富んだずば抜けた頭脳の持主であった。農村恐慌時代の農村更生運動の方策は、同氏の緻密な頭脳から割り出されたものが多い。満洲の建設にも大きな貢献をした人である。そして、小事にこだわらぬ、頓着をせぬ、物忘れをする――そういう逸話の非常に多い人であった。よく靴をはき違える。靴をそっくり間違える人はあるが小平君は片方ずつ間違える。だからやっかいである。さらにひどいのは新宅に引き移ったところ、引っ越し当初はよく家を間違えて他人の家に飛び込む。はなはだしいときは、すっかり家を忘れてしまって交番へ「私の家はどこですか」と聞きにゆく。それはまだよいとして、同氏が一代の名著『農業金融論』という大部のものを苦心して書き上げた。その原稿を電車の中に置き忘れ、とうとう発見されなかった。これには先生さすがに困ったらしい。そこでさらに書き直して出版の運びになった。同氏のわが国農政に対する功労は非常に大きい。

石黒忠篤

二　十円で起請文買い取る

あるとき私は大臣から急に呼びつけられ、大臣室に入ると、町田大臣は非常に機嫌が悪い。「いまきた若い事務官は、あれはだれだ」と問う。「あれは農政局の和田博雄事務官です」と答えると、大臣は「あんな無作法な奴があるか。上司のおれに向かって、片手でモジャモジャのしらみでもいそうな頭髪をかき、片手ではあごひじをついて話をする。実に無作法な奴だ。しかし話を聞いていると、なかなか頭のよい男らしい。局長によく話をして、あいつの無作法を厳重に直すように伝えろ」というのであった。それがいま社会党の領袖の和田博雄君の若かりしころの姿である。

そのころは米穀問題のやかましかったころである。故荷見安君が課長として、またのちに局長として、終始困難な米の間接統制と取っ組んでいた。実にまっすぐな、そして米穀問題の日本一の権威者であり、功労者でもあった。水戸藩の〝やり一筋〟の家柄で、水戸武士の面影がある。細君が故江木翼さんのめいに当たるので、民政党系とにらまれ、出世が遅れたともいわれたが、そんなことよりも、そのかんかんがくがくの議論と直情径行が原因だったのであろう。退官後も中央農協会長として農政界の重鎮長老であった。そのとき事務秘書官として私と机をならべて働いた人に故湯河元威君がいた。のちに長く農林中央金庫の理事長をつとめられた。私と懇意であったのは単に秘書官同士であったというばかりでなく、私どもの先輩である同県出身の枢密院顧問官二上兵治さんの女婿であるからでもあった。

私の秘書官としての勤めぶりは、いまから思い出してもまことに汗顔にたえない。町田大臣は実によくも見て見ぬふりをして辛抱してくれたものと思う。大臣の身の回りを世話するのには、さきに第一次の農林大臣をしたときの秘書官加藤盛信君がこんどは嘱託として働いてくれた。私と同じく元新聞記者だった人で、町田さんの前任大臣であった早速整爾氏の秘書官をしていたのを町田さんが引き継がれたものである。私と同じく、あるいは私よりさらに輪をかけたのんきものだった。農林大臣官邸には、テニスコートがあった。閣議があって町田大臣が出かけると、大きな声で加藤君が官邸に勤めている事務官に号令をかける。「大臣が出かけたぞう。みんな出てこい――」。私たちはじめ、それを聞いて連中は、待ってましたと事務もなにも放棄して飛び出し、テニスで汗をかく。閣議が終わる時分になると、門の前に守衛を出してぬかりなく総理大臣官邸の方向を警戒させておく。「町田大臣の自動車らしいのが見える」と、守衛が合図するやいなや、連中は〝それっ〟と足を洗って部屋にかけ込み、加藤君はじめ一同はそしらぬ顔をしている。なんとも、あきれた悪童どもであった。こういう次第で、農林大臣の町田氏は、比類まれなのんきな秘書官どもをかかえられたもので、私の秘書官をやってくれた川端佳夫や、小楠正雄、田川誠一君などの裏表のない忠実な勤めぶりにくらべ、いまさら当年の町田さんに申訳ないと思う。

私が秘書官になったときは、農林大臣官邸は九段坂の上——麹町三番町にあった。これは農商務省が生まれたときからのもので、もとは山縣有朋公の屋敷であったらしく、明治天皇の御臨幸の記念碑がある。ところで、この官邸には種々の伝説があった。その一つは〝化物屋敷だ〟という話……。農林大臣の早速整爾氏が胃癌になって官邸に静養していると、毎晩、夜半になると、地底からなんともすごいゴオーッという音がする……どうも気味が悪い。これでは神経にさわる。病気にもよろしくない——という理由で、早速氏をよそへ移したが、これは地下に幕府時代の水道があって、皇居の堀へ水が落ちるものらしく、雨が降るときはすごい音だが、晴天つづきだと音がしない。そういう解釈をしていたものだ。これと反対に〝その道〟の猛者として有名な大石正巳氏が農商務大臣として官邸に乗り込み、得意満面でおさまっていると、吉原の古なじみの妓が白無垢の姿でかごで押しかけてきた。「なんの用事だ」と聞くと、「かねての約束どおり身請けしてくださんせ」という談判だ。秘書官が出て「ばかなことをいえ」としかると、証拠がある——と言って取り出したのは、大石が直筆の起請文だ。その日はどうにかこうにか帰したが、毎日のようにやってきて〝玉の輿〟に乗るのを強要してやまない。さすがの大石も弱りはてて、遊び友だちの犬養毅氏に処置方を頼むと、犬養は手を打って喜び「これはおもしろい。よし引き受けた。しかし、金がいるぞ」と、そのころの金で百円か二百円かを出させ、さて、その妓に会って、五円か十円で起請文を買い取り、あまった分で犬養が豪遊して歩いた……という話で、大石は、くやしがったがどうにもならなかった。この三番町での昔話である。

それからもう一つは、再三、外務大臣となった内田康哉（うちだこうさい）伯と町田氏とは東京帝国大学の学友、その交情は兄弟のように厚かったので、秘書官としての私は内田伯に接する機会が多かった。伊勢神宮の遷宮式典のときに町田氏に随行して、油屋かどこかに内田伯と宿所を同じくしたことがある。町田氏は酒を飲まれぬが、内田伯は名うての酒豪なので私がその相手を仰せつかった。すると酒間に往年の追憶を語られる。「おい、農林省の九段上官邸の鉄の門はいまでもあるか」「ええ、あります」「そのわきに、右側に平屋造りがあったが、それは……」「いまでもあります」「その奥にあった二階造りの秘書官の家は……」「それもあります。いま私が住んでおりますが、ずいぶんくわしくご存知ですね」「うむ、それは私と原敬と二人が陸奥宗光の秘書官をしていた。山縣有朋内閣で陸奥は農商務大臣だったのだ。原敬は君がいま住んでいる奥の二階建ての家に、僕は入口の鉄門のそばの平屋の家に住んでいた」というぐあいに始まって内田伯は「当時は私も原も独身だから遊びざかりというやつだ。そこで二人ともさかんに富士見町の待合に行ったが、どうしても帰る時刻がおそくなる。鉄の門は夜の十時かっきりに締める規則なんだが、二人が帰る時分にはもう締まっているのだ。ところで私はたけが低いが丸くて重い。原はたけが高くて身がるなのだ。だからいつも原が門を越えて中に飛び入り、そして門を開いて私を入れ、あとを締めて知らぬ顔をしていた。だが、なにしろ毎晩のようにやるのだから、いつの間にか大臣の耳に聞こえたという次第だ。ところが陸奥のことだ。ありふれた世間なみのしかり方などはしない。二人を呼びつけて〝貴様らは毎晩丑満時になると、この屋敷に化物が忍び込むのを知っているか〟という。異口同音に二人が〝いや、一向に存じませんが……〟と答える。すると〝秘書官が知らんですむと思うか。そんな事でどうするか、気をつけろ〟という皮肉な口ぶりだ。とうとうばれたか、困ったことになったぞ……と、一ヵ月ほども謹慎したか。そうこうする間にまたムズムズしてきて、こんどは風呂に行くといって、原とともに手ぬぐいを肩にかけ、シャボンを持って堂々と門を出たわけだ。その当座は門限を守ったが、そのうち、たび重なると十時が過ぎる。また平気になって毎晩のように通いだすと、やがてまた呼びつけられた。さあ、こんどは、どんなこごとが出るか……と思って大臣の前に出た。すると、陸奥は〝化物が出るというから、あんなに気をつけろと言っておいたのに、近ごろはまた毎晩毎晩出るそうではないか。どこに気をつけているのだ〟としかられた。陸奥という人はそういう肌合いだった」と青年時代の原、内田のこんな秘話を聞かされたが、麹町三番町の農林大臣官邸には、そういうことがあった。

そのうちに、前に述べたように現在の総理大臣官邸が完成をつげて、元の官邸は新たに農林大臣官邸となった。ちょうどいまの第一議員会館のある場所である。この新農林大臣官邸にも、数々の伝説があった。なにしろ日本の国家が、ほんとうに興亡を賭して対外的に飛躍した日清戦争、日露戦争の宣戦、講和の閣議を決定したゆかりのある官邸である。日本の歴史のうえで、また世界の歴史のうえで由緒深い建物であり、いま考えてみると決して立派なものでなかったが、もし現存するなら記念の保護建造物として保管さるべき価値が十分にあるものである。この官邸の伝説のうちに、日露両国間の情勢が緊迫し、伊藤博文、山縣有朋、井上馨(かおる)の元老を加えて、開戦の可否に関する方針決定の閣議で、ことここに至っては、戦うよりほかにないとして開戦の決定をみる一瞬、内務大臣の児玉源太郎(こだまげんたろう)大将が立ち上がって、「ちょっとお待ちを願いたい。私には決意のつきかねることがあるから、一時間だけお待ちを願いたい」と言いだした。やむをえず一同が承諾すると、児玉大将は室外に出て馬車でどこかへ行ったが、一時間後に白無垢、白鉢巻姿で閣議室に躍り込み「いよいよ決意ができた。宣戦の閣議を決定していただきたい」というので、全員一致で宣戦布告を決定したという。児玉大将がどこに行ってきたかを調べてみると、青山穏田の行者、飯野吉三郎のもとにおもむいて、その示唆するところを問うてきたということだった。その前にも児玉大将は、日露の国交が刻々に急迫してゆくのを憂えて、江の島の弁財天の洞窟に七日間の参籠をしたとか、総参謀長として出征中に、毎朝太陽に向かって祈念していたとか——いかにも迷信めいた話のようだが、その国を憂うる真剣な態度には、いろいろ考えさせられるものがある。国家の存亡に関する大事を議するに当たって、人間としての思慮を尽くし、さらにそのうえに超人間的な何物かにすがろうとする至誠に深く打たれる次第だ。日米開戦のときにもし東条大将などが、国運をかける大戦争の開始にあたって、この児玉大将のような真剣味があったならば、日本は、あのみじめな敗戦の憂き目をまぬがれえたのではなかろうか。いまさら児玉大将の心事がしのばれるのである。

三　仏像の魂を抜いてもらう

この農林大臣官邸には、また由緒のある座敷として〝お鯉の間〟というのがあった。そのころ一代の名妓として艶名をはせた新橋のお鯉が、総理大臣の桂公に落籍されてかくまわれた部屋なのである。そこにはお鯉の好みの風呂が付いている。それから、お花さんの好みの茶室というものもあった。お花さんは、西園寺公の侍女で、おそば去らずに身辺を世話した有名な女性で、多くの逸話がある。第一次次世界大戦の講和会議がパリで開かれ、日本の首席全権として西園寺公が渡仏したときにもお花さんが随行し、評判となった。この茶室は後庭の離れ家であった。

ところで、町田大臣がこの官邸に乗り込んでから妙な事件があった。ある朝、私が官邸に行くと、大臣の応接間の右と左の両側に、石の仏像が飾ってある。高さ一尺ほど、品がよく美術的価値も相当なものらしい。小使いを呼んで「どうしたわけか」と聞くと「会計課長の田淵さんが持ってきた」という。田淵課長にその仏像について質すと、頭をかきながら恐縮して言うには、「これはすこし因縁つきの仏様でして……。実は京都の東山辺にあったものらしいが、これを盗んだ泥棒が神戸に持っていって外国人に売りつけようとしたが、なにかのはめで発覚し、警察につかまってしまった。警察では泥棒を糾明したが、東山のどこにあったものか場所がわからない。それで東山は国有林だという理由で、盗品の仏像を大阪の営林局に持ってゆき、押しつけるようにして置いていった。そこで営林局では、かりに局長室に置いていているうち、病人が出たりして始末に困っていた。そこへ、ちょうど御即位の大典があって、本省から山林局の者が営林局に来たので〝国有財産だから本省に持って行ってくれ……〟と本省の山林局に押しつけた。すると、こんどは山林局のほうにいろいろ変なことが起こり、事情がわかるとみんなが怖じ気をふるい〝国有財産は山林局に置くべきでない。会計課の所管だ〟といやおうなしに会計課に押しつけた。ところが、会計課でも気味が悪いので、どこか適当な場所がないかと物色していると、大臣官邸の応接室なら平生はだれもおらぬし、あそこに限る——という者があったので、つい……」という次第。

私もあきれて「物もあろうに、そんな物騒な仏様をかつぎ込むやつがあるか。けしからんことだ」「いや、この部屋ならだいじょうぶです。しばらくの間……」と私をおがみたおして逃げるように引きさがった。それから間もなくある月曜の朝に、ふと応接室をのぞくと、大臣の椅子を横のほうにやり、仏壇をつくって例の仏像をならべ、供物などが飾ってある。それで、また小使いをよんで「だれがこんなことをした」と聞くと、「これはきのうの日曜に田淵課長が坊さんをつれてきて、お経をあげていました」と言う。田淵をよんで「どうしたんだ、これは……。なんの供養の真似だい」「はあ、まだきのうのままにしておきましたか。それは、どうもすみません」「坊さんを呼んできたりして、どうしたんだい」「いえ、実はだんだん気になってきましたので、さる知合いの坊さんを訪ねて、この仏像にからまる因縁話をしました。そして善後策を相談におよんだ次第なのです。すると、坊さんのいうのには〝それはなんでもない、仏像に魂がこもっているからだ。だから魂を抜くお経をあげるともうなにごともないことになる。よろしい、そのお経を読んであげる。安心しなさい〟とこうです。きのうそのお経をあげましたから、もう心配はいりません。だいじょうぶ……」と、真顔で〝仏像の魂を抜いてもらった〟との話。

ところが、田淵会計課長のせっかくの苦心も、あまり効果がなかったようだ。というのは、まず最初に、相当の老年ではあったが、守衛の一人が脳溢血でひっくりかえった。つぎに事務官の奥さんが神経痛になってからだを動かすことができぬようになった。高田政務次官が旅中チフスにかかって大学病院にかつぎ込まれて大病の床についた。すると〝もうこわくて官邸にはおれません〟という騒ぎだ。そこで官邸にいる事務のもの、守衛の人たちは私に決議をつきつけて〝このような仏像を官邸から外に移してくれ。それでなくては、ここに勤めることはできぬ〟と言う。

そういう次第で〝仏像が官邸に納まり返っているのは、松村秘書官の責任だ〟と、苦情は私の一身に集中する。どうにもやりきれぬ。そこで大阪の営林局に、この仏像のあったところをさがし、早急にそこへ引き取らせるように申し付けたところ、間もなく報告がきた。それによると、東山の泉涌寺の管轄で蛍ヶ池のあるところ、その池の近くに古い洞穴があって、かつて法然上人が引きこもっていたという口碑がある。そこには二基の石仏があったのにいまは見当たらない。問題の仏像はたぶんそれでないかと思われる。そこで泉涌寺に送ることにしたらどんなものだろうか――という意見が添えてある。それなら、調べるまでもなく、泉涌寺のものに相違ない。さっそく泉涌寺へ送り届けようということになった。これで一同、はじめて安心することにもなった。それにしても、この仏像はどれほどの代物かと、好奇心も手伝って博物館で鑑定してもらった。すると、まず鎌倉時代か室町時代の制作で、美術的にも相当の価値のあるものとのことであった。

さて、むしろ包みにして大阪営林局から泉涌寺にそのまま送り届ける旨を電話で通告すると、寺では「それはもってのほかの取扱い方で、粗略千万であります。およそ仏様が旧地にもどられるときには〝帰山式〟というものを挙行しなければなりませぬ。お申込みのようなむしろ包みで送り返すようなことでは仏罰のほどもおそろしい。その支度の都合もあるし、いずれ日を選んで当寺よりお迎えに参りする」との返事である。仕方がないので、それまで大阪営林局で保管して、迎えにくる日を待っていると、ある日、全山の僧侶が正装の行列で四、五十人も威儀を正して乗り込んできた。そうなるとかるがるしい作法では渡せない。いや、大変な行事になってしまった。なにしろ、先方から管長が正装で来たりしたものだから、当方でも局長がモーニングを着用して、しかつめらしく送らねばならぬことになったが、それでもようやくけりがついて御帰山となった始末であった。

ところでこの話には続きがある。その後、なにかの用事で私が京都に行ったときに、新聞に出たからであろう、泉涌寺からわざわざの招待で「先年、ご尽力をわずらわした仏様が、ご無事でおいでなされる。どうぞ時間を繰り合わせて、おがみに来てくだされたい」とのことである。せっかくの申越しであるから行ってみたところ、驚いたことには、お賽銭が山のように積んである。そこでつくづく感じたことは、宗教家というものは実に宣伝が上手なものだ。それに比べれば政治家の宣伝などはとても及ばぬ――。

帰山式のさかんな行列も、私をわざわざ寺へ招待したのも、その宣伝の一手段にすぎぬ。そしてその宣伝の材料は、泥棒の失敗からはじまってなにしろ営林局、山林局、農林省と、舞台は大きく京阪神から東京にまたがり、それに登場した連中は、農林大臣をはじめみなが宣伝の材料に使われた人形のようなありさまだ。この二基の石仏については、その後、信者がしだいにふえ、その信者のうちの金持ちで〝御堂の寄進をしたい〟と申し出た人があり、それで〝蛍ヶ池の周囲の適当な国有地を寺に払い下げてくれ〟ということにまでなった。山林局の役人も、以上述べたような因縁からむげには断われない。そこで無償で払い下げるわけにはいかないが、寺の陳情にも道理があるというので、無料で貸し下げた。そこに立派な御堂が建ち、いまも繁盛しているとのことである。

東山のことがでたのでついでにちょっと述べておくが、京都の四周の山々のきれいな姿、いわゆる「蒲団きて臥たる姿や東山」の明媚な風光は、ただで維持できるのではない。これはすべて国有林で、非常な苦心が払われてあの風景が維持されているのである。嵐山などもその好例である。嵐山の桜花――風致美の維持には、いまも国が多大の苦心をしているのである。その更新の計画を立てたのは町田農林大臣の時代で、私が秘書官をしているころだった。

だいたい嵐山は国有林で、桜と松とで風景を構成しているのだが、桜は陽樹だから日の当たる場所でなくては成育しない。ところが嵐山は北に向いているから決して桜樹の適地ではないのである。見るとわかるが、日当たりが悪いために、松にも桜にもつたかずらが巻きつく。それで木が弱るし、傷んでゆく。桜の名所として維持するには、その条件がむずかしく、農林省の山林局としては非常な苦労だ。ところで、桜樹がおいおい衰えてきてどうにもならなくなり、だんだん枯れるので、嵐山を更新せねばならぬことになった。思いきって坊主山にしたうえで一度に植え替えるのがよいが、それは手っ取り早い方法だが荒療治すぎる。嵐山の風致が形無しになるから、そんな方法でなく、現在の風致をそのまま維持しながら更新せねばならぬところに、苦心が要った。それで地図のうえで、山を百五十等分し、百五十年がかりで一年一区画を手入れし、更新することにした。それがまた、なかなか面倒で、普通の庭を手入れするのと同様に、保津川のこちらから川を隔ててみていて〝ここを切れ〟〝あそこを切れ〟と旗を振って信号し、指図をする。ところが、手旗を振る信号ではどうもうまく合図ができない。そこで電話で連絡することにして、はじめて順調に進捗した。この作業を視察するため大臣も入洛し、船で川を上下したときの写真が残っている。いまもおそらく、この風致更新の作業が繰り返されていることだろう。嵐山の風致が保存されているのは、このような苦心が払われているからである。

四　河野一郎、減俸反対をあおる

浜口内閣は施政方針として十大政綱を決定して綱紀粛正、軍備縮小、財政整理、とくに金解禁の断行などをあげて天下に公表した。やがて解散を断行して信を国民に問うた。その結果は民政党二百七十三人、政友会百七十四人、ほか七十九人で、民政党は圧倒的勝利をえて国政の改革に当たることができた。とはいえ、時局対策が非常に困難なことはもとよりいうまでもない。悪政や秕政を改革することは口頭ではなく実行にあるので、そのためにはよほどの勇気を要することはいうまでもないことだ。

私が、浜口雄幸という人が政党総裁として、また総理大臣として非常に偉かったと思うのは、その決意と勇気とが、なみなみならぬものであったのを、親しく見もし、聞きもしていたからである。当時、最大の課題であったのは財政の整理、緊縮であった。そのために第一に採りあげられたのが官吏の減俸という問題であった。これが緊縮政策の第一歩だった。これは浜口総理大臣にしても、また大蔵大臣の井上準之助氏にしても、非常な考慮と決意のうえでのことだった。ところが司法省に反対の火の手が上がり、各省が競ってこれに同調した。私が秘書官をつとめる農林省でも、その影響を受けて騒いだ。そのとき、いまをときめく河野一郎君は『朝日新聞』の農林省担当記者であったが、そのころからけんかが大好き。これが減俸問題で農林省の役人たちをおだてて反対熱をあおった。役人を扇動し、その先頭になって反対運動をやらかし、農林省の通路の壁にべたべた〝反対〟の宣伝ビラをはって歩く。私は秘書官が職務であるから「そういうことはよしてくれ」というが、当時からそうしたことを簡単に受け入れるような男でなかった。さかんにはって歩く。そこで私も黙っておれない。守衛に命じてはった後からはぎとらせた。ところが、河野君は真っ赤になって秘書官室にどなりこんできた。「僕のはったビラを、どういう理由ではぎとるのだ」「省内の人間を扇動するようなビラをだれの許可を得てはったのか。あれは警視庁へ持って行くつもりなんだ」と口論したのが河野君と知り合ったはじめだ。それから今日まで、かえりみれば河野君とは長いつきあいである。

ところが、世間で〝そうまでせんでも……〟という声が出てきた。総理も苦心されたことだろうが、現在とは時代が違う。官界と民間とは画然と差別があった。まず緊縮の実を官界から範を示そう、というのである。総理大臣の苦労をみて、たまらなくなった秘書官の中島弥団次君が、官邸でうっぷん晴らしのため、したたか酒を飲んで、そのあとで新聞記者団と会見し中島君一流の気炎をあげ「減俸に反対するのはだれだ。けしからんやつだ」と、天井に向けてピストルをぶっ放した。これには記者連中も

のちに代議士となり帝国議会予算委員会で発言する河野一郎

悲鳴をあげ、椅子に隠れるやら、テーブルの下にもぐるやらの大騒ぎを演じた。あとで中島君が話すのには、翌朝になって目がさめ、新聞を開くとでかでかとそのことが記事にされている。よく考えてみると、どうもぶっ放したようだ。とんだ騒ぎを起こし、なんともあいすまぬ。もういかん……と思って辞表をふところにして小石川の浜口邸に駆けつけた。おそるおそる浜口夫人に向かい「先生は怒ってらっしゃることでしょう。どうぞ奥さんから、おわびを……」「そんなことを言わないで直接あなたが申し上げなさい」とすすめられて、書斎に入っていき、小さくなって「昨夜は酔っぱらってまことに申訳ない不始末をいたしました。どうかお許しを……。それで辞表も持参しました」と述べると、浜口さんはじろりこちらの顔を見て「お前には、女房も子供もあるのに……」と言ったきり、差し出した辞表を目の前の火鉢の中にくべてしまった。——中島君はこの話をするとき、いつでも感激に目をうるませるのであった。

こうして総理大臣、大蔵大臣の意図した官吏減俸案は異常な衝動をよび起こしたが、それやこれやの複雑な問題も付随して減俸案はついに撤回することになった。それと〝金解禁の断行〟——これも浜口内閣、第二次若槻内閣の後に犬養毅内閣が出現するとともに再禁止となって失敗に帰したのである。しかしながら、浜口内閣の強く主張した緊縮政策の効果は昭和九、十年ごろからしだいに現われてきた。物価は安く、企業は合理化し、日本の対外貿易が非常に進展して国富を増したことは世人のよく知るところである。

ところで浜口内閣のもっとも困難な致命的な問題は軍備縮小であった。浜口内閣は勇敢にも組閣早々、十大政綱のうちにこの軍備縮小をかかげた。

あたかもよし、イギリスでもマクドナルド首相が軍縮を主唱し、とくに海軍軍縮会議をロンドンに開催することを提唱、昭和四年秋、アメリカ、フランス、日本、イタリア四ヵ国に招待状を発した。浜口内閣はこれに応じ、前首相若槻礼次郎、海相財部彪などを全権として軍縮会議に参加させた。その間幾多の困難はあったが、ついに翌昭和五年四月に、だいたい対米七割の比率で、軍縮条約に調印した。わが国の世論も、軍縮の結果について満足のようであった。若槻全権一行がロンドンから帰ったときは、東京駅頭数万の群衆は歓呼して凱旋将軍のようにこれを迎えた。しかしながら、そのため軍の一部には非常な不平不満が起こった。軍縮は国防の危機を招来するとの主張とともに、軍人の生存権をおびやかす問題とみたのである。これよりさき第一次若槻内閣の当時、宇垣〔一成〕陸相のもとに四個師団の廃止を決行し、浜口内閣においても陸軍の編制改変、整備を断行し人員を整理した。陸海軍人としては、やがては自分たちの生活をおびやかされる問題でもあり、不平はますますつのった。そこでこれらの方面から統帥権干犯の議論が起こり、これに憤慨した青年将校が大いに動揺し、反対党もまたこの問題をもって政府に肉迫した。浜口内閣は敢然としてこの挑戦に応じ、国防もまた政府の責任であるとして一歩も譲らなかった。しかし、その間にあって浜口首相の苦心は非常なものであった。そのころ、町

“ライオン宰相”として人気を博した浜口雄幸内閣の成立を祝って、地元高知の浜口後援会が“ライオン像”を作成し、昭和5年に立憲民政党本部正面玄関入り口に据えられ、あたかも守護神的存在となったもの。現在は、櫻田會の事務所内に移動されている

田農林大臣は私にひそかに「浜口は死を覚悟している。あるとき〝死にたい〟とひとりごとしていた」ともらされたが、国家の大事を負担する宰相の苦心、決意――いまさらながら感に打たれざるをえない。

昭和五年の秋、岡山、広島両県下に行なわれる陸軍特別大演習陪観のため西下する浜口首相は、東京駅のプラットホームで、その乗車口に近づいた途端に群衆の中から躍り出た凶漢佐郷屋某に狙撃された。十一月十四日朝九時、発車の数分前のことである。この報を受けたときに、私は民政党本部にいたか、農相官邸にいたか、記憶がはっきりしないが、ただちに東京駅にかけつけた。それからの情景は、いまもありありと目に浮かんでくる。浜口首相は駅長室に運ばれ、ソファに横たわっておられたが、そのときは、すでに塩田広重（しおたひろしげ）博士も来ていた。枕頭には緊張した顔の中野正剛君などがいたのを覚えている。首相のかたわらにゆくと、大きな目をあけてじろりと私を見られた。顔色は蒼白。なにしろ拳銃の弾丸は腸を貫通しているのだ。その悲壮な相貌はことばに現わせない。駅頭で倒れたとき〝男児の本懐〟といい、また〝夜深くして同じく見る千巌の雪〟と口吟したという。そばにいた秘書官中島弥団次君がその当時語ったところである。

そこで本郷の大学病院へ運ぶのだが、その時間の遅速が生命を支配する。自動車の中で、医師が注射をしながら最高速力で走らせたが、文字どおりの一刻を争う重態である。それが途中でゴー・ストップに引っかかった。大学につくまで生命が保てるかどうか……。そういう思いをして病院にいそいだ。この浜口首相の例にかんがみて、それから後は危急の場合に、救急車はゴー・ストップの信号にかかわらず急行してよろしいということになった。それまでは〝停止信号〟を無視することが許されなかった。

病院で輸血をすることになると、ことは急であるし、血の検査を十分にしている余裕がない。そこでいあわせた人の血液をとって〝型〟だけをしらべることにした。すると秘書官の中島弥団次君が進み出て「ぜひ、おれの血を……」と申し出た。それで浜口さんの生命をようやくつないだ。しかし弥団次君はあとでそれを非常に気にして「どうも、自分の血の純潔性に自信がない。おれの血を注射したため先生の鼻などが落ちては大変なことだ」などと言っていたが、それは遭難後しばらくして首相の病状に明るい希望がもてるようになってからのことだった。こうした次第で、浜口首相は生命をとりとめ、一時は愁眉をひらいたけれども、後にはあのようなゲルトネル氏菌という、いまなら治癒もできたであろう腸炎菌のため、再手術とかなんとかでふたたび立つことができなかった。

五　浜口首相悲壮な退院

浜口首相の遭難により、政府は臨時首相代理として幣原外相を推挙した。ところが、政友会では政権奪取の好機とばかり、この〝臨時首相代理〟設置を目して違憲論を唱え、しきりに政府を攻撃してやまない。また、民政党内にも最初から幣原外相が党籍を持たぬ理由をもって、安達内相とその周囲の人々は、幣原外相の臨時首相代理たることに、公然たる反対を表明した。

そういう内外の情勢のなかに通常議会が開かれた。こういう状態をみては、浜口首相の性格として、責任感から安臥してはおられない。小康をえた……として、議会再開の前日に首相官邸に退院してきた。しかし、開腹手術を受けた首相である。小康をえたというが実は悲壮なる退院であって、心ある者は首相の壮烈な決意に敬服するとともに非常に心配した。二月に入って予算委員会が開かれると、政友会の中島知久平（なかじまちくへい）君の〝ロンドン条約は、わが国防をあやうくするものでないか〟という質問に端を発して、議会空前の乱闘沙汰を起こした。その当時はまだ旧議事堂のころであった。時の予算委員長は大阪選出の武内作平（たけうちさくへい）君であったが、政友会の暴力で予算委員会室のテーブルはこわされ、窓ガラスは廊下まで全部こわされてしまった。人間の破壊力はおそろしいものだと、つくづく思ったことである。私が廊下を通行していると、議長室の前で政友会の院外団が一団となりだれかを包囲している。見ると小川郷太郎氏が院外団とわたり合って孤軍奮闘している。あの学究肌の温厚な小川博士その人が……。議会心理というもので、こういう場面に遭遇すると、みな興奮するものとみえる。

幣原臨時首相の答弁問題がようやくおさまると、政友会では浜口首相の不登院を奇貨おくべしとして、審議不能の動議を提出し、病床にある浜口首相に対して登院を催促するという手段をとってきた。静養している病首相を、喧騒混乱の議場に引き出して、その職に殉ぜしめようという戦術である。こうなっては議会心理とか政党心理とかで判断すべきものでない。

さて、政友会から首相に対する登院要求動議が提出されたことを聞いて、浜口首相は進んで〝三月十日に登院する〟むねを貴衆両院議長に通告した。ところが首相は、登院数日前になって悪性の下痢となった。そのために疲労がはなはだしく、その日の登院は困難視されたので、医師もいさめたが、首相は〝いったん決意して登院を言明した以上は、食言してはならぬ〟とし、「政治家は、いかなることがあるにせよ、言いのがれや気休めなどを言うべきでない」と、側近や周囲の制止するのを聞かず、約束をまもって登院したのであった。謹厳重厚の面影こそかわらぬが、からだはやせ、顔色は青く、足の運びも、まるで別人のように弱りはて、迎えるものはみな面を伏せ、悲痛感に粛然たらざるをえなかった。

その翌日、政友会の質問演説が展開された。第一陣はたしか大口喜六（おおぐちきろく）氏であった。長々と二時間にわたる質問演説である。故意に長々しくやるようである。大口氏の顔は興奮して真っ赤だ。聞く浜口首相の顔は、刻一刻蒼白を加える。まったくもって地獄の苛責だ。――こうして首相の登院で、ようやく議会を終了することができたが、その無理押しの登院のために容態が悪化し、四月にはふたたび大学病院に入院して塩田博士の執刀をうけたのである。

昭和5年11月14日の遭難後、手術を受け退院し久しぶりに登院する浜口雄幸〔昭和6年〕

ことここにいたってはすでに大事は去った。浜口首相は病床へ若槻礼次郎氏を招き、やせ果てて骨ばかりの手を差しのべて後事を若槻氏に託した。若槻氏の心境は、むしろ政界からの引退にあった。それにもかかわらず盟友の浜口氏から、死に臨んで国家の後事を託せられては、冷徹な若槻氏もこれを断わることができなかった。涙を流してこれを承諾し「安心して病気の療養に専念するように」と慰めた。浜口さんはこのことばを聞いていかにも安心したようであった。その結果、四月中旬に浜口内閣は総辞職して、その日に若槻氏が再び民政党の総裁となり、ついで大命が若槻氏に降下し第二次若槻内閣ができた。

浜口氏は前述のとおり、個人としても実に立派な人物であり、公人としてもみずから正しいと信じたならば勇敢に遂行するまれにみる政治家であった。しかしそれは決して天分のものばかりではない。みずから修養し錬磨した努力の結果、あのように大成されたものと思う。浜口氏の演説は実に荘重、明快、聞くものをしてえりを正しゅうせしめた。しかし政界へ出たはじめのころは、拙劣聞くに堪えなかったようである。同じ四国の出身で、そのころ浜口氏の幕僚をつとめていた故三木武吉君が、かつて当時のことをつぎのように話したことがある。

「そのころは、まったく官僚臭味が抜けず、演説もなっていない。浜口さんの立候補した最初の選挙のとき〝ついてこい〟とのことで同氏の選挙区へ同行したが、どの演説会場へ行っても聴衆はわずかで不景気きわまる。そこで浜口さんが出て話をはじめる。ぼそぼそ寝言のようなことを言う。聴衆は一人減り二人減り、閑古鳥が鳴くようなありさま。それでぼくは、浜口さんに演説の講釈をして聞かせる。浜口さんは、おしまいには非常に悲観したようであった。それで、そのときは落選……普通の人ならそれでやめるはずだが、落選しても浜口さんは屈しない。平気で憲政会の本部へ常勤して政策を勉強する。演説のほうも努めて地方の遊説に行き、とくに当時同じ同志会にいた尾崎行雄さんに、わざと同行して親しく尾崎さんの雄弁を研究し、見習った」。浜口さんの大成は、やはり一朝一夕に成しとげられたものではなく、演説だけでもこのような苦心、錬磨ののちにできたものである。

浜口さんはまた書をよくした。〝空谷〟と号し、米庵流の立派な書風だった。これも法帖などで相当勉強したものと思う。それを、秘書として終始ついて行っていた中島弥団次氏が習った。どれもというわけではなかったが、なんとかという詩の文句などは浜口さんそっくりのものを書いた。浜口さんの没後、中島氏は〝かたみ〟わけに先生の印顆をもらった。あの愉快な中島弥団次君だから、酔っぱらうとよく墨痕淋漓〝空谷〟先生の真似を書く。それに先生の〝かたみ〟わけの印を押す。そこで中島・空谷の合作ができあがる。しかもそのようなものが世に流布されているようである。

これは戦後のことだが、先年高知県へ遊説に行くと、土地の古老が訪ねてきて「ぜひ浜口氏の旧邸を訪ね、分骨を埋葬した墓所にもうでるように……」とのことであった。私が旧民政党のものであるのをなつかしく思ったからであったろう。私もぜひと思って五時間もかかるところを自動車で走った。土佐の南端、室戸岬の付近である。道案内をしてくれた人は浜口氏の親戚で、いろいろ浜口氏のことについて面白い話を聞かせてくれた。途中、やはり私どもの先輩富田幸次郎（とみたこうじろう）氏の生地を通った。富田氏は〝双川〟と号していたが、なるほど町はずれの両側に、二筋の川が流れている。双川先生の〝いわれ〟を聞いて私もなつかしく思った次第だった。浜口氏も若槻氏も、民政党の総裁はともに二代つづいての婿養子である。自動車の中で、いろいろ親戚の方に浜口氏の話を聞いた。浜口家というのは相当な家柄で、郷士である。そのお嬢さんは才色兼備、土地でも評判であったという。そこで三国一の婿をもらう……というので、その父親は何ヵ月も高知に滞在して婿さがしをした。高知中学の校長にも頼み、学校には通いづめにしてようやく選んだ。ところが、浜口家では雄幸さんを家に伴ってきたところが、居間に閉じこもって勉強ばかりしている。家人に対してもろくに口も利かない。それから、京都の高等学校に行っても、人が話しかけると簡単な返事をするだけでちっとも愛きょうというものがなかった。親戚や知人の間では、なんと思ってよりによってあんな者を婿に選んだのか、お嬢さんがかわいそうだ……と、ひどく不評判で、養父がひとり弁解しても、なかなかおさまらないほどであった。それが大学を出て官途につくと、やがて頭角を現わし、後年、天下に名を成すにいたって、そこではじめて養父の眼の高いのにみんなが感じ入ったそうである。私はこの大先輩の故宅を訪ね、その墓前にうやうやしくお参りしたのであった。

六　伴食大臣に偉材

浜口内閣の人事でもっとも異彩を放ち、人気をあつめたのは小泉又次郎さんの逓信大臣任命であった。ろくに学校も出ないで、まったく政党でたたきあげた野人であった。人情にあつい勇み肌の人で、神奈川県三浦半島、六浦の出身。趣味がきわめて広く書をよくし、〝半島〟または〝六浦〟と号し、ずいぶんよく書いた。囲碁、骨董はもちろんのこと、そのうちでももっとも有名なのは盆栽と小鳥であった。由来、藩閥内閣――また官僚内閣の時代には逓信大臣は一般に伴食大臣として、国民が〝郵便屋の親玉〟と称していたものであるが、政党内閣が実現してからはもっとも政治力を発揮する人材が就任した。まず原敬内閣の野田卯太郎、加藤高明内閣の犬養毅、そして安達謙蔵、若槻内閣もひきつづき安達謙蔵、田中義一内閣の望月圭介、浜口内閣の小泉氏、それから第二次若槻内閣に小泉氏の重任、犬養内閣の三土忠造、それに広田内閣の頼母木桂吉氏と、これでは〝伴食大臣〟ではなく実力大臣である。小泉氏が閣僚に簡抜されたときには〝又さん大臣〟といって大衆から非常な親しみをもって迎えられたものである。そしてこれを助けた政務次官が中野正剛だから面白い。中野正剛は電信電話の民営をもくろみ、それによって電信電話の民衆化をはかろうとした。ひそかに財界の池田成彬氏に相談し、池田氏も本気に乗り出したが反対が多くて中止をしたようである。後日池田氏からその話を聞いたことがある。

ある日、私はもとの陸軍戸山学校のそばにあった小泉邸を訪ねたことがある。そのときは私が衆議院に出てからの最初の訪問だった。案内されて通ると、庭には多種多様の盆栽が何百鉢とある。また二階の奥座敷には、たくさんの小鳥を飼っている。大変なものであるが、これを主人公が自分で世話をするという。小泉氏は自分の趣味だから盆栽の取扱いにはくろうとの手を借りない。小鳥の世話もあれこれと家人の手をわずらわさぬのだ、と言って、これだけはいささか自慢の鼻を高くしているようにみうけられた。ところで、小鳥のかごを見回すと、それぞれ札をつけている。小泉氏の説明を聞くと「このメジロ〝柳太郎〟というのは、よくさえずるが、そのとりすましている様が、いかにも永井らしいから……。この〝山道〟は、早調子でさえずるのが山道襄一の異名の〝速射砲〟そっくりで、自分の口でかごの戸をあけては外に出る。そして間もなく帰ってくるのが山道の脱党、復党ぶりにそのままだから……。ああ、この〝中野〟か、これはまた気性が強くて鳴き声もはげしいから……」と、そのころの民政党の元気者の名をとってそれぞれに命名していた。私も多少は盆栽や小鳥に趣味を持ち合わせているが、このときの私のほめ方が気に入ったとみえ、あくる日、書生に自動車で樛（つが）と石付きの梅の盆栽二鉢、うぐいす、こまどり、めじろの小鳥三かごを持たせて贈ってくれた。

しかし、この好意に実のところ困った。盆栽はともかくとして小鳥をどうするか、だ。小鳥を鑑賞するのと、これを飼うのとは別問題であるし、その飼い方のむずかしいぐらいは、私も心得ている。やむをえないから私は最大の注意と努力を払った。しかしやがて一週間か十日で、まずうぐいすがコロリ。一ヵ月ほどするとこまどりがコロリと死んだ。めじろだけは二、三ヵ月ほどはもった。小泉氏は私の顔を見ると、「松村君。どうだい、よく鳴くだろう」と聞く。仕方なく「ええ、よく鳴きます」と答えざるをえない。まさか〝みな死んだ〟とは言えない。あんなに困ったことはなかった。

小鳥と違って盆栽のほうは無事だ。梅の鉢は石付きの白梅で、小泉さんの好記念と思い、戦争中も大切に保護し、いまでも大事にしている。小泉氏の盆栽は実に多種多様で、当時流行の捩幹（ねじかん）のざくろのごときは実に見事なものであった。これほど愛好した盆栽の数々を、晩年、小泉氏は競売したと聞いた。いまも小泉氏の遺愛の盆栽はあちこちにみられる。小泉邸も戦火に見舞われたので、晩年は郷里横須賀の六浦に隠居生活されたが、そのころは朝顔の栽培にこっておられた。また私の記者時代からの先輩頼母木桂吉氏も小泉氏におとらぬ盆栽の大家であった。

同じ盆栽の趣味でも頼母木氏のほうは、小泉氏のように多種多様の愛好ではなく、〝えぞまつ〟だけに限られていたが、それこそ日本一の名声を博した。えぞまつというのは千島列島の特産で、風雪のために沼地に成木が倒れると、それに根がはえて、いかにも古色そう然、その姿態は普通の盆栽のようなものでない。それを切り取って内地に移すのであるが、なかなか根付きがむずかしい。特別に注文して貨車で運んできても、根のつくのは幾本もない。その活着の研究に非常な苦心を重ねて成功したのが頼母木氏だ。頼母木氏の別荘は大宮の市外にあった。敷地は小山をとりいれた三千坪で、頂上の平地にはかやぶきの山荘を構え、その前庭に幾多の棚をしつらえて、それに幾千鉢のえぞまつの盆栽を並べている。それが千姿万態、どうにも評しようがない。よくも作ったものと感服するほかなく、いま回想しても、ただすばらしいというに尽きる。いま日本に現存するえぞまつの名木は、その大部分は、頼母木氏の親しく手掛けたものなのである。頼母木氏の日常は多忙をきわめたから、早朝の四時に起きて、えぞまつにはなによりも針金掛けが面倒だが、みずから手掛けて仕立てた。その鉢もまた支那から渡来した佳品であり雅品でもあった。富山県出身の古谷という人がいて、支那から鉢やら雑貨を輸入していたが、頼母木氏は、その輸入した鉢を一手で買い占めることもあった。

ところで、この古谷という人と知りあっていると、鉢や雑貨のほかに〝らん〟の名品なども持ってくる。私がらんの培養を趣味とするにいたったのは、実はこの古谷から求めたのがそもそものはじめである。

頼母木氏は実にこり性の人であった。そのえぞまつの鉢についても、わざわざ加賀から九谷の窯工をまねいて、別荘の山麓に本格的な窯をもうけて、鉢を焼かせるという具合だ。いまでも〝春陽焼〟――頼母木氏の号は〝春陽〟といった――と称して斯界に珍重されている。これも頼母木氏の性格を語る事例だが、中年のころ、先生は軽症ではあったが脳溢血にかかられた。多くの人は軽微であるとぐずぐずして、よく長引かすものだが、頼母木氏は五、六年の間は一切の世事をすてて療養に専心した。盆栽の趣味などもこれが契機ではなかったかと思われる。その当時と思うが、信州に行って、ひめますの養殖をはじめたことがある。私が農林省にいたころで、技師にいろいろ指導してもらい立派に成功した。その後で、東京市長ともなり、逓信大臣にもなられて激務に当たった。この人の特徴としては時間の正確なことで、病気の前も後も終生かわりがなかった。いつか町田総裁に「えぞまつの盆栽を鑑賞していただきたい」という案内があった。私が供して、大宮の別荘へ出かけたときのことであるが、座敷へ通されて床の間を見ると、その大幅は頼山陽の〝天草洋〟の詩――雲耶山耶呉耶越のそれで、なんともすばらしい筆勢である。総裁はこれに見とれてしまい、肝心の盆栽をほうっておいて書幅ばかりほめている。すると頼母木氏は「そんなにご執心ならば、差し上げましょう」と、立ち上がってその書幅をはずし、くるくると巻きだしたので、総裁はびっくり……それをおさえるようにして「君、君。そういう貴重なものを軽々しく……」と、あわてるのに、頼母木氏はさりげなく「いや、決してご遠慮にはおよびません。これは光筆版なのですから……」と、たね明かしをしたので総裁は二の句がつげず、主客ともに大笑いとなった。

ところでちかごろ、私は盆栽協会の会長にあげられているが、最初、協会の幹部である愛好者代表、業者総代の人たちが訪ねてきて〝ぜひ会長を引き受けていただきたい〟との要請なのであった。「それはなにかの間違いではないのか。私の庭の盆栽棚を見てくださるとわかるが、これでは会長でもなかろう」と言うと、そのうちの一人が座を進みでて「いや、ご所蔵の盆栽のまずいこと、しろうとであることはよく承知しております。だが小泉先生や頼母木先生は貴方の先輩で、その政治の流れを汲まれる貴方です。両先生は、日本の盆栽界の大恩人であるから、その後を継ぐという意味でぜひひとつご承諾くださるように……」というような談判で、とうとう会長をひきうけさせられた。それが動機でいまは盆栽の技術家たちとの知り合いもできた。

盆栽といえば、戦前までは宮中には実にみごとな逸品が数百鉢もあった。なかには徳川三代将軍家光のころからの〝五葉の松〟というような名品もあったが、それが戦時、戦後の動揺や混乱で、ひどく荒らされた。焼け残ったのも多いけれど、戦後の宮中は、すべての経費を節約せられているからせっかくの盆栽も手入れされず、なかには枯れるのもでる。それを宮内大臣であった石渡荘太郎（いしわたそうたろう）氏が、なにかの機会に私と話し合って〝惜しいことだ〟と嘆かれたことがあった。「予算もないのだし、仕方がない——とはいえ、なんとか方法がないものだろうか」と言うので、さっそく私は小泉氏に〝なんとかならぬものか〟と話した。「どうだ、奉仕団を作ってみては……。そして技術者に手入れさせる方策は……」と小泉氏が熱心に業者を説き、奉仕団を組織し植替えとか、せん定とかまんべんなく手入れを行なった。それでいまでは型の崩れなどもなおって、戦前の旧観に復しているわけである。それにつけても、宮中の御式などに飾られる盆栽を拝観するとき、当年のことを追想して感慨にたえず、また石渡氏や小泉氏が思い出されるのである。

七 〝率勢米価〟で米穀法改正

町田氏の農林大臣としての長い在任中に、その画期的業績としてのちに残るものは、農産物に対する品種の改良である。コメ、麦、なたねなど、現在の改良された品種は、多くは町田農相時代に企画され、実行されたものなのである。また蚕糸についてみても、今日のようになったのはみな品種の改良に原因しており、町田農政の第一次、第二次時代を通じての企画、実行による効果にほかならない。米についていえば、まず陸稲を改良している。これについては、あるとき町田農相が参内、拝謁したさいに、陛下は「陸稲については、山地や畑地の多い日本では、ぜひ奨励せねばならない。しかるに日本の陸稲というものは、水稲から発達したもので、本来の陸稲ではないから、どうしても干害には弱い性質である。これを経済的作物として普及させることは困難のように思える。そこでかねて聞くところによれば、インドには干害に強い原始的陸稲があるとのことだから駐在領事に命じて取りよせ、吹上御苑で培養しているが、その成績は悪くないようである。こういう種類を集めて品種の改良をなし、干害に強い、そして多収獲の品種を作れぬものか」と仰せられた。町田大臣は、そういうことは少しも知らなかったので大いに恐縮したわけだが、ちょうど予算編成のころだったので、ただちに陸稲の改良費を計上し、その品種改良を行なった。これはまったく陛下の仰せによることである。

それからなたねのことだが、私は春、東海道線、北陸本線などで旅行の途中、なたねの花ざかりを見るにつけ、先輩の苦心、功労が思い出されてくる。なたねの改良を力説したのは、町田農林大臣のもとで政務次官をつとめた高田耘平氏であった。なたねの品種改良に関して予算の計上を繰り返し熱心に主張するので、それを聞くたびに町田大臣が、「高田君、また〝ちょうちょ、ちょうちょ、菜の花にとまれ〟か」と冗談を言ったほどだった。それほどの熱心さと努力とでなたねの改良に着手したのである。在来種のなたねは実が小さく、粒がまばらで油が少なく、そろばんに合わぬものとされた。それを、高田君が専心して改良に熱中したのであった。いつか私が国立農事試験場を視察すると、その改良をやっている。説明を聞くと、支那のなたねは粒が密集して油も多いが小粒である。それにキャベツを交配すると、大粒で密集した油の多い品種が得られるのである。なたねとキャベツは同科植物で、これから今日の大粒、密生、多油のなたねをつくったわけである。

それから町田さんの第一次農相時代の政務次官は小山松寿（こやましょうじゅ）氏であった。選挙区が名古屋コーチンの本場、愛知県だけに、鶏の品種改良を提唱し、これに関する予算も獲得して全国に七ヵ所の国立種鶏所を設立し、多産鶏の普及に努めた。それまで、全国年平均七、八十個ぐらいしか生まなかった鶏が、百三十、百五十と年を追って産卵率が増加した。これは小山君提唱の効果である。

まゆの品種改良については、東京の中野にある国立蚕糸試験場の場長平塚英吉（ひらつかひできち）氏をはじめ、技術者の力があずかって大きい。元来、日本のまゆの原種は、明治時代のは、胴のくびれた小さなもので、一粒を解くと七百メートルくらいのもので、そのうえ太いところと細いところと、むらがある。町田第一次農相時代（大正十四、五年）には、まだそんなものであったが、第二次時代には改良して、糸量はほとんどその倍になり、千四、五百メートルほどに伸び、近ごろでは二千メートルにもおよぶようになって繊度も一定した。このような日本の生糸の発達というものは、民間の蚕種業者の努力も大きいが、平塚君あたりの真面目な努力、研究によって成ったのである。

最後に、これは品種改良ではないが、意外な効果をもたらしたのは綿羊の普及である。以前から日本ではオーストラリアから羊毛を輸入していたが、内地でも綿羊を増殖するため経費をかけ、たとえばコリデールなどの優秀種を輸入し、オーストラリアのような大牧場を作ってやる、という方針をとってきた。ところが、浜口内閣の緊縮政策のためこのような牧場を閉鎖することになり、北海道の月寒牧場など農林省の大規模な牧場は全部廃止された。するとそれらの羊はみな東北、北海道の農家に、三頭、五頭と土着して飼育され、これらの地方に小規模の綿羊経営が行なわれるようになった。そして福島県や長野県あたりの農家の養蚕と結びついて、今日の普及を見るにいたった。いまでは農家の立派な副業となって、農家の子供たちがホームスパンを着られるようになった。これはまったく〝けがの功名〟であったのだが、大規模経営をつぶした結果がこういうことになったのである。

町田農林大臣がその在任中に取り扱った大問題としては、なんといっても米の間接統制に関する調整に着手、断行し、有名な〝率勢米価〟を制定したことであろう。この業績は実に輝かしいものである。それには、米の間接統制のことについて、その過程を述べなくてはならぬが、政府が米の間接統制に乗り出したのは、大正十年の通常国会で米穀法というものを提案、通過させた原内閣の時代で、これが最初だ。その理由は、大隈内閣の大正三年には、だいたい二十五円ぐらいが中値であった米価がただの九円にまで下落した。私が郷里から東京へ出てきて大隈総理大臣に会うと、およそ物事に屈託せぬ老侯も、このときばかりは「むかし、後白河法皇が〝天下に朕が意のままにならぬものに叡山の僧兵と鴨川の水である〟と申されたそうだが、ひとつ米価を忘れておられた」と、さすがに弱りきって、そういう冗談を言われた。その米価問題のために大隈内閣がつぶれた。ところが、次の寺内内閣になると、夏の土用に長雨があったりして米価は上がりに上がって二十円となり、三十円となり、ついに五十円を突破した。ときの農相は司法官出身の仲小路廉氏で、その対策に外米を入れたり、暴利取締令を出したりしたが抑止しきれない。それで〝米騒動〟が起きた。近代史に特筆される事件であり、その発端は富山県西水橋町の漁夫の女房連中の一揆であるとされているが、事実を聞いてみると一揆というほどのものではなかったらしい。なにか米を車で運んでいると、破損した俵から米がこぼれた。それをひろっている女房をしかったのが原因で、なにか悶着がおきた。その話が誇張されて大きく新聞につたわると、これがまたとんでもなく人心を衝動したものである。ただでさえ米価の高騰で国民生活がおびやかされているときである。まるで、石油かんにマッチを投げたと同様で、全国に米騒動が波及した。米屋という米屋が略奪される。相場師の家屋が破壊される。ついには東京や名古屋では焼打ちがはじまるという始末。どうにも手におえず寺内内閣は、この米騒動で崩壊したわけだ。

こういう調子なので、原内閣が大正十年の通常国会に間接統制の米穀法を提案して、与党の政友会、野党の憲政会が、ともに賛成して、満場一致で可決された。そこでおもしろいことは、政友会も憲政会も、賛成理由が同一であったことだ。〝徳川幕府以来、米価は投機の道具となって、国民全体の半ば以上が生産者であり、また全部が消費者である米を対象に、投機師がおもわくで相場をやる。損得は勝手だが、そのため国民は非常な苦痛、迷惑をこうむっている。このために米を投機から取りあげる……〟というのであった。かくて日本ではじめての米穀法が成立した。

ところが、ときの大蔵大臣は山本達雄、農商務大臣は高橋是清という財政、経済の両大家で、練達堪能にもかかわらず、米穀法では大きな間違い、見込み違いをやった。米穀法の主眼は、政府が米の安いときに買い入れ、高いときには売り出すという趣旨である。政府が、米の安いときに買い入れ、高いときには売り出すのであるから、損をする商売でなく、もうかる一方の仕事だと考えた。それだから特別会計は、ただ〝二億円まで借入金をすることを得〟というだけで、基金はないのですべて米穀債券で借り入れることになっていた。これに従事する役人の給料までも借入金で充当するのである。ところが、やってみると反対の結果となった。米の量が余る。米価が下がる……これを政府が買い込んで倉庫に入れる。すると倉敷料がいるし、米が腐ってくる。またねずみにくわれるし、虫にくわれる。やがて端境期ともなれば古米と新米との差は当時の金で二、三円も違ってきて大損となった。二、三年で二億円の特別会計がなくなり、量の調整も価格の調整も実効があがらぬ。それに、政府の出動も単に当局の判断によるだけで確定した基準もないので、種々の弊害が生じた。ついには政争の具にも供せられ、総選挙が近づいてきた時分に買上げをやる。はなはだしいのは農林大臣の出ている地方の米だけ多量に買い上げるなどのことまでやった。そういう次第で浜口内閣が出現すると、町田農林大臣はこの米穀法の改正を企図した。〝こんなことではいかぬ。なんとかしなければならぬ……〟と米穀調査会にはかったのである。ことに昭和五年という年は、当時としては相当豊作の年で、六千七百万石という記録破りの収穫だ。統計課長が第一回予想を集計して大臣に出すと、町田さんは「この数字は間違ってはいないか。陛下に奏上するのであるから念のため再集計してみるように」と命じたほどだが、結果は前と同じなのでその豊作ぶりに大臣も驚いた話がある。それに加えて台湾、朝鮮の米質改良、開拓計画も効果を発揮してきて、外地米の輸入も増大し、日本は米穀過剰時代となり、米価は下落する一方なので、その維持対策はまさに焦眉の急となったのである。

そこで米価の維持には一定の基準を設ける必要が痛感せられ、米穀法の発動に必要な米価の最高、最低の基準を制定し、毎年米価に一定の基準を作成して告示し、政府としては下値より以下なら買い出動し、上値より以上なら売り出動する。つまり米価をわくに入れる考え方である。その最高、最低の基準というものを定めるのが〝率勢米価〟なのである。これは高等数学から割り出され、物価指数と、米価指数との比率を見いだそうとするものである。この比率を求めて、率勢米価を定めることを考案したのは、農林省の米穀局にいた新井（あらい）〔睦治（むつじ）〕君という人で、いまも達者でいるはずである。関東配電の社長をした新井〔章治（しょうじ）〕氏の弟にあたる。

率勢米価を中心として、その下値一割五分と上値二割との間に、米価を泳がせようとするもので、二割をこえると売りに出動し、一割五分を下がると買いに出動するというのだ。ところで、この高等数学から割り出された〝率勢米価〟が、普通の知識ではわからず、またのみ込めない。説明を聞いても、聞いていているうちに頭の中がこんがらがってしまう。わかるような顔をするしかない。委員会でも新聞紙上でも、なかなかやかましいのであるが、さて、実際のところは、議員も記者もわかるものはない。まして一般の人々には、その理論など簡単に受け入れられるものではない。だから委員会の論戦なるものは、要するに、政友会は野党の立場において反対し、憲政会は与党の立場において賛成……そうした態度をきめて〝目分量〟でやり合うというだけで、要領を得たような、また得ないようなものであった。

ところが、政友会の委員の中に、松山常次郎（まつやまつねじろう）君という人がいた。工学士かなにかだったが、数学がわかる。それで「この率勢米価の算定方法は誤まっているから、妥当ではない」といいだし、議場で論議した。松山君の主張によると、パラパラ式とかポロポロ式とか、だれも聞いたことのない学術用語を持ち出して問題をより面倒にしたので、だれもわからぬままで米穀法改正法律案は可決をみた。この米穀法改正案の実施は、実に米価政策としては画期的段階に入ったものであったが、こういう科学的、合理的方法で強化され、発展したのに、農村あたりで存外に不評だったのは、おそらく型にはまりすぎたという感じからららしい。とにかく、浜口内閣において町田農林大臣が、米穀政策のうえで米価を一定のわくにはめることに成功したことは、大きな功績であった。主要食糧の価格を決定するには、こうした方法をとるよりほかに方法がないだろう。

それから若槻内閣、犬養内閣を経て斎藤内閣にいたり、米穀法は時勢に即応して米穀統制法に飛躍し、後藤農林大臣の手で昭和八年の通常国会に提案されることになった。ところが、問題の率勢米価をどうするか、ということだ。それで研究してみると、上下の米価決定については、どうしても率勢価格を主体として、これを取り入れざるをえない。しかし前の経緯があるので、ちょっとおもしろくない。ところが、後藤〔文夫〕農林大臣は、あれでなかなか機略に富む人であるから、率勢米価という名称を〝米穀生産値〟とかなんとか改称して提案したものである。すると議会では、政友会は「率勢米価が除かれたから賛成だ」ということになり、また民政党は「率勢米価の名前はかわったが、内容は同じだから賛成だ」というわけで、異議なく満場一致で通過した。実にこっけいであった。米穀統制法制定には、こういう話も織り込まれているのである。

八　一発の凶弾、大器を斃す――総裁候補井上氏の遭難――

若槻さんの政治的運命は、まことに数奇なものであった。二度も政党の総裁となり総理となったが、ともに前内閣のあとを引き継いだ、いわゆる残飯内閣であった。一度は加藤高明さん急逝のあとを引き受けて内閣を組織したのと、二度目は浜口内閣のあとを継承したのとである。閣僚も多くは前任者を引き継いだので若槻さんは非常に苦労した。そして、ともに短命に終わった。

第二次若槻内閣は浜口内閣の十大政綱など、すべての政策の遂行に当たったがそれがすべて行き詰まりをみた。第一の原因は軍の動揺である。軍の下克上、無統制の萌芽は、西園寺内閣における上原陸軍大臣の単独上奏による辞職、陸海軍縮の不平に発し、北一輝、大川周明ら民間の扇動、軍上層部の無力など、幾多の原因につちかわれて加速度的に力を加え、さきに張作霖の爆死事件となって現われ、これは一応失敗に終わったが、若槻内閣のときには柳条溝事件となって、ついに満洲の独立、国内情勢の大変革にまで発展するにいたった。

柳条溝事件が起こると、内閣は不拡大の方針を立て、南陸軍大臣も金谷陸軍参謀総長も、かたく不拡大の方針をとり、その実現に努めた。しかし関東軍はもはや中央の統制がきかなかった。出先は虎を野に放ったように、見る見るうちに満洲を席巻してしまった。外務大臣幣原喜重郎氏は全力をあげて事件の拡大を防ぎ、国際関係の緩和に努力したが、ついに及ばなかった。若槻首相は深憂にたえず夜も眠れない。酒をあおって官邸のベッドで倒れたくらいであった。

浜口、若槻両内閣の最大の政策は金解禁の遂行であった。浜口内閣が金解禁を断行したのは、イギリスの金解禁を機会として、わが経済界の安定を図ろうとしたためであった。そのイギリスが同年九月に突然金の輸出を再停止してしまった。浜口、井上が生命をかけてやった金の解禁は、とうてい持続することができなくなった。さらに党内では安達謙蔵氏が若槻総裁に快からず、久原房之助氏と結び挙国一党を唱えて譲らず、閣内の不統一をきたして若槻内閣は八ヵ月の短命で終わった。

かくて若槻内閣は退陣し、昭和六年十二月、犬養内閣が成立し、金の輸出再禁止は即日断行され、翌年一月、議会は解散されて二月二十日をもって総選挙を行なうことになった。民政党はまったく四面楚歌、惨たんたる情況の選挙に臨んだ。——が井上準之助氏を選挙委員長として、さかんに陣容を張ったが、重なる不幸はわが民政党に襲いかかった。安達氏の一派は脱党して去り、幣原喜重郎氏は心臓に故障を生じて病床に倒れ、まったく活動ができなくなった。また党の知恵袋であった江木翼氏は癌を病んで吐血し、立ちがたい状態となった。その江木氏の吐血と日を同じくして二月九日の夜、井上氏は候補者駒井重次の応援におもむき、東京本郷駒込の小学校前で凶漢のために拳銃で狙撃されて絶命するという悲惨事が起こった。これで総裁候補と目されていた井上は殺され、江木は立たず、幣原は病み、安達は去ったという次第で、当面の措置にまよう始末となった。そこで若槻総裁はわずかに残る町田忠治氏に選挙委員長の大任を委嘱したのである。

この井上氏の遭難は実に惜しいかぎりであった。その不運な災禍にあわなかったならば、若槻総裁のあとをつぐものとだれもかれも信じていたのに、一発の凶弾はこの大器をくだき去ってしまったのである。その経歴は、銀行家として日銀総裁から一躍浜口内閣の蔵相となり、入閣後は進んで民政党に入党、政党人として立つ決意をしたものである。一万田元蔵相は井上氏が日銀総裁時代に、その秘書を勤めていたが、井上氏の風格をいまの人にたとえると、一万田尚登と池田勇人――この新旧両蔵相の性質、風格を、あわせそなえたといったような人柄であった。井上氏については高岡の米の大相場師の故志摩長平との逸話がある。

井上氏の話によると、同氏が大学を出て日本銀行に入り、北陸地方の金融事情の調査を命ぜられて高岡市にきたときのこと。高岡市は米の集散地であり米相場の中心で、したがって投機師も多い。井上氏は〝志摩長〟という全国に名のひびいている相場師のことを聞いて、ぜひ会ってみたいと思い、私の岳父である高岡銀行頭取の荒井庄三に紹介を頼んだところ、快く承知してくれて、さる旗亭に招待を受けた。

その席上で、まだ若年のころの井上氏は、さかんに理屈を並べたのに対し、当の志摩長その人は黙々として、とやかくの返事もなく聞き流しておった。別れぎわに臨んで志摩長氏が言うには「井上さん！お話をうけたまわると、貴方はまことに議論が立ちなさる。だから一生、決して相場をなさるな」との忠告だ。それで「なぜですか」と聞き返すと、志摩長氏は「貴方には相場師の資格がない。先刻からのお話というものは理屈だ。理屈は時々に変わる。相場は――とくに大相場は理屈抜きに張るものだ」というのである。志摩長氏は「相場は丁ならば丁、半ならば半、一筋の勝負だ。その売り買いに理屈をつけたらだめだ。丁か半か、これだ。貴方は決して相場をなさるな」と井上氏に念をおした。井上氏はこれを聞いて、さすがに大相場師ともなれば、凡庸の域を越えている。その批評は肺腑をえぐる思いがしたので、一生志摩長氏の忠告を思い出し、「それで、私はこれまで一度も相場をやったことがない」と話された。それにしても志摩長という人も、えらいものだと思わせる。たとえ井上氏の青年時代のことにもせよ、骨身にとおる生涯の忠告を与えたのである。この一席の会見が、井上氏の生涯に大きな影響を与えたことを考えると、運命を支配する偶然の機会というものは、まことに不思議なものではある。

明治以来財界の指導者であり世話役であった渋沢栄一翁の後を継ぐ者はだれか……となったとき、その資格と実力とを具えるに足る者は、まずは井上準之助その人だ――という呼び声が定評となっていたのに、突然浜口内閣に入閣し、さらに民政党に入党して政党人になったのだから一時は人を驚かした。なにが井上氏を財界人から政党人に転向させたのか。もちろん浜口氏の切なるすすめであろう。そうして国家に対する大きな抱負経綸を持っていたためでもあろう。井上氏の直話では「これまでの財界――とくに日銀総裁というような地位から政界に入ると、まるで別天地の環境に移ったような気持ちがするのである。それはなによりも旅行をしてみるとよくわかることだ。これまでは地方に行っても送迎してくれる人々や応援する人々は、利害関係者や使用人関係などで、日銀総裁という〝地位〟に対する義理一ぺんの儀礼で人間同士に対するものではなかった。ところが政党人の同志関係は微塵もそうした虚飾を許さない。地方の同志に接するときなど胸襟を開いての真率親密さは官界や財界のそれとは全然違う。私はこれに魅了された」というのである。だから井上氏は入党していくばくの時日もたたないのに、その愛党の精神、政党人としての気概という点では、何十年ものはえ抜きの政党人をしのいだほどだ。練達堪能の士が補佐するにもせよ、入党して一年か二年なのに選挙委員長に推されたのはそのなによりの証拠だ。高岡の志摩長という相場師から〝理屈屋〟だと、その性質を指摘されたが、井上氏にはそれとはまた別の情熱と感激性とがあった。それが爆発したのは当時の政界の空気が作用したのであった。

浜口内閣の柱石として、井上蔵相とともに江木鉄相があった。官僚出身ではあったが、政界の表裏にわたって、その裁断ぶりと手腕は正宗の名刀の斬れ味をみせた。なにしろ桂太郎内閣、大隈重信内閣、加藤高明内閣と、この三代にわたる内閣書記官長を歴任して政界の機微に通ずることは比類なしとされた。その江木氏は浜口、若槻両内閣の中心人物であった。私もそのころ新しい陣笠の一人であったが、江木氏には非常にお世話になった。

戦後、私が『町田忠治翁伝』を執筆するにあたり、町田氏の保存した書簡を整理、調査してみると、江木氏の手紙が相当に多かった。いずれも政局に関係しているものである。江木氏が胃癌で大吐血

井上準之助

し静養中の病床からの親書がある。ちょうど満洲国が独立式を挙げて国民が有頂天になっている最中のものである。その手紙の一つに、

不相変の絶対安静、無此上生意気（意気地なき意か）なきことに有之候へ共何とも致し方なし……国家の事、満洲の事も上海の事も実に不容易事、国家は何処迄引ずられ行くや、財政経済は如何に成行くらむ、憂心忡々、夜亦睡れざるものに有之候……

とある。また一つには、

昨日は大満州国なるもの生まれたるよし、何とか長く続かせたきものに有之候、但し秦の始皇は万世を希うも僅か二世に終る。何とか斯の如くなかれかし、唯、千祈万祷する耳に有之候……（後略）

と病中、死に瀕しながら現状を訴え、将来を測り、真に国を憂える心情を吐露している。まことに世を憂うる国士の態度である。

それにしても江木氏が憂えた満洲国の運命は、その憂慮の如く二世を待たずして崩れ去った。感無量である。江木氏の病状を聞いて、その面識のあるなしにかかわらず、胃癌の療法について、種々雑多な薬剤、療法から、中には加持とかまじないとかまでも寄せられた。ところが江木氏はこれを用いない。「およそ専門の医師が科学的証明を与えぬ療法をとるということは、自分の病気に対する信念、医師を信頼する良心から断じて忍びがたい」と言って、主治医を裏切る処置は絶対にしなかった。こういう点にも江木氏の政治的信念、知識人としての態度がうかがえる。江木氏の和漢洋にわたるたくさんな蔵書は、若槻、町田氏などの蔵書とともに民政党政務調査会館〔＝櫻田會〕に保存されたが、いまは国会図書館に納められている。

九　文相を棒に振った鳩山氏

このような惨たんたる形勢のもとに民政党は選挙にのぞんだ。この選挙には、もちろん干渉もあったろう。しかし事態がこのようだから手の出しようもない。とくにこの選挙でまったくやられたのは政友会のいわゆる〝景気を欲するものは政友会へ、不景気を欲するものは民政党へ〟というスローガンであった。これが津々浦々まで徹底して選挙の大勢を制した。このときの私の選挙も大変なものであった。選挙中の悪戦苦闘に疲れた私は、ちょうど投票日に少しの休養を得たいと思って、隣県の金沢へ行った。すると同じく候補に立っている山田毅一君が同車していて、私を見ると楽観した調子で「君は最高点だぞ。僕も確かに当選圏内に入っている」という。民政党は私と山田君、政友会から、島田七郎右衛門、土倉宗明君がでて競争したのだが、山田君の予想を聞いて私もいい気持ちで、たがいにあしたの当選を祝福して金沢でわかれた。一晩熟睡してあくる開票日に金沢市から帰ってきた。午前十一時ごろ石動に下車して観音寺の事務所に行くと、県会議員の高広政之助君――私とは早稲田大学の同学の親友で、いつも総支配をしてくれている――が、顔を見るなりあわただしく「なんのために出てきたのか。どこの村々も予想の半分なんだぞ。もうさんざんだ。おれは加賀の温泉に逃げようと思っている。君もいっしょに行こう」「いや待て。私は候補者だから負けてもあいさつに回らねばならぬ」「負けたんだぞ。それを――図太いことを言う」と問答のすえ、わかれて事務所の中に入ってみると、なるほどめちゃくちゃだ。そこで一応「あいすまぬ」とあいさつし、それから出町の事務所へ行ったが、ここも石動と同様である。それから午後三時すぎ、郷里福光の事務所に着いて二階にあがろうとすると、途端に

「わあ、勝った、勝ったあ」という歓声だ。二、三百票ほどの差で最下位の当選だったが、山田君は悲運にも落選であった。また、そのころの選挙だったと思うが、なにかのことで井波で演説会を野次でつぶされた話がある。

永井柳太郎君の好意で喜多壮一郎君が一日、応援演説に来てくれたが小学校が演説会場であった。ところが大変な野次で会場はまったく殺気立ち、とても演説どころではない。あきらめて会場を出ようとすると、雪と砂利とがまざったのを二階から頭の上にあびせられ、喜多君は真正面にそれをあびてぬれねずみとなった。かんかんに憤慨した喜多君は胸がおさまらず、警察署にどなり込むという騒ぎだったが、開票の結果は最高点が島田七郎右衛門、二位が土倉宗明、びりが私、それでも私への投票も相当あった。演説会の開会不可能の例は前にも後にもこの時だけだった。それ以来幾年もたったが、この砂利まじりの雪つぶてを投げつけた犯人がゆくりなくも本人の自白であきらかになった。

六、七年ほど前にどこだったか町村長の宴会に私も列席したことがあった。快活な若い井波の野村〔嘉六〕町長が私の席の前にやってきて、そのときの話をはじめた。「井波の演説会で、小学校の二階からの一件……あれをいまでも記憶されていますか」「そう、いまでも話によく出る」「あのときの犯人をだれだったと思われる」「別にせんさくもしなかったからわからぬ……」「その主謀者は私でしたよ。いつか一度、白状したいと思っていたが、この機会に申し上げる」ということだった。

選挙というものはこのように激しい戦いをやってもあとに残らぬ面白いものである。このような次第で選挙の結果はまったく逆転した。二百六十余人の絶対多数を制していた民政党は百五十人以下に転落し、政友会は逆に三百人をこえる絶対多数を獲得した。それによって犬養内閣の基礎は確立したようであったが、しかしそれも、〝槿花一朝の夢（きんかいっちょう）〟で五月十五日の事変で犬養総理が青年将校のために襲殺され、政党内閣はつぶれて世はファッショの道に漸次その歩を進めたのである。

政党内閣は犬養内閣で終止符を打たれた。五・一五事件についで西園寺元老は苦心惨たんのすえ次期内閣首班に海軍大将、朝鮮総督斎藤実氏を奏請し、大命は斎藤氏に下った。この斎藤実という人は、いかにもこのような危急の時局を収拾するにふさわしい人であった。後でこの人が二・二六事件で凶徒のために、その八十年の生涯を終わったときに、天皇から御誄（おんるい）をたまわったのであるが、冒頭に〝其ノ貌ハ厚重、其ノ人ハ沈毅〟としてある。この人の逸話は、長い艦上生活の体験から、なんでも自分のことは自分で処理されたということである。ふとんの上げおろしはまだしも、ふんどしの洗濯まで自分でされた……という話が伝わっているくらいだから、推して知るべきだ。

その揮毫した文字には、その重厚な風格を表現するような趣きがあり、そのころ私も揮毫を頼んだところ、快く承諾されて間もなく送ってよこされた。見ると表書も直筆で、包装まで自身でされたとのことだ。すべて自分のことは自分でやる主義である。白昼、首相が官邸で襲殺される。そういう軍部の過激化を調整するのが斎藤内閣の使命である。国民の一般がこの意味で心から斎藤内閣に期待し、また信頼を寄せたのも当然だった。

そこで斎藤内閣はできた。閣僚選考で異色なのは、永井柳太郎君が拓務大臣に、後藤文夫氏が農林大臣に簡抜されたことであった。そして鳩山一郎（はとやまいちろう）氏が文部大臣に任命されたが、それには面白い逸話がある。この内閣で私の上役に有馬頼寧（ありまよりやす）伯が政務次官となった。その関係で有馬氏に懇意を得た。その有馬次官があるとき私につくづく語ったことに、

「鳩山君が文部大臣になったころ。知ってるとおり鳩山はずいぶん遊んだ。新橋、赤坂などで、私とともによく遊んだ。とても文部省など窮屈なところは不適当と思い〝文部大臣になるのは断わったがよ

斎藤実内閣。初閣議後の記念撮影。一段目右寄りに小山松吉法相、二段目左から鳩山一郎文相、斎藤実首相兼外相、岡田啓介海相。三段目右寄りに永井柳太郎拓相、四段目左から南弘逓相、山本達雄内相、右端に後藤文夫農相。五段目中央に荒木貞夫陸相、六段目左から中島久万吉商工相、柴田善三郎内閣書記官長、高橋是清蔵相、三土忠造鉄相、堀切善次郎法制局長官

い。遊びにも行けないような窮屈なところにすわることはない。私は斎藤総理とは親戚でもあるし、幸い親任式の前でもあるから、私が行ってポストを変えてもらおう。文部大臣だけはよせ〟と忠告した。すると鳩山は〝それは親切にありがたいけれども、長いこともなかろうし、三ヵ月や四ヵ月は自分も精進するから。それには及ばぬ〟と、私の親切な忠告を受けつけないのだ。ところが文部大臣になってみると、なんの精進どころか、もうすぐ自動車を裏にまわし、こそこそ人目を避けて出かける始末なんだ。ついに文部大臣を〝明鏡止水〟のせりふを残して、やめざるをえなくなった。これも私の忠告に従わなかったからのことだ」

こういう話を聞いてから、その後鳩山内閣のときに私にしきりに「文部大臣になってくれぬか」というので「斎藤内閣で有馬氏が貴方に粋をきかした忠告をしたという話を聞いたことがあるがほんとうですか」「やあそれは……しかし実はそういうこともあったねえ」「そうですか。それなら貴方は私をそんな窮屈なところに強いてすわらせようというつもりなのですか」と、たがいに大笑いしたことがある。有馬頼寧氏とはその後産業組合の保険の問題で論争したことがあったが、親しく交際をつづけた。なか

なか近代的な感覚をもち、しょうしゃな貴公子であった。なにしろ九州久留米の藩主の家柄だし、よく遊んだが、その口をついてでるユーモアは実に軽妙で、洗練されたものであった。一例をいえば、ある人が有馬氏に「あなたはお名前から〝アラマア偉いね〟(有馬頼寧)というんですね」としゃれると、有馬氏はすかさず「私の名はさように読むのではありません。〝アラマアタヨリネエ〟というのです」と答えたので、一座は伯爵の機知に感心したということである。

話はだいぶ以前のことだが、私が秘書官のときに、黒いよごれた衣をきたはげ頭の坊主がきて「私は富山県西砺波八講田の日蓮宗の僧だが、途中でスリにあい旅費をとられて国に帰られないから金を貸してくれ」と言うので、気の毒だと思って貸してやると、喜んで帰っていった。私も功徳のつもりでいた。そのことはそのまま忘れていたが、私が参与官のとき、また同じ坊主が「スリにやられたから帰国の金を……石動の某寺のものだ」と言ってやってきたので、「よし、出してやってもよい。だが、私の顔をよく見ろ。この前はどこそこの日蓮宗の坊さんとのことだったが、こんどは本願寺に宗旨替えしたのか」と言ったら、びっくりして逃げていった。そういうペテン坊主であった。その日の昼、有馬氏と向かい合って食事をしていると「おい松村君、きょうは善根を施したぞ。私の郷里の坊さんがスリにあい、帰国する路用をこうものだから〝それは気の毒だ〟と財布をはたいてやった。その坊さんは〝かたじけない〟と床に頭をすりつけて礼を述べ、帰国したが、こういう日は、ほんとうに気持ちがよいものだね」「ははあ、その坊主というのはこういう人相でこのようなことを言わなかったですか」「どうして知っているのか。君は見ていたのか」「いや、こういうわけですよ」と前にあったいきさつを話すと、有馬氏はびっくりして省内中その悪僧をさがしたが、もはや影も形も見えなかった。有馬氏はこのような善良な性質であり、人のために大きな負債をつくって苦しめられていた。

十　軍部初の政策干渉

斎藤内閣の出現した当時は、農村が非常な不況に見舞われ、軍部の政治にたいする威圧の原因も、軍備縮小と農村疲弊とを結びつけて、それがテロリズムの横行、ファッショの傾向を助長したのであった。この軍部の態勢と政治の現実とを緩和するのが内閣の使命なのであるから、農村の恐慌を救済することは第一の課題であった。実際農村の疲弊というものはなんともひどかった。農村の負債高は五十億円にも達しているとされ、東北地方の農家では五十銭銀貨を持っているものがないと言われた。そのときの総予算は毎年二十億円か二十五億円程度であるから、五十億円といえばいまの六兆円にも当たるわけである。

ある日、閣議が終わった後で、後藤農林大臣が妙な顔をして「これを見てくれ」と言って閣議の書類を出した。見ると、農村対策に関する陸軍の意見書で陸軍大臣荒木貞夫(あらきさだお)としてあるが、それは「農民に肥料、農器具その他生産の必要品を無料にて給付すべし。その経費は皇道の精神によりて支弁すべし」とあるのだ。当時の軍部の政治上の意見というものはこの程度のもので、そして、おそらくこれが具体的政策関与のはじめであったろうと考えられる。

農産物価が下落、また下落で鋏状差がはげしくなる。米価の下落に対して種々の釣り上げ手段を講じても下がる。なんとか考えねばならぬことになった。すると、高橋(是清)大蔵大臣が「米の値段というものは、小細工をしてもだめだ。二十五円というなら、二十五円という値がきたときに、それ以下の値段ならいくらでも政府が農民から買い上げる。それ以上なら政府で払い下げる。――そういうことにすると、農家は安心して、売らなくなる。掛け声だけで落ちついてしまう。こういう行き方でなくてはだめだ。それをやるなら大蔵省でも金を出すが、やらぬなら一銭、一厘も出さん……」と、閣議の席上で言いだした。すると後藤農林大臣だが、非常に慎重な性格の人で、属僚がなにか書類を持ってきてもけっして即座に判を押さない。〝その書類をカバンにしまい込むといつ出るかわからない〟といわれたほどだから、大蔵大臣の主張も丸呑みにしない。閣議の後で、私に「高橋さんはこういうことを言われるのだが、どういうものだろう。これは、ひとつ財政のこともわかる、米のこともわかる、そういう若槻さんの意見を聞いてみたい。そこで君、若槻さんに会って意見を聞いてくれないか」というので、若槻総裁を訪ねてその話をすると「高橋さんが、そういうことをいうか。高橋の考えの基礎は自分にはよくわかる。そのたねは公債の価格維持のやり方から出ていることである。大蔵大臣をしていると、ときどき公債の借替えとか、新公債の発行をしなければならない。五分利の公債を九十円で売り出そうとする。市場では七十五円に下がっている。それでは発行ができぬ。そういうときには、五分利公債の釣り上げをやる。これはよろしくないことだが、日本銀行総裁をよんで、公債を九十五円か九十二円に釣り上げてくれといえば、総裁は心得て、東京や大阪のブローカーを呼びつけ〝日本銀行に公債が必要だから九十二円まで値が上がってもよいから買えるだけ買ってくれ〟という。そこでだんだん値が上がってきて七十五円のものが九十円になる。十日、二十日の間には望みどおり九十二円に釣り上げられる。そこで公債の発行なり借替えなりをやることができるようになる。私も仕方なしに、それをやったが、高橋はいつでもよくその手を使った。その公債の値を釣り上げるこつを米に応用しようというのだ。しかし、高橋が〝それでなければ金を出さぬ〟というなら、思いきってその主張をやってみるのも米穀政策の一つの進歩ではないか。ただ注意をしなければならぬのは、公債と米とは〝物〟が違う。第一、株券は紙だから何億円でも小さい金庫にしまえる。米というものは、それと違って大きい容れ物が必要だ。それに重い。百石の米でも持てあます。だから予算を大きくとって米を収容する農業倉庫を、たくさんに作らなければならぬ。ここのところに、気をくばらなくてはいかぬ。それから、公債というものは少数の資本家、金融業者等の手にあるので、ちょっとした工作で上がる。ところが、米というものは、全国民の半分を占める農民の手にあるので、かけ声ひとつでは動かない。そこをよく考えて……」と説かれた。これを私が農林大臣に復命して、米穀自治管理法というものができた。昭和八年春の議会で通過したが、この法律はまさに画期的なものであった。下値へくればどれだけでも農民の申込み次第政府が買いきるというのだ。大胆不敵な法律である。ところが、その昭和八年という年の秋は、当時としては日本開びゃく以来の大豊作で、七千二百万石というのだから、これはどういうことになるだろうかと、みな結果を心配した。

　すると九月、十月は高橋大蔵大臣の言うとおり、農民がいっこうに売りつけにこない。これは〝かけ声でとまる〟というのが、なるほど、そのとおりだったか、と思っていると、十一月になったら大変。一日に五十万石、七十万石と売りつけてくる。そうなると、若槻総裁の言われたように農業倉庫ができていないため、新潟県などでは買いつけた米を野積みにして雪に埋まるというありさまで、手におえない始末になった。そうこうする間に、特別会計の買入資金がなくなった。これはあわてざるをえない。荷見安君が米穀局長ではあったが、どうにも困って〝買いつけを中止したらどうか〟などという声も出たが、中止したら大変なことになるのは当然だ。それで全国に手分けして〝急いで売らなくともよい。ゆっくり売ってもだいじょうぶ……〟と、宣伝することになった。そして私には北陸方面に行け、ということだったが、このとき私は大臣にひらき直った。「行けというなら行く。しかし北陸となると私の故郷だから、そこへ行ってうそをつくわけにゆかぬ。〝急がんでもよろしい、いつでも買ってやるから〟などと言って、だますようなうそは言えない。いま特別会計は欠乏して、このうえ買うことはもうできない。特別会計の増額を冬の議会に提出して必ず通すかどうかをうけたまわらなくては行けない、どうだ……」と詰めよると、大臣は大蔵大臣と相談して、ついに五億か七億かの増額を高橋さんが承諾した。それで私も納得して北陸方面に出張した。そんなわけで、買ったは買ったは、一千万石以上も買ったのであるが、前に述べたように買いつけた米を積むところがない。すると、そのときは海運界の不況で船舶があいている。それで横浜、神戸などにある空船を借り、船腹に米を収めたが、それでも収容しきれない。大連から船をまわさせる、台湾につないである船にまで、この米を積むことにしたのである。そういう始末で、いまから思うなら、まったく隔世の感がある。このありあまる米、持てあます米をどうするか――米をいかに消費するかという調査委員会を設置し、米を利用する方途に関し、科学研究所を設けた。このときの委員会の結論は、米を肥料に代用して元の田地にかえす場合には、どれだけの肥料価値があるか、ということになった。ことほどさように豊作の米をかかえて、為政者が頭を悩ましたものだ。それから、ライスカレーにするといって、フランスあたりに持ち込んだりした。ところが日本米には特有のねばりがあって外国人の口に合わない。それで外国への輸出は、とても期待できないということになった。また農林科学研究所で、なんとか米を材料とした品物を作り米の消費を増したいと、米でウィスキーまで試製した。近ごろ家内の整理をしたとき、荷物の中から、そのウィスキーが出てきた。これは……と思って試飲してみると、二十幾年の歳月を経て芳醇無比、実にうまかった。当時、内地がそのように大豊作のうえに、外地の朝鮮、台湾の干拓、開墾が成功して、その産米が移入、殺到する。米価が安くなる。農民が困る。ついに農村恐慌とまで発展した。米穀の過剰時代。――実に今昔の感にたえない。

高橋是清という人は、少年、青年時代に数奇な生活をして、酸いも甘いもかみわけていたので、人間の心理、世態の実相というものに通じていた。だから実に独得の見識をもって大事を処理してきた。このような風格は、戦後の政治家にはみられぬように思われる。こんな話もある。書類を決裁するとき、気に入った場合はすぐに判を押すのであるが、いやいや押す場合には判をさかさまに押すのである。

また、かつてこのようなこともあった。その当時、生糸が安くなってとめどがなく、そのうえに犬養内閣のときの不始末もあってなんとか措置しなくてはならない。それで大蔵省とも交渉し、生糸を買い上げ、棚上げすることに同意を得た。それで、その買上げの要項を書面にしたため、蚕糸局長の石黒忠篤君が、それを大蔵大臣のところへ行って承認を求めた。その中の一項に〝糸価が一定のところまで上がれば、ただちに売り払って、大蔵省からの借入金を元利をつけて返済する〟と書き入れておけば、大蔵省の事務官も大臣も安心するだろうと思って書き加えておいたのである。そうすると高橋大蔵大臣はそれを読んで「なんだばかな。生糸の価格を維持するには、余る分を品川の海にでも放り込むのがいちばんよいと思う。だが、それももったいなくてできぬなら、まあ棚上げしようというのだ。これは海にぶち込むかわりだ。それを値段が高くなったから……と、政府のほうから売り出してみろ、少し上がりかけたのが、すぐ値下がりする。わかりきったことだのにばかなことを考える」としかりつけ、みずから朱筆をとってその条項を抹殺したということである。そのような見識をもった人であった。

たしか斎藤内閣——昭和九年の通常議会のときのことであった。ある日、私は政務官として、貴族院での予算委員会に臨席して控えていたさい、実に面白い高橋さんの問答を聞いたことがある。三重県選出の多額納税議員だった小林嘉平治（こばやしかへいじ）君が、突然立ち上がって高橋蔵相をとらえ、「大蔵大臣は陸海軍の要求に対して、膨大なる金額を等分に三千万円ずつ支出されている。そもそも軍備充実の目標とする仮想敵国は、はたしていずれであるか。秘密会でもよいから説示せられたい」と質問した。仮想敵国――というのだから、一瞬さっと緊張した。が、当の大蔵大臣は平然として演壇に進み、平気で「そのような質問なら、秘密会でなくともこの場で答弁いたそう。あの六千万円という金は毛頭、戦争するために出したのでない。どこが敵国かなどと仮想することは、まことにもってのほかである。実は近ごろ、軍部には青年将校などが騒ぐ。それでもし、暴動などが起これば明治以来の日本の進歩が阻止される。それでその青年将校どもに、いわば駄々ッ子にあめをしゃぶらすのだ。このために赤字公債を出して、負担を将来に残すとも国家の大損害に比べるならば、現在の国民はもちろん将来の国民もまた、喜んでこの負担を辞さぬだろうと思う」と、淡々と、ひょうきんに答えた。しかしこの説明の底に流れる一脈の憂国の信念というものは、心ある者には沈痛に響いたのである。高橋という人の心境は、まったく国家のほかになにものもなかったようだ。それにしても、過激な青年将校が国家の大事を誤るのではないかと心配していた高橋是清氏が、ちょうどその一年ののちに、憂慮したとおり二・二六事件によってみずからその犠牲となったとは、人事の変転、まことに感慨無量のものがある。

第6章

動乱の時代、そして終戦

一　守られた議会制度――平沼氏、翼賛体制に怒る――

昭和三十五年の十二月二十四日、国会においては、天皇・皇后両陛下の親臨のもとに議会開設七十年の記念祝典が開かれた。私も二十五年以上の勤続者として拝謁を仰せつけられ、賜杯の光栄を得た。七十年の歴史を回顧して、限りない感慨を覚える。

あの終戦の当時に、灰じんの中に国民は希望を失って国内をあげて混乱を極めたのに、この人心をどうかこうか統一し、そして復興の道を開いたこと――それはなにに原因しているかということである。それは種々の原因があろうが、議会というものが戦時中に多くの制圧なり圧迫なりをこうむったにもかかわらず、議会の機構は崩壊せずに、幸いに存続しえたことに大きな原因があることを認めなくてはならない。

昭和二十年八月十五日、終戦の詔勅が下って、東久邇宮内閣のもとに第八十八回臨時議会が開かれたが、衆議院に承詔必謹決議案が提出、上程されたのは九月五日であった。この決議案の内容は、八月十五日の終戦の詔勅に対する国民を代表しての衆議院の意思を表明したものである。国民は冷厳な反省を加え、外は和親をはかりて世界の平和と文化の進運とに寄与し、内は平和日本建設の大道に邁進して国運の伸暢に努力し、詔勅のご趣旨にのっとることを力説した。

当時、衆議院の最長老町田忠治氏が衆議院各会派を代表して、その説明演説に立った。言々血を吐き声涙ともに下った。明治以来の鴻業の空しきを嘆き、日本三千年の歴史をみれば、皇室および国民は決して好戦者にあらず、今後の日本の再建は文化の発展にあることを明らかにし、しかもわれらの前途には荊棘多く、国民は一致協力、前途の微光を望んで努力すべきを説き、最後に民論を抑圧し、自由を拘束した政治は、かくのごとき惨たんたる破局を招来した――と断じ、国民の全知全能を発揮し世界の文運に貢献するは言論・結社の自由、経済の自由にあり、として強じんなわが国民性はこの前途の国難にたえ、新しい日本の建設に、その全能を発揮するを信じて疑わぬ、と結んでいる。戦後二十年、わが国民の歩みはだいたいこの決議の指針どおりに動いている。議会が七十年、その機構を変えなかったことは新しい日本の復興に大きな力であった。以上の実例にみても、終戦の当時、議会の機構が変革せられないで機能を保有していたことは、人心に依る所を与え、国論統一に非常に役立った。もしかりにドイツのように議会の機構が変質され、機能を喪失したならば、日本はおそらく終戦とともに恐ろしい混雑をみたことと思われる。この点からして考えてみても議会制度擁護に命がけで努力せられた幾多先輩の苦心を忘れることはできない。

軍部が、非常時局を名として議会の機能を弱化し、ついには停止しようとしてナチスばりの体制をとろうとした意図は、いうまでもない事実で、ついには御用学者をして憲法改正論までとなえさせている。しかしながら、明治憲法は万古不磨の大典として、明治天皇の欽定されたものであり、さすがに軍部も、その改正にまでは手を出すことはできず、他の方策によって議会の機能を弱化し、停止しようとした。そして、いわゆる戦時体制は日に日に強化されるにしたがって多くの論議はあったが、第七十三回通常議会に国家総動員法が成立すると、議会の権能はいちじるしく縮小されて軍部の勢力をおさえるものはなく、国家は泥沼のような戦局の中に引きずりこまれていった。

第一次近衛内閣が総辞職したあとに、平沼・阿部・米内内閣と移る間に、新体制運動――近衛公を中心に、政党解消・新体制組織の嵐が吹きまくり、第二次近衛内閣が出現すると、新体制理念のもとに「大政翼賛運動綱領」が決定され、ついで総理大臣官邸で大政翼賛会の発会式を挙行するにいたった。大政翼賛会の機構をみると、総裁は総理大臣、顧問・参与に内閣閣僚、各省次官、軍務局長まで包含し、まったく政府と表裏一体のものになっていた。議会は翼賛会の中の議会局となり、翼賛会が議会を統制し、支配する形で、その局長に前田米蔵氏が任命された。立法府の議会が、行政府の長官たる総理大臣の統率を受けるというのだ。これほど明治憲法の精神をふみにじった話はない。果然、町田忠治、鳩山一郎、中島知久平、斎藤隆夫、浜田国松、川崎克、その他の同志は、立憲政治を冒とくすることも甚だしいと憤慨し、議会で論議の渦をまき起こした。

第七十六回議会では、大政翼賛会の性格について痛烈な批判が起こり、近衛首相は答弁に窮し、病気を名として議会に出席せぬ始末であった。したがって議会局の運営は停止するほかなく、翼賛体制をつくりあげた首相自身が、まずいや気がさすという有様となった。そこで事態を収拾するため内閣改造を行なうことにしたが、これまで政府部内で新体制運動を計画し、指導してきた責任者の内務大臣安井英二、司法大臣風見章の両氏をやめさせ、その後任には内務大臣平沼騏一郎、司法大臣柳川平助の両氏を起用する交渉を開始した。近衛首相が平沼氏と会見し、内務大臣に就任するよう懇請におよぶと、平沼氏は色をなしてこれを拒否するとともに、理由を説明した。「自分は、翼賛新体制は憲法の精神を無視するのみか条項に背反するものと思う。自分は枢密院議長として憲法の番人をつとめてきたが、いやしくも憲法を冒とくすることは、断じて許しえないところである。しかるに、貴下は大政翼賛会の総裁であって、欽定憲法を冒とくした首領である。大政翼賛会の制定者たる貴下が総理大臣たる内閣に、どうして自分が入閣することができるか」と痛烈に拒絶した。すると近衛首相はけろりとして、他人ごとのように、「翼賛会も困ったものですね。――ついては、私が直接では、従来の行きがかりからなんともできないので、貴下が内務大臣となって、お考えどおりに翼賛会を始末してくれまいか。改組のことは挙げて一任する」という。平沼氏は近衛首相の無責任な了見にあきれながら、ともかく重大な憲法違反の制度は一日も早く改めねばならぬと考え、その改組を条件として入閣を承諾した。

内務大臣の就任を受諾するに際して、平沼氏は近衛首相に念を押して切言した。「大政翼賛会の憲法違反を身をもって救いたい。憲法を歪曲せず議会の機能を存続したいのであるが、その改組を絶対に任せてくれるか」と。近衛首相の承認の一札をとって、はじめて内務大臣就任を承諾したのだが、平沼氏にとって憲法の擁護と、そして議会の機能の存続とは、きわめて当然の使命ではあるが、軽率に事を運ぶと軍部の迫害をうけることは火を見るよりも明らかである。ちょうど昭和十六年の春、再開後の議会は翼賛会問題が論議の中心であった。ところが近衛首相は病気を理由として議会に顔を見せず、翼賛会に関する質疑に対しては主として平沼内務大臣が答弁の衝に当たった。答弁の中心は「大政翼賛会の性格は、決して政治結社ではなくて、公事結社である。しからば公事結社とはなにか。せんじつめると国民精神総動員連盟――そのようなものと解釈せられたい」と言明して、種々の角度から追及する質問にも、「公事結社である……」と繰りかえして暗黙の間に了解を求めた。おしまいには「公事結社とは、申さば清掃組合（おわい屋の組合）のようなものである」と答えて大笑いになり、それで議会の論議もようやく納得したようである。これ以上に説くと、どこで軍部を刺激し、意外の大事を引き起こさぬでもない。議会も内務大臣の信念を知ることができたので、公事結社として予算を可決した次第なのである。そして議会閉会後に、ただちに翼賛会の改組が行なわれて、これを公事結社と規定し、おもなる幹部も辞職し、創立後わずか半年で大政翼賛会はファッショまがいの性格を一変し、公事結社として行政の補助機関のようになった。

この議会制度の紛糾を、からくも守りえたことは、内務大臣たる平沼氏と、その心事を誤りなく判断した議会の信念であって、立憲政治の機構を守った偉大な功績であった。こうして議会は大政翼賛会に従属する危機を免れて、議員を集めた議員倶楽部、それが翼賛議員同盟、それから推薦選挙ののちに、翼賛政治会が組織されて、政治結社として出発したのである。もちろん議会の能力は非常に制約されたが、議会の制度はこのようにしてかろうじて守られたのである。この平沼氏の近衛第二次内閣に入った経緯の秘話は、その後文部大臣をつとめられた太田耕造（おおたこうぞう）君（当時平沼氏の片腕として働いた）が親しく私に話した確実な史実である。

当時、憲法の番人である枢密院には、平沼氏のように身をもって憲法を守ろうとする人は少なくなかった。伊沢多喜男（いざわたきお）氏や、また私と同県出身の先輩であった南弘氏などは、ともに枢密院にあって憲法擁護のために最善を尽くした人々である。

二　百万円の選挙資金――西園寺公、反対の民政党へ用立て――

憲法政治を守るために、平沼騏一郎氏やその他の人々が身をもって努力したかくれた話は多いが、時の元老として西園寺公望公の苦心も大変なものであったらしい。つぎの秘話もその一つである。

当時、元老・重臣の間では、西園寺公をはじめとして、時局を収拾するために、やむをえず挙国一致内閣をつくったのだが、憲政の常道として、なんとかして政党内閣にかえしたい――と一方ならぬ苦心努力をされた。斎藤実内閣が瓦解したのちに、やはり挙国一致の形式をもって岡田啓介内閣が成立をみたのであるが、民政党は全面的に協力する態度をとったのに、政友会は反発して正面から抗争をいどむという状態であった。なにしろ政友会は前回の総選挙で三百三人という大多数を得ており、なお二百七、八十人の勢力を保持しているので、岡田内閣としては民政党を与党に衆議院を解散し、政友会を相手に信を国民に問うほかない立場になってきたのである。第六十八議会の休会明けに、政友会の不信任案を迎えて政府は議会を解散した。昭和十一年の一月二十一日、その総選挙は二月二十日となったが、このとき、岡田首相は選挙資金として百万円を提供した。民政党から入閣していた町田総裁は、与党側の選挙長という格であったが、当時の百万円という巨額には、さすがに驚いた。そして与党内では、その出所をいろいろと推測したが、だれも知るものはなく、結局は〝首相と同じ福井県出身の関係で、土木建築の飛島組、熊谷組あたりから出たのではあるまいか。そのほかには、どうも心当たりがない〟といううわさにとどまった。

さて、戦後になってから、私が〝町田忠治翁〟の伝記編さんにあたり、その資料の検閲・執筆にとりかかるとき、関係事項の正確を期するため岡田元首相を訪問したが、そのときに〝百万円問題〟にふれて「飛島組とか熊谷組とか、そういう説もあったが、いったい真相はどうなのですか」と聞いた。すると岡田氏は、それはとんでもないことだ。飛島や熊谷などではない。実はこうなのだ。――

時局に対処する方策として、どうしても衆議院を解散する道を選ぶほかはないと、そう決意を固めて興津の坐漁荘に元老西園寺公を訪問して、その了解をもとめた。そして民政党を与党として、政友会と戦おうとする所信を、くわしく述べて同意をこうたら、じっと聞いておられた公は、しばらくしてから「お話をうけたまわってみると、やむをえますまい。どうぞ、十分の成算をもってやられたい」とはっきり言われた。それではじめてほっとして、あいさつして座を立ちかかると、公は「ちょっと……衆議院を解散して総選挙となるのだが、選挙は金のいるものです。そのご用意はできておりますか」と聞かれた。私には思いもよらぬことなので「はっ、ご存知のとおり、私は一介の武弁で……そういうことは用意ができておりません」と言うと、公は「いや、貴方の言われることもよくわかるが、それでは私が、些少ながらご用立ていたしましょうから……」と静かに言われた。

いかに好意をもたれるからといって、これが元老の言われることなので、びっくりしたわけだが、〝なに、たいしたことではあるまい〟ぐらいに考えて帰京したのであった。すると、間もなく興津からの使者であるといって、私の手許に百万円の金がとどけられた。それは、大阪の住友の大番頭小倉正恒（おぐらまさつね）氏の手を通じてだ。それを総選挙の資金として提供したのが真相だ。——と、これが岡田元首相の直話だ。

その後、私は西蔵（チベット）語「大蔵経」の出版で、故小倉氏にしばしば面接する機会を得た。あるとき、その話を小倉氏に聞いてみた。すると、小倉氏はうなずいて、感慨深げに語った。「それは確かに事実です。そのときに老公は私を呼ばれて、これこれ、しかじ

西園寺公望

かの次第だから百万円ほど調達してもらえまいか——との仰せでした。住友家の当主は、ご存知のように老侯の弟に当たる親戚関係にあったからでしょう。老公は久しく政友会総裁たる地位におられましたが、住友家に、そのように多額の用達を依頼されたことはなかったし、とにかく百万円の巨額でありましたから驚きました。しかし、それはよくよくのことと拝察したので、老公の意中を推して、その配慮をいたしたのであります。いわゆる非常時局——軍部の強圧によって、政党が日に日に萎縮する情勢を見ると、政治の前途はどう成りゆくか。老公はこれを憂えられて、政治の軌道を正しく持ち直させたい、そうした意向から、岡田内閣を支持されたことと信じます。政友会に対する旧縁と感情とを超越される心事を察しますると、一意、国家を思われる公明な至情に感嘆するほかはなかったのです。当時は秘密にされたのですが、もういまとなってはなにかの機会に発表されても、さしつかえなかろうと思います」と、西園寺公の依頼をうけた前後の事情を語られた。

西園寺公は伊藤公の後を受けて政友会の総裁となられ、政友会を手塩にかけて守り育てられた人であるのに、その政友会を打破し、反対党の民政党を味方として解散の決意をした岡田内閣に了解を与え、そのうえ巨額の選挙資金まで配慮寄付せられた公の気持ちは、なんとかして重大な時局を匡救し、憲法を護り議会政治を正しく守りたててゆきたい一心……であったことが思い知られる。総選挙は、その二月二十日に行なわれ、その結果は民政党が大勝を博して第一党となり、政友会と地位を逆転したが、その二月二十五日にとくに臨時閣議を開き、選挙の結果を報告して、岡田総理大臣はじめ各閣僚は喜色満面、凱歌をあげた。その閣議後には祝賀の午さん会を開いたが、内田信也(うちだのぶや)氏の発議で祝勝の杯をあげ、高橋是清翁が音頭をとって万歳を唱えた。なんぞ計らん、それから二十時間と経たない二十六日の早暁、二・二六事件は勃発し、その首相官邸は襲撃を受けて、祝杯をあげた高橋翁は非業の死を遂げ、西園寺公の苦心も、岡田首相以下の努力も、すべて水泡に帰したのであった。

三　二・二六事件勃発――若槻前首相、避難を拒む――

昭和十一年の二月二十六日――その日は東京には珍しい大雪で、夜来の雪に風さえ加わり、夜明け方になっても、ふぶきはやまない。私は淀橋・下落合の寓居でまだ床の中にいたが、突然けたたましい電話の音に、何事か……と出てみると、町田総裁（当時商工大臣）からかかったものだ。「松村君か――よくわからないが、児玉君（秀雄氏・当時拓務大臣）からの電話によると、どうもなにか非常に重大な事件が起こったらしく、軍の暴動かと思われるのだ。それに牛込・神楽坂警察署からは、暴徒が襲撃するかもわからないのですぐお宅を立ちのいてください……と知らせてきた。それで、とりあえず避難することにし弁天町の土田（万助氏・貴族院議員）の宅に行っていたが、じっとしておっても仕方ないし、なにより宮中のことが心配なので、家に戻ってきたのだが、すぐにきてくれ給え」とのこと。五時ごろだった。身支度して自動車をたのんだが、ふぶきの中できてくれぬから徒歩で飛び出して急いだ。途中でタクシーを拾ったが、南榎町の町田邸に着いたのは六時半ごろで、町田総裁は応接間におられた。「土田の宅におっては、連絡をとるにも都合がわるいので、帰ってきたのだが……ところで、どうしよう」「それは、国務大臣として、なによりも先に宮中に参内なさるのが第一です」「そう。私もそう思う」。そこへ秘書官の野田武夫君が自動車で駆けつけ、諸方に連絡したが、いっこうに連絡がとれない。児玉氏は宮中に参内するというが、ほかは電話が通じない。そこへ情報は、宮城は暴徒に占拠されたということを伝えるほどでいっさいが不明である。ともかく参内することにしたところが、自動車の運転手があわてたものだから、宮城に入る門鑑を忘れてきた。それに関する手続きは野田君にまかせておき、町田総裁は私に、「こうなると閣内の連絡をとることが必要だが、電話が通じなくては困る。そこで、まず川崎君（卓吉氏・当時文部大臣）と会って、宮中で落ち合おう……と打ち合わせてくれ給え」と言われる。そこでふぶきの中を、本郷駒込の大和村にある川崎邸に行きつくと、川崎氏は応接室のだんろの前に、腕を組んで目を閉じている。「町田さんは参内するのだが、宮中でお目にかかりたいとのことです」「実は私も、すぐにも参内するつもりなのだが、ひとつ気がかりなことがあって……」というのは、若槻前総裁の身辺なのだが、先刻から心配して困りきっていた。「けさの電話で聞くと、反徒の目標とする中に、重臣の若槻さんがいるので、若槻邸に行って、どうか避難してください、とすすめたが、どうしても、聞き入れてくれない。若槻さんは、いや、警察のほうからも先刻、そういってきたが、自分のねらわれているのはわかりきっていることだ。逃げ隠れしたすえにぶざまな死に方をしてははずかしいことだ。どうせ死ぬなら、自分の家で死んだほうがましだろう。と言って動かない」。川崎氏は、それが気がかりで、実は宮中に出ようとして、まだ出なかった。――そこに私が行き合わせた、とこういう次第なのであった。すると、秘書官の中井川浩君が駆けつけてきた。小山松寿君もやってきて「それは困ったことだ――が、若槻さんのほうは私どもが引きうける。きっとどこかへ若槻さんを引っ張って行く。私どもがついて行くから心配せずともよい。安心しなさい」と言って、川崎氏は中井川君を連れて、すぐ宮中に向かい、小山君と私は若槻邸におもむいた。若槻さんという人は表面は素直だが〝こうだ〟と言いだしたら決して引かない。それで周囲にいたが、そのうちに警察から大勢やってきて警護にあたった。それで安心して、私は渋谷金王町にある後藤氏（文夫氏・当時内務大臣）の家に自動車を飛ばした。これは、この事変に直面して、いまごろ在宅していられるはずはないが、その安否を気づかって見舞いがてらに寄り、奥さんに会ってすぐ新桜田町の民政党本部に向かったが、自動車が赤坂の溜池辺にさしかかると、麹町側には青年将校が抜刀して指揮しており、武装した兵士が緊張した顔で哨戒している。一方、赤坂側には、雪の降るのに粋な雨傘をさして芸妓連中が物珍しげに道をはさんで見物しているのだ。おもしろい対照だ――といってはなんだが、割りきれない感じがしたことだった。

二・二六事件。山王ホテル前にこもった反乱軍

新桜田町の民政党本部に行くと、頼母木桂吉氏が平生のように、幹部室に控えておられ、私がけさ以来の経過報告をしていると、前後して大麻唯男、宮沢胤勇君などの顔も見えて、十人ほどで情報を話し合っていた。すると、十数名を率いた青年将校（栗原安秀大尉だということだった）が来て「本部の中を見せろ……」とのことだ。さては占拠するつもりか、と思ったが、本部の各室を一巡して帰って行った。事務局の連中は、明け渡さねばならぬのかと、非常に驚いたそうである。集まってくる情報は大変なものだ。斎藤内大臣がやられた……との報につづいて、岡田総理大臣がやられた、高橋大蔵大臣がやられた、鈴木侍従長がやられた、渡辺〔錠太郎〕教育総監がやられた、という始末だ。興津にいる西園寺公も消息不明だし、湯河原の牧野前内大臣も同様で、まことに物情騒然、不安はまったくとどまるところを知らない状態である。党を代表する町田、川崎〔卓吉〕の両氏を閣僚に送っていることでもあるし、本部では緊張して事態を見まもった。

宮中に参内したのは川崎文部大臣が先頭で、ついで児玉拓務大臣、そして町田商工大臣だった。このときの状況については、文相秘書官中井川浩君、商相秘書官野田武夫君が話した記録が残っている。

中井川君の話――当時、私〔中井川〕は文相秘書官だが、商工大臣官邸を宿所にしていたので、朝の五時半ごろかと思うが、明治神宮参拝に出かけようとしていると、官邸護衛の警官がかけこんできて、事件の概略を知らせてくれた。これは大変だ――と、牛込の町田先生の私邸に車を飛ばしたが、先生はご無事で、安心してこんどは川崎文相の私邸に行った。偶然にも途中で拾った車は、その直前に鈴木侍従長の官邸に医師を送り届けたばかり……とのことで、鈴木大将もやられたのだ、と推察された。文相はすぐ参内されるというので、いろいろ聞き合わせると、乾門は反乱軍の手が薄いらしい。そこで乾門に向かったが、やがて竹橋から英国大使館前に差しかかると、着剣の兵士が停止を命じた。私は車外に出て、緊急のお召しにより文部大臣が参内する旨を説明し、車を徐行させて坂を上ると、また停止。形勢ははなはだ穏やかでない。これは殺されるかもしれぬ、と考えたので運転手に〝おれが殺されるすきに大臣を宮中に送りこめ――〟と言いふくめて車のかたわらに徒歩で随行することにした。あの短い距離を十回ぐらいとめられたろう。

お堀端はバリケードをならべて歩哨が立ち、いかにもものものしい光景だ。私どもも命がけの覚悟なので、その間は二、三時間のように思ったが、三十分ほどではなかったろうか。文部大臣が一番の参内だったが、十時ごろだったろうと思う。宮中につくと東車寄せに兵隊が五、六十名いたが、これは宮城警衛の兵隊だった。将校は一名もおらず伍長が指揮をとっていたが、間もなく反乱軍の将校がやってきて〝陛下にお目にかかるということであるが、われわれは断固として拒絶し、あくまで陛下をお守りするのだ〟と緊張しきっていた。

しばらくして寺内大将（寿一・軍事参事官）が現われた。見ると、だいぶ服装が乱れている。副官は副官肩章までもぎとられている。大将は私〔中井川〕に、「どうして参内できたのか。実にひどい目にあった。真崎、荒木、柳川〔平助〕の三将軍のほかはだれも通さぬというので、ようやくのことで、ここまできた」と汗をふいていた。町田先生もずいぶん苦心されたとみえて、十一時ごろに参内されたが、大角海軍大臣（岑生・海軍大将）などは、宮城の周囲を三回も回ったが参入できず、最後に東京憲兵隊長に同乗してもらい午後一時半ごろにやっと見えられた。

民政党本部に電話すると、筆頭総務の頼母木桂吉氏が出られたので、宮中の模様や閣僚の動静を報告した。それから事変処理の相談が進められて戒厳令の一部施行と決定する模様らしいので、これを知らせると、〝それはいかん。君は身命をとしてもやめさせろ〟と言われた。私〔中井川〕は秘書官なのに、時が時だけに、頼母木氏も事態の推移を心配されて、口に出されたわけだ。

四　軍主張の戒厳令を一蹴——町田商相の気概に感嘆——

野田〔武夫〕君の話——私〔野田〕が牛込の町田邸にかけつけて、町田先生が参内されようとすると、憲兵隊と警視庁とからだが、〝なにしろ危険だから、少し様子を見ていなさい〟と通知してきた。すると先生は「危険もなにもあるものか。国務大臣として、夜中でも参内しなければならぬことだ。一刻も早く行かなくては……」と言われるので、八時ごろかと思うが、商工省に自動車を回すように命じたが、連絡がとれず三十分もかかり、あの大雪なので九時近くになって車がきた。それで出かけようというときに、運転手が、〝国務大臣で顔が知られているから平生はなんでもないが、きょうは宮内省の門鑑がなくてもよいでしょうか〟という。そこで、反乱軍が因縁をつけるかもしれぬし、私〔野田〕は秘書官だし、ぜひ必要だから……と、門鑑を取りよせたりした。気はあせるのだが、そのため二時間ほど遅れた。たぶん十時すぎごろと思う。大雪で自動車が進まず、外ぼりに出て新見付から乾（いぬい）門への道をとると、そこで着剣した兵士に〝とまれっ〟とやられた。三回とめられたが、最初のときは〝やられるか〟と思ったほどである。銃剣を構えて自動車によってくる。〝どこへ行くか〟〝商工大臣が天機奉伺のために参内されるのだ〟〝ちょっと顔を見せなさい〟そして顔を見て、先生だ、と承知しても通さない。少尉か中尉かのところに聞きに行き、十分ほど相談してから、やがて〝よろしい〟と言う。第一の難関を突破したが、つぎは〝坂下門からはいれ〟という。十分ほどの時間だが、その相談する間は何時間もの感じがする。先生は平然としておられるが、私はそうはいかない。やられるにしても、先生といっしょだからいいようなものの、どうなることかと心配したことだ。三回目の応接は丁重で、ことばからして違っていたが、やはり相談していた。そして坂下門に行くと、宮内省の役人がいたので、門鑑の必要もなかったが、先生の先に川崎氏が来ておられた。それから午後にかけて、各大臣がつぎつぎに参入してみえた。ただ内務大臣が、肝心の内務大臣が指揮のためか宮中入りが遅れた。

　そうした事情で、臨時閣議を開こうにも開けない状態だったが、内大臣が遭難されたので、宮内大臣の湯浅倉平（ゆあさくらへい）氏が、その代理を仰せつけられたのは、町田先生としては、時局収拾のためになによりのことであった。先生と湯浅氏とは、長年の親しい仲なので、種々の相談も十分に了解し合うことができたと思われる。そのうちに〔後藤〕内務大臣がみえてから閣議が開かれたが、先任順というので内務大臣が総理大臣臨時代理となった。けれども、内閣の指導的役割を双肩に負うたのは町田先生で、それには内大臣の職務を代行する湯浅宮内大臣と昵懇（じっこん）の間柄であることがなによりの幸いであった。

内閣では宮内省の二階の二室を借り、一室を閣議室に、一室を秘書官、その他の要員の控室としたが、閣議室で会議の最中には、さすがに入室はせぬが、軍事参議官の荒木貞夫、真崎甚三郎の両大将が、廊下にたたずんでおり、秘書官室に入ってきたり、閣議の模様をさぐろうとする。そうかと思うと、参謀本部や陸軍省から石原莞爾その他の連中がやってきて、川島陸軍大臣（義之）を引っ張り出しては、戒厳令の施行を迫ったり、大声を出してどなったり、いかにも閣議を強迫するとしかみえぬ。陸軍大臣は板ばさみになったような格好であった。こういうときに、秘書官室の中に相当な年配の人が背広姿で、沈黙して椅子に掛けているが、いかにも謹厳な風采である。それで町田先生にだれかと聞くと、連合艦隊司令長官の高橋三吉大将だ、と教えてくれた。事件勃発を聞くとすぐ東京湾に軍艦を集合して、陸軍が反乱するなら海軍のほうで鎮圧する……といって、静かに閣議の決定、命令の降下するのに備えていたのだ。陸軍部内による動乱に、当の陸軍首脳部がなにをなすべきかに昏迷しているのに対し、町田先生が内閣の中心となって善後の対策を主張され、軍の主張する戒厳令を一蹴してしりぞけた気概、態度というものは、実に感嘆するほかなかった。

私〔野田〕は町田先生の秘書官だった関係から、ひいきして先生を賞賛したりするのでない。これは、やはり政治家として多年の修練から、先生が陸軍首脳部を愧死せしめるに足るだけの気魄をば示されたものと思う。

この事変の善後策として陸軍から、まず戒厳令の即時施行を強要してきたことは、中井川、野田の両秘書官の語っているとおりで、軍事参議官の荒木、真崎の両大将、陸軍省、参謀本部の石原その他の連中が、川島陸軍大臣を動かしている。陸軍大臣も、最初は「戒厳令の必要はない」と言明したのに、尻をたたかれて、その要求どおりに閣議で力説するようになった。すると、陸軍の真意を見抜いた町田商相をはじめ川崎文相、小原〔直〕法相、内田鉄相、望月逓相らが反対した。元来、戒厳令は国民が騒乱を起こした場合に、軍隊の力をもって鎮圧するのを本義とするが、こんどの場合は、軍紀・軍律を乱した者の暴行であり、国民は驚き憂慮しているだけで、どこにも荷担している者はないのに、なんの戒厳令なのか。まして陸軍の内部には、この反乱軍の暴行を認めて、戒厳令のもとに軍政をしいて、昭和維新の具現を図る……という主張も計画もある。現に川島陸軍大臣が、大義も名分もわきまえずに傀儡となっている。しかし二十六日には決定せず、実際の情勢からして反乱軍を討伐するために、ある地域には戒厳令を施行せねばならぬと認め、枢密院でもその意向なので、二十七日にようやく「戒厳令の一部だけを施行するが、できうるかぎり短期間にとどめること」に閣議で妥結した。

二十六日の午後、閣議を開くにも総理大臣、大蔵大臣、内務大臣がおらぬので開くことができず、暴発した軍隊について、陸軍大臣が確固とした意見を言えず、あやふやなことばづかいをするのを聞くと、町田さんは毅然として「川島さん、それは少しおかしいですね。日本の軍隊は皇軍だから陛下の軍隊です。国軍だから国民の軍隊です。けさの事は、あれは日本の軍隊ではありません。逆賊です、反軍です。早くほんとうの軍隊を出動させて討伐しなければなりません。みなさん、そうでしょう」と言い切った。これで、他の閣僚も目の覚めたような思いがしたというが、陸軍大臣はにがりきった表情で返答ができず、他の閣僚は二人の顔を見くらべていたそうだ。

とにかく閣議が全面的な戒厳令の施行を拒否し、軍政への策動を阻止しえたことは大きな功績であった。暴発した軍隊に対してさえも、事変の当初に陸軍省の発表では、これを〝蹶起部隊〟と称したのだ。それから〝騒擾部隊〟と改めたが〝反乱軍〟としたのは四日目のことである。まことに陸軍省の見解をみると、筋の通らぬ感をうける。これは陛下の思召し、周囲の事情から余儀なくしたのであろうが、関連して思い起こされるのは、二十八日夜――深更であるが、宮中において開かれた皇族会議である。これが事変処理の重大な鍵となるので、各閣僚、これに対して陸軍方面、また消息を聞いた者は非常な関心をもった。その決定のいかんによっては、時局は非常な影響を受ける。とくに皇族の長老である閑院宮〔載仁〕様は参謀総長、また伏見宮〔博恭〕様は軍令部総長なのだから、軍部の情勢に誤らされるようなことが出ると、このうえない大事となるのだ。町田総裁は皇族会議の成りゆきを心配して、湯浅宮内大臣――内大臣代理と緊密に連絡したが、朝の三時ごろにひそかに会見し、会議は反乱軍として討伐することに決し、陛下のご裁定――聖断の下った旨を聞いて、はじめて安心し、今後の処置も、これにもとづいて執り運ばれた。

新橋駅に近く〝江戸銀〟といって、包丁自慢の一膳飯屋があり、江戸っ子気質の主人が面白い気性で、よく懇意にしていた。私が民政党本部から、そこへ飯をくいに行くと、顔をみるなり、「先生、どうしてくれるんですかい。家のせがれは、弟のやつが麻布三連隊で反乱軍に引っ張られているのに、兄貴は近衛師団で討伐軍となると、兄弟げんかで撃ち合うってえことになるが、そんなつもりで兵隊に差し上げたんじゃねえですぜ」と言う。これには返答に困ったが、このいつわらざる心持ちから出た声が、当時の国民の感情であったのである。

五　川崎氏の死に暗然――小川商工大臣、寺島参与官――

加藤、若槻、浜口――そのころまでは人材は雲のごとく、いつ組閣の大命が降下しても、閣僚としての適任者を数えると、内閣が二つも三つもできるのではないか——という評判であった。そういう先輩が、あるいは病死、あるいは遭難、あるいは脱党して、いまや若槻さんから町田さんに総裁の座を譲られたのだが、後をだれに譲るか、となると、ただ一人の川崎卓吉氏のみということであった。

町田さんは専心、川崎氏の育成に当たった。党務に練達させるため幹事長に簡抜し、党内の衆望をその身に向けるようにし、岡田内閣には文部大臣、ついで広田内閣には商工大臣として推挙し、貫録と閲歴とに不足ないように取り計らったものだ。——と、この川崎氏が胃かいようのために、にわかに吐血して病状は危篤というのだ。この報を受けたときの町田総裁の驚き、悲しみは非常なものであった。すぐ私にこいとのことで、取るものも取りあえず伺うと、暗然として「川崎はもはやだめだ。それで私の代理となって伊東におもむき、若槻氏にこの事を報告してくれ。そして、しかじかの件について若槻さんから指示してもらうように……」との話である。伊東に急行して別荘の玄関に立つと、若槻さんは、「川崎君が死なれたのを知ってきたのか」「えっ、それは……」と、私は茫然自失して二の句がつげない。「危篤だというので、商工大臣の後任をどうするか、総裁が意見をうけたまわってこいとのことで参ったのですが……。もうなくなられたのですか。存じませんでした」「いや、訃報を聞いてがっかりしているところだ」と言って、間髪をいれず「商工大臣の後任としては小川君——そう小川郷太郎君がよいと思う」との即答であった。

町田さんは川崎氏の急死に「私は、すでに一家の嗣子を失ったのに、いままた政治上の後嗣ぎを失ってしまった」と長嘆された。嗣子義夫君は昭和七年の春に逝き、いままた川崎氏の死を迎えたので、この感慨をもらされたのだ。

川崎氏の性格は、表面は茫洋たる態度をとっていても、要所を把握して誤ることなく、党の内外でも町田総裁の後継者たることを確信し、期待していたのに、卒然として世を辞されたのだから残念だった。趣味の一つに小唄があって、興がいたると得意になって歌い出し、私もよく聞かされた。いうまでもなく十分に総裁の器量を備えて、この人が生きていたら……と惜しまぬ者はなかった。川崎氏の後任として、若槻さんは小川郷太郎氏を推されたが、町田総裁も異存なくそのように取りはこばれた。小川氏は前身が京都帝国大学の教授で実にまじめで責任感の強い、あくまで学者肌の政治家であり、選挙区での信望も高かった人だ。京都大学の経済学部では、そのころに河上肇（かわかみはじめ）博士がマルクスの左翼理論で売り出し、これに対して小川博士はアダム・スミスの自由経済論の門戸を張って譲らなかった。あまり世間に知られぬようだが、小川博士は大学生公爵近衛文麿（このえふみまろ）の監督者であったとの話である。近衛公は高等学校は東京だが、マルクシスト河上博士の講義を聞くために、わざわざ京都大学を志望したというので、近衛家の周囲はみな心配した。なにしろ家柄は五摂家の筆頭という名門だし、皇室との関係も深いのであるから、周囲が近衛公の思想的偏向を憂慮して小川博士に監督を依頼し、間違いのないように指導させることにした。恩師だから、近衛公は小川氏には頭があがらなかった。私は、私の叔父谷村一太郎翁が小川さんと京都で懇意であったから、その関係で非常に親切な指導を受けていた。この小川氏が商工大臣になると、親任式の行なわれた当日から大臣室に閉じこもって、次官、局長、課長を呼んで一心不乱に商工行政の勉強だ。前述したとおりの性格だから、微に入り細にわたって、納得のゆくまで――それこそ徹底的勉強の手本ともいってよいほどだった。そのときの政務官は民政党から出て、政務次官は勝正憲（かつまさのり）君に、参与官は寺島権蔵（てらしまごんぞう）君。岸信介（きしのぶすけ）君は局長だったかと思う。

ところで寺島君であるが、その推薦者は、実は私である。郷党の親友のために、好機会をのがしてはならぬ。当人には無断であるが、町田総裁に直談判に出かけた。ぜひ、どうか寺島君を参与官にしてもらいたい、というのである。

町田さんの前に出て「実は総裁にお願いがあります。参与官の件ですがどうかお聞きいれ願いたいものと存じまして……」「君が、か」「いいえ、私はもうやっておりますが、寺島君です」「なんだ、寺島権蔵……かい。あれは君、党のことなどちっともせずに、選挙区に手紙ばかり書いているじゃないか。そんな者が役にたつかい」「いいえ、役に立ちます。使ってごらんなさい。第一、寺島君は私より一期うえの先輩なのです。それを私が参与官になって、後の雁が先になる。これは人事の不公平ではありませんか」「そうかなあ。あれはよく夏になると、茶枕のような黒部西瓜をよこすが、そうまで君が推薦するなら……よろしい。ひとつ西瓜代を払うことにするか。ハッハッハッ」と冗談を言って、やっと私の陳情を聞いてくれた。

ところで、商工省の首脳部をみると、大臣の小川氏は学者肌で、なんといっても融通がきかず、かたくるしいことおびただしい。官邸に小川大臣ががんばって、暇さえあれば局長や課長を呼びつけ、所管事務の勉強に熱中して、それが連日、深夜に至った。大臣にもいろいろあるが、小川大臣の勉強ぶりには、さすがに属僚連中も音をあげた。その当時は、課長には自動車がなかったし、終電車もないときてはたまらぬ。ぶつぶついう声も聞かれるようになったので、寺島参与官が独特の調子で大臣に意見をした。「局長、課長も、女房子供のあることですし、大臣の勉強は勉強として、終電車がなくなるまでということはよして、十時ごろまでに打ち切っていただけるならありがたいのですが、いかがなものでしょう」と取りなして、それからどうやら終電車までに間にあうようになった。だが、それでも大臣の気質が気質なので、ややともすれば時刻などは忘れてしまう。この小川大臣は、財政経済となったらみずから任じて一歩もひかない。野党時代には政府当局を相手どってくいさがったら大変、自分が納得して満足がゆくまでは絶対に論陣を収めず、相手に悲鳴をあげさせた。だから、参与官の意見を無視するのではないが、忘れるのである。それで終電車もなくなって、課長連中がべそをかくということもたびたびだった。そうした場合に寺島参与官が、家に帰ることのできぬ連中を引きつれて、新橋の〝将乃〟という富山出身者経営の料亭に行き、いつも〝ご苦労だった〟と慰めて、一ぱい飲ませて泊めてやる。そういう思いやりのあるあたたかい心持ちに、連中はひたすら寺島参与官のとりなしに感謝した。このように酸いも甘いも知りぬいた寺島君の省内のとりまとめ、議会における円滑な行動はだれも認めるところとなって、寺島君の評判はたいしたものだった。政務官の仲間でも、寺島君の人気は抜群なので、町田さんも意外に思ったか、私に「君、あの茶枕西瓜の寺島君だが、たいへんな好評だね」とほめてくれた。だから、参与官をやめても、役人連中は「寺島先生、寺島先生」というので、商工省ではまさに〝木戸ご免〟というところであった。寺島君はそのような意味で実に出色の人物だった。不幸にも早世してその材を伸ばしえなかったのはまことに痛惜にたえない。

小川氏は、戦時中にビルマの司政長官に登用されて任地におもむいたが、前に言ったとおりで、ビルマの民政研究に身を忘れて打ち込まれた。なんといっても、民生を安んじるには、第一に農業開発策をたてねばならぬというので、いろいろと計画されたが、たとえば同地の養鶏の改良にレグホン種を入れたのも、小川長官の力によるものである。赴任してから間もなくであるが、小川長官から私に交渉してきた。用件は「現地のビルマを観察すると、なによりの急務は農政に関しての経綸と実施とであるが、どうであろうか、貴下を信頼して一切を委任するが、ひとつ奮発してビルマに来てもらえまいか。この新天地の開発に、自由に手腕をふるっていただきたい。よろしくたのむ」ということである。この申出に、私も心を動かして〝この際のことだ。政治家として会心の仕事だから思いきって出かけてみるか〟

と考えたが、町田総裁との関係は、どうしても側近を離れられぬ事情があり、その厚意にそうことができなかった。小川氏は、帰国するときに上海沖で敵艦の襲撃にあって、あたら生涯に終止符をうたれたのはいかにも惜しいことで、いまも思い出すことが多い。

六　崑崙丸、一瞬真っ二つ——かえらぬ加藤、助川両氏——

ここで私にとって終世ぬぐい切れない痛恨の悲惨事を申し述べねばならない。いま思い出してもぞっとする。

昭和十八年の春を迎えると、大東亜戦争——太平洋戦争の様相もしだいに苛烈を加えてきて、例のガダルカナルより転進したという大本営発表のあったのが二月九日である。すると四月二十一日に東条内閣の改造が行なわれて四、五の閣僚の更迭をみたが、農林大臣はこれまでの井野碩哉君に代って、山崎達之輔(やまざきたつのすけ)君が就任して戦時農政を担当した。もう一般国民の食糧事情が憂慮すべき兆候を示してきたので、その対策として満洲国での食糧増産を計画、実行することになった。まさか朝鮮海峡が敵の武力によっておびやかされるようになるなど、だれも予想するところでなかった。この食糧増産の計画、実行に関して、満洲国——関東軍——との交渉だが、そのため議会から使節団を満洲に送ることとなった。交渉使節団は、貴衆両院議員から人選し、私が団長となって渡満することになり、農林省との打ち合わせを進めた。このとき、まず私が交渉内容の重大性を説明して、同行を要望したのは愛知県出身の加藤鯛一(かとうちょういち)君であった。気持ちのよい明るい性格で、平生はおとなしいが強い勇気の持ち主でもあり、先輩・同輩・後輩からひとしく親愛されて、その将来を嘱望されていた。現在社会党の加藤勘十(かんじゅう)君は、その弟である。加藤（鯛一）君は町田総裁を囲むへぼ碁の仲間の一人で、さあ当時は私より少し上……というところか、とにかく加藤君の顔を見るなり、町田さんの表情はいきいきとなって「君、一番……」と挑戦していた。それから政友会きっての農政通助川啓四郎君——この人は私と同じ早稲田大学の出身で、きわめて真面目な農政の研究家であった。この両君がいまおれば、もちろん閣僚となって国政を担当する人材であった。そのほか熊本から出ていた石坂繁（現市長）君と、なくなられた五十嵐吉蔵君。さらに貴族院のほうからは、坊城俊賢男が加わられたが、この人とは富山県庁に在職された当時によく知り合っているし、みな私には気のおけぬ間柄なので、元気で出発したのである。

十月三日だったかと思う。東京駅に落ち合ったが、加藤君は品川駅から乗り込むはずになっていて、それが列車が動き出そうとするときにやっと間に合ったが、実は、このとき乗りおくれてくれたら、のちに起こる災禍から君は免れていたのに、人生はまことに測り知れない。汽車の中では快談縦横、助川君が壮行会で贈られたウィスキーをとり出し、ともに杯を重ねたが、飲みきれぬので残った分は船中で楽しもうということになった。下関について関釜連絡船に乗る段になると、東京で事務員の買った切符は、私と他の諸君とが夜七時すぎに出る七、八千トンの汽船で、加藤、助川の両君は三十分後に出る一万五千トンの崑崙丸であった。先発隊が出航するときに加藤君は、わざわざ桟橋まで見送りにきてくれ、私の肩をたたいて、「君がたの乗る船は小さい

助川啓四郎

崑崙丸

が、僕たちの乗る船は大きいのだから、途中で万一の事故があっても拾ってやる。まあ露払いのつもりで安心して行け」と、冗談を言っていた。そしてそれが最後の別れとなった。

翌朝、釜山に七、八時ごろに着いて、崑崙丸を待っていた。それが三十分、一時間と経っても影も形も見せぬ。汽車の関係もあるし、どうも不安だから駅長に聞くと、「こういう遅れはいつもあることです。まさか朝鮮海峡にアメリカの潜水艦が入ってくるなど……。もしあったならＳＯＳの信号があります。それがないから安心されてだいじょうぶです」と笑いながら言う。やがて、奉天行きの急行が出るというので「待つか、発つか、どうする……」と相談しているのを聞いて、駅長は「お発ちください。だいじょうぶです」とすすめるし、心を残して列車に入った。京城に着いて、なにか災難の通報でも……と駅長室で聞いたが「ない」という。それでいくらか安心した。

新京に着いたのは翌日の晩だと記憶するが、駅頭に武部六蔵（たけべろくぞう）君の顔が見えた。当時、武部君は満洲国の民政長官だ（その関係で終戦後、十数年間も抑留され、帰国後なくなられたが）。内地では秋田県知事などもつとめたし、金沢市の出身だから熟知の間柄だが、私を見つけるなり駆けよって飛びついてきた。飛びついてきた武部君は、私の手を双手でにぎりしめて「ああ、ご無事でしたか。よくこられました……」と言ったきり手を離さないので、とまどった私は「どうしたんだ」と反問すると、「一昨日の夜中に、朝鮮海峡で崑崙丸がやられた——という。実はその通報をうけて、これはいかん、てっきりだめだ……と考えましたが、もしかしたらと念のため迎えに出ていたような次第なのです」「なに、崑崙丸がやられたと。それは大変だ。加藤と助川が乗っているのだ」と大騒ぎになり、すぐ政府や軍を通じて釜山に連絡したが、どうも事情が不明で要領を得ることができない。私の心中は、いても立ってもいられぬ思いだ。なんとも言いようがない。ともかく使命の内容、交渉の条項は整っているのだし、それから満洲側は非常に同情してすぐ会議を開き、徹夜して関東軍の首脳たちと話合いをまとめ、決定したところで、その翌朝ただちに釜山に引き返したわけだ。

釜山に来てみると、上を下への大混雑である。助かったものは三十歳以下の船員が三十人ほどで、乗客はほとんどなくなったというのだが、その中に不思議に私と同郷の懇意な知人、大連在住の斎藤茂吉君一人が生存者の名簿にあった。斎藤君の話によると、「夜中に小用を足しに起きて、甲板を散歩していた。午前二時ごろと思うが、海上にパッと光が見えた。とたんに船が真っ二つになった。SOSどころでない。海中に投げ出されたが、ようやく浮流する木材につかまって、命を拾った」という。四十歳くらいの年配で、奇跡のようなしあわせなのだ。そういう次第で、いろいろ手を尽くしたが加藤・助川の両君の安否はわからず、前後の事態から考えると、万に一つも生存の見込みはなくもはや絶望だ。そこですべての手段を尽くし、善後の手続きを終わって心を残しながら帰国の途についた。遭難の個所と思える海上に花輪を投じ、一行は心からその冥福を祈って黙とうした。団長として私は実に感慨無量、断腸の思いをした。東京に帰って、両君の最後を報告せねばならぬ私としては、胸がくだける思いであり、だれもかれも嘆惜せぬはなかった。それで殉国の政治家として哀悼の意を表し、葬儀も国会葬として執り行なわれたのであった。

十月二十五日に召集された第八十三臨時議会は、主題は企業整備、戦時の食糧確保に関するものであったが、満場一致、三億円（いまの一千億円以上にも当たる金額である）の開墾費が可決され、満洲開拓事業に着手することになった。それはまったく日本の食糧確保を図り、加藤・助川両君の遺霊を慰むるにあったのだ。そこで満洲国における開墾であるが、吉林省、奉天省などの三個所で、農林省の知識、技術の精鋭を挙げて事に当たらすことになった。戦時食糧の増産確保という緊急問題で、一日もゆるがせにできないのである。

ところで富山県庁の耕地課長を何十年もつとめ、県の耕地事業の功労者であった川村長作（かわむらちょうさく）君を、農林省は満洲開拓の一方面の奉天省四平街の開拓地に、技術長たるよう交渉した。それを川村君が辞退するのであるが、理由というのは「私の郷里は滋賀県であるが、早晩、食糧増産のため琵琶湖の干拓を必要とするであろう。私は郷土のためにこれに努力したい」という希望と決意とであり、いかに説得しても承知せぬ……と、農林省から私に〝納得させてくれ〟と依頼してきた。そこで川村君に会い、食糧増産の計画、満洲国の交渉など前述の事情を話し、友人も犠牲となっているのだからと説き、どうか挺身して赴任してくれぬか、とたのむと「わかりました」と快諾してくれた。四平街に赴任すると、事業は非常な速力で進み、二十年の春には水路も竣工し、稲の植付けもできるようになったが、同時に終戦なのである。心血を傾けて完成した事業が、その緒についたというのに……川村君らが、どんな思いがしたか、推し測られる。それから引揚げの混乱となるのだが、同志を救うためにあめ売りをしたり、言語に尽くせぬ苦労を重ね、それを一、二年ほども続けて、ようやく内地に帰還することができた。開拓事業の目的は戦時日本のためであって、それは間に合わなかったのだが、近ごろ聞けば、満洲にも米がとれるという。その成果を見るにいたったことを考えるなら、川村君の献身努力もまた人類の福祉のうえからみてむだではなかったであろう。

七　悲鳴あげた二十四時間の対局――三好英之の〝脅迫初段〟――

加藤鯛一君の死去の報に、町田さんは憮然として、「ああ、私の碁の好敵手を死なせてしまったか」と長嘆息してやまなかった。それほど加藤君の碁は有名であった。その選挙区は愛知県の一宮市が中心で、私が君の郷里で行なわれる葬儀に、友人代表としておもむくに際して碁の仲間の相談があった。町田さんはじめ一同が、「あんなに好きな道だったから、追善に日本棋院から段位を贈らせて、霊前に供えたら……」ということになり、綾部健太郎（あやべけんたろう）君を使者として、棋院から初段を追贈せしめることになった。その免状と花輪とを持って私が参列したのだが、加藤君と選挙区との関係は他には容易に見られぬ美しいもので、葬儀もはなはだ盛大に執り行なわれ、有志の諸君も初段の免状をなによりの供養だと喜んでくれた。帰京してから、このことを報告すると、好敵手が初段になるとなれば町田さんにも初段を贈らねばなるまい。好敵手たる故人も、それではじめて安心されるだろう……という次第で、ふたたび綾部君をわずらわし棋院に交渉させた。棋院でも〝よろしい〟と承諾してくれたが、それからが面倒だ。否応いわさず受領させようと〝捧呈式〟なる席を設けて招待したが、果たせるかな、つむじを曲げて「段位などを受けると碁が打てなくなる」と、頑として承知せぬのを、大麻唯男君などが機嫌をとって、どうやら収めたという話もある。

ところが、この話は後をひくのである。使者の綾部君がこの交渉に便乗して他に知らせずに自分だけが初段をせしめていた。隠すより現われるはなし……で、これが暴露すると大騒ぎ、〝けしからん奴だ〟

となった。三好英之、高橋守平などという連中が、われわれより弱い貴公が初段で強いほうが段を持たぬのは理屈に合わぬ。われわれにも初段をくれぬならただはおかぬ……と綾部を脅迫し、棋院に交渉させて初段となった。それで仲間ではかれらを〝脅迫初段〟と言った。これが縁で三好君は棋院に入りこみ、理事になって三段、四段とトントン拍子に上がって、死んだときには確か五段を贈られた。腕前ではなく功労によるという名目だが、当人はいい気持ちになっていた。

いつか年の暮れに、三好君がなにかもったいらしく、私に紙に包んだものを使いのものに持たせて届けてきた。あけてみると初段の免状だ。私は別に依頼もせぬし希望もせぬ免状なのだが、たぶん三好君としては、良心にかえりみて、埋め合わせに棋院に交渉した末の初段だったらしい。家に帰って夕食のときに「どうだ。おやじの碁は、初段の免状だぞ」と自慢すると、受け取って見ていた子供たちは笑いだし、「これは免状じゃありませんよ。よくご覧なさい」というので読んでみると、なるほど「斯道熱心ニツキ初段ヲ授ク、愈々以テ勉強スベキモノナリ」とあるには、私もあきれてしまった。

元来、民政党では、碁の同好者の間で下から位をきめることになっていた。まず、いちばん下位の標準が紫安新九郎、その上が小山松寿、野村嘉六級、その上が町田総裁級となっていたから、要するに〝ざる組〟〝へぼ組〟なのである。この総裁級よりちょっと上の連中が、綾部健太郎、加藤鯛一、三好英之、高橋守平、勝田永吉、宮沢胤勇、原夫次郎、それに私も加えられていたが、町田さんの碁は、相当にペテンもあり、ケレンもあって、その人柄にも似合わぬものだった。

町田さんの好敵手としては、早稲田大学の塩沢昌貞博士がいた。この財政通の政治家と、経済専門の大学教授との対局は、まるで双方がペテンとケレンとの掛け合いみたい。細心慎重、謹厳実直な性格とは、およそかけ離れているのだ。それで、ひっかけられると、むきになって憤慨し「こんな手は、人格の問題だ」とやれば、ひっかけたほうは得意になって。「碁と人格とは別個の問題だ」とやり返し、悦に入って勝負を争うのである。

大隈老侯も好んで碁を打たれたが、その生前には早稲田の邸でよく町田対塩沢の苦心を凝らす場面が展開され、週末には侯の国府津の別荘まで出かけては、この調子で夜を徹し、さすがの侯も驚いたという話がある。町田さんの碁というのは、要するに勝つまではやめぬのだ。それで言うことは「私の碁は興味本位だから……」と。——およそ人柄とは、似ても似つかぬものだった。

おなじ碁気違い連中のざる同士、へぼ仲間のことだから、だれを相手に打ってもよさそうなものだが、これにペテン味なりケレン味なりが加わってくるとなると、うまが合うというか合わぬというか、いつとなしに碁敵（がたき）というものができる。その点から言うと、町田さんに「好敵手をなくした」と嘆息させた加藤鯛一その人の碁がどんなものか、ほぼ想像できるわけである。とにかく総裁をめぐるグループの中で、とくに好敵手として選ばれたのだから、たいしたものだ。町田さんは、自宅ではあまり打たれず、平生は日本倶楽部、週末の土曜、日曜にかけては熱海の別荘であった。ただ牛込の自邸でも〝木戸ご免〟と称してのこのこと上がり込むのを特権にしていたのが原夫次郎君。心臓の強い先生だった。原夫次郎君は、もと原敬氏の秘書官をやって、その知遇を得ていた人で、風采は小柄で優しそうに見えるが、碁はなかなか図太くて、総裁より少し強いのかもしれない……という定評だった。おそらく敵対心をそそられるのもその故らしく、「ちょっと待ってくれ」「いや待たれぬ」で、もめることおびただしい。前にも言ったが、町田さんときては、なにしろ勝つまではやめぬという執心で、ある土曜日に心ゆくまで打とうと、原君を連れて熱海の別荘に出かけたが、夕方の四時ごろにつくと、浴衣に着替えたが風呂にも入らずにすぐ打ちはじめた。それで夕食もそこそこに終えると、すぐ盤に向かって打ちつづけ、深更の十二時になっても無我夢中の態である。付いて行った秘書の野田武夫君が、さすがにあきれてしまい「週末の静養が、これでは健康にさわることになります。おやめください」と、盤の上をかきまわして、無理に町田さんを寝かしつけ、やれやれと安心して、すぐ自分も寝てしまった。すると、寝たふりをして四辺の気配をうかがっていた町田さんは、足音をぬすみ、こそこそ二階の原君の部屋に忍び入り、掛蒲団のえりをたたいて「君、君、野田はもう寝てしまったから、だれもやかましく言う者はおらぬ。さあ、さきの続きをやろう」との挑戦である。もとより原君としても好むところだ。すぐ起きあがって挑戦に応じて打ちはじめる。そして夜が明け、東の空が白んできたので「ちょっと、ひと眠りさせてください」と原氏がふとんにもぐり込むと、町田さんは階下におりた。その原氏が眠らぬうちに女中がやってきて「下で、先生がお待ち兼ねですから……」という口上。朝食も食うや食わずに、また碁石をにぎり、昼食も同様の始末で、とうとう午後四時まで、ちょうど二十四時間を打ちとおした。このときには、さすが原夫次郎ほどの猛者も弱りきり、「もう、白も黒もわからぬようになった。参った、参った、許してくれ」と悲鳴をあげた。

ふるい話はこれくらいにして、現在衆参両院議員でもっとも強く、とくに下手に強いのは前文部大臣の荒木万寿夫(あらきますお)君であろう。参議院の元大蔵大臣青木一男(あおきかずお)君は六段でしろうとの最高段。みずから両院の第一人者をもって任じている。津島寿一(つしまじゅいち)君も最高段者だが、これは日本棋院の会長として多年の功労による段位であろう。正力松太郎(しょうりきまつたろう)君も六段である。これは読売新聞社長として多年棋道の奨励、普及に尽くされた大なる功績によることであろう。河合良成(かわいよしなり)君は棋力、私と匹敵するから、まず失敬ながらへぼのまたへぼであろう。このあいだ私に電話をよこして「棋院の瀬越(せごえ)〔憲作(けんさく)〕九段長老から、君と僕との対局を機関雑誌に載せるから打て……ということだ。そのうち手合わせをしよう」と挑戦してきた。瀬越さんはへぼ碁の見本を機関雑誌に載せようという計画だろう。これはご免をこうむる、と笑った。

八　大日本政治会を結成——総裁に南大将、幹事長松村——

戦争の後半期には戦力があがらず、世情もきわめて早く変わってきた。まだ東条内閣時代だったが、昭和十九年の春ごろに、こういうことがあった。

ちょうど『朝日新聞』が「国内態勢をどうするか」という主題のもとに座談会を開いたのだが、出席者は斎藤隆夫、川崎克、安藤正純（あんどうまさずみ）などの諸君に、私も加わっていた。私は当時、翼賛政治会の政務調査会長であった。いろいろの意見や感想も出たが、私は言った。「……臨戦態勢というものは過去の歴史に示されている。明治二十七、八年の日清戦争や、三十七、八年の日露戦争の当時を見るがよい。開戦の直前までは政府・与党と反対党とが真正面から衝突、抗争していたのに、いざ開戦となると朝野を挙げて挙国一致、政府も与党も渾然一体となって国難に当たった。日清戦争のときは宣戦とともに戦争遂行の熱意は燃えあがり、広島に召集された臨時議会では政府提出の臨時軍事費一億五千万円——当時においては驚くべき巨額なのだが、なんらの議論も修正もなく全会一致をもって即決承認し、国民の熱意にこたえた。これは強要された挙国態勢や、強制された情熱のいたしたところでない。形式のうえの体制ばかりでは戦力が盛り上がらぬ。作為によるだけではいけない。牛は牛づれ、馬は馬づれ——ということがあるが、いかに政党は違っていても、国家の大事に当たりて国民が一致した理想的な実例があるではないか」。すると出席の諸君も賛成して「そうだ。そうでなくてはいかぬ。これでいこう」と同意を表わしたのであった。

新聞社の座談会であるから、これが新聞に掲載された。すると翼賛政治会の総務会で、これが問題となり、親軍派といわれた連中は、四方から私どもを攻撃しだした。「せっかく政党政治を解消して、翼賛政治会をつくったのに、いやしくもその政務調査会長の地位にあるものが、旧政党の復活を論議するとは、国論を分裂せしめるようなものだ。はなはだ不穏当である」というのだ。で、私は「これは私の信念である。もし憂国の至情から述べたことが〝不穏当である〟とするなら、いつでも政務調査会長の地位を去ることにする」とやりかえした。前田米蔵君が総務会長だったが翼賛政治会では、まず〝まあまあ〟ということで収まった。ところでその後、半年もたたぬのに、秋になってから翼賛政治会では、まず〝国内体制の改善〟に関する再検討を行なうことになり、勝田永吉君を委員長に、喜多壮一郎君などが委員になって、いろいろ審議していたが、時勢がこの半年の間にすっかり一変して、政党は複数制でなければならない。また下部機構をもたねばならないと、まるで大政翼賛会の構想を打破した。そういう委員会の答申なのであった。そこで委員会の決議を政務調査会にかけたら、なんの異議もなく通過して、それから総務会にかけると、これも通過する始末で、もう空気が一変した。半年前には政党の複数制とか下部機構とか、そういう主張をすると異端視されて非難をあびせかけられたものだが、政党解消以後の推移、変遷なりは結局は実にこういう結果となったのであった。そして、この決議の趣旨から再出発する機運を生じてきて、翼賛政治会の解散ともなって、大日本政治会が新たに結成されることになり、南大将がその総裁となり、私がその幹事長となった。

当時の政府、軍部が極秘にしていたにかかわらず、〝大東亜戦争ももう終局だ〟と私たちの間でおおいはっきりとわかってきた。それでなくても、戦局はますます苛烈を加えて、国民を激励する戦争結果の発表はあるにもせよ、現実には日本軍の敗退であるし、おおいがたい敗色が歴然として現われてきた。ちょうど、サイパンのわが部隊が全員戦死——という大本営発表のあったのが十九年七月十八日。それから間もなく、議会関係の私たちが四、五人で海軍省の報道部長栗原（くりはら）〔悦蔵（えつぞう）〕大佐に会うおりがあったさいに、「いったいサイパン陥落となると、今後の戦局はどうなるのだ」と聞いてみた。栗原大佐は、わりあいに真面目な人柄のように印象づけられていたので、私たちも率直に聞いてみたのだ。すると大佐は「さあ、われわれが海軍大学校の学生の時分に、作戦に関しての教授をうけたが、サイパン陥落後の作戦についてはなにも教えられませんでした……」と、ことばを切ってじっと黙してしまった。——サイパン陥落後の作戦は習わない——この悲痛な一語ですべてはわかった。〝万事休す〟である。われわれは暗然として言葉がなかった。

やがて、そのサイパンを基地にしてB29が日本の内地を空襲し、爆撃してきた。中島知久平君が〝大飛行機建造論〟を提唱し、米軍基地、アメリカ本土をたたいて、これをおびやかすのだ——と力説したのもこのときだ。戦局の迫ったその前後のことであるが、私はなにか政府と交渉の用件があって、たしか小平権一君と共に東条内閣の書記官長をつとめていた星野直樹（ほしのなおき）君を公邸に訪問したことがあった。しばらく待たされたのちに、星野書記官長はひどく酔っぱらって出てきて「日本は負けないぞ」と私に組みついてきた。私は驚いて横に避けると、星野君ははずみをくって床にたたきつけられるように打ち倒れ、前後不覚に酔いつぶれてしまった。私は驚いた。同時に内閣の重要な幹部が、このような有様では、これはただごとではない。戦局は暗たん、当局が自信を失った証拠だと思うと、実にたえがたい憂慮の思いをいだいて帰ったことを記憶する。

東条内閣が倒れて小磯内閣となった。そのうち昭和二十年の春になって、例の繆斌（みょうひん）問題が起こった。繆斌は蒋介石政府の考試院次長というのだが、これを連れてきて話を運び、中国を介してアメリカと講和する――そういう目算を立てたことであった。これをあっせんしたのは、情報局総裁の緒方竹虎君で、緒方君は国務大臣として入閣していた。緒方君は、この繆斌という男に望みをかけて、政府を動かそうとしたが、閣内でもあやぶむ者が少なくない。第一に、外務大臣の重光葵氏が真っ向からの大反対だ。和平工作を進めるにしても、まず蔣介石の心理を正確につかまえねばならぬのに、蔣介石の密使だなどといっても、あんな男を信用することができるか……と、てんで問題にしない。そのためこの蔣介石を仲介にアメリカに呼びかける和平工作は結局は失敗し、沙汰やみとなって繆斌は帰国したのだが、さてほんものの代表だったか、それともいかさまの詐欺だったか……と考えると、今日でも判明しない。緒方が正しいか、重光が正しいか、そうなる次第だが、ただ繆斌当人は、終戦後に南京で〝漢奸〟として蔣介石に銃殺されている。処刑されている点からみるとき、どうもこれは重光氏の言ったことが正しかったかのように思われる。そんな事があって、数ヵ月と経たぬのに小磯内閣は辞職した。戦局の収拾にあせって失敗したのが小磯内閣である。かわって鈴木貫太郎大将に大命が降下し、枢密院議長から転じて総理大臣となった。

九　世界へ終戦呼びかけ――戦局収拾を使命にした鈴木首相

小磯内閣が出現した後で、九月になって翼賛政治会が解散し、大日本政治会が生まれ、これによって政党解消以来の抑圧、歪曲された政治形態が、少しずつ復活したのである。たとえば翼賛政治会は議院内の政党の形式で、地方支部などを否認していたが、大日本政治会では支部を設置して、政治活動を行なおうとするのだ。当時、大日本政治会の幹事長にあげられた私は、内務省当局と折衝することになったのだ。大臣は大達茂雄、次官は古井喜実君だったが、まだ軍部のにらみがきく時代なので、当方の要求に古井君もずいぶん悩んで、よく私と激論をかわした。

そこで、一府県に政治会の一支部を認め、郡市町村は当分認めないことになった。ともかくこれで、どうやら政党の体裁を整えた。すると総裁の南次郎大将がえらいことを考えだした。それは大政翼賛会・翼賛政治会の構想と逆に、大日本政治会のもとに翼賛政治会の組織を包含しようとする案なのだ。要するに、南総裁としては大日本政治会の政治活動のために、翼賛政治会を下部機構とし、これで国民の政治意識を高揚し、そして戦力にも結びつけられる——と。そういう案を持ち出したのだった。

内閣は小磯大将から鈴木大将に移っているが、南総裁はこの案をもって、内務大臣などはまったく抜きにして、直接に鈴木総理大臣に談判するのだが、これがまたなかなか手数がかかる。いや、手数というよりも口数、耳数というか。それは鈴木総理、南総裁の両大将がなにぶんにも老齢のことで耳が遠いというよりカナツンボなのだ。そこで二人の会見には、総理に書記官長の迫水久常君（元経済企画庁長官）が付く。総裁には幹事長の私が付く。南大将の話を聞いて、迫水君が鈴木大将の耳に口を寄せて、大きな声で伝える。鈴木大将の返答を聞いて、私

のちに政治家となり、松村謙三（左）に私淑することになる古井喜実

が南大将の耳に口を寄せて、それを大きな声で伝える。まあ書記官長と幹事長とが、通訳か聴音器のような役目をつとめるわけだ。なにしろ大政翼賛会なり、翼賛政治会なりの形式を、大日本政治会に採り入れようとするのだからむちゃな話だが、軍人のことであるし、南総裁は時局の対処策と思いこんで、がんとして主張を通そうとする。ところが鈴木総理は、この話にいっこう興味をもたない。「私はどうでもよい、内務大臣にでも相談してしかるべく……」という調子だ。それでは南総裁は物足りない。どこまでも総理を相手にしたいのだ。こうして会見を重ねたが、私ははっとした。いま鈴木総理の念頭にあるのは、どうして戦局を収拾するか――その問題だけで、その他のことにはなんの関心も持たない。私はこれらの応対で、この鈴木内閣はまったく戦局の収拾が唯一の使命であることがわかった。

それに、こういう事もあった。鈴木内閣が成立した直後、二十年四月の臨時議会で、総理大臣の施政方針演説があった。これは恒例である。別に不思議ではないが、私は大日本政治会の幹事長だから、議席について鈴木総理の演説を静かに聞いていた。すると総理大臣は、「――今上陛下におかせられては、世界各国の元首の中でも、もっとも平和を愛好せられる御方であらせられる」と述べてから、「かつて自分も、連合艦隊司令長官として、サンフランシスコにおもむき、米国艦隊に歓迎されたことがある。そのときに私は歓迎にこたえて〝日米両国間の関係は、政治家、軍人が気ちがいにならぬかぎり、戦争は絶対に起こらぬ……〟とあいさつしたことがある」という演説の一節が入っていた。そして最後に「戦争はこれからあくまで遂行せねばならぬ。国民は私のしかばねを越えて進まれたい」と結んだのである。変な演説だ。私は驚いた。散会と同時に私は迫水書記官長の室にとんで行き、「おい、総理の演説は、いったいどうしたというのだ。陛下のこと、平和を愛せらるること、自分のサンフランシスコの平和スピーチのことを演説の中に入れているが、国内に対する放送ならこれは変なことだぞ。それともまた外国に対する放送なら、もっと非常に重大な影響を生むのだ。どういう考えでやったのだい」と言うと、迫水君は「そう聞かれても正直、なんとも返事はできない。――だが、ただ、あの演説をするまでの経過だけを申し上げる。きのうの閣議で施政方針演説の草稿を検討したのだが、その際に下村さん（宏・海南＝情報局総裁）などから種々議論が出たので、委員をつくって直した。陛下のこと、艦隊のこと、それを削除したのです。すると、けさ五時に、総理から電話で〝あの両事項をぜひ入れてくれ。閣議では削除されたがひと晩考えてみたが、やはり入れたい。各大臣に電話して了解を求めるように……〟とのことで、そのように取り計らった、という次第なのです。なぜ総理が、たっての希望で閣議の決定を変えてまで原稿を元どおりにするよう要求されたか、その心中のほどはわかりかねるが……これだけを申し上げる」という返事だ。それで総理の演説の腹がよめた。これは大変である。私は「そうか……」とうなずいて室を出た。そこで私は、当時の警視総監町村金五君（前衆議院議員、現北海道知事）を警視庁にたずねた。町村君は以前に湯浅内大臣（倉平氏）の秘書官をつとめており、したがって鈴木総理大臣と懇意で、普通の警視総監でなく、鈴木総理の腹心の一人だった。

迫水君の室を出るなり町村君に会って、「いま、議会の施政方針演説を聞いていると、しかじかだ。これは普通の演説ではないぞ。思いあたることがあろう。どうだ」と言うと、町村君は「いや、いっこうにわからない。なにも存ぜぬ」という返事なので、いささかものたりない感をいだいて帰った。すると二日ほど経って町村君がわざわざ私をたずねてくれたが、その話は「貴方の、例の演説の疑問だが、鈴木総理に会ってこれこれだと申し上げると、総理は〝議会でもそう聞いてくれた人がいたのか〟と言われたが、これでだいたいわかるようだ」という報告だった。総理の施政方針の演説は、まさしく世界に平和――終戦――の呼びかけをしたものである。もう、この内閣は戦争終結の道をばく進していること疑いない。そこで私は、南総裁その他党の幹部に前述の始末を知らせた。

臨時議会が終わって、そうこうする間に六月に入ると、町村君が私のところにやってきた。「戦局は、いよいよ険悪化を加えてきたので、政府は難局を打開するために近衛公をソ連に派遣し、ソ連を仲介として講和工作を行なうことになった。ソ連が承諾してくれたら、その場合は満洲、樺太を放棄する――となると、問題は国論だ。その場合にもっとも大切なことは国論の統一であるが、これは大日本政治会のほうでやってもらうほかない。これが政府の緊急要望である」と、了解を求める交渉なのだが、これは重大至極ともなんともこのうえのないことだ。「これは幹事長の私が独断で即答しうるような問題ではないし、とりあえず総裁に報告せねばならぬが、いま地方に出張している。すぐ報告する手段をとって返事をすることにする」と答えて帰した。

十　涙の中に〝聖断〟下る――阿南陸相、大罪を謝し自刃――

当時、南総裁は北陸三県――福井、石川、富山――に支部を設置する創立大会に出張し、ちょうど富山市に滞在していた。そこで私は即夜、富山に急行し、ただちに富山ホテルに南総裁をたずねて、ソ連に仲介依頼の件と、それについて日本の提供する報償の数箇条と、そしてこれに関する国論の調整など、詳細に報告した。すると、聞き終わった総裁は黙然として腕を組んだまま、なんにも言わない。やがて、返答を待つ私の顔を見て「やむをえぬこととは思われる。しかし事は重大で、即答はいたしかねる。東京に帰って相談したい人もあるし、そのうえで……」と意見を決めるのを保留し、ただちに日程を変更して帰京することにし、私もその晩の汽車で帰京したが、総裁の相談したいという人物というのは、私の推定では、参謀総長の梅津美治郎大将ではなかったか、と思われた。

ところで近衛公のソ連行きであるが、そのことについて東京では、広田弘毅氏（元首相、外相、駐ソ大使）とマリク・ソ連大使、モスクワではモロトフ・ソ連外相と駐ソ大使佐藤尚武、東西で会談を継続したが、はかばかしく進まない。しかも戦局は日に日に悪くなった。モスクワからはスターリン首相、モロトフ外相が、十四日にポツダムに出向くので、その後にしてくれ……との回答であった。これではもういかん。国家の事、ついにきわまるか——と考えざるをえなかったのだが……。戦争の終局当時において私の接触した部面の経過は、だいたい以上のような始末であった。

さてアメリカ、イギリス、支那、それにソ連の加わったポツダム会談の結果は、「ポツダム宣言」にもとづいてアメリカ、イギリス、支那の三国が、日本政府に無条件降伏を勧告してくる。それから広島市への原子爆弾投下となり、平和の仲介を頼もうとしたソ連も逆に「ポツダム宣言」に参加し、日本に宣戦を布告し、致命的打撃を与えたのだ。

八月十五日の陛下の終戦大詔の御放送を、私が先に知ったのは左のような次第だ。それは当時の放送協会会長大橋八郎君（現電電公社総裁＝高岡市出身）が、前夜宮中で陛下のレコード御吹込みの場に侍立し、遅く退出のさい坂下門で青年将校に拘禁されたことからである。大橋君と私とは高岡中学の同窓で、私が一期だけ上級という関係なのだが、戦火に焼け出されて、私が練馬区谷原町に疎開すると、大橋君もある日私をたずねて、「ここは静かでいい」と隣に引っ越してきたので、たがいに親しく往き来していたのだ。

ところで、八月十四日の夜十二時ごろまで、二度も奥さんが心配そうにやってきた。大橋君は律儀な男だし、これまでこんなことはないのだが、まだ帰宅せぬので、どうしたのか……と、ＮＨＫに問い合わせると「なにかの用事があって外出されたが行先は不明です」との返事なのだそうだ。いったい、どうしたのでしょう——奥さんに聞かれても、私には返事のいたしようがない。「なにか相談でもあるので、それが長引いたのだろう。あまり心配せぬように……」と言って帰したが、当の大橋君は帰ってこない。

十五日の朝になって大橋君が帰ってきた。顔色の青いのを見ても、ただならぬ事態らしい。「どうしたのか」と聞くと、「実はこうだ」という。

「宮中から〝重大な放送をなさるのだから、その支度をして出頭せよ〟とのこと。それで放送協会の責任者として業務局長の矢部謙次郎（やべけんじろう）君以下を帯同して参内すると、陛下の放送なさるのを録音するのだ。下村情報局総裁と自分が侍立して録音を終えてからテストをすると、お気に召さぬところがあるとのことで、あらためて吹き込み直した。これはよかったのであるが、それやこれやで録音を完了したときは十一時半ごろであった。坂下門から退出したのは一時半ごろだったろう。すると出し抜けに前方で〝止まれっ！〟そして〝待てっ、だれか〟というので〝放送協会の者で、私が大橋である〟と答えると、青年将校が出てきて〝ちょっと、こちらへ〟と、灯火管制の真っ暗な中を連れて行かれ、森の中の衛兵屯所の狭い一室に放りこまれた。見ると下村氏も捕えられて、着剣の武装兵に監視を受けていた。しばらくすると、矢部業務局長が二度まで呼び出されて、録音盤がどこにあるかをやかましく詰問され、また宮内省内の部屋をあちこち連行させられた。〝その録音盤はどこにあるのか、どこに保管してあるのか〟〝いや自分はそれを宮内省の役人にお渡ししたからあとは知らない〟〝その役人はだれか〟〝はじめての方で名前は知らない〟〝顔を見ればその人がわかるか〟〝顔を見ればわかるだろう〟というような問答であちこち引き回され、あの人かこの人か首実検させられたわけだが、結局〝いやその人は違う〟ということで押し通して、矢部君の監禁されていた部屋へ帰って来た。そして夜が明けてから一同放免されて帰ったのだ」

この大橋君の話によって、私はこれはただごとではないぞ……と直感したが、果たしてその直後に森赳(もりたけし)近衛師団長は青年将校に射殺され、蓮沼蕃(はすぬましげる)侍従武官長も監禁され、そして田中静壱(しずいち)東部軍司令官がこの事態を収拾したのちに自決するという未曽有の騒動が起こっていたのである。

この十四日（二十年八月）には、日本にとって歴史的な最後の御前会議が開かれた。友人故桜井兵五郎君が国務大臣として、その歴史的な御前会議に列席していたので、その会議の模様を暗涙をのんで報告してくれた。多少は記憶違いがあるかもしれぬが思い出すまま述べる。

実は連日、引き続いて首相官邸に閣議を開くはずであったのに、にわかに変更されて宮中において御前会議が開かれることになり、最高戦争指導会議の会議員のほかに、全閣僚も参加、出席することになったのである。会議の模様は、鈴木総理大臣から無条件降伏、条件付き降伏、戦争継続に関する閣議の経過を報告して、聖断をあおぐ旨を上奏した。ついで統帥部の責任者として梅津参謀総長、豊田(とよだ)〔副武(そえむ)〕軍令部総長から、敵の本土上陸作戦に際して成算あることを上奏した。また阿南陸軍大臣が、あくまでも戦争を継続すべきことを上奏したのである。阿南陸軍大臣は、陛下の御前にひざまずいて、敗戦を重ねてなんとも申し訳なきことになったが、どうか本土上陸に際して一戦、敵を打ちくだき、そして講和におよぶよう……と、熱涙を流して床に頭をつけての上奏なのであった。座はしんとして針の落ちる音も聞こえるような静けさ。その憂愁と不安につつまれた空気を破るように、陛下は厳然として発言された――。

「……いまや和戦を決すべき最後のときがきたと思う。私の意を体して、よく長い年月を全力を尽くして戦ってくれた。しかし今日の事態を通観して、もはやわが国の勝利は望めぬものと思う。原子爆弾・ソ連参戦……これは、わが国の予想以上のものであった。陸軍大臣はなお戦うの能力があるというが、これ以上に国民を惨禍にさらすことは忍びえないところである。勝利の望みのない戦争に、国民の一人の生命をも失うことは、私の良心の許さぬところである。忍びがたきを忍んで、ポツダム宣言を受諾しようと思う。この受諾の措置をすみやかに執るようにせよ。そのためには、私は私としてできるだけのことをしよう。私にせねばならぬことがあるならば、従来の慣例を問わずなんでもしようと思う。ラジオを通じて、このことを直接国民にひれきしようと思う。その措置も講ずるようにせよ」

拝承している一同は、みな涙を流して泣いた。ふとあおぎみると、陛下は白い手袋の手を眼に当てられ、流れる涙をぬぐっておいでになった。――以上が桜井君の話であった。

聖断は下った。そして終戦の大詔は、その十四日午後十一時に渙発されたのである。〝聖断〟について思い出されることは、私が農林大臣時代に、食糧問題などに関して上奏し、聖旨をお伺いする場合に、決して「こうせよ」と仰せられない。そういうときは「こうしたならばどうであろうか」と仰せられるのである。それであるときに米内(よない)〔光政(みつまさ)〕大将に聞いてみると「そうです。陛下が〝こうせよ〟と仰せられたのは二度ほどと記憶しております。その一度は終戦のときでした」と言われた。綸言、汗の如し――そういう古語があるが〝こうせよ〟と仰せられて、そのとおりにならぬ場合は由々しい責任問題となる。それをお考えになられて、つとめて臣僚の立場を重んぜられた、と拝察したことであった。

さて、桜井君の話であるが、こういうことも語った。十四日の御前会議に、聖断をうけたまわってから宮中を退出した桜井君は、首相官邸に行って鈴木総理大臣と会っていると、もう十二時にも近いころなのに阿南陸軍大臣がたずねてきたのですぐ部屋に通された――入ってきた陸相は謹厳な態度で敬礼し、「事、ついにここにいたって……国運をかくのごとくにいたらしめたことを思いますると、まことに申しわけのない次第であります。閣僚として、いろいろお世話になりましたが、責を果たしえず深くおわびを申し上げます。今後の日本は、非常な難局に直面せねばなりませぬが、それにつけても閣下は大切なおからだであります。どうか健康に十分の注意を払って時局を収拾してくださるよう……」とあいさつするもようをみて、桜井君は、これは〝永別のあいさつだ〟と思った。すると首相は「閣下の苦衷のほどは察するが、事態を今日に立ちいたらしめたのは決して閣下のみの責任ではない。日本の今後における難局は、測ることのできぬほど重大である。閣下こそ自重してくれねばならぬ。そして国家のご用に立ってください」と老首相はことばをつくして、暗に自殺をとどめようとしたのだが、陸相は丁重に敬礼して辞去した。そして阿南惟幾（あなみこれちか）その人は、それから一時間後に「一死、以て大罪を謝し奉る」と書きのこし、自刃して、軍人としての最期を遂げた。実に「凄絶というか、悲絶というか……」と、桜井君は暗然として声をのんだのであった。

第7章　占領から復興時代へ

一　東久邇宮内閣誕生――近衛公のたのみで厚相受諾――

十五日の正午、天皇の〝玉音放送〟を、私はもとの民政党本部で拝聴した。敗戦の事実は今更でもないが、国民は茫然自失、聖旨を拝承してもなすところに迷う……そういう状態であった。言いようのない感慨を胸中に秘めて、やがて私は窓外を見ると、お堀端の官庁街のかなた、こなたから白煙が立ちのぼっているし、丸の内の高層街も同様なのだ。それは連合軍が上陸、入京してきて秘密書類を奪われては大変と、あらゆる大切な書類を焼き捨てたのだが、それほど人心は恐慌をきたしていたのである。二重橋の外でたくさんの人が切腹、自殺した。

ところで、その終戦となった当日の八月十五日に鈴木内閣は総辞職した。理由は、いうまでもなく、終戦を契機に暴発した騒擾の責任をとったのだ。後継内閣に関しては、従来の慣例によると、重臣会議を開くのであるが、時局の重大なるにかんがみて、陛下はとくに重臣会議を開かれず、直接に東久邇宮稔彦王殿下に、首班として組閣を命ぜられた。将来国家の前途がどうなるのか……と考えてくると、心持ちが暗くなるばかりなので、私は翌十六日も夜九時ごろには練馬の奥の仮寓に引きこもった。

すると、夜中の一時ごろだが、しきりに戸をたたく者があるので書生が出てみると、それは陸軍の自動車だ。九時ごろに赤坂御所を出たが、私の仮寓は練馬区の谷原町で、その当時のこととてどこがどこやらわからず、暗やみのなかをようやくたずね当てたのだ。用件をたずねると、「東久邇宮殿下の使者ですが、ぜひすぐ来ていただきたい――そういうお召しです」とのことだ。何用かは知らぬが、身支度をして出かけると、御所に着いたのは午前二時過ぎであった。商工次官だった村瀬直養君が玄関に迎えに出てきた。この赤坂御所が組閣本部に当てられ、村瀬君は世話役であったのだ。案内についてゆくと、正面の大きな広間で中には近衛公がたった一人、椅子に腰かけていた。あいさつが終わると「自分は、陸下からのお話で、今回の東久邇宮内閣に入閣することになったが、ついては〝組閣に手伝いせよ〟とのことで……そこでぜひ貴方にもお願いしたいと思うのだが、これが平生ならば入閣はめでたい話ともいえる。だが今回の入閣は命をくれというようなものだが、たって貴方の承諾を得たいのだ。そこで椅子の問題だが、自分は農林をやっていただくつもりで予定していたところ、石黒忠篤氏が千石興太郎君を推薦してきた。こういう際で、実は面倒至極な役目だが、ひとつ厚生を引き受けてくださらぬか」と言う。私は「この国家の難局に直面して、命がけの仕事だからどんな椅子でも異存はないが、いま私は大日本政治会の幹事長です。こういう場合には総裁の了解を得なければならない。それで、組閣本部から南総裁に交渉されましたか」「やあ、それはぬかっていた。まったく当方の手落ちでした」というわけで、その場ですぐに電話をかけ、南総裁の了解を得て入閣を承諾したのだ。

入閣の話がまとまったので、近衛公が「それでは、殿下はまだ眠らずに待っておられるから、お目にかかってくれ」と言われる。それならば……と、私が腰をあげかかると、公は「あ、ちょっと待ってください。いま商工大臣にきまった中島知久平君が、殿下に談判に行っているからそれが済むまで……」

東久邇宮稔彦内閣。最前列に東久邇宮稔彦親王。二列目左から、重光葵、米内光政、中島知久平軍需相、近衛文麿、岩田宙造司法相、三列目左から、松村謙三、千石興太郎、山崎巌、津島寿一、小日山直登、緒方竹虎。最後列に村瀬直養

「なんです。談判とは……」。談判――とは穏やかでない。不思議なので聞くと、「実はこうだ。――中島君に入閣を交渉すると、すぐ〝私（中島）に商工大臣をやれというのですか。この際です。心得た〟と承諾はしてくれたが、さらに、その前に私（中島）は貴方のお覚悟を伺いたい。それは、連合国側との往復文書の中で、皇室のご安泰が果たして明確に保証されているかどうか、私（中島）には十分に納得されぬが、もし保証されておらぬような場合には、万一にもそういう事態にでもなったら敢然として最後の一戦に及ぶお覚悟かどうかということ――これだ。こう中島君が申すのだ。そこで、私（近衛）は、〝これは私の返事すべき筋合いの事項でない。貴方が直接に殿下にお目にかかったうえで、なにぶんの了解を得られるべきです〟と答えたのだが、まだ、その話が済まぬようだから、しばらく待ってください」と言う。そのうちに中島氏が、湯気が立つような真っ赤な顔をして出てきたが、近衛公に会釈して形をあらため、「殿下のお覚悟の程を拝承いたした。つつしんで入閣をお受けする」とあいさつした。中島氏に対して、私は相当な人物だろうとは思っていたが、実はそうまで買っていなかったのだ。偶然、この情景にあい、なるほど総裁として一党に臨んだだけある

……と思ったことだった。

早急というか、大変な騒ぎで親任式は朝の七時である。私などは帰宅するいとまもないので、礼装のモーニングを自動車で宅から取り寄せたような始末だった。こうして前例のない皇族内閣が出現したのである。ところで、親任式の直前、三十分ほど前に、近衛公から私に文部大臣を兼任するように……という。どうしたのか、と聞くと、前田多門（まえだたもん）君を予定しているが、いま軽井沢にいることだけはわかったが、さて電話も電信もきかず、それで自動車を迎えにやると、爆撃で橋がやられて通れぬ個所があって連絡がとれないからだ、とのことだ。

それから親任式のために参内——といっても、宮城は焼き払われたので式場は焼け残った宮内省の事務室、いかにも汚れきった部屋であったが、それが現実の祖国の状態を思わせて、実に感慨にたえない。陛下が出御された。そのお姿を拝すると、どれほどのご心労であったか……を思われて、われ知らず目を伏せた。おやつれ切ったお姿であった。生涯長く忘れられない親任式の印象を刻みつけられた。

親任式がすむと、新内閣の初閣議——臨時閣議を開いたが、敗戦で自暴自棄になった陸海軍の飛行機が、首相官邸の屋根の上をすれすれの低空飛行をやるのだ。閣議室は防音装置が十分してあるのに、乱舞する飛行機の騒音で話し声さえ聞こえぬありさまだ。総理大臣が各閣僚に対して初訓示をされるのだが、騒音で打ち消される。すると殿下は、力をこめて大声を出されるし、室内は殿下の声と飛行機の騒音とが渦巻くようであった。こういう閣議も例のないことだろう……。あとで聞くと、心配した官邸の守衛が屋根にのぼり、飛行機を監視していると、いずれも宮城を一周し、それから官邸の屋根すれすれに飛び、品川沖に去ると、機首を下に向けて海中に突入し、自爆する。それが十機、十五機とつづくのは悲壮とも凄烈とも言いようがなかった、と言う。それにしても、官邸に爆弾が落ちなかったのは、総理大臣が東久邇宮殿下であったからで、人が違っていたらどうだったか……と思われる。

閣議の席上で、まず新内閣の総理大臣として、殿下が国民に対して〝今後に対処する覚悟〟の声明を出されることになった。原文は国務大臣で内閣書記官長の緒方竹虎君が、心血を注いで起草したのであるから、もとより名文だ。それを検討してゆくうちに、殿下から横やりが出た。「この文章の中には〝終戦〟という辞句を使っているが、終戦とはごまかしのことばだ。このさいに当たってごまかしのことばをもちいることは、いたずらに国民の覚悟を弛緩せしめるだけだ。これは敗戦の事実を認めてよろしく〝敗戦〟とすべきだ」と申された。すると陸軍大臣の下村定（しもむらさだむ）大将（現参議院議員）が、これには驚いて強硬に反対した。「事実は事実としても、それは妥当ではありませぬ。国軍の現状はご存知のとおりであるのに、いま〝敗戦〟などといったらいかなる事態を引き起こすか測られませぬ。それでは統帥の責任をとりたくてもとれませぬ。ぜひお考え直しを……」と言うので、殿下も〝統帥の責任がとれぬ〟といわれて、やむなく〝終戦〟を承認されたが、これは殿下の主張されたとおりにすると、かえって国民に敗戦の認識を正しく与え、復興精神を緊張せしめたかもしれぬ。

当時、国軍の実状をみると、陸軍大臣の言うとおりで、全国の師団の代表と称する者が東京に集合して、千葉県の船橋に陣取っていた。陸軍少将級武官が総代表として、総理大臣との会見を求めてきた。殿下のことだから引見すると、代表者から「こんどの無条件降伏の放送は、断じて真正の聖慮でないと拝察する。それは側近の者が、まったく大元帥陛下を誤らしたのだ。国軍として承服しかねる。あすは宮城前に結集し、陛下より直接に拝承したい」と激昂し興奮しての陳情だ。すると闊達な性格の殿下は「それは違う。まったく聖断によるところだ。そういう疑惑をいだくならば、よし、あすは宮城前におもむき、みなに会って疑いを解くように私から話そう」と言われるので、宮城前の広場に代表を集め、親しく殿下が説得されることになった。

これを聞いて驚いたのは緒方書記官長、すぐ殿下に会って取りやめを願った。「とんでもないことです。絶対にいけません。もし彼らが暴挙を企て、殿下を連れ去るようなことがあれば、総理大臣が反乱軍に迎えられる始末となり、時局がさらにひっくり返るような事態となります。危険千万、出られてはいけません」「――だが、約束している」「いや、それは私がなんとかとりはからいますから……」という次第で、緒方君が代表に会い、ラジオ放送によって説得することにした。すると、代表側は放送原稿を作ったから、と持ってきた。いうまでもなく相当に激烈な文章だ。これに対して緒方君が折衝し、適当に修正を加えて、意味が何が何だか判らぬようなものになったが、この原稿をもとにして殿下の声を録音し、三日ほど放送して落着した。――これはまったく緒方君の功績であった。

二　進駐に殺気立つ厚木――高松宮、海軍を説得――

大東亜戦争――太平洋戦争に、ついに〝神風〟は吹かなかった、という者があったが、私はそうは思わない。〝神風〟は吹いた。これはまったく〝神風〟だ――と考えた事実がある。

国軍はまだ解体せず、前項に述べたような始末で、至るところに無条件降伏を激憤する怒りがおさまらず、陛下も非常に心配せられるし、政府はいうまでもなく軍当局の責任者も、その対策に苦心していたころだ。八月の二十二、三日かと記憶しているが、高松宮（たかまつのみや）〔宣仁（のぶひと）〕殿下からの招待があった。それは、殿下が済生会総裁として、厚生行政の主管大臣に私が就任したのをねぎらってやろうとのご配慮からだ。済生会は明治天皇の聖慮による救療機関だから、総裁には皇族が推戴する歴史を続けてきている。内閣が更迭すると必ず新旧の厚生大臣を招待される慣例である。そこで前任大臣の岡田忠彦(おかだただひこ)君と私とに、夕方の六時に参邸するようにとの案内なので、定刻に二人が官邸に落ち合ったところが殿下はご不在である。すると執事は、「実は陛下の仰せつけによって、横須賀におもむかれた次第ですが、用件がすめば帰邸するのであるから、待ってくださるように……とのお申付けでした」というので、二人は応接室に通され、待っていた。ところが七時、八時になっても帰られない。そのうち電話があって、帰るまで待つようにと伝えてこられたので、帰るわけにもいかない。ようやく九時ごろになって、汗をふきふき殿下は帰られた。どういう用件であったろうか、と思っていると、食卓についてからの殿下の話は「実は、この二十三日に、アメリカの進駐軍が厚木飛行場に着くことになっているのに、横須賀の海軍航空隊がどうしても承知しない。米軍を迎撃するのだ……と言って殺気立っているのだ。この不穏の形勢が上聞に達し、非常に憂慮されて、意外の大事にいたらぬよう、横須賀、厚木に行って鎮撫するように……そういう仰せをこうむったのだ。そこで、取り急いでおもむいたのだが、行ってみると熱狂しきっている。とてもおさまりそうにもみえぬ。聖旨のあるところを篤く伝えて説諭している自分の前で、腹を切る者さえ出る騒ぎである。どうにかこうにか納得させて鎮撫してきたわけだが、それでおくれて」と語られた。

進駐軍の先発として米軍の飛行機が二十三日に厚木飛行場に着陸することは、河辺虎四郎(かわべとらしろう)中将(砺波市出身)が、フィリピンに行って取りきめた協定事項だ。その協定によって、もし米軍の飛行機が予定どおりやってきていたら、はたしてどんな状態となったたか。陛下の仰せをうけて、高松宮殿下が親しく説諭されてさえ容易におさまらぬ不穏の形勢なのだ。無血上陸などは、まったく思いもよらぬことであり、その迎撃沙汰が発火点となって、日本はどうなっていただろうか……。しかるに〝神風〟は吹いたのである。二十三日に南洋方面に恐ろしい台風が発生して、予定された飛行機の先発は飛行不可能となり、二十七日に延期された。これで日本は、鎮撫に十分なときをかせぐことができたのであった。

連合軍の第一次進駐部隊が、一滴の流血をも見ずに到着したのは二十八日、マッカーサー元帥が厚木飛行場に足を印したのは三十日。もうそこには、一週間前までの不安と混乱とは消えていたのだ。八月二十三日南洋方面に突発した台風こそ、敗戦日本の立ち直りに天佑をもたらした〝神風〟だと思う。

東久邇宮内閣の厚生大臣に就任したものの、農林などならばとにかく、厚生行政となっては、私はまったく未経験のしろうと同様である。そこで、さっそく事務次官の物色にとりかかった。厚生部面の混乱状態をみると、これは容易な仕事でない。そこで私自身も考えるところがあって、省内から有為な人材を簡抜することに決めた。厚生省の人事は多く内務省系統だから、懇意な町村金五君や古井喜実君などに相談すると、衛生局長の亀山孝一（かめやまこういち）君がよいと同君を推薦してきた。私はこれにしたがって亀山君を起用したのである。

この亀山君という男は、豪放らい落の快漢で、斗酒なお辞さないが、その半面、細心周密な事務家で、計画実行にすぐれた才能を有し、しろうと大臣をずいぶんよく補佐してくれて、私としては大いに助かった。町村、古井君などの推薦はまったく誤らなかった。たとえばこんな話がある。戦争になってから、スポーツも統制の仲間入りを余儀なくされたが、野球などは敵国のスポーツとして、滑稽としか思われぬ無理を押しつけられ、用語は敵性国家の〝英語を禁じて日本語でやれ〟、服装も〝国民服に巻きゃはん〟という風だった。ところでこのスポーツ関係の行政事務は、当時文部省と厚生省の両省で管理していた。すると、亀山次官が大臣室にやってきて、「大臣、厚生省は、もう運動や競技に関して、いっさい拘束せぬことにした。自由に民間でやるがよろしいと、こう声明していただきたいのですが、いかがなものでしょう」「それは君、一応は文部省当局と話し合わなくてはなるまい。そのうえでのことだ」「いや、それはだめです。これを文部省などに相談するなら、不承知ははじめからわかりきっていることで、絶対にできっこない。それより当方だけでさっさと……」と言うので、そのとおりに厚生省の独断で統制を解いたが、果たして文部省から異議が出た。しかしそれは、あとの祭りで、スポーツの統制は実際的に解けた。亀山君の政治的手腕はこんなものだった。

スポーツの統制撤廃、解放断行のごときはそれとして、就任して最初にまず驚き、悩み、そして困りきったのは、東京都内をはじめ各地に、およそ薬品、薬剤が皆無といってもよい状態だったことである。いろいろ病気がはやるのだが、これではどうにも手がつけられない。そのなかで、もっとも困りぬいたのは、ジフテリアが流行し、蔓延の勢いは、とめどもないような有様となった。血清さえあればなおるにきまっているが、それが全然ないのだから、手をつかねて子供たちの死にゆくのを見ているよりいたしかたがない——が、といって、見ていて済まされる次第のものでない。みすみすかわいい大切な子供が、窒息して死ぬのを医師も助ける手段がない、という状態で、目もあてられぬ悲惨な話である。実にいても立ってもおられない。そこで非常手段として、医師に対して指令を出した。それは、血清がないのだから、なんとも仕方がない。だから外科手術でのどを切開し窒息するのを防ぐように……というのだが、この非常指令もすぐ実行不可能なことがわかった。手術を行なうことに問題はないが、消毒薬がない、包帯がない、ガーゼがない、麻酔剤がない、これでは手術が不可能だとの実情がわかった。そうなると、子供たちの死ぬのを見おくるほかはない。ああいういやな心持ち——そんなことばでは、とうてい言いあらわせる心持ちではない。実にたまらなかった。

ある日、大臣室に賀川豊彦（かがわとよひこ）さんがたずねてきた。賀川さんと私とは、たがいに以前からの深い知合いではなかったが、このような非常時を見かねて、私をたずねて来てくれたのである。そして賀川さんは「こういう時節ですから、私でなにか役に立つことがあれば、なんでも喜んでお手伝いをいたします……」と言われる。そこで、私は考えた。賀川さんその人は、人道の戦士、愛の殉教者として尊敬されている堅い信念のクリスチャンであり、とくにアメリカでは、日本人にまれな人道主義者として、非常な信望を得ている人だ。よし、ひとつ賀川さんの力を借りようと思案した。

「それはなによりありがたい。実はこれこれ、しかじかの悲惨至極な現状なのだ。見るにも聞くにもたまらぬ思いをしている。当方でも米軍側に薬品、資材の懇請はしたが、占領後まだ日が浅く、敵がい心も強いとみえて、聞きいれてくれぬのだ。貴下はアメリカにおいて絶大の信望を受けているとうけたまわっているが、どうか米軍に貴下よりお話してくださって資材、薬品の交付に尽力していただきたい」と頼むと、賀川さんは「それは知らなかった。すぐにでも米軍をたずねて頼んでみましょう」と、熱情を面にみなぎらせて快諾のうえ、取り急ぎ総司令部をたずねて話をつけてくれ、米軍も賀川さんの懇願をいれてジフテリアの対症資材を提供してくれたので、大いに助かったことがある。とにかく一時は惨たんたるものであった。賀川さんはその後、東久邇宮内閣の参与となって時局の安定に大いに尽くしてくれた。

三　廃墟に規格住宅——芦田氏、労働対策に困惑——

そのとき驚いたのは、日本中のおもなる病院がすべて厚生省の手に入ったことであった。全国の医療団の病院はもちろん、陸海軍の解消によって、全国各地にある軍関係の病院がことごとく厚生省の手に帰した。これをいかに活用するかについては、まったく手をあげたが、亀山次官は「これに対する措置はわれわれのような医療事務になれたくろうとには果断な方策がたたぬ。大臣のようなしろうとが思い切った絵図を書いてください。そのとおり実行いたします」という。結局、戦後財政の窮迫しているときであり、東京など大都市には二ヵ所、普通の府県では一ヵ所ぐらいの国立病院を置き、その他はみな民間に開放した。

またその当時非常に苦労したのは、全国の戦災都市の住宅再建の方策であった。東京をはじめ広漠たる焼野が原で手のつけようがない。しかし焼け出された人々は露天に苦しんでいる。なんとかかせねばならぬ。それで七、八坪から十五坪くらいの規格の家を考案して、三千円から七、八千円の価格で売り出した。これには東西の大きな建設業者を東京に集め、委員を出してその規格、方法などを検討し、実行に協力してもらった。いまからみれば、ばかげたものだが、当時としては大変なことであった。幸いなことには、東京の建設業者組合の会長を、当時日産土木会社の社長として斯界の長老である宮長平作君がやっていた。同君は射水郡二口村（現大門町）の出身であり、私とは高岡中学の同期生で、第一回の卒業生なのである。そこで宮長君は同業者を激励して、一生懸命に新しいバラックの建設に努力を傾けたが、これが東京の住宅建設が今日の姿にまで復興するにいたった第一歩なのだ。同氏もすでに故人となられたが、戦後の廃墟のようになった帝都に、市民の住宅を建設する基礎を築かれた同氏の努力は決して忘れてならない功績である。いま東京都のいたるところに、宏壮な永久建築のビルディングが立ち並び、高層をきそっているが、当時を考えると、まことに感慨無量にたえないのである。

そのころ、いちばん私の頭を悩ましたのは、労働問題に関する対策であった。戦後の情勢を考えると、労働問題がやかましくなり、むずかしくなることは明らかなことで、取り急いで対策をたてる必要

戦災者の皆さん…これです

厚生省が贈る組立家屋

戦災者向けの「組立家屋」について報じる記事（『朝日新聞』昭和20年9月8日）。記事内には、「松村厚相も「この分なら暮までに三十万戸は楽々と出来るだらう」と大満悦…」との記述がみられる。

があった。当時は、労務関係事項は厚生省の所管に属していたが、戦争完遂という名分のもとに、一切の労働運動は軍部に弾圧され、労働問題についてはなんの考慮もしなかったような状態であった。そこで、いざ労働問題の対策を立てるといっても、厚生省の中には一人も労働問題について学識経験をもっているものは見当たらない。まずこれから養成しなければならない。今後の労働問題はいかにあるべきか――これは専門家に聞かねばならない。そこで学者として末弘厳太郎（すえひろいずたろう）君、実際家としては松岡駒吉（まつおかこまきち）君、まずこの二人に意見を求めた。

ところが、いまから考えると、その意見も実に微温的なもので、実際家としての松岡君でさえ労働基本法のようなものを作り、そして労働者の意識を自然に発達させてゆく。たとえば労働組合をつくるにしても、戦後の労

政治には関与させるな、という程度の主張で、末弘君の意見もまた似たり寄ったりであった。戦後の労

働問題対策は、そうしたところから出発したものであり、最初の状態はその程度であった。そのうち東久邇宮内閣から幣原内閣となり、芦田均（あしだひとし）君に厚生大臣を引き継いだが、総司令部から政府が労働問題対策できめつけられることになり、芦田君もほとほと困惑しきった。今日の労働法規は、その時になって形態を整えたのであるが、いまでも記憶しているのは、教育関係、警察関係の組合も他の組合と同じく政治に関与しても差し支えないことになっていた。主管大臣だから芦田君がこの法案を閣議にかけたのである。すると、各閣僚がこれには難色を示した。教育関係、警察関係の組合まで政治に自由に関与させる――それはひどすぎるという声が出て「厚生大臣、これは総司令部になんとか交渉してもらおう」「いや、だめだ。これ以上はどう折衝しても見込みがない」「まあ、そう言わずに、もう一度総司令部に押してみろ」という次第で、芦田君の非常な苦心にかかわらず教育関係は動かすことはできず、警察だけは辛うじてとりはずすことになったのである。

　それから面白い話といえば、閣議の席上でのことだが……。前に組閣当時の話の際にも述べたが、農林大臣は千石興太郎君、商工大臣は中島知久平君で、国内事情はなによりも食糧問題であり、この二人が対策について、よく論争したものである。千石君は以前から産業組合運動に挺身していたのだが、閣議で二人の顔が合うと、産業組合運動論者と反産組主義者とが真っ向から対立して論戦を開始する。それが、なまやさしいものでなく、取っ組み合いになるかと思うほどである。その仲裁はいつも私の役回りであった。私としては、以前は千石君の主張が、あまりに極端すぎるように思い、さまで千石君の人間を認識しようとしなかった。あの立論なり主張なりでは、はたしてどうか……と考えていた。ところが、祖国が興亡の岐路に立った非常の際にも、その信念を堅く持してまい進する気迫に触れると、これはにせものではない、ほんものだ。まったく筋金の入った男だぞ……と、見直さなければならなかった。この千石君が、惜しいかな、間もなく世を去った。あれほど所信に忠実な人物は少なく、もし農林関係方面にそうした人物を求めるなら、石黒忠篤氏ぐらいにすぎまい。その石黒氏も、いまはすでになき人の数に入った。

これは、東久邇宮内閣の成立した直後であるが、いかにも不愉快な印象をいまも忘れることができない――。アメリカの第三艦隊旗艦ミズリー号の甲板上で、政府を代表する重光外務大臣、大本営を代表する梅津参謀総長、この二人がマッカーサー元帥の前で降伏文書に調印したのは、昭和二十年九月二日午前九時。この降伏文書について、閣議の席上で、下村陸軍大臣は部内の希望として、どうしても〝降伏〟という文字を見るに忍びない。他の文字に代えてくれ……と切望してやまない。しかし事ここにいたって連合軍は承知しない、と重光外務大臣は言う。陸軍大臣は「それにしても〝降伏〟とは……なにか適切な訳語があるなら、それにしてほしい」とくりかえしたが、外務大臣は「だれしも同様に思うであろうが、現実をごまかしてはいかぬ」と説明し、総理大臣の宮も「ごまかしは相ならぬ」と外務大臣を支持された。当然の現実だから、なんともいたし方ないとはいえ、いよいよ〝降伏〟の文字が決定したときは、言うべからざる悲痛な空気が閣議室をおおった。この「降伏文書」には、先祖に対しても、また子孫に対しても、実にあいすまぬような気持ちがして、サインはしたものの、私のみならず他の閣僚も、みな悲痛きわまる表情であった。この降伏文書のサインは前夜にできていたのだが、夜中になると書記官長の緒方君から電話で「副本がいるから、もう一通にサインしてもらいたい」と伝えてきた。それで持ち回り閣議の形式でそれにもサインさせられた。それが近ごろ、新聞によると、アメリカのボストンかどこかの博物館に、日本の〝降伏文書〟として陳列されているということだ。すると、それは副本のほうでなければならぬ。こういう事実もあったのである。

それから、またいやな事態が生じた。日本がポツダム宣言に服従すると決定したので、河辺虎四郎中将がフィリピンにおもむきその交渉を行なったとき、日本政府に占領行政を代行せしめる——と、そういう了解が成立しているのである。ところが驚いたことには、進駐軍が厚木、千葉県の館山などに直接軍政をしき、軍票を発行した。明らかに河辺君とフィリピンで約束した〝日本政府に占領行政を代行させる〟約束と違う。日本政府を認めぬというのは大変なことである。降伏調印につづいて重光外務大臣は九月三日、四日と横浜のマッカーサー元帥の宿舎を訪問し、元帥とサザーランド参謀長に面会して膝詰め談判をした。「進駐軍が到着すると、かねての約束に反し一部に軍政をしき、軍票を発行する。この事実をなんと見るか。もしそうだとすると日本政府は行政の責任はとれぬ」と詰めより、さすがのマッカーサー元帥も、ついに折れて厚木、館山などの軍政を撤去し、日本政府に一任した。終戦当時の惨たんたる一面である。

四　幣原内閣の農相に就任——正力氏、河合次官を説得——

本来、東久邇宮内閣の使命は、組閣当時の国情から考えても、敗戦直後の時局を収拾するためであった。したがって、時局が安定すればすぐやめる暫定内閣だと、こう私は考えてきていた。ところが、多事多難ではあったが、どうにかこうにか切り抜けることができたと思うと、総理大臣の宮も閣僚の中にも、政局の安定や人心の動向が政府を信頼してくれるならば、政治をうまくのりきってゆける……というふうに考えてきたようだった。俗にいう〝油が乗ってきた〟——はやく言えばそれだ。

ところが、総司令部の意気込みとは大違いで、政府の考え方はあますぎた。総司令部の意図はなまやさしいものでなく、日本の政治を徹底的に打破しようとするのだ。十月初旬、総司令部はマッカーサー元帥の名をもって、政府に重大なメモランダムを突きつけてきた。それは、治安維持法、国防保安法、軍機保護法、以下諸法令の廃止、内務大臣山崎巌（やまざきいわお）以下全国の警察部長、特高警察部の全員罷免、政治犯人の釈放、というような重大指令だ。これでは仕方がない。その翌日には内閣は総辞職し、かわって九日に幣原喜重郎内閣が出現したのである。閣僚諸氏とともに辞表を出すと、私は両肩から重荷をおろした気持ちになった。ほんとうにほっとした……というのが、そのときの私の心持ちであった。戦火のほとぼりのさめぬ灰の中にできあがった宮様内閣に、場合が場合だからとはいえ、実になんともいえない重荷であった。

それについて思い出すのは、郷里の老年の母のことであった。後になって聞いたのであるが、私の入閣した話に郷里の人たちも驚いて祝いやら見舞いやらで母に会ってくれたそうだ。すると母は「私のむすこも、こういう大変なときにお役に出るというのは、もとより死ぬことを覚悟してのうえでしょう」と、ポツンとひとこと言っただけだったという。——このことを聞かされたときに、われ知らず涙が出てきた。母親なればこそわが子の気持ちを知ってくれるのだ。知って激励されるのだ……としみじみ老母のありがたさを、いまも思い出す。それで幣原内閣だが、幣原さんから「すぐ来てくれ」とのことで出かけてゆくと、首相官邸の組閣本部には旧政党人の芦田均（厚生相内定）、田中武雄（運輸相内定）の諸君が、なにかと世話をやき、楢橋渡（ならはしわたる）君もその中にいた。別室で幣原さんに会うと、入閣の交渉である。「農林大臣をやってくれ……」「農林大臣といっても、ご存知のとおり、まず食糧問題——これはむずかしい。私には乗りきる自信がありませんから、どうも……」「そんなこと言わず、まげて承知してくれたまえ、たのむ」「——と申されても、とっさのことで、私に自信はないのだが……それなら、折角の勧告でもあるし、相談したい人があるので、一時間ほど猶予されたい」「よし、一時間だけ待つ……が、君が快諾してくれると、これで組閣は完了するのだぞ」という問答で室外に出たが、一時間の猶予というのは消極的辞退の口実で、入閣交渉に対する儀礼だったのだ。芦田、田中君は私の顔を見ると「承諾してくれたか、なにっ、まだかい。そんなことを言わずに、やれやれ」と言うが、私としては農林大臣の経験者である町田さんに、これを報告し、相談しようと思ったのである。

幣原喜重郎内閣。前列最左に松村謙三、前列最右が吉田茂、中央に幣原喜重郎、後列最右に次田大三郎、三番目が芦田均

組閣本部を出ると、これで組閣完了だ……と、新聞記者の自動車群が追っかけてくる。これをマクことは不可能だ。そこで通りかかりの商工大臣官邸に飛び込んで大臣室に行くと、中島知久平氏がまだいる。「いま、農林大臣として入閣の交渉があったが、町田さんに相談して断わるつもりだ。それで電話を貸してくれ」と、幣原さんとの問答を話すと、中島氏は「そうか、自信のないことはやるな……」と言う。町田さんの電話での意見は「なんとか方策を講じて、食糧問題を解決する自信があるなら引き受けるがよい。その覚悟がないなら、引き受けるものでない」というのだ。そこで組閣本部にもどり、町田さんとの相談を打ち明け「自信がないなら受諾せぬほうがよろしい、との結論だから、お断わりいたすほかはない」と返答すると、幣原さんは真っ赤になって

怒り出した。「なんだと？　自信がない？　自信のないのは君ばかりじゃない。こちらだって総理大臣をやりおえるかどうか、そんな自信などありはしないのだ。——この時局をどう思うのだ。君とは長年つき合ってきた仲だし、それでたのみ込んでいるのに、この難局を前にしてなにを言うのだ。けしからん！」と大変なけんまくだ。そこで私もいたしかたなく観念して「それなら承諾いたすが、農林省関係の重大難局は、貴下もご承知のとおり。そこで農政のいっさいを私にまかせてくださるか」「もちろん、いっさいをまかせる」「それなら引き受けます」という始末になったが、なるほど、いっさいをまかせると言っただけに、りちぎな性格の幣原総理大臣は、けっして私の仕事にくちばしを入れることなく、閣僚の中でなにかいう者があると、陰に陽に私の立場を尊重して、私に自由に手腕をふるわせるように、取りはからってくれた。

いよいよ農林大臣を引き受けたが、さて農林省の直面している事態は容易でない。それには、まず陣容を整えて仕事に取り組まなければならぬが、なによりも大臣の相談相手になりうる女房役の次官の人選だ。そこで私の考えたのは、時が時だし、これは役所の役人連中より、社会的に実際面で押しのきく人間でなくては用に立たぬ。ほんとうに頭と腕とにものをいわせる人間を……ということだった。

ところで、これならば——という人材を思いついた。それは河合良成君だ。もう社会的に名声もあり地位もある実業家なのだが、若いころに農商務省時代の米穀課長をやり、のちに東京帝国大学の講師として、取引所法の講座を受け持ったり、米穀取引所の理事長か、理事にもなっているという閲歴の持ち主で、米穀問題の権威者だ。私と河合君とは、福光町の隣同士で生い育った親しい間柄である。河合君はのちに伏木に移ったが、いわば竹馬の仲の幼な友達である。これなら相談相手にもってこいだ——と思ったが、さて、いまの地位ある河合君に向かって「おれが大臣をやるについては、君は次官になってくれ……」とは、無遠慮すぎることだ。言い出すことができない。はて、どうしたものだろう。ひとつ子供のころ高岡中学で河合君とおたがいに親しい同窓であった正力松太郎君に相談してみようと、読売新聞社に正力君をたずねて、農林大臣就任のいきさつを話し、「――就任はしたが、知らるるとおりの難局だ。私をたすけてやってくれる人材を物色すると、このさい河合君にまさる人はないと思う。しかし、さて私の口から次官になってくれとは言えない。どうだ、なにかよい思案はあるまいか」と相談すると、正力君は「平生無事の日なら、河合君の名声なり地位なりにその遠慮もいることだろう――が、いまの日本の国民が飢餓の場に臨んで死ぬかどうかの境だ。河合君に出てほしいのも、河合君の出てくれるのも、みな国家のためだ。国民のためだ。よろしい、私が言うてたのんでやる」と、正力君のことだ、即刻、河合君を説得してくれ、河合君も快く次官という地位を承諾し、身をもって難局を補佐してくれ、どうにかこうにか重大な危機を乗り切ることができた。河合君という人は常に「私は、幕僚長としてなら天下一品の人間だ」と口ぐせに言っていた。この自家評はよく当たっている。なるほど、一つの問題に対して、たちどころに五つでも十でものの対策を生み出すのだ。その対策のどれを選択するか、これがかんじんな点だ。いかにも〝天下一品〟というのがいきてくる。

河合良成

ところで、河合良成君という逸材を農林次官に懇請して、ともかく快諾してもらったときと前後するが、大臣の事務引継ぎのため、私は農林省に登庁した。前任の千石興太郎君は、前日までは私とともに東久邇宮内閣での閣僚だし、事務引継ぎといっても格別のことはない。すると千石君は私に「局長からの辞表を預かっているから取り次ぐ」と私に渡したのを受け取ってみると、驚いたことには楠見義男（現農林中央金庫理事長）と笹山茂太郎（現代議士）とこの両君の辞表だ。農林省内における逸材であり、私とは非常に懇意な仲の二人でもある。それが私がなじみ深い農林省にきたのを目がけて辞表を出したのだから、どうしたことか……と、びっくりした。そこで、さっそく二人を呼んで、「私がいま、この非常のとき農林省にきたのは、君たちをたよりにしてきたのだ。それを私がくると知って、先任大臣の手許に辞表を出すなんぞは、あまりひどすぎるじゃないか」と言うと、二人はほろほろ涙を流して「自分どもは、日本が戦争に勝ってもらいたいばかりに、官吏としてできるだけの努力をした。そのため農民たちにも非常な迷惑をかけたが、事、志と違って、国家はこういう始末になった。自分どもも痛切に責任を感じている。それだから坊主になった気持ちで、もう田舎に引っ込んで一生を暮らすつもりである。貴方がきたから辞表を出す――そういうわけでは毛頭ない。どうかこの自分どもの切なる心持ちを了として、辞表を許していただきたい……」と、衷情を訴える。この真面目な官吏としての責任感には心からうたれたが、「国家をここにいたらしめた点からいうならば、私にも議会人としての責任がある。しかし、こういう多難なあと始末に直面して、坊主になったつもりで田舎に隠退することは簡単だが、それは責任のあと始末を忌避することになりはせぬか。それよりも粉骨砕身あと始末に働き、国家の再建設を計るのが国に報いることになるのではないか。気持ちはわかるがそんなことをいわず、ひとつ私をたすけてくれ。ぜひたのむ」と説くけれども、なかなか承知しない。ようやく一日がかりで楠見君だけは翻意してくれて「そうまでいわれるなら、一生懸命にやります」と思いとどまってくれたが、笹山君はどうしても「私には働くような気持ちにはなれませぬ」と言って承知しない。この笹山という男は、性格は地味だが、省内でも人望があるし、人物としても実に面白いところがある。

笹山君については、こういう話がある。彼が山林局長をやっているときに、東条内閣ができて新農林大臣がきた。ところが笹山君がなかなか上司の言うことを聞かない。剛直な気性だから、お世辞めいたことは言えぬし、大臣の言うとおりに行なわない。それで大臣が怒って、本省の山林局長をやめさせて、やりもやったり熊本の営林署長に左遷した。普通の人間ならまず辞表を出すところだが、笹山君は平気の平左でぐちもこぼさず、荷物をまとめてさっさと熊本落ちをきめこんだ。われわれ知人は、みな菅公の左遷以来の人事だと評しあった。それで、その大臣がやめるとつぎにきた大臣が〝あまりにひどい〟と、笹山君をまたもとどおり本省の山林局長に逆もどりさせた。それでも別にうれしそうな顔もせず、のこのこ東京に帰ってきた。そういう風格の男だ。これが、いくら説いても働く気がしない……の一点ばりだ。そこで私は「それなら仕方がない――が、町田（忠治）さんは君と同県の大先輩で、君はその紹介で農林省に入ったのだろう。辞表を出すまえに町田さんに相談して決意をしたのか。町田さんは、どう言われた」と聞くと、「まだなにも言っていない」と言う。「町田さんに相談して、君の進退について了解を得てくるなら、仕方がないから私も辞表を認めようが、ともかくすぐ町田さんに聞いてくるがよい」というわけで、当人が町田邸におもむき、その後から私が町田さんに電話をかけ「笹山がしかじかの件でうかがいますが、よろしくお引きとめを……」と言うと、町田さんは「うむ、よしよし。わかった」と打ち合わせた。そこで町田さんが、こんこんと笹山を説いてくれて二人とも辞表撤回となった。

五　配給量わずか三日分──石原将軍、酵素肥料を無償提供──

当時の食糧事情というものは、親任式がすんだ直後に、農林省に登庁して片柳真吉（かたやなぎしんきち）食糧管理局長官を呼んで「いま東京に配給米がどれだけあるか」と聞いてみると、わずか三日分しかないと言う、そういう状態であった。しかもその配給量は一人一日わずか二合一勺なのだ。およそ二合一勺の飯米のカロリーは、人間がはしも持たずにじっと身動きもせずに寝ていると、どうやらこうやら命をつなぎうる、それだけの分量にすぎない。その飯米の配給量が三日分しかないというのだ。米の完全な配給というのは、どうしても一ヵ月分の量を保有しておらぬと円滑に操作されぬ。これを聞いて、私は息がつまるように驚いた。これは捨ておけない。もし配給が一歩でもつまずいたら、それこそ東京都内は大騒ぎになるのはわかりきっている。

ところが、汽車は爆撃されて、長距離の運輸はすっかり止まっているから、さしずめトラックで持ってこられるところから持ってくるよりほかに道がない。そこで親任式のすんだ翌朝から、片柳君とともに係りの役人、新聞記者と同行して、東京周辺の近県を訪ねて米の供出をたのみまわった。県当局に農村の代表者を集めてもらい、〝東京は飢える。同胞愛のために米を供出してくれ〟と千葉、茨城、埼玉、栃木、群馬、静岡あたりまでトラックに乗って懇請し、哀願してまわった。さすがに農村の人たちは純朴である。当方の話を聞いて「そうか、そんなことなら節食しても出そう」というので承知してくれたが、輸送機関としてはトラックだけで、これで二日、三日、一週間と、どうやら東京の急場をしのげた。それから交通機関が回復したというので、新聞記者たちと秋田、山形、新潟という米産地をまわったが、どうしても郷里ではあるが、富山に行く時日の余裕はなかった。以上の各地をずっとまわってたのんで歩いたのである。このときに、どこに行っても聞かれることは、符節をあわしたように「いかにも出さねばならぬ米であるから、できるだけは出すが、しかし農民の立場も考慮してほしい。戦争というので今日まで働いてきたが、ここまできたところへ戦地から若い者が帰還してきても、耕作する土地がない——とするとこれはどうなるか、若い者の生活を考えると、まったく不安定というほかはない」ということであった。

すべてが行き詰まっている。手のつけようがない。そのうちに食糧事情は、ますます切迫してくる。その年、すなわち昭和二十年は、どうにかこうにか越せるが、翌年の春からは見当がつかない。多数の餓死者が出る危険が刻々迫る。もう、恥も外聞もない世情で〝ヤミ屋〟と〝買出し〟とで混雑している。多少でも恥を知り、外聞をはばかるなどしたらすぐ飢餓に直面するのだ。いろいろ悲惨な事実を毎日のように聞かされる。たとえば、ある判事は〝裁くものが法を犯してヤミ米を買うわけにはいかぬ〟と、ついに栄養失調となって自殺したとか、あるいは相当な良家の奥さんが、子供が栄養不足で空腹を訴えながら学校に行く痛々しい姿を見るにしのびない。ひそかに農家の畑の甘しょを盗んだのを見つけた畑の持ち主が容赦せず警察に突き出したので、その奥さんは恥じて自殺した——など、なんとも痛ましくて身を切られる思いをした。そんな状況だから、みんなが心配して、知ると知らぬとなく私をたずねて、あれこれと注意もし、知恵も授けてくれた。

農林大臣の経験者であり、当時政友会の領袖であった島田俊雄（しまだとしお）氏が、わざわざ私を役所にたずねてくれて、「どうも君は正直すぎる。克明に二合一勺の配給をやっているから、かえってヤミ米などが横行するのだ。このようなときは、腹芸で二合五勺ぐらいに増配して消費者に安心させるのだ。そうすれば、一般国民は安心して物情もおだやかになり、ヤミ米も供出米のレールに乗って政府の手に把握せられるのだ」と教えてくれた。これも一方策だと考えて河合君に相談すると、河合君は「とんでもないことだ。いま政府の乏しい手持米の数量、今年の凶作状態はその道の識者は、みなよく知っていることだ。それを、いま増配すると、あとは長くもたぬことはすぐわかる。そうすると政府の配給米はすぐ底をつくと知って不安はますます増大し、ヤミ買いはますます横行し、収拾がつかなくなることは火を見るよりも明らかだ。ここは、じっとこらえて二合一勺で辛抱するにかぎる」と言う。なるほど米穀問題の権威者河合君の言うことだ。このさいはかけひきを用いずに、じっと二合一勺の最少限度をまもることにした。あとからの経過をみてもこのほうがよかったようだ。

さらに、むずかしいことは、全国的に地味（ちみ）の衰弱という重大な問題であった。戦時中肥料の欠乏がもたらしたものである。それに加えて天候もよくない。これがいっしょにきたのだから、非常な凶作となった。忘れもせぬが、東京、大阪という大都市のみならず、全国の消費地は食糧の不足に悩んでいるのに、農村では来年の米作に対して全然肥料がないという、実にさんたんたるありさまで、私としては身も心も置きどころのない思いをさせられた。なぜ肥料が払底したか——というのは、戦時中に硫安工場のほとんどを火薬工場に転換した。そのために全国で硫安肥料を製造しているのは、ただ富山県速星（はやほし）の日産化学肥料だけで、それも窒素肥料が、わずかに年産七千トン、日本中でここだけであった。

そこで肥料不足、地味衰弱の話だが、地味の打撃のもっともはなはだしかったのは高知県であった。それは土佐の国柄は二毛作地帯なのに、肥料が不足とあっては、他の一毛作地帯よりも地味が急激にやせていったのである。堤康次郎（つつみやすじろう）君の経営する西武鉄道は、いまでは有名だが、当時はそれほど好況ではなかった。そこで堤君は都内の糞尿処理に着眼して糞尿電車を仕立て、停留場のかたわらにタンクを作って東京から糞尿を輸送し、沿線の農民に売り込んだ。おかげで沿道は臭気ふんぷんたるありさまであった。それでも地方の農家は助かった。

そういう次第で、食糧生産の確保条件としてはなによりも肥料問題だ。なにか応急策はないものだろうか……と、寝てもさめても考えつづけている間に、ふと思い出したことがある。戦争中、私が翼賛政治会の政務調査会長であったときに、福島県の選出代議士の神尾茂(かみおしげる)君がたずねてきたことがある。神尾君は私の親友である中国通の有名な神田正雄君の後輩で、神田君の後に朝日新聞北京駐在員をやった。この神尾君が、政務調査室に大きなふろしき包みをかつぎこんできたが、解いたのを見ると大きな大根や甘しょなどで、いずれも並みはずれの大物だ。麦の穂などは二百粒も数えるというすばらしさだ。「いったい、これはどうしたのだ」「この成育は酵素肥料を使用したので、いま肥料不足で対策に悩んでいるようだが、酵素肥料を使ったらどうだろう。見本にもらってきたから、お目にかける」と言う。それで「これはおもしろいぞ」と、農政通の議員を福島県に派遣し、実情を視察させると、神尾君の言うとおりの成績に驚いて帰ってきた。それを思い出して、この難局を突破するには、その酵素肥料をもって応病施薬とするほかに道はない。〝よし、ひとつこれでゆこう〟と心できめたのである。

ところで、この酵素肥料の特許権を所有している人は、現に鎌倉に在住しているから、農林省が勝手に使用するわけにゆかぬ。それで私が親しく訪問して面会し、「国家非常の危機であるから、どうか使用させてくださらぬか。ぜひお願いする」と言うと、先方では「実は特許権は私の手にはない。〝東亜連盟〟の石原莞爾将軍に、特許権の一切を献上しているから、将軍の承諾を得られたい」との返答だ。当時、石原中将は郷里の山形県鶴岡に引きこもっていた。同じ軍人だが、東条大将などとは反対で、大げんかをし、西郷隆盛気取りで〝東亜連盟〟という団体をつくって天下をうかがっていた。この酵素肥料を、肥料の欠乏に苦しむ農家を〝東亜連盟〟に引き入れる手段に利用した。それがいかにも石原式戦術らしい。加入する農夫に対して、一人一人「これはお前にだけ、とくに提供してやるのだぞ。けっして粗末に取り扱ったり、みだりに世間にもらしてはならぬ……」ともったいをつけ、神棚に酵素の素をそなえ、かしわ手を打っておがんで渡す。それがかくしていても、いつか知れわたる。秘密ほどみな知りたがるものはない。それで〝東亜連盟〟に入って酵素の素の許しを受ける。ついに東北、北陸一帯にひろがった。これでは容易に農林省の懇請など聞きいれてくれそうもない。あきらめざるをえなかった。まことに困った。

さて、話は前にもどるが、私が秋田、山形方面に巡回したときに、農林省の米穀検査課長の白井勇（しらいいさみ）君（現参議院議員）が随行したが、この白井君が山形県人で、石原将軍の遠い親せきである……という話を聞いた。それを思い出して随行の白井君にたのんで、とくに私の代理に同君を鶴岡に派遣し、親しく石原将軍を訪問し、事情を述べて懇請させた。すると、さすがは石原将軍「そういう事情なら喜んで提供する。自由に使用して食糧難克服の一助に使ってもらいたい」と快諾してくれた。それで農林省では各府県に酵素肥料の講習会を開催し、肥料対策としたのであった。酵素肥料は、いまもなお研究中のもので的確な効果はわからないが、少なくとも肥料に絶望した農家に一種の励ましになったことはたしかであった。

六　陛下、大凶作をご心配――那須博士に協力要請――

この食糧難の実情というものは、言語に絶するものであった。例年ならば九月のはじめから中旬に作柄が判明し、第一回の収穫予想が集計されると、農林大臣が参内して上奏し、そのあとで発表する。それがその当時の慣例となっていた。

ところが終戦の年の二十年には、交通機関の途絶や種々の故障で地方から報告が集まらない。督促をかさねて、どうやら集計を完了したのは十月中旬であった。ところが数字をみて驚かされたが、わずかに四千五百万石――近年の収穫高の半分という凶作である。減収はかねて予期したことだったが、これほどまでとは思わなかった。

私は種々の関係資料を整えて参内し、拝謁して奏上した。このときは侍従の侍立などなく、いわば陛下と差しむかいでご説明申し上げるのであるが、各府県別におしなべて前年度より減収であることを申し上げると、陛下は非常な沈痛な御面持ちをされ、「日本の国土は北より南にのびて細長く、したがって不作といっても北海道が悪ければ九州の方がよいとか、そういう状態であるのに、各府県ともおしなべて悪く、昨年より大減収とは、自分の代になってかつてなかったことである。たぶん、明治四十二年の凶作はこのような作柄であったろうか」と仰せられた。しかし私には、明治四十二年の作柄などはわからない。それで調査してお答えするよう申し上げて退出したが、さっそく取り調べると、いかにも四十二年の凶作は四千四百万石で、陛下の明確なご記憶力にはおそれ入った。

凶作の実情がこのようだから、二十一年二月中旬までの配給はできても、それ以後の見込みはまったく立たない。七月の麦の収穫までは国民の命をつなぐ食糧がない。それでは多数の餓死者が出る。大変なことになる。これを世間に出せばてんやわんやの騒ぎとなるのは必然――。この難局に当たっては冷や汗が出た。

万一の場合を想定して、いろいろの対策を考えてみた。全国の営林署に指令を出して、野生のわらびやぜんまいはいくらとれるか、食糧価値があるか――まで調べさせた。その結果、たしかなことはわからぬが、米に換算して約二百万石のでん粉がとれようとの報告であった。しかし、これを根こそぎ採取、でん粉化することはほとんど不可能に近い。どんぐりも同様、米に換算して九州の奄美大島をはじめ全国で三百万トン程度のでん粉がとれる見込みだが、これはタンニンの渋味を抜くのに非常な手数がかかる。これも早急の間に合わない。まったくお手あげの状態である。

このようなときに非常に心配せられて種々の意見なり施策なりを私に進言してくれた方は全国にたくさんあった。非常に適切なものが多かったが、そのうち今も記憶している二、三のものをあげてみると、一つは確か広島県のある未知の人からである。その着想が面白い。この食糧不足は容易に回復しないから、臨時と恒久の両方の対策をとらなくてはならない。全国の山野には野生している栗の木苗が非常に多い。ひとつ国民運動を起こしてこの野生の苗に接ぎ木をして栗を改良更新すれば、これは米に換算して何百万石かのでん粉を早急に確保することができると進言してよこした。またある日、北陸電力の山田昌作(やまだしょうさく)さんが大臣室にわざわざたずねてきてくれた。同君も非常に食糧の問題を心配して、「明年からすぐ農業電化を推進すべきである。これがなにより本格的の対策である。自分らも全力をあげ営利を離れて協力する」と熱心な勧告があった。いまでは農業電化は普通のことになっているが、その当時としては、まったく卓見であった。私は役所の専門家たちにも相談して、その方向へ推進するようにした。

多くの進言の中で、もっとも即効のあったのは、全国の焼け跡へかぼちゃ、さつまいも、じゃがいもの植付け奨励であった。これはまったく流行といってよいほど、東京などはもちろん全国にひろがり、非常に食糧切迫の緩和に助けとなった。そのさつまいもの増産、その作り方の指導にもっとも力を入れてくれたのがなくなられた元参議院議長の河井弥八氏であった。まったくさつまいもの食糧貢献につくされた功績は大きく、青木昆陽と河井弥八氏とはその双璧といえるだろう。

それから一時はやったものにきくいもというのがある。これは非常に繁殖力の強いもので、どんな荒れ地でも立派にそだつ。黄色い菊のような花をつける。そして根に塊状のいもをたくさんつけるので、どこにもここにも植えた。農林省なども奨励はしなかったが、これもよかろうくらいに考えていた。すると、ときの国立第一病院の坂口康蔵博士が私をたずねて忠告をしてくれた。それは「ちかごろきくいもを奨励しているようだが、それはとんでもない間違いである。至急禁止せられるがよい。きくいもは豚や牛の胃袋では消化可能だが、人間の胃袋では消化不可能である。それだから糖尿病患者が空腹を訴えるときにはきくいもをくわせる。なぜなら人間の胃には不消化だから、ただ満腹感を与えるだけで排せつするから実害はないからだ。これを栄養をとる目的に使うのは実に危険だ」と忠告してくれた。そして坂口博士は、さらに「豚や牛はきくいもをよく消化する。きくいもで豚や牛を養って、その肉を人間がくうことにすれば大いによろしい。日本人は米をくいすぎる。米を節約して肉をくえば食糧の問題も解決する」と懇切に説明せられた。このように当時幾多の人々から食糧問題について適切な注意を受けた。しかし、食糧の急迫はどうすることもできない。どうしてもアメリカに頼むよりほかに道がない。

アメリカから食糧を入れるにしても、代償物資を送ることができるなら事はきわめて簡単であるが、それがない。宮様内閣の末であったか、幣原内閣のはじめであったか、内地に残っている生糸を何万こりか進駐軍司令部と協議のうえニューヨークに送ったが、予期に反して売れない。その当時はまだ敵愾心の旺盛なころで、アメリカの婦人は日本生糸の靴下などを身につけようとはしないのでニューヨークで少しも売れず、そのまま送り返されてきた。始末におえない。このうえはアメリカへ無償で食糧をよこすよう頼むよりほかに道がない。そこでなんでもよい、小麦でも裸麦でも三百万トンを送ってくれ――との要請をした。主管大臣の私はもちろんだが、幣原総理大臣、吉田外務大臣も司令部へ食糧移入のお百度参りをやった。

すると〝こんな書類を出せ〟〝あんな書類を出せ〟と面倒なことをいって、さっぱりらちがあかない。だいだい今と違って農林省に英語の通訳の満足にできる者がいない。後に水産庁長官から農林次官になった西村健次郎君が外国にいたことがあり、省内ただひとり、ある程度の英語を話すというので、私と河合君と西村君と、三人で行って交渉してみるがどうも話が通じない。心臓を強くして手まね足まねでやるがうまくゆかない。そこで外務省にたのみよい通訳をつれて行ったがやっぱりだめだ。なるほど上手にしゃべるが農業上のテクニック――専門語となると、さっぱり通じない。たとえば端境期などということばになると、通訳の先生はてんでわからぬ。

そういうわけで困っているとき、那須皓農学博士（前インド大使）が私を訪れてきて「話に聞くとなんでも大変らしいが、ご用に立つならどんなことでも手伝うから……」と好意ある協力申出である。那須君は確かカリフォルニア大学の卒業生だったことを思い出して、さっそくこの食糧三百万トンの移入要請の話を持ち出した。「貴下はアメリカの農業大学を出ておられることでもあり、このうえの適任者はない。どうであろう、ひとつ助けると思って、私たちとともに先方にかけ合ってくださらぬか」「さあ、私の英語といっても古いから、うまくいくかどうか……」と遠慮されたが、場合が場合だし、那須君をわずらわすことにした。通訳商売の連中と違ってペラペラでない。テンポはおそいが、食糧その他、農業関係の用語は専門家だから確かなものだ。しかしそれで了解してくれるかと思うとそうはいかない。〝アメリカ政府に申達するから、これこれの書類を出せ〟という。それが大変な分量だ。そして〝この点はどうしたのか、この点は違うじゃないか〟と文句をならべて突きかえしてくるという始末だ。

そこで那須君を委員長にして関係者の委員会を新設し、先方の要求する書類を作成することにしたが、一週間ほどは不眠不休、やっと書類を調整して提出すると、それでもいかぬ。向こうの要求する内地人口表を正確に出せというから統計局の数字をそのまま出すと、そのすぐあとに国勢調査があった。その人口集計が、さきの統計局の人口数字より数百万人も少ない――すると司令部のほうから〝かけひきをする〟とこっぴどくしかられた。こんな状態で昭和二十年もおいおい年の暮れに迫ってくる。明けて正月を迎えるとなったら食糧危機は目の前に迫ってくる。食糧の配給操作はどうしても一ヵ月分を保有せぬと円滑に運営ができぬのである。もうこの心配で私の体重は二十一貫あったのだが、農林大臣になって幾月も経たぬのに十六貫になった。どうしても眠ることができぬような状態であった。体重の減少は心配のためばかりではない。まったく配給生活のためだ。私は当時、私の秘書官の川端佳夫君とともに品川区上大崎、長者丸の農相官邸に立てこもって衆人環視のうちで厳重な配給生活をした。この官邸は富裕な人の邸宅だったところで、庭なぞも大変きれいにできていて庭の一隅に七五三の棚があって、熟した実がふさふさとたくさんなっている。七五三とはあけびの一種である。それを川端君と私でいつとはなしにすっかりもぎとってくってしまった。大臣の威厳もなにもない。官邸では毎晩のように局長や課長が集まって会議をひらく。深夜に及ぶことも珍しくない。みな腹がへるが夜食などはもちろん出ない。ただ乾パンだけが配給されるので、それをかじりながら会議を続けた。時折りさつまいもが川端君の才覚で出されることがあったが、このうえないおいしいものに思えた。

ある朝早く川端君が、まだ寝ている私のまくら元へやってきて、「地方の百姓らしい男が玄関へ訪ねてきて大臣に面会を求めている。姓名を聞くと〝大臣に会えばわかる〟と言って名乗らぬ。いかがいたしましょうか」と聞く。すぐ玄関へ出てみると富山県石動（いするぎ）付近の若林村の中川徳太郎（なかがわとくたろう）さんという小農である。「お前さん、どんな大臣顔をしているか見たくて上京してきたのだ」と言う。そして大きなふろしきに紅白の餅をたくさんいれてかついではるばる持って来たのである。「自分の作った米を自分でついて大臣祝いに持ってきたのだ。さあくってくれろ」という次第だ。しみじみ選挙区民のありがたさを身にしみて感じた。そして彼は、数日私と起居を共にして帰って行った。いまも健在である。

ところで、近来、米穀に関して管理統制の問題がやかましく論議されているが、それについて思い出されることは、農村における先覚者が、米穀の品質改良、増産指導に尽くされた苦心と努力とである。その指標に向かって寝食を忘れて精進された先覚者たちをしのぶと、まことに感激のほかの何物もない。よく昔から〝水を飲んで、その源を思う〟と言われているが、米穀の品質の向上、増産という偉大な事実に対しては、現在の生産者も消費者も、また局に当たる為政者もよく先覚者の苦心と努力とを、心にとめていただきたいものである……と、常に考えている。その苦心なり努力なりは〝なみたいてい〟のものでない。

米穀の検査制度を作ったのは、富山県が最初であるように記憶する。明治時代――私のまだ小学生か中学生の時分で、知事は李家隆介（りのいえたかすけ）という人で、富山県から石川県へか、石川県から富山県へか、転任されたように覚えているが、その李家知事の熱心な提唱のもとに、米穀検査制度がはじめて富山県に実施されることになったのである。李家氏の後世に残した功績はまことに偉大であるといわねばならない。各町村に検査員を置いて品質の良否を鑑別し、等級を決定して市場に出される。無鑑査米は移出を禁止されるのだから、越中米の声価というものは躍然としてあがった。するとこれがたちまち日本中に広まって、各府県ともしだいに模倣するようになった。そのもっともよい例は秋田県である。今でこそ秋田県は屈指の米産地帯であるのだが、明治時代には秋田米は中央市場に出る資格がなかった。富山県とは格段の差があったが、これではいかぬと秋田から視察員を富山県に派遣して検査制度を視察させ、秋田県に検査制度を作ったのであるが、そのとき、その視察に秋田県から派遣されたのが篤農家として秋田県の農業指導者で今も神格化されている有名な石川理紀之助(いしかわりきのすけ)翁その人だった。その意味で秋田は富山の後進県なのだ。ついで農林省がこの制度をとりあげて全国の制度としたのである。石川翁は篤実精励をもって農業のために生涯をささげた偉大な人、精神家であり実行家であった。自然の悪影響によって荒廃した居郡の村落に、身をもって垂範し、県内では〝百姓の神様〟として尊敬されていたが、僻(へき)遠(えん)の地方だからほとんど県外にその名を知られなかった。ようやく農業指導者として全国的名声を高うしたのは近年であるが、もし石川翁が中央に近く、たとえば静岡県か愛知県かの人であったなら、さしずめ二宮尊徳などと同程度に推重されたであろう。生前よりも死後に、しだいに有名になってゆくのに〝人柄〟がわかるのである。伝記、歌集、語録があるが、語録の中に、簡潔に「寝ていて他人を起こすな」と道破している。これは立派な格言だと思う。実践躬(きゅうこう)行、まさにこの一句に尽きる。あらゆる事業の指導者なり統宰者なりの肝に銘ずべき心得だ。このような格言はよほど偉い人でないとちょっと出ないものだ。石川翁の出生地をたずねたときの感懐は、年を経てますます新たなるものがある。

町田忠治先生が農林大臣のときに、秘書官は私なので大臣はよくからかわれた。「君の県では実によく金肥を使う。反当たり八円になっている（化学肥料が少ない時代で、にしんやいわしなどの魚肥だが、米価は二十五、六円であった）。私の秋田県では四円ですませるのに、反当たりの収穫量は同じく、品質は越中米より秋田米はまさっているだろう。どうも富山県より秋田県の農民がえらいようだ」とひやかされたが、これは秋田県では有畜農業なので、山草野草を刈ってさかんに堆肥を作る。それで金肥や魚肥の半額ですむのだが、その指導をされたのは、やはり石川翁の提唱によるにほかならないのだ。

堆肥といえば、秋田県の由利郡方面では、住宅が木造なのに堆肥小屋はコンクリートが多い。この地方にも有名な農業指導者で、斎藤宇一郎（さいとううい ちろう）という人が出ている。斎藤氏は町田先生と同時に衆議院に議席を占めて、同志であり互いに深く信頼した間柄だった。斎藤氏は駒場の農科大学の出身で、学理の証明は実践によるという信条で、大地主の豪家の当主たる農学士が、田植え・稲刈りの作業に怠らず、所用で外出した途中でも、農夫の作業ぶりを見ては手ずから指導する……そういう衆議院議員であった。その人となりは温厚謹厳、純正高潔、当時衆議院きっての農政通であった。前秋田県選出代議士斎藤憲三（けんぞう）君はその令息である。いまその郷里に故人の遺徳をしのぶ等身大の銅像が建っている。その制作者は私の郷里福光の彫刻家松村秀太郎君で、まことに不思議の因縁である。李家氏や石川翁、斎藤氏その他数多き無名の先覚者の苦心努力で今日の農業が進歩し、生産者も消費者も長くその恩恵を受けている。いまは時勢も変化しているが、今日の米穀問題などの論議からはしなくも農業指導者に連想して、故人について語ったという次第である。

七　皇室の御物を代償に――マ元帥、陛下の御心に感動――

とうとう十二月になって、たしか十日ごろ宮中からのお召しがあった。急いでお伺いして拝謁を願うと、陛下は非常に食糧事情を心配遊ばされ、「食糧事情の悪化は、このまま推移すれば多数の餓死者を出すようになるというが、戦争に塗炭の苦しみをした国民に、このうえさらに多数の餓死者を出すようなことはどうしても自分にはたえがたいことである。政府ではアメリカに対して食糧の提供を要請しているが、アメリカはこれに応諾を与えてくれぬそうであるけれども、考えてみると当方からは食糧の代償として提供すべき何物もないのだからいたしかたない。それで、聞けば皇室の御物の中には、国際的価値のあるものが相当にあるとのことである。よって帝室博物館の館長に命じて調査させ、その目録を作成させたのがここにある。これを代償としてアメリカに渡し、食糧にかえて国民の飢餓を一日でものぐようにしたい。そのように取りはからうように」との仰せである。私は責任を感じて恐懼の冷や汗が流れた。目録をちょうだいして御前を退出し、すぐ官邸に幣原総理大臣をたずね、事の始終を話すと、目を閉じ、腕を組んでじっと考えていたが、「陛下の思召しがそうであるならば、私がマッカーサーに言ってくるより仕方があるまい。私が話してたのんでくる」ということになった。その時分は、総理大臣だけはマッカーサーになにか打合せの用事がある場合に、夜中でも面会することができる特権を与えられていた。そこで幣原さんが会見するというので、私は農林省に帰っていると、しばらくして幣原さんから電話で「話があるからすぐきてくれ……」とのことだ。

それで官邸に行って、総理室に入ると、幣原さんはすぐに立ちあがって私の手を固くにぎり、「しめたぞ……」と言ってほろほろ涙をこぼした。私はあっけにとられて「どうしたのですか」と聞くと、幣原さんはマッカーサーとの会見の模様をくわしく話してくれた……。

幣原さんが、陛下のお心持ちを伝えて、御物の目録を差し出すと、〝感激屋のマッカーサー〟のことだから、非常に感動したらしい。それでマッカーサーは「天皇の考えられることは、まことによくわかる――が、自分としてもアメリカとしても、せっかくの懇請であるけれども、皇室の御物を取りあげて、その代償に食糧を提供するなどのことは面目にかけてもできない。この目録は陛下にお返しされたい。しかし国民のことを思う天皇の心持ちは十分に了解される。自分が現在の任務についている以上は、断じて日本の国民の中に餓死者を出すようなことはさせぬ。かならず食糧を本国から移入する方法を講ずる。陛下に御安心なさるように申し上げてもらいたい」との返答だった。

これまで責任者の私はもちろん、総理大臣、外務大臣がお百度を踏んで、文字どおり一生懸命に懇請したが、けっして承諾の色を見せなかったのに、陛下の国民を思うお心持ちに打たれて、即刻〝絶対に餓死者を出さぬから、陛下も御安心されるように……〟というのだ。マッカーサーが〝責任をもって、アメリカの面目にかけて……〟というのだ。食糧問題で苦しみぬいた幣原さんは、これでほっと安心し、うれし泣きに泣いたのである。

あのひどい食糧問題解決のうらには、このような経緯があった。それからはどんどんアメリカ本国からの食糧が移入され、日本の食糧危機はようやく解除されたのであった。

戦争直後のこのような惨たんたる事実も、〝のどもとすぐれば熱さを忘る〟で、今日では食糧問題を軽視し、食糧の増産をおさえる意見さえ行なわれ、農村はほろびゆく階級とさえみるものがある。とんでもない話である。私は食糧危機の時の当事者として、国民の命の綱である食糧問題というものがいかに悲痛惨たんたるものであり、重大深刻なものであるかをしみじみ体験した。日本は将来二度とふたたびこの危険を繰り返してはならない。東南アジアなどの安い米、麦を輸入すればそれでよいなどというものもあるが、食糧を外国に依存することがいかに危険であるかは申すまでもないことである。

この陛下のお話にも関連したことであるが、それから十年の歳月を経て、昭和二十九年の十二月に、鳩山内閣ができて、重光葵氏が外務大臣となり、私が文部大臣になったときのこと、重光外相がなにかの用件で渡米してワシントンに行ったが、帰ってくると閣議の席上で、その経過を詳しく報告したことがある。

その報告の中で、マッカーサーとの会見内容を聞いて閣僚はみな非常に感動したことがある。当時マッカーサーはニューヨークに住んでいたが、ワシントンの重光氏に対してわざわざ手紙をよこし、ニューヨークにくるなら、ぜひ訪ねてもらいたい——とのことであった。それで重光氏がニューヨークに行って訪問すると、宏壮なアパートに住んでいたが、重光氏が部屋に入ると、すぐ握手しながら「君を巣鴨に収監したのは私ではないぞ。君を戦犯にしたのは〝北の国〟なんだぞ」と言ったのが皮切りで、部屋の中をぐるぐる歩きまわりながら、滞日中のいろいろな話を続けた。そして「重光君——およそ十年間で、日本を灰の中から今日の状態まで復興させた最高の殊勲者はいったいだれだと思うているか」と言いだした。重光氏は胸の中で〝ははあ、それはマッカーサーだ——と言わせたいのだな〟と考えて、わざと答えずに黙っていると、

「君が返事をせぬなら、私が教えてやるが、それは日本の天皇以外のだれでもない。外国人の私にわかっているのに君にはわからんのか。これを日本人が知らないならば大きな間違いだぞ。——私が厚木に進駐し、アメリカ大使館に入って宿舎にしたときに、天皇が訪問してこられた。そのころ自分は、どうせ敗戦国の君主だし、ロボット同様な者だろう……ぐらいに、そう考えて侮蔑し、平服のままで迎え入れたほどだ。天皇の用件というのは、なにか自分の地位にでも関して……まあ命ごいの話でもすることだろう——そんな程度に考えて軽蔑していた。そのつもりで応対していると、命ごいに類したことはいささかも言われない。こんどの戦争に関する最高責任は、天皇一人のうえにある——と言う。だから、皇室に対する処置は、どんなことでも甘受するが、国民だけは長期間の戦争に疲れ果てている。こ

の苦しみにあえぐ国民だけは、できるだけ寛大に取り扱っていただきたい。自分はどうなってもよろしいが、国民だけは助けてもらいたい……と言う。それを真心から幾度も繰りかえすので、私は案外に思った。どこの国の君主だって、このような場合には、まず自身のことから弁明するものだが、天皇はそういう点に一言も触れず、〝自分は戦争の最高責任者だから、したがってどのような処置を受けても辞さない。ただ国民だけは助けてくれ〟というのだ。私は感嘆した。こういう沈着な、また誠実な、そして大胆な、なんという偉い心事と態度とであろう。こういう立派な国家の主権者というのは歴史上にもないだろう……と思うと、迎えたときの侮蔑の念は消え去って、送ったときには丁重に敬意を表したのであった。帰られるときには、ほおにキスしてあげたい――そういう気持ちだった。それ以来四年何ヵ月東京に駐在していたが、天皇および宮中から、皇室に対してこうしてほしい……などと、これだけ（手まねして）も聞いたことはない。日本の国が十年でここまで復興したのは、こういう天皇を中心にしているからだ。復興の殊勲者は、天皇のほかにないのだぞ」と、重光氏に講釈して聞かせた。

「南方で日本軍と戦った体験者として言うが、日本兵は実に壮烈果敢であった。だから厚木に着陸して、進駐する際でも、当然、血を流さずにはすむまい……と、そう懸念していたのに、それがまったく無血進駐であった。これは、まさに、天皇の威令がよく徹底したからで、私はそれを十分に知っている。だから、市谷の戦犯裁判の法廷に、天皇を被告として呼び出さねばならぬと〝北の国〟などが主張したとき、私はこれを絶対に拒否した。断じて承認することはできぬ――と拒否したのである。そしたら証人としてでも呼び出したい――とのことであった。私はこれも断固拒否した。なぜ拒否したか……というと、私と会見したときを思うと、あのような性格であるから、もし法廷に立たせる場合があると、私に言われたと同様の発言をされるにちがいない。すなわち〝天皇たる自身が、戦争の最高責任者

鳩山一郎内閣。前列左から三人目が松村謙三

である〟と。――そうすると法廷は、やはり戦犯として認定せざるをえなくなる。そうなったらどうなるか。これこそ大変なことになる。だから私は絶対に拒否したのだ。とうとう本国政府に手紙を出した。それは、天皇を法廷に呼び出すというなら、私としては、日本の治安を保持する自信がない――という理由を述べたものである。日本に進駐してきたときには、あの壮烈果敢な軍人だし、必ずどこかで火花が散り、血を流すだろうと思ったのに、予想に反して無血占領をまっとうし、国内治安を保っているのは、天皇に対する尊敬と信頼によるものだ。その天皇に〝戦犯〟というような処置をとったら、およそ、どんな事態になるか。国民の驚くと激昂とは、計り知れぬものがあろう。それに対して責任は取れない。しかし、どうしてもやる……というなら、さらに百万の軍隊を増派せよ――と言ってやったのだ。本国政府でも、日本の実体について正確なる認識をもっておら

ぬ恐れがあったからだ。……重光君、君は〝日本復興の最高殊勲者〟を忘れてはいかんぞ」――これがマッカーサーの意見だったという報告なのだ。

この閣議のあった日の夜中のこと、十二時か一時ころであろう。もう寝ている私に電話がかかってきた。だれかと思うと、通産大臣の高碕達之助君からだ。「なんの用件か」と聞くと。「実は、きょうの閣議の重光さんの話なんだが、あれを聞いたので、まだ興奮して眠れない。あれは国民に公表すべきものだ。君は文部大臣だから、公表の方法をとってもらいたい。今夜は感激してどうしても眠れない。ぜひお頼みする」と言う。「ひとつ考えてみよう」と答えて電話を切ったが、翌日、重光氏に会ったので高碕君の話をすると、「さあ、マッカーサーとのプライベートの話なのだから、それを日本の文部大臣として発表するのはどうかなあ……。では私が新聞記者への談話として発表することにしよう」と、外務大臣として公式の発表でなく、みやげ話という形式で発表した。

八　畜産の統制を解除――山林経営に心血注ぐ――

それから当時もっとも困難な問題の一つに統制解除という難事業があった。戦時中に強化された統制ががんじがらめのままなので、これを解かねばならないのだが、さて、これに取り組んでみると、なかなか面倒な仕事である。急激に解除すると、物資の欠乏している場合だから、いろいろな弊害の生ずることはわかりきっているし、さりとて見過ごしていたら、いわゆるヤミでもうける連中は際限なくのさばるし、現実にそれを断行するかねあいは容易でない。そこで河合良成君と相談して、まず局長の全部を更迭した。そして新任の局長に、その局、その局の当面の仕事を指示して、その実行に責任をもたせた。山林局関係、畜産局関係など、よくその間の事情を考慮してできるだけすみやかに統制を解くことを命じた。

しかし、たとえば木材のようなものは影響が大きいので、むやみに統制を解くわけにはいかない。実行に当たる局長などの手腕力量にもよる。それで、ずいぶん私は心配させられたものだが、ただひとつ、畜産だけは例外で、きわめて順調……というか、思いきった統制のはずし方をはやくやったものだ。畜産局長は蓮池公咲(はすいけこうさく)君で、のちに秋田県知事、東北興業会社の総裁になった人だが、蓮池君だけはうまく統制を解いた。もちろんそのときは肉屋の店頭に肉を見られぬ――肉類が市場に出ぬときだから、統制をはずすのに手間ひまがいらぬわけだが、畜産の実態からみると、まことにタイムリーな処置だった。

私の意見としては、米など国民生活の基本となるものの統制は解かず、むしろ強化せねばならぬ、というのであったが、畜産の実体は違うのだ。これがうまくいったので、それに伴って農家の畜産に対する生産意欲をよみがえらせ、畜産の回復は予想外に急速に進行したわけである。日本では、鶏、豚などの小動物はもちろん、牛、馬などの大動物が苛烈な戦時中にも残り、戦争直後ただちに増殖しだしたのは日本の国民性というか、家畜に対する愛護の観念によるものである。

ここでドイツを例にひくが、ドイツでは、第一次世界大戦、また第二次世界大戦でも、飼料が欠乏すると、小動物より先に大動物がなくなってしまった。牛、馬、つぎに豚、羊、それから鶏という順序になっているが、日本では反対の現象をみせ、大動物のほうが残っている。どうして日本ではそうなのか……と考えてみると、それは仏教などにつちかわれた宗教心、殺生戒などを慎しむ人情から(東北地方では家を仕切って牛や馬を飼う農家さえあり、子供のときから家畜を扱うのに家族同様に愛育している)、むざむざと殺して喰うにしのびない。家畜の飼料が欠乏すれば、草刈仕事などの辛労もいとわず、豆や麦など自家の食糧さえ節約して愛護し飼養するのだから、慈悲心と愛情心と相まって、畜類がわりあいに残り、綿羊までも残っていたほどで、大動物の増殖も早く、統制の解除が顕著な成功をみせたのである。まったく人情に厚い日本の国民性による誇るべき成果である。

畜産に反して、荒廃した山林の回復は、いわゆる百年の大計によるのだから、一朝一夕に立ち直るようなものでなく、今日にいたってももとの面目に帰るにはほど遠い。しかし「一国の文化は森林から」ということばがあるくらいだ。民生の幸福を希望した祖先の人が、どれほど山林の経営計画に精魂を傾けたか。ここにもまた人情に厚い日本人の特色が現われている。昨今の状態はどうか知らぬけれど、私が大臣秘書官として農林省におった時代に、山林局に新しい大学卒業生を採用すると、十人が十人、中央に勤めて、テーブルを前にしたいという希望で、地方に回され、地下足袋をはいて奥山に入るような生活はいやだと言う。せっかく農林省の正門を出入りするようになったと思ったら、地方の営林署に出向かせられ、うさぎやさるを相手に暮らすのか、いやだなあ……というわけで、喜んで出かける者は、まず一人もない。――ところが、山に入って営林作業に取りかかり、山をひらく、苗木を植えつける、それが育ってゆくにしたがって、最初の不平も不満もいつか消えて、ちょうど子供を育てると同様の気分になり、いつか役人気質を忘れて完全に山の人間になってしまうらしい。三年、四年と年月を経て、自分の手がけた苗木の成長を見ると、どうしても離れられなくなる。晴曇風雨、それを気にするのは苗木に対する愛情からで、そうなると山を離れるのがいやになってくる……というのだ。本省から人事の都合で動かそうとすると、〝いや、それは困る。ぜひ今のままに願いたい〟と赴任する当時の不平不満など跡形もなく、すくすくと伸びて立派になってゆく林相を、明け暮れに眺めて楽しんでいたいとの気持ちになるそうだ。国有林の形成には、この愛情から生まれる努力が何よりの条件で、これなくしては、荒廃した山林の復還、振興は永久にあるまい。私は、ここにも日本国民性の現われがあると思う。

九　総司令部から追放令――三土氏、内相就任に条件――

敗戦混乱の昭和二十年の年も暮れて、明けて二十一年の新春を迎えた。当時は旧憲法の時世であるから、一月四日には宮中において、政治始めの儀式を執り行なわせられるのが毎年の慣例とされていた。式典の模様は、内閣総理大臣以下各閣僚、枢密院正副議長以下各顧問官が参列し、総理大臣が陛下の御前に進み、年頭にさいして心を新たにして国政に当たる決意を言上するので、簡単ではあるが厳粛なものであった。

そのときの式場は宮中が焼けているから宮内省の一室で行なわれたが、当日は幣原総理大臣が肺炎にかかって静養中なので、先任大臣として司法大臣の岩田宙造氏が御前に進み、「今年も閣僚一同、とくに時局の重大なるを心に銘じ、粉骨砕身して国務に精励し、もって聖慮を安んじ奉ることを期しまする」との決意を言上し、閣僚一同も、この旨を心に誓って御前をさがった。そして控え室にくると、「いま連合軍総司令部から緊急指令――非常に重大なデレクティブが出た。それでただちに臨時閣議を開くことにする……」ということになった。そこで一同が首相官邸におもむき、岩田司法大臣の司会で閣議を開いたのである。内閣書記官長次田大三郎君の報告を聞くと、そのデレクティブというのは、パージ（追放）の指令だ。その条項はいくつもあるが、その条項に該当するものが閣僚のうち五、六人もあるのだ。私などは、まっ先に引っかかるのである。たとえばこういう項目がある。前年九月二十五日以前に大臣に就任した者――これに私はただちに該当する。私ははじめから反対で翼賛会との関係はなかったが、戦争に勝たんがために身をもって努力した数々がある。それがみな追放に該当する。およそ七、八ヵ条も該当するのである。内務大臣の堀切善次郎君や文部大臣の前田多門君なども、私と同様に引っかかるのだから、これにはみな驚いた。先刻は宮中の政治始めの儀式で聖慮に答えるために、今年も身をもって恪勤努力すると陛下の御前に誓ったのに、一時間も経たぬのに、こんな有様なのである。寝耳に水……ということもあるが、これはひどい。閣僚などの進退は別としても、これでは日本の従来の指導階級はことごとく一掃される、といって総理大臣は病中であるし、さしずめ外務大臣の吉田茂氏に交渉させて、なんとか緩和の方途を講ずるほかはない。その結果を待とう――とそういうことにして閣議は散会した。

すると、一月の九日に臨時閣議を開くというので首相官邸に参集すると、次田書記官長が総理大臣の意向を伝えた。それは、「けさ、総理大臣の病床に呼ばれて参邸すると、マックのやつ、ああいう理不尽な指令を出して……自分はどうしてもこれを承服するわけにゆかぬ。こういう指令を執行することはできぬ。ことに今日まで事を共にしてきた閣僚を追うなどということは自分にはやれぬから、総辞職する決意をした。どうか閣僚の諸君にこのことを伝えて、みなの辞表をまとめてもらいたい。このように申されている」という報告で、全閣僚の辞表を求めた。そこで私は次田君に聞いた。「君の報告はそれだけなのか。まだ裏になにかあるのではないか。たとえば内閣改造をしたいが、閣僚の指令該当者に無用の義理立てをして内閣改造を遠慮し、それで一応、総辞職の形式にでる――と。もしそうなら、まわりくどい手続きをとる必要はない。指令該当者だけが辞職すればすむことだ。いままで、ともに時局を担当してきた者を追うにしのびない……と、そう言われる厚意はかたじけないが、それは平常の場合だ。この国家危急のときに、そういう手間どることは許されない。指令該当者が辞職するだけでよい。なにも面倒なことはない。総理大臣が辞職される必要はあるまい」と述べると、堀切君も前田君も私に賛成して、「指令該当者が辞職するのは当然だが、内閣総辞職の必要は断じてない」という。すると、次田君は「私の聞いてきたのは、首相が内閣総辞職を決意されたこと、それだけなので、内閣改造などということはない。とにかく非常に激昂しておられる」と言う。そこで吉田外務大臣に「マッカーサーに対して指令緩和の交渉をされたろうが、その経過はどうだったか」と聞くと、外務大臣は「あれからマッカーサーに会って話してみると、マックの言うには〝あれはけっして自分の発意によるものではなく、ワシントンの極東委員会で決定した指令だから、なんともいたしかたない。これ以上は無理をいわぬから、現内閣で執行してくれ。自分は幣原さんが天皇の信任の厚いことをよく知っているし。また自分も幣原さんがいつわりのない誠実な政治家であることを信じているのだから、これだけは承知してくれ〟とこういうわけであった。それで総理大臣にこの旨を報告したが、非常な興奮で〝マックのやつ理不尽だ。なにを言うか……〟という調子で耳を借そうともしない」と言う。――結局、閣議は「総辞職をしても、いまは幣原氏のほかに時局収拾の適任者はない。総辞職するにおよばぬ。該当者だけ辞任し、幣原首相は翻意留任のほかはない」との申合わせを行なった。

そこで、閣議の申合わせを持って、総理大臣の承諾を得るよう次田書記官長に託すると、次田氏は「行ってこいと言われるならすぐにも参るが、知られるとおり総理大臣は、一度こうと言いだしたらなかなか主張を撤回されぬ性格であるし、子供の使いのようになるから、だれか一人監視のため介添役になってほしい」と言う。その人選は、だれかれというより、翻意を言いだした松村が行け――ということになり、私が同行することになった。

幣原総理大臣は肺炎で臥床中であるが、おそらく日本でペニシリンの注射を受けたのは幣原総理大臣が最初の一人であろう。それは総司令部の好意によるものだが——。行ってみると、なるほど相当以上に興奮している。まず次田君が閣議の経過を報告し、「閣僚は一致して総理大臣の翻意を切望している」と言っても受けつけない。「断じて不合理な指令を承服するわけにはいかぬ」と力むので、次田君と二人でなだめたがどうしてもきかない。

そこで私は、「貴下の言われることはもっともであるが、総辞職の挙に出られるとして、後はどうなるか。いまは元老もなく、枢密院といっても従前のような権威をもたない。後継内閣の首班たるべき人物に関しては必ずや貴下に御下問があるに相違ないと推察される。そういう場合にさいして、だれを適材として奏請されるつもりか。良心をもって奉答しうる後任の人をもたれているか」と詰めよると、「さあ、それだ。御下問のあったときに想到すると——多くは指令該当者であるし、どの人物もそれだから困る。ただひとり無難なのがいるから、これを奏請したいと思うのだが……」「その人はだれですか」「枢密顧問官の三土忠造君だが、これはどうであろうか」「貴下の意中の人物は三土氏であるとして——いま日本の時局は存亡の重大危機である。内閣総理大臣たる資格に第一の条件としては、国際的知識と経験とをあげなければならない。これは国家の興廃にかかる大事である。いかにも三土氏は財政通として知られているが、かつて国際外交の知識経験者であることを聞かぬ。はたして国政を担当しうるか。御下問に対して、貴下は良心をもって安心して奏請しうるかどうか……」と言うと、幣原さんはほろほろと涙を流して泣き、「そう言われると熱湯を飲まされる思いがする。胸の中が熱くなる……」と言って、二、三十分も沈黙していたが、それからようやく「一身の事にかかわるべき場合でない。諸君の要請に答えて留任することにする」と翻意する旨を明らかにした。

それなら結構と、その場であと始末の話に入ったが、指令該当者として、まず私と堀切君、前田君などに、それから運輸大臣の田中武雄君が該当するかわからぬが「諸君と心中する」と言って辞職することを申し出た。内務大臣の後任には、さきの総理推薦の話もあったから三土忠造氏、文部大臣の後任には前田君と昵懇の安倍能成君、それから農林大臣の後任には食糧対策、その他の政策関係から次官の河合良成君、また一部で石黒武重君というようなことに幣原さんの枕頭でほぼ一致した。

ところで、三土氏に内務大臣の交渉をするのに、本来なら次田書記官長が行くべきだが、それでは目立つので都合がよくない。当時、私は厚生大臣官邸に住んでいたときで、三土邸はその後方にあって二、三度往復があったから、そこで夕方に人目を避けて私が就任を承諾させるためたずねていった。幣原総理大臣から委託された旨を伝えると、諾否の返答は明朝まで待ってもらいたい――と言う。それで翌朝あらためてたずねて行くと、「いかにも承知した。しかし条件がある。それは内務省の大きな仕事というのは米の供出であるが、それには内務省と農林省とは異体同心でなければならぬ。それで貴下の後任の農林大臣を、私の推薦に一任してもらいたい」と言うのだ。これは困った条件だと考えたし、私の即答できる事柄でもないのだが、「だいたい、どういう人物を推薦されるつもりか」「それは副島千八君だ」と言うのである。私としては食糧政策の大綱を維持してゆくのに河合君の就任を希望していたのだが、三土氏は「絶対条件として譲れない」と強硬である。それで総理大臣に復命すると、この〝絶対条件〟には難色を示し、一方、三土氏はがんとして主張をまげない。なんども往復を重ねたが、善後の差し迫った事情から、三土氏の条件を容れざるをえなくなって、副島農林大臣ができた。あとではたしていろいろ困ったことも起きた。副島君の挙用は、三土氏の奥さんと副島君の奥さんとの話合いだ……というのが実体らしい。

私としては、政策を一貫するためにも、どうしても河合君に農林大臣を継いでもらいたかった。農林次官といっても、それは国家の危機にさいしての非常次官、特殊次官なのであって、その辛労と努力とは非常なものであり、それで幣原総理大臣も、とくに河合氏を貴族院の勅選議員に奏請し、それから政界人として、のちに厚生大臣となる道をひらいたのである。

十　陛下、伊勢にご参拝――堀切内相、治安維持に努力――

それから追放令の該当者として私と同時に辞職した堀切善次郎君（現東京都公安委員長）だが、実に沈着公正な人物であり、若き東京市長として市政の刷新に当たり、大正十二年の大震火災による復興事業に、大きな功績をあげた人である。終戦後における国内の状況は、混乱と無秩序とを露呈している有様だったのに、内務大臣として治安の責任を負うたのであるから、その苦心というものは、ことばに尽くされぬものがあった。それをどうかこうか切り抜けることができたのも、まったく堀切君の人柄によるものといえる。

たとえば、堀切君が内務大臣に就任してから間もなく、陛下が伊勢神宮に参拝せられることになった。陛下のお心持ちとしては、皇祖皇宗に対して、また国民大衆に対して、親しくおわびしたいという御意向であることは申すまでもない。ところが、陛下の仰せには、こんどの行幸には、これまでのような警備とか警衛とか、そのようなことは一切不必要、と言われる。内務大臣としては、時が時であり、場合が場合なので、万々一にも不慮の事故でもあったなら、単に一身上の責任を取るだけではすまぬのだが、なにしろ勅諚である。さりとて治安の関係もあり、できるだけの措置を講じたにせよ、護衛も警衛もない行幸に供奉して内務大臣は伊勢に向かうのである。閣議の席上において堀切君は、水杯で出かける気分の緊張した態度であった。供奉中は不眠不休で押し通す覚悟をきめていたが、その心配は案に相違して、御召列車が名古屋に着いたときには、熱狂した歓迎の人波が駅頭にあふれ、列車の窓辺まで押し寄せ、その人たちの顔も声も、ただ感激そのものであったのである。これを見た堀切君の心持ちはどんなであったか。御召列車が伊勢路に近づくにしたがって、田畑を耕作している農村の人々は、鍬をさしあげて〝万歳〟の歓声をあげる。道筋には白布で包んだ箱をささげている老婆が、ていねいにお辞儀をしている――。戦死した勇士の遺骨を、その母親がささげてお迎えしているのだ。これが護衛も警衛もない行幸の途上風景だったのである。

陛下も感激されたことと拝察されるが、帰京してから内務大臣は、その見たまま、感じたままを閣議に報告した。これを聞いた総理大臣はじめ各閣僚は、いまさらながら、日本人の真の姿を見る思いがして、「よかった、よかった……」と堀切君の手をにぎって喜びあった。それが近ごろは行幸啓がむかしにかえったようで、厳重な形式と警戒とで皇室と国民との間に垣をつくるきらいがあるのはどんなものか。

第8章　追放、ふたたび政界へ

一　武蔵野でしいたけ栽培──郷里の山林を売りぐい──

進駐軍総司令部から公職追放の指令が出た──となると、なにしろ二十年九月二十五日以前の大臣という条件、地位からして、私は明らかに引っかかる筆頭だ。しかし、この追放のおかげで、私は生涯またとあるまい、と思うほどの悠暢かつ快適な生活の日々に、心からひたることができた。

東京都というが、当時は郊外の、中野区鷺ノ宮六丁目──武蔵野の田園情趣は少しも失われていなかった。戦争の終わりごろ私は空襲で十二年間も住みなれた小石川坂下町の家を焼け出され、いまの鷺ノ宮のすぐ近くの練馬区谷原町の茅屋に疎開した。谷原町に疎開したのは懇意な松井角平（まついかくへい）さんの居宅が近くにあって、その紹介あっせんによったのである。しかしこの谷原町付近も決して安全ではなかった。武蔵野の中島飛行場へアメリカの飛行機が日ごとに爆撃にくる。そのそれ弾が練馬の付近に落ちる。その付近のものは恐れて、みな田舎へ疎開する。その家はみな売物に出る。それで私より後に戦火に焼け出された町田先生（忠治）老夫婦が私の向かいに引っ越してこられる。大橋君（八郎）がとなりに引っ越してこられる。期せずして老先輩と親友とを迎えたわけだ。草深いこの付近は、現在と違って、いわゆる武蔵野の面影をそのまま、農家と畑地と雑木林とが断続し、雑木林の林相は上は松の木がそびえ、下はくぬぎやくりなどで、若葉のころから落葉の季節まで、なかなか風情と変化とに富んだものであった。その中で町田さん、大橋君、それに私の三人が恐ろしい戦禍の中に、いっしょに暮らしていた。すると、冬近くなってから、町田さんは私に「自分たち夫婦は老人だから、炭もたきぎもないので寒くて困る。それであの森を買い入れて燃料にしたいものだが、どうにかならぬだろうか」という相談である。それでそのあたりが選挙区である中村梅吉君（元建設大臣）は民政党以来の代議士なので、その世話でその森の一部を入手し、これを伐採して燃料とし、その年の冬をしのいだ。

戦争が終わると、町田さんは牛込の南榎町にある旧邸跡に、バラックを建てて帰ることになったが、私に向かって「君はどうするつもりか」「私は当分ここにいることにします。東京（当時は旧市内をそう言っていた）へは帰らぬように考えております」「そうか。それならどうだ。あの森の中にはいらぬか」という話から、その土地を先生からただのような値段で譲りうけた。私はこれを先輩の記念林と心得ており、その当時の林相をそのままに、できるだけ原形を保存しているが、さて追放令を受けて隠栖するとなると、それこそもってこいの理想的環境で、それから追放七年間の閑静な朝夕をここで送った。

ところで、住宅のほうは郷里の福光木工というのが、富山市の戦災バラックを請け負っていたが、それが私に好意でバラックを寄付されるという次第で、おそらく追放令を受けた人々の中でも、私ほど閑静に追放生活を楽しんだものはそう多くはあるまいと思われる。自分の生涯をささげる政治の世界から追放されたが、国破れて山河あり、城春にして草木深し――の今日では、この境遇は当然のことだ。別に戦争の元凶でもないのだが、最初に追放を受け、解除も最後だった。しかしながら解除の運動などをする気も起こらず、ただ静かに日々を送り迎えていた。

家の周囲の林の中に、松の老樹が五本、亭々として雑木林のうえにそびえていた。そこで「五松庵」と号して家の目じるしとした。それが毛虫の害をこうむっていまは三本になったが、暇があれば林の中を散歩して、この松の姿、松の色を眺めていた。だが、あの戦後の世態だ。なにも鷺ノ宮あたりのみでなく、どこも同様だったろうが非常に物騒で、毎日のように泥棒沙汰だ。しかし五松庵に被害はなかった。秋田の知人から贈られた巨大な秋田犬が控えているので、いかな泥棒でも恐れをなしたらしい。ある日、私の閑居を訪れてきた農林省の知人が〝庭〟といっても林なのだがこれを見渡して、「だいぶくぬぎが密生しているが、これはしいたけをつくるのにもっとも適しています。ひとつ間伐してしいたけを栽培してごらんなさい」と言い、しいたけの菌をパン状にしたのを送り届けてよこした。

そこで教えてくれたように、さっそくそのホダギを作るのに取りかかり、近所からも資材の木を求めて、三尺ほどのものを三百本ぐらい調えた。そのころよく遊びにきた元報知新聞記者小楠正雄君も、この植込作業を手伝ってくれ、そんなことで少しも退屈を感ずるということはなかった。このしいたけ栽培は大当たりの好成績であった。半年、一年と経つにつれて続々と群生し、実に見事であるし、家人もめずらしがる。盛んなときは、ひと春に生しいたけが三十貫、五十貫とできて知人に分けてもあまる。干しいたけはできがよくないが、それでも物資のないときだから結構用にたつ。はじめは家庭用に当てたが、しまいには商売人が買いにくる始末だ。しいたけによって、一躍、意外の声名を博した。

暇がありすぎるので、それからは蘭の道楽になった。私の少年のころに、祖父が好んで菊の栽培に打ち込み、土の作り方とか水のかけ方とか、園芸についての若干の素養を与えてくれたので、まんざら縁がないわけでもなく、蘭には多少の趣味をもっていた。衆議院議員に当選して、農林大臣秘書官となったころ、富山県出身の古谷という人が、上海から中国の雑貨を輸入していたが、同時に蘭も輸入していた。支那蘭とはいうものの駿河蘭の程度だったが、同県の関係から私も同人から求めて栽培した。その中に、ただ一つ珍しい赤芽で出てきれいな白花に咲く秋の素心蘭があり、いまも私は栽培している。

それから昭和十年前後に、上海にいた有名な中国通の内山完造君の親友で、小原栄次郎君がはじめて本物の支那蘭――といっては変なことばだが、一茎一華とか一茎九華とか、そういう名品種を輸入した。喜多壮一郎君なども、私とともに蘭の趣味に入ったが、身辺多忙、私のように蘭を世話して楽しむ時間もなく、せっかくの名品をみな枯らしてしまった。小原君の輸入した蘭の品種は、おそらく一華が百二十種、九華七、八十種に及んでいるだろう。中国人は悠長で、幾百年も前からどこの山でどこのだれが発見したという履歴書が、いちいち克明についている。私はせっかく輸入した貴重な品種を絶やしては惜しい。とくに中国も革命で品種の絶える危険もあろうからと考え、追放中の暇つぶしに品種の取り集めに乗り出した。あちこちから枯れかかった種木を集めたが、金沢の成瀬という人が、ほとんど輸入名品の全部を買い入れて培養していた。その人は戦時中なくなられたが、遺愛の蘭は多少散逸したが、幸いにも嗣子によってその品種は保存されていた。私の支那蘭はこのようにして追放の暇々に集められ、それがようやく近ごろになって花をつけるようになったのである。

ところで、しいたけの栽培だ、支那蘭の培養だ、というように、閑居の趣味生活に没頭していたが、生計のほうはだんだんとつまってきた。あるとき、郷里の福光に帰省すると、山林の仲介人がやってきて、私の所有である西山の杉林を十万円で買いたいが売ってくれ……とのことだ。十万円というが、西山の全部なら安すぎるように思っていると、そうでなく一区画、すなわち一割だけで十万円だ……というのを聞いて私は驚いた。子供の時分に、父に言いつけられて人足を連れ、西山の旧所有地に杉苗を植えた。その記憶はいまに生きているが、それが成長していまや一割が十万円となったのだ。そこで生計の財源を確立しえたような次第で、一割ずつ売りぐいすることになったが、これを売り終わったら、ちょうど追放が解けた。昔から、子孫の計のため植林する――と言われているが、私の体験からも、こういうことは閑却してはならぬと深く感じたことだった。

追放が解けてから間もなく、盟友同志の諸君の支持により、私が政界人として復活し、日本改進党の幹事長に就任すると、鷺ノ宮から市内に通うのがいかにも静閑境から俗界に往復する感がしていた。すると、毎晩のように深夜になって各社の政治記者諸君がやってくるのだが、鷺ノ宮訪問の距離と時間とには困りきって記者諸君は〝インパール行き〟と言っていたそうだ。〝インパール〟とは有名なジャングル地帯――インドのインパールに攻め入った、いわゆる〝インパール作戦〟を草深い鷺ノ宮訪問に引っかけて、口の悪い連中が言いだしたのであろう。

その追放の七年間、閑栖の中にあって、私のしたことと言えば、私の政治生活における恩師、指導者である町田忠治先生の伝記を完成したことで、これでいささか先輩に報いえたかと思っている。これには小楠正雄君が最良の助手として協力してくれ、私も全力を挙げて執筆に当たった。これは、町田先生の全生涯を網羅した伝記であると同時に、一面においては明治・大正・昭和にわたる政治の側面史となることを期したもので、追放中の業績としてはこの著作くらいのものである。伝記の執筆、訂稿を完了したが、戦争直後のことであり、出版となってはたと行き詰まった。第一に用紙がない、印刷所がない、装幀のクロースがない――という状態で、ゆき悩んでいた。すると、東洋経済新報社社長の石橋湛山君が聞いて、即座に「少しも心配することはない。それは当方で引き受けてやるから……」と言う。これは『東洋経済』の前身たる『東洋経済新報』の創立者は、ほかならぬ町田先生その人だった関係からだ。

明治二十六年、町田先生が外遊された当時に、イギリスの『エコノミスト』――経済雑誌――に着眼し、帰朝してからこれにならって創刊されたのが『東洋経済新報』で、その主宰者は町田先生から天野為之博士、三浦銕太郎(みうらてつたろう)氏と受け継ぎ、そして石橋君にいたっているのだ。それで石橋君も進んで出版を快く引き受け、損益関係はもとより度外視されたのだが、同社の専務宮川三郎(みやがわさぶろう)君(現経済クラブ理事長)は、幸いに富山県出身者。伝記の主人公町田先生は大隈重信侯とは断っても断たれぬ関係があり、石橋君と私とは早稲田出身の同学であるし、なにもかもが万事都合よく進捗したのだ。かような次第で、石橋君の篤志と宮川君の厚意により、『町田忠治翁伝』は、なんのとどこおりもなく刊行されたのである。おそらくこれだけの伝記出版は、物資のない戦争直後において最初のものであり、そして装幀、用紙などももっとも立派なものであったろう。

二　子犬は売るものだ――〝幣松商会〟はお流れ――

追放の指令を受けてからの私は、あまり外出もせずに、超然として静心を楽しむ――という朝夕の閑生活であったが、ある日、新聞を見ると、吉田首相に口説かれて、幣原氏が衆議院議長になるらしい……という記事が第一面に大きく報道されているのに、私は〝これは?〟と思った。当時の私としては、世事に遠ざかっていたし、特に政治から離れていた身の上であるが、それにしても大先輩として尊敬する幣原さんのことだ。これは捨ておけぬ大事だ……と考えたので、すぐさま世田谷の用賀にある幣原邸に、どうしても諌止するつもりで、忠告に出かけて行った。

「衆議院議長の地位は、いまさら申すまでもなく、貴下が就任されることによって、さらに一段と重きを加えるのはいうまでもないでしょうが、あの高い椅子にすわって、議場におけるなんやかやの、こまかな紛議にわずらわされ、勝手に用便にも行かれぬ職務などは、はなはだ健康上によろしくない。そして政府の議会におけるしりぬぐいは、みなあなたがやらねばならぬ。議長の権限は国会法で拘束されて強くない。それが心配でならぬ。絶対に承諾されてはなりませぬ」と意見を述べると、幣原さんは真剣な面持ちで「いや自分も、ぜひ断わりたいと思う。断わることにするから……」との返事なので、安心して帰った。ところが吉田首相の執ような要請をこばみきれず、口説きおとされて議長となったが、果たして疲労のために健康をそこない、在職中に狭心症でたおれたのは、なんとしても悼ましいことであった。

幣原さんが英語に堪能なことは、歴代の総理大臣、外務大臣中でも第一人者とされていた。会話でも文章でも、実に造詣深く、とくにユーモアやウィットが豊かで、これで困難な交渉問題も、きわめて円滑に解決した事例は、いくらもある。戦後、進駐軍総司令部がまっ先に出したのは、戦犯容疑者の逮捕令であった。そのなかに皇族から梨本宮守正王（なしもとのみやもりまさおう）も該当指令を受けて拘引された。もとより陸軍大将ではあるが老年でもあられたし、直接に戦犯とみられる関係もないので、これにはだれも驚いた。そこで世間は、〝どうしたことだろう……〟と不思議に思い、問題にもなったが、幣原さんはすぐ直接にマッカーサーに会いに行った。そしてマッカーサーに真面目な顔をして「どうも、貴下の国の人たちの特殊な能力には感服した」「それは、どういうことか」「貴下の国には〝千里眼〟のような能力を持っている人が多いようだ。日本人にはないのだが……」「アメリカにだって〝千里眼〟などはない」「いや、確かにあるに相違ない。現に私——幣原は戦争中も東京にいて、戦犯の容疑者については、だいたいに知っている。しかるに、こんどの逮捕者の中に梨本宮を引っ張っているが、私は東京にいながら、梨本宮が戦犯になるようなことをやったとはまったく知らなかった。私などの知らぬ戦犯の容疑者もワシントンあたりから見てわかるとは不思議な能力ではないか。ワシントンには確かに〝千里眼〟がいる」「皮肉なことを言うな。間違っているなら遠慮なく言ってほしい」と笑って、すぐ釈放することを約束した。外交官出身者のなかには、ややもすると議論に流れたり、理屈をこねて、無用に角を立てる人を見るが、幣原さんは、こういうウィットやユーモアで、見事に難問題をも解決する独特の風格をもっていた。

幣原さんについては、私との間にも思い出深い話が多い。かつての私の秘書であった川端佳夫君の細君は浅草の富豪の娘なので、川端君は世田谷に堂々たる住宅を構えていたが、用賀の幣原邸に行く途中なので、川端君に申しふくめて席を設けさせ、幣原さんと落ち合っては、よく川端君の家で歓待を受けたものだ。幣原さんがなくなられる二、三週間ほど前だったが、例によって幣原さんと川端君の家で落ち合ったとき、私は冗談を幣原さんに言った。「追放浪人ではあるが、おかげさまで近来、収入状況に好転の見込みがついたから、ご安心ください」「ほう、それは不思議だ。どうかしたのか」

私の家の秋田犬は、町田さんの口利きで贈られた本場の逸物だが、白いめす犬である。ところで東京にいる秋田犬愛好の実業家ですばらしいおす犬を所有している人があり、これをかけ合わせると子犬が六匹も生まれた。血統からいえば非の打ちどころのない優秀種なので、ほうぼうから〝ぜひもらいたい〟との希望者が殺到した。たのみにきた連中は〝他に取られては大変だ〟と乳離れもせぬのに貰い受けにきたが、もっとも熱心に希望していた鶴見祐輔(つるみゆうすけ)君がその後音も沙汰もない。しかし約束は約束だから、〝ユウスケ〟〝ユウスケ〟と呼んでかわいがっていると、ようやく鶴見君が自身で取りにやってきた。「これはどうもありがとう。ときに犬の名前はなんというのか?」「それは鶴見家にやるのだから〝ユウスケ〟〝ユウスケ〟と呼んでいるんだ」と答えると、聞いていた祐輔君は非常に憤慨した。その仇打ちに〝ユウスケ〟を自宅へ連れてもどると、松村家から譲られた優秀犬だから、敬意を表して〝ケンチャン〟と改名させるのだ——と言って〝ケンチャン〟〝ケンチャン〟と愛撫していた。この犬は非常に長命で今もなお生きている。

この話が、それからそれへと愛犬仲間に伝わって、おす犬の所有者である実業家の耳にも入ったとみえ、強硬な抗議を申し込んできた。それはこうだ。「聞くところによると、貴下は、鶴見氏をはじめ友人たちに、軽々しく子犬を無代でわけてやったとのことだが、どうも困る。まるで優秀犬の取扱い方を無視しておられる。イギリスなどでは、いかに親しい仲でも子犬をわけるには相当の代金をとることが慣例で、無代でくれてやるということはない。そういうことなら、今後は絶対に〝種〟をやるわけにはいかぬ」という厳重な通告だ。私は驚いて「そういう慣例ははじめてうけたまわるのだが、それならどのくらいの代金が適正価格だろう」「まあ、私のおす犬の種なら二、三万円という相場でしょうか」という説明に、私は二度びっくりさせられた——と、幣原さんにことの次第を話した。「そういう次第なので、一度に六匹として年に二回の十二匹、それが一匹二万円として二十四万円。これだけの年収は最小限度にみても確実ですから、これなら楽に暮らせます。どうですか」。すると幣原さんは、わざといかにも感心したような表情で「そうか。それは安心だ。面白いから私も仲間に入れてくれろ。ひとつ協同で犬の商売をやろう」「さあ、それは困る。貴下を入れると、収入が半分になる」「いや、そうではない。私は〝日本番犬協会〟の総裁なのだぞ。私が判をおしたら、二万円などということはない。五万円にも十万円にもなる。だから君はうんと子犬をふやす仕事にかかれ。私は判をおす役をつとめることにする」「なるほど、それでは二人で、〝幣松畜犬商会〟を経営しますか」と爆笑したが、この〝幣松畜犬商会〟もわずかあと二十日ほどで幣原さんの死去によって消えうせたわけだ。このような冗談が、よく酒席などで交わされた。同じ三菱の婿同士でも、加藤高明伯のほうは幣原さんのような、こういう洒脱な気分には乏しいように思われた。

三　憲法第一条で大論争——陛下、憲法改正へご決断——

私が追放令によって内閣を去った後で、幣原さんは、改造内閣の総理大臣を続けた。用事があって世田谷の私邸をたずねたのは、昭和二十一年の三月五日と記憶している。案内を請うと、「上がれ」ということで書斎に通されたが、「ちょっと失礼する」と、幣原さんは片隅のデスクに向かってしきりになにか書いておられる。ときどき首をかしげて考えると、また書き続けてゆく。そういう様子で二十分か三十分ほど待たされたが、やがて筆を置いて、「やあ、失敬」と言って私と向かいあった。そして言うには、「実はマッカーサーから、昨日やっとできあがった新憲法の草案を、きょう中に新聞社に渡して、あすの新聞紙上に発表しろ——と、無理なことをいうのだが、なにぶんにも訳文（原文は英文）が確定していないので納得がゆかないし、安心ができない。それで私が原案と訳文とを対照して、妥当でない個所を訂正し、また文章をも練っていたのだ。待たせてどうも失敬した」とのこと。それで私は早々に辞去したが、翌日の各新聞には特別扱いで草案要綱が掲載された。それはそれとして、その翌日の各新聞の紙上には、マッカーサーの名で、「きのう発表された新憲法草案は、日本の民衆の政治に関する最善の認識と努力とを証示するもので、私は進駐軍総司令官として全幅の賛意を表明する」という趣旨の声明が堂々と掲載された。これは新憲法案に対してまさにマッカーサーのおした太鼓判であった。その表面に現われた経過だけでは、日本人のだれもがなにか腑に落ちないような感にうたれるだろうが、そのときの訪問から日を経て、五月の中ごろ、また幣原さんをたずねてゆくと、幣原さんは暇であるとみえて、憲法改正にいたるまでの経過を詳しく話された。問題が問題であるし、私は心にとめて拝聴したが、これは文献に伝えておくべきものと思われる。以下、幣原さんの話された内容であるが、私の記憶によるのだから、細かな点で多少の間違いがあるかもしれない。順序と内容とは、だいたいつぎのようであった。

昭和二十一年の二月十八、十九日ごろ（私は十九日と聞いたように覚えているが）に、マッカーサーから幣原首相に「会いたい」と言ってきた。すぐに行ってみると、マッカーサーは幣原首相に向かって、「実は憲法改正の問題に関してであるが、総司令部でもいろいろ検討しているが、日本政府も東久邇宮内閣以来、憲法改正の委員会を設けていろいろ研究しているようだ。しかし聞くところによると、明治憲法第一条は変えない方針らしいが、これをそのままに固執するとなると、もともこもなくなる危険がある。ある〝北の国〟では、皇室を抹殺してしまえ——そう強く主張しているし、ある〝南の国〟でもこの主張に共鳴しているのだ。だからイギリス流ぐらいのところまで後退せぬと、皇室がどういう運命の道を歩むようになるか……これをよく考えてみなければなるまい」と言ったそうだ。

ここで、私が説明するまでもなく第一条というのは、「大日本帝国は万世一系の天皇、これを統治す」という、それである。そこで憲法改正問題については、東久邇宮内閣では国務大臣として近衛文麿公が内大臣府の改正委員長、幣原内閣では国務大臣として松本烝治（まつもとじょうじ）博士が政府の改正担当をやっていた。政府としては、この両内閣を通じて一つの方針を持っていた。それは憲法のどこをどう改正させられても仕方ないが、第一条だけはあくまでも譲られない——という方針であった。マッカーサーは「それではいけない。〝北の国〟と〝南の国〟との主張するところを考えてみよ」というのである。〝北の国〟とはソ連だが、〝南の国〟とはオーストラリアである。幣原首相はこれに不服である。国体の変革をきたす第一条の改正には同意できない。他の条文なら忍びがたきを忍んでも承服するが、第一条だけは……と反論した。するとマッカーサーは、「自分は親しく日本に来て思うのだが、あの勇敢な日本民族が、連合軍に無血上陸を許したのも、皇室を中心にして、天皇の命令が徹底したからこそだ。しかし第一条をそのままでは、〝北の国〟〝南の国〟はもちろん、アメリカ本国さえどう言うかわからぬ。へたするともともこもなくなるおそれがある。そういう大事の場合を考えてみるがよい。だからこのさいは第一条を変えて、イギリス式の〝国家の象徴〟——その程度までもってゆく必要があろう」としきりに説くのだが、他の条文ならどうともあれ、第一条だけは承服しかねる——と、論争四時間、とうとう決着がつかずに、そのままものわかれとなった。

ことはきわめて重大である。そこで幣原首相は直ちに参内して、マッカーサーと会見の始末を上奏すると、陛下はじっと考えられて「先方がそういうならば認めてもよいのではないか。第一条はイギリスのように〝象徴〟と変えてよいではないか。民の心をもって心とする。それが祖宗の精神であった。万世一系の天皇これを統治す——というのも、民の心をもって心として治めることだ。ゆえにイギリス式に〝国家の象徴〟となり、政治を民にゆだねてもよいと思う」——そういう意味のおことばであった。陛下のお考えがそのようであるならば……と、幣原首相も憲法改正に関する決意を固めたのであって、陛下のご決断がないならばその当時としては第一条を変えることは首相としてもやれることではない。すなわち幣原その人だけの考えのみでなく、陛下のお指図によることとは、首相の直話から十分に推量されるところである。それで幣原首相は、翌日マッカーサーを訪れ、その勧告に関して熟考し、これを了承することにした……と回答すると、折り返してマッカーサーからの通告は「それではさっそく憲法改正の協議を行なうから、総司令部に内閣の担当関係者をよこすよう準備をととのえられたい」というのであった。ところが、内閣の担当関係者は真っ赤になって憤慨した。その担当国務大臣の松本烝治博士は、「なにを言うのだ。商法や刑法の改正でさえ、三年や五年の審議を重ねるのに、いやしくも日本国家の基本法たる憲法だ。いますぐ……といったって、おいそれとできるものでない。それを総司令部の階上の部屋で、おそらく数日間ぐらいでものにしようなどとは――。私は行かん、ご免をこうむる」という調子だし、法制局の佐藤達夫博士も同様に「憲法の第一条を変えるというような会議には、先祖に対しても済まぬから顔を出すわけには参らぬ」と、強硬に拒否するのを、むりやりに拉致するようにして連れて行った。

さて、その会議の情況であるが、マッカーサーは総司令部に泊まり込んで会議の進行を主宰する。したがって政府も閣議を開きっぱなしで、一ヵ条ができあがるとそれを受け取って閣議に上程、審議、決定するという流れ作業の方式で進捗させられる。こうして数日間かかって、ほぼ完了をみるにいたり、最後に英文の原案、その翻訳ができあがった。それをマッカーサーは、日本政府の原案として、ただちに新聞に発表するよう措置せよ――と厳重に指示したのだ。この項の冒頭に述べた三月上旬に、私が幣原首相を所用のため訪問したとき、首相が私を待たせて、原案の英文と翻訳とを対照し、精確に検討されたのはこのためであった。このときには、幣原総理大臣も、なんでマッカーサーがそうまで急がせるのか……と、はなはだいぶかしく思われた。あわただしく原案の発表を強く命令し、そしてマッカーサー自身も〝待ってました〟というふうに調子をあわせて、その原案に進んで裏書きする声明を発表したか？　これは、だれでもが考えるまでもなく異様に感じられることであろう。後日になってかれこれ総合し、照応してみると、五月一日にはワシントンにおいて極東委員会が開かれ、日本の憲法改正問題を協議し、その内容を規制して指示することになった。いうまでもなく極東委員会は、連合国側の日本に対する最高機関である。もしそれが極東委員会の決定による指令である——という場合には、総司令官たるマッカーサーといえども、唯々諾々として承服する義務がある。ところが五月一日の極東委員会を想像すると、日本の皇室に対する空気は極端に険悪化していることがわかった。

極東委員会の決定で、皇室をどうしろこうしろとなれば、手のつけようもなくなるので、マッカーサーは憲法草案の成立を既成事実化し、極東委員会の先手をうって動きのとれぬようにし、〝極東委指令〟の余地なからしめる状態をつくりあげたのであった。だから、これはマッカーサーの腹芸といってしかるべきものだが、果然、五月一日の極東委員会では物議騒然、マッカーサーの処置に対して非難攻撃を加える声が沸騰したが、すでに極東軍総司令官の名で太鼓判をおしているのだから、どうしようもなかった。アメリカとしては、極東軍最高司令官であるマッカーサー元帥の面目をつぶし、権威を傷つけるというわけにはゆかぬので、いろいろ説明して情勢を緩和するように取りはからったが、結局、日本政府の改正原案を暫定憲法と認め、その運営の成績を一年後に再検討すること——そういう申合わせに落ちついた。要するに一年間やらしてみて、うまくゆくかどうか、それを再検討するはずであったのに、再検討はお流れになってしまった。そういう経緯でき上がった新憲法には、〝マッカーサーの腹芸〟ということを除外して、決して解くことのできないものが働いているのである。

四　煙と消えた三木金鉱——砂金の上に立つ町、金沢——

私が追放の期間中だと思うが、先輩の頼母木桂吉先生の十七年忌があって、継嗣の真六(しんろく)君の家で丁重な法要がいとなまれ、故人の旧知己の連中が招待された。すると、その席に三木武吉君が顔を出している。久しぶりに見ると、それこそ顔はしょうすいし、体はやせて、以前とは打って変わったやつれ方だ。驚いて「おい、どうしたんだ」と聞くと、元気がなく「いや、長く高松へ引っ込んでいたが、戦争もおさまったから、ようやく出てきた。これからは東京にいるつもりだ」。そこで、「どうも顔色が悪いようだが……」と言うと、「うん、胃かいようで血を吐きつづけてきたが、胃癌になるかもしれん」と他人事のような返事だ。それで洋食が出ると、固い肉でもなんでもおかまいなしで、普通人と同様の健たんぶりだ。だが、その際には、そのような不健康な状態から立ち直って、後年、政界に波瀾をまき起こした、あの多彩な生涯を演じだすなどとは、おそらく神様でもご存じなかったろうと思う。そのときは、もう三木も、これで長くないな――と思ったものだ。

三木武吉

三木とは早稲田の学生時代からの知り合いだが、その性格の特徴は、なにか物事にこりだすと、徹底するまでやり通すことだった。政治はいうまでもないが、女性関係でもなんでも、いったんやりだしたとなったら、途中でいい加減にするなど、絶対にできない男であった。

どういうはずみからか、若いころから将棋に熱中して、相手はだれでもかまわず、用事もなにも放ったらかして、朝から夜まで将棋盤にしがみついている。その将棋熱がようやくさめた……かと思うとダンスに夢中になって、あの鬼のような顔で若い連中を引っぱり出して、ほうぼうのダンスホールを回って歩く。昨今なら、さしておかしくもなかろうが、大正の終わり、昭和のはじめで、三木武吉といえば知らぬ者もないのに、その政治家がホールの開くのを待ちかねて昼間から出かけて行くのだ。洋行したときには、ドイツから踊りの相手の女が追いかけてきて、これには手をあげていたが、なにしろ、あの顔でダンスに夢中だったからすごい話だ。そのダンス熱がさめかかったころから金もうけに取りかかり、牛込見付の近くに〝玄々社〟という事務所を設け、明けても暮れても〝金鉱、金鉱〟で、まるで金鉱さがしの鬼になりきって、会う人ごとに自慢の吹聴だ。三木の言うところ、行なうところでは、三木が大きな夢をもっているように思われた。――が夢だからもうけたら面白くない。そのもうける前の夢が面白いらしく、周囲の者にまで、その夢の面白さをわける――そういう三木独自の奇特な志としか見受けられなかった。

岩手県に五十億、百億という金鉱を持っている。北海道で百億、二百億という金鉱を手に入れた。天下の富豪は〝三〟の字がつかぬと大富豪になれぬ。三井・三菱・三木――いや、三木・三井・三菱という時代も近いぞ……と吹きまくるのであった。その夢が昂じて、すでに大富豪になった気持ちで子分どもに〝お墨付〟をやる。おまえに五十万円、おまえに五十万円、おまえに百万円――と、遠慮会釈なく〝お墨付〟をやる。不思議なことに子分どももありがたく押しいただくというありさまである。金鉱はまだ採掘の準備もしておらぬのに、こういう気前のよい金持ちぶりはまず三木ならでは、というところだ。

私と同期の代議士で、沢本与一(さわもとよいち)――前に久原房之助氏の秘書をやったが、所属は民政党で東京市の第一助役にもなったが、なかなか愉快な男であった。これが三木に連れられて北海道まで行ったが、

「おい沢本、おまえにも墨付をやるが、一千万円でよかろう……」。これには胆のすわったさすがの沢本もおそれ入って、「いやいや、そういう大金をもらっても始末に困る、半分でたくさん、それで結構だ」と辞退したという話がある。ところで、実は私も三木から、このような押しつけられた口約束をもっている。

ちょうど三木が、お墨付乱発期のころだったが、金沢市に出向いて、一週間、十日と滞在して帰京したことがある。そのときに永井柳太郎君の家に、喜多壮一郎君などの仲間が寄り合っていたが、私もおった。そこへ三木が顔を見せたので、さっそく「おい、なんで金沢に流連したのか……年がいもない」と、みなでからかうと、三木は開き直って、「どうもおまえたち金に縁のない者は度しがたいので困る。金沢という土地は、砂金の上に立っている市だぞ。その鉱区の権利を取るために出向いたのだぞ。あすこの小立野という所の小さい川をさがすと、一升の砂の中にあずき粒ほどの砂金が七つも八つもあるんだ。その鉱区を手に入れようと思っているのだ」と言うので、永井君をはじめ一座は笑って、異口同音に「ほう、金沢に金が出るなど、またばかな夢を見ている」と言った。すると三木は、〝情けない連中だ〟と言わんばかりの表情で一座を見まわし、「それだからおまえたちは無学文盲でいかぬ。あの兼六公園の池のほとりに、有名な金城霊沢の碑があるのを知らんのか。あの碑には、金沢という土地は、金掘りなんとかという孝行な男が、そこに砂金を発見して金持ちとなり、それが町となった由緒が、ちゃんと記されているんだ。おまえたちは、どこに生まれて、どこに育ったんだ。永井をはじめ喜多も松村もみんな金沢付近の者じゃないか。どうも無学文盲なのにはあきれるほかはない。金城霊沢の碑銘を読むことも知らんとは、なんということだ」と毒舌をろうし、そして、「これからは選挙の費用などに苦労することはないぞ。選挙ごとにバケツ一杯ずつ砂金をやるから、みんな安心するがよい。あの砂金が出る川というのは、白山系が元で麓に流れる……と見たが、その流れを出す元をだ、これから掘り出すことになっている。どうだ」と大ほらを吹いて一座を面くらわせた。――が、後になって聞くと、いかにも三木らしい話だが、その期待した鉱区は三木の手に入らなかった。当時、採掘権を所有しているのは付近の百姓で、一万円ぐらいで手放したい……と思っていたのに、三木が行って例の調子で「おい、当座の手付けだ」とずばり二万円出した。これを見て百姓は腰を抜かしたが、これが逆効果で、それなら、めったに売れない。早まってはならぬ……と二万円を押し返した。結局は政友会の箸(はし)本太吉(もとたきち)の手に入ったそうだが、三木らしい失敗である。三木の金鉱事業というものは、こういうふうであった。したがって岩手県も北海道も同様だったらしく、三木・三井・三菱の三大富豪という理想ももちろんけむりと消え、何十通か何百通かの〝お墨付〟とともに、バケツ一杯ずつの砂金という約束も夢のように消えたわけだ。

それからまた、三木の金もうけの計画に、東京湾沿岸のメタンガス事業がある。ある実業家の招待で、三木と正力松太郎君と私とが同席したことがある。すると、まず三木が開口一番、東京・千葉のメタンガスについて二時間も講釈したものである。すると、こんどは正力君が、まだテレビのできぬころだったが、その有望なる将来の計画について、これも二時間の講釈である。聞き役の私はへとへとになり、うんざりして帰ったことがあるが、両者の対照が面白い。三木のメタンガスは他人の手に移り、ガスのように消えたが、正力君のテレビは現に隆々として天下を制覇の状態である。その失敗と成功とに、いかにも両者の特色が現われていると思われる。三木は晩年、政界に復帰したとき、しみじみと私に言った。「僕も生涯いろいろのことをやったが、やはり落ちつく先は政治だった」と。

三木がそういう不健康状態をもかえりみずに、衰弱しきったからだで、旺盛な政治活動を継続していたのは、まったく三木らしく気力で生きてきたのだ……としか思えなかった。それについて、こんなこともあった。

その死を迎える一年ほど前であった。中野の鷺ノ宮へ私をたずねてきた。私の家というのは玄関に自動車が横付けにならない。車をおりてから玄関まで、百メートルばかり歩かなければならない。車をおりてやってきた三木は、たちまち息切れがして、からだを支えることもできないようになったのを、幸い女中が見付けてかけより、肩をかして案内し、座敷へたすけ入れた。私が出て行くと顔色は真っ青だ。これは大変だ、医者を——といってもくるまでに時間がかかる。それで応急措置として、富山の広貫堂の六神丸か、回生丸かを服用させると、たちどころに効果を現わして、血色もよくなり元気を回復した。これには強情な三木も驚嘆して、「この薬をおれによこせ」と言う。それで残った分をやったが、そのとき、「どうだ、薬の利きめは、高松（三木の選挙区）の売薬に富山のほうが勝ったようだぞ」と言うと、三木は口惜しがったが、「ではちょうだいする」と礼を述べて持って帰った。

鳩山内閣のときだが、〝選挙法改正案〟を出した。これは、三木の腹の中に、総選挙で与党が一挙に衆議院に三分の二以上の多数を占め、その勢いをもって憲法改正を行なおう——そういう考えがあって〝小選挙区制〟の提案をしたのだ。ちょうど自由民主党の幹事長は岸信介君であったが、私は強硬に反対した。それで親しく三木に会って言った。「憲法改正のような重大事をば、早急に断行しようなどと、むやみにあせるのは間違いのもとだ。それを容易にやれると思うのは、とんでもない料簡だ。そのよい例が、明治憲法の制定で、これにならうべきだ。憲法制定を要望する主張が硬化し、その運動が激化したのを、勅語によって七ヵ年後の制定期日を国民に誓約され、慎重なる準備期間をおいた。——それは同時に激化した議論の冷却期間でもあったのだ。そして国民歓喜のうちに、欽定憲法の発布をみたのだが、こういう前例があるのに、なぜこれにかんがみようとせぬのであるか……」と、ことばを尽くして説得したのだが、三木は聞きいれない。「いま断行せねばならぬ。時機を失ってはならない」と言う――のは、三木は自分の死期の迫るのを知っていたのではないか。おれの目玉の黒い間に、この大事を完成させたい……と念願したのではないか。そうとしか思えないのは、二度も忠告したのにどうしても耳をかさなかったことである。

ところが、いよいよ問題が紛糾して行き詰まると、私に「ぜひ会いたい」とのことで、早速その病床を訪れると、「君の忠告を聞くことにした。もう病気が重いので最前線に立ってやることができぬ。ほかの者にまかせてできる仕事ではないし、君の忠告に従って断然あきらめる。そう了承してくれ給え」と言う。その三木の顔を見て、ことばを聞くと、実になんといってよいか、万感の胸にせまる思いがした。それにしても、さすがに三木だ。政治の勝負師とはまさに三木であろう。政治の運用に相場を張っても、形勢をみて投げどころを知っていると思った。ところが三木が投げたのに、党幹部は果断の勇を欠いて、いたずらに面子を重んじて小刻みに細工した果ては、あの終末となって面目をつぶし、最後は総崩れの態となった。政治の運用の勝負師――相場師にも、大・小の差別があるようだ。

このときが、三木と最後の対面であり、生前の訣別であったわけだから、その場の情景の印象は、いまでも目に残っているのである。それから数年後、総選挙の際に、同志の藤本捨助(ふじもとすてすけ)君の応援に高松市におもむいたが、三木の郷里なので故人の墓参りを……と希望すると、同志の諸君が非常に喜んで案内してくれた。三木のことだ。大きな墓を造って納まっているか……と思ってもうでると、小さい〝三木家累代之墓〟とあるのに、ひっそりと入っているのだ。生前の豪放ぶりとは似ても似つかぬ簡素なものだ。さすがに三木だと思った。戦前の憲政会対政友会の関係からいえば、私にとっては反対党の首領だが、盛岡に行くと必ず大慈寺の原敬氏の墓にもうでている。碑には「原敬之墓」とあるだけだ。ゆかしい原の心事、三木の心情、その墓に面目を発揮して、好対照をなしている。

五　重光氏を改進党首に——吉田内閣打倒で遊説——

私が重光葵氏にはじめて会ったのは、さして古いことではなく、戦局がようやく傾いてきた当時——ちょうど、東条英機内閣の最初の外務大臣は東郷茂徳（とうごうしげのり）氏、のちに重光氏がこれにかわり、そして小磯国昭内閣に留任しているが、そのときに親しく接したのである。

私は翼賛政治会の政務調査会長、それから大日本政治会の幹事長であったが、時局がしだいに悪化していくのに事情がくわしくわからない。これが人心の不安をまねき、戦力へ影響するのを心配していたが、重光外相は機会あるごとに必ず大日本政治会にきて、よく外交事情を説明された。その説明の内容が実に要領がよく、外交の推移についての微妙な点でも、その方向、方針なりについて、よく納得できたものである。この重光氏の考え方、やり方をみて、私は〝これは相当なものだ〟という印象を得て、はじめて同氏を認識もするし、それから交際を重ねることにもなった。それから戦争も終わりごろになってから、重光氏は南京政府の汪兆銘（おうちょうめい）氏の顧問となった。そのときに私がたずねていくと、憂色をたたえて、軍の方針と外交の方針とがくい違う苦しみを吐露されたことがあったが、そういうことから交際も一層親密になった。

終戦当時の東久邇宮内閣には、私も重光氏とともに入閣したが、例の軍艦ミズーリ号の降伏調印式には、天皇および政府を代表して、重光外相が代表首席となり、その後間もなく重光氏は辞職して吉田茂氏とかわった。

ところで、翌二十一年新春早々、追放令で私は政界を去ることになったが、重光氏は四月になると戦犯として市谷の東京裁判で禁固七年の宣告を受け、巣鴨の拘置所に収監されることになった。この憂き目にあったのは、どうやらソ連の同氏に対する悪感情によるものだとされている。重光氏が仮釈放をうけて巣鴨を出てきたのは、二十五年の初冬であったが、世間の同情は同氏に対する人気となり、鎌倉の自邸にこもっている間に、在監中に執筆した『動乱の日本』が出版されると、非常な好評を博し、そればかりでもないが、隠然たる存在として名声が上がった。

鎌倉の閑居は一年半余であったが、その当時に私は同志とともに改進党を組織したが、さて党首にだれをあげるか……と、その適材を物色していた。甲だ、乙だ、と候補を選考しあったが、私は重光氏はどうだ、選考された人物の中でも、もっとも適任だと思われるが……と言うと、党の大勢は同氏に傾いた。また芦田均君が、大学の友人であり、外務省の同僚であった関係から賛成し、大麻唯男君も、その閲歴、識見から同意するというありさまで、中には多少の難色を示した者もあったが、これを押し切って、重光氏を総裁とすることに一致した――とはいえ、重光氏に了解を得ているわけではない。あいにく私は胆石病のため、牛込の国立東京第一病院に療養中であった。もう病後といってよい状態であったが、衰弱がはなはだしく歩行にも堪えない。しかし事は重大問題だから、むりに病院を抜け出して、鎌倉まで自動車を走らせて重光邸を訪ね、党の総意をいれて総裁の就任を承諾してくれるよう勧めた。いまでも覚えているが、重光氏の家の階段を上がろうとしても、足が思うように動かなかった。いくらことばを尽くし熱心に説いても、重光氏はうんと言わないので、よく考えておいてくれ、と私は辞去したが、間もなく病院に親書を寄せられ、万事をおまかせする――という承諾の意思がとどけられた。

私のほうの改進党の説得と同時に、岸信介君を中心とする諸君が、三好英之君を参謀として、新政党をつくる運動を進め、やはり党首に重光氏を推そうと目を着け、いろいろ手を打っていたのだが、この党首の獲得戦は、私たちの勝ちであった。しかし、同時に私は下駄を預けられたかっこうになった。重光氏は、もちろん政党人としての経験もなく、それにいたってことば数の少ない人で、ときには無愛想にさえ見えることがあった。すると私に幹事長をやれ……との懇望で、当時、私は肺炎で、国立東京第一病院に入院中であったが、その総裁選挙の最初の関係から、重光氏支持を誓った以上、病気中だからといっても、断わり切れぬ義理もあり、それで幹事長の就任を承知したのだが、国会に出ても病後の衰弱で、就任のあいさつ回りも苦しかったことを覚えている。とにかく総裁の補佐役として捨身で働いた。

当時は吉田茂内閣だが、吉田氏は与党の自由党総裁である。重光氏は野党の改進党総裁であるのに、加瀬俊一（かせとしかず）、大麻唯男君などがあっせんし、吉田・重光会見の一幕を演じたこともあったが、それなどは私はまったく相談にもあずかっておらず、各方面を刺激して、種々の憶測が行なわれ、問題になったこともある。それを、私は「承知してのことだ」と表面をよそおい、党内の若手連中や新聞記者の詰問に押し通したような次第で、幹事長を投げ出したいと思ったこともたびたびあったが、総裁推挙の責任を思うと、たとえどうあろうとも、重光擁護の態度を変えることはできなかった。

改進党総裁としての重光氏は、野党として吉田茂内閣に対立したのだから、政権本位に見るならば逆境と見られるかもしれないが、その逆境の中にあったとはいえ、一度得意の情況に会い、民衆の共鳴に感激したことがある。吉田内閣の打倒にふるい立った当時である。

二十九年の八月中旬、吉田内閣打倒・救国新党樹立を標榜して、まず試験的に大阪で改進党の演説会を開催しようとした。大阪支部では、「効果がないから中止せよ」との回答だったが、すでに確定し、発表していると言うと、それなら総裁でなく幹事長か軽いところで……と気乗り薄ながら同意してきた。そこで私が二、三人引き連れて行くと、暴風警報が出ているのに、中之島公会堂は超満員の聴衆で、これで吉田内閣に人心が倦いたことを天下に明らかにした。それから四国に渡ると、吉田首相の本拠の高知では、二ヵ所の会場とも満員の盛況で、四国を一巡してみるといたるところで演説会は大受けである。この盛況に自信を得て東京に帰り、総裁も安心して全国を回りなさい……と説いたので、重光氏も幕僚とともに遊説の途に上ったが、北海道・東北の各地では、どこでも重光氏が凱旋将軍のように迎えられ、まったく意外といってよいほどの歓迎ぶりであった。

しかし、こうした情勢にもかかわらず、吉田首相はがんとして退陣の意志を示さない。それで重光氏は、政界の実情からも、改進党の独自の勢力だけでは、とうてい吉田内閣を打倒することが困難であるとの見解をとるようになり、自分は政界の一兵卒として、無条件に鳩山一郎氏を中心として民主党を作ろうと決意した。

松村謙三と重光葵〔昭和29年4月、丸の内ホテルにて〕

自由党の内部における吉田・鳩山の両派は、長い間紛争を重ねていたが、ついに決戦ということになり、石橋湛山、岸信介君などが吉田氏の引退を要求し、その要求がいれられないとみるや、鳩山氏を擁立して分派自由党を創立したのである。重光氏の意中は、この分派自由党と改進党との合同実現にあった。重光氏の決意を聞いた私は、鳩山氏支持の旗頭である三木武吉君などと打ち合わせを終え、軽井沢の山荘に静養中の鳩山氏を訪れた。政局打開のために無条件に鳩山派と改進党の合同をやろう……と言う私の話を聞くと、鳩山氏は大変な喜びで、いかにも嬉しそうに握手を求めた。

鳩山氏の乃父和夫という人は、大隈重信侯と深い関係があり、早稲田大学の前身である東京専門学校の校長をつとめ、のちには党籍を政友会に転じたのであるが、その生涯は早稲田と長く結ばれた因縁がある。私の話が終わると、鳩山氏は「いっしょに昼飯を食べよう。ここの〝夕霧〟という家は、うまい牛肉をくわせるから……」と誘った。実は鳩山氏は病気療養中で、医師から厳重に肉食を禁じられているのに、私の使命に対する謝意を表わすために、その厳禁を破ろうというわけである。鳩山氏と薫子(かおるこ)夫人、それに私の三人が牛鍋を囲んでいると、例によって新聞社のカメラマンが、遠慮会釈なく押しかけてきた。カメラを向けられると、大あわての鳩山氏はカメラマンに、「この情景だけは勘弁してくれ給え。牛鍋をつついているところなんぞ見たら、医者がどんなこごとを言うかわからぬ……」と写真だけはやめてもらい、大笑いした。こういう次第で民主党の創立が進むと、さすがの吉田内閣も崩壊、そして鳩山内閣の成立をみることができた。

鳩山内閣の出現とともに、副総理として重光氏は外務大臣に迎えられ、鳩山内閣に対する国民の信望は、まことに人心を新たにするという意味で、非常な歓迎を受けた。その鳩山内閣に次いで、石橋湛山内閣が出現したが、石橋首相の使節として、私が竹山祐太郎君などを帯同し、東南アジアを回ることになった。その出発の際に、重光氏は羽田の飛行場までみえられ、壮行の万歳三唱の音頭をとってくれたが、それが最後の別れになろうなどとは、思いもかけなかった。後で思い合わせると、どうやら少し顔色がすぐれぬように見えたが——。羽田からイランのテヘランに到着して、大使館の客となっていると、大使の山田久就君は私と同郷の出身であるが、二日ほど経ってイギリス大使のレセプションに出席した山田君が、気づかわしそうな表情で帰って来て、私に話されるのである。それは、「イギリス大使から聞くと、ロンドンのラジオ放送を傍受すると、重光氏がなくなられたとのことだが、貴下のほうになにかそういう情報があるか——と、英国大使から聞かれたが、いったいほんとうでしょうか。まさかと思うのだが、どうも気にかかる話です」とイギリス大使の話を告げてくれた。私にしてもまさか……とは思ったが、そういうことを軽率に放送するはずもなかろうし、気にかけていると、パリの日本大使館から、重光氏のなくなられたことをしらせてきた。もう疑う余地のない事実である。外地にあって知己の死を聞く気持ちは実にいいようもなく、生前の交誼を思うて、堪えがたい哀悼の念にうたれた。

第9章　先人、盟友をしのぶ

一　苦節十年の加藤総裁――剛愎果敢の横田千之助――

先般、茨城県の友人に招かれて同地におもむいたときのことだが、水戸から大洗に行く鉄道――それに乗って、列車中で深い感慨にふけった。この鉄道の開通した前後のことからそれから、それへ……と。

この鉄道の開通したころは民間会社の施設で、その初代の社長に私の叔父の谷村一太郎が就任した。当時の実業界における叔父の立場は、関西における金融関係であるのに、それが関東の茨城県における民間鉄道の社長になったのだから、ちょっと不思議だ。叔父は早稲田大学を出てから、中越鉄道をはじめ阪鶴鉄道等と交通事業に関係した後、藤本ビル・ブローカーに入社したので、住宅は京都にあり、大阪に通勤していた。社長になったときは、藤本の頭取になっていた。それも進んで社長になったのでない。是も非もなくむりやりに口説き落としたのは、後年、政友会総裁原敬の幕僚として、その切れ味はかみそりのようだとうたわれた横田千之助氏である。この横田氏と谷村とは、昵懇の仲であったところから、藤本銀行からの出資を承諾させたのであろうが、社長の椅子も押しつけた。この鉄道のみでなく横田氏はいろいろの事業を谷村に持ちこんでいた。たとえばこういう話のあったことを記憶する。

なんでも茨城県と栃木県とにまたがる広大な山林を始末するというような事業計画で、横田氏がどう巧みに説きつけたものか、二人が騎馬で実地踏査し、藤本銀行で出資することになったらしい。横田氏がはたして大山林を手に入れたかどうかは知らぬが、とにかくそういうこともあった。

私はまだ早稲田大学に在学中だったが、郷里に往復する機会には、もちろんよく京都に叔父をたずねて滞在したものである。そして偶然にも横田氏に会う機会がしばしばあった。谷村は客を迎えるのが好きで、いつぞやも横田氏をさそいだし、私をもしたがえて、ともに保津川下りの清遊を試みたことがあった。これで思い出すのは、嵐山のすぐ近くにある松尾神社である。これは酒の神様というので、醸造元や杜氏などが厚く信仰するので知られている神社だ。また同時に知恵を授ける神様で、霊験があらたかだとも信じられていた。それを総身に知恵の回りすぎているような短軀の横田氏が信心していたのは面白い。私の口から言うのもどうかと思うが、この谷村の叔父は心境の豊かな趣味の広い人で、たとえば和漢にわたる古版の書籍を収集し、この方面の先達である早稲田大学の春城市島謙吉先生などは、叔父の愛蔵するところを見るたびごとに、その眼識の高いのに敬服させられていた。そのような叔父に対して、横田氏は緩急自在ともいうべき論法で、いろんなことをよく納得承認させていることを、弱年の私でも〝これは容易ならん人物だぞ〟と思った。

横田氏が天下に真価を発揮したのは、〝貴族院中心の特権内閣〟だった清浦奎吾（きようらけいご）内閣の出現した当時だ。普通選挙と貴族院改革とを標ぼうし、憲政・加藤高明、政友・高橋是清、革新・犬養毅の三党首が盟約して提携し、政友会は二分して、政友本党の床次竹二郎氏一派は清浦支持の態度だった。政府の衆議院解散、選挙干渉は苛烈を極め、言語道断であったが、結果は三派の優勝に帰し、組閣の大命は加藤総裁に下り、高橋氏は農相、犬養氏は逓相として入閣した。高橋氏は横田氏を介添役として帯同し、法相の地位につけた。その横田氏が半年余りにして急逝すると、四旬後に支柱を失った高橋氏は内閣を去り、政友会の総裁を辞任した。横田氏の栃木県の選挙区は由来物騒な所で、剛愎果敢な星亨（ほしとおる）、横田氏、それから森恪（もりつとむ）など、政党史上ぶっそうな手合いの輩出しているのが不思議である。

加藤高明伯が憲政会の総裁となって以来在野十年、久しく苦節を守り続けたのであるが、総裁加藤高明その人は不撓不屈、その間、周囲に集めえた人材は内閣を三つぐらい作れる実力をもっていた。まことに政党として壮観を極めたといってもよかろう。

加藤総裁の下に若槻礼次郎、浜口雄幸、下岡忠治、安達謙蔵、江木翼、町田忠治、頼母木桂吉らとともに、総裁と肝胆相照らす伊沢多喜男、幣原喜重郎、仙石貢らと数えてくると、在野十年に及んでも、国民の間に厚い信頼を受けていたことがわかるのである。

加藤高明

伊沢氏は加藤氏の高級参謀をもってみずから任じていたし、仙石氏はのちに加藤内閣の鉄道大臣、また浜口内閣では満鉄総裁として、政府に重きをなしていた。その性格は豪放らい落、同郷の土佐出身の後輩である浜口氏の風格・識見に打ち込んで、自分の子供のようにかわいがり、深くその大成を期待した。仙石氏がなくなられた後に財産を調べると、三菱財閥の顧問格というほどの大きな存在であったのに、なにも残していない。むしろ大きな借金を残し、家屋敷まで銀行に担保に入れていた。だれも驚いたが、それは挙げて浜口氏に入れあげたのだ、とされている。この人は鉄道の技術家で、アメリカの大学で学び、鉄道国有の前には、鉄道会社の社長になってもおられる。北陸線の設計は、この仙石氏の青年技師のころに手がけられたもので、あの倶利伽羅峠の地質の面倒なところを、仙石氏が苦心を凝らしてトンネルを貫通させた。

ところで、こういう人材を網羅した加藤総裁その人は、傲岸不屈ともいえる性格で、いやしくも党の統制をみだすようなことは断じて容認せず、当時、政務次官などもその地位に不満で辞退するものは棄てて二度とかえりみなかった。かりそめにも総裁の意思に違い、信念にそむくような場合があると、少しも許されなかった。

たとえば下岡忠治（しもおかちゅうじ）氏である。下岡氏は、山縣有朋が枢密院議長のころには書記官長をつとめたので、官界を去って政党人となった人物だが、当時においても各方面から将来を嘱望されていたのである。ところで下岡氏はある機会に、総裁に対して、いつも政権が加藤総裁を素通りし、憲政会が万年野党扱いされるのは、元老の山縣が、総裁の無愛想をいみきらう感情からである。だから正月でもなんでも、山縣の門をたたいて敬意を表したなら機嫌も直るであろう……と、思い切って進言した。山縣への機嫌取りは、政友会総裁の原敬氏などいかにもそつなく努めていたが、下岡氏の忠告を聞くと、剛直な加藤総裁は激怒した。下岡という男の料簡を見そこなった……とばかり、もう下岡氏を一向に近づけなくなった。加藤高明内閣出現——当然、下岡氏は閣僚として最初に選考されるように世間ではだれもそう見ていたが、少しもその気配がない。浜口氏などは下岡氏の後輩なので、自分が選考された椅子に、下岡氏を挙用していただきたい……と懇願したほどなのに、がんとして受けつけなかった。それなら台湾総督にでも……と言うと、〝いや、それは伊沢に決めた〟とそっけない。やっと朝鮮総督の下に政務総監に追いやられたが、下岡氏は不平の色も現わさず、朝鮮の産業・経済に真面目な努力を惜しまず、それが端緒についたところで、悲運にも癌を病んでなくなった。惜しい人であった。

その加藤総裁が組閣の大命を拝して総理大臣となり、抱負経綸を実現しようとして、第一次・第二次と内閣を連続してきたが、不幸にも病気のために議会の開会中に倒れて、ふたたびたつことができなかった。この加藤総裁のあらゆる遺産を相続して、憲政会総裁となり、総理大臣を継いだのが、すなわち若槻礼次郎氏で、大正時代から昭和時代に移る内外多難の場合でもあり、苛烈な政争が表面化してきた時期である。若槻内閣の総辞職に直接の原因となったのは、大蔵大臣の片岡直温（かたおかなおはる）氏のふとした失言からで、全国的に経済恐慌をまねき、それこれが関連して、台湾銀行救済の緊急勅令問題で、枢密院から反撃されたのだ。この片岡直温という人は、大阪の財界出身であり、それから政界に移ってきたのだが、性格はなんというか、豪快というふうな点もあって、とにかく異色ある人物であった。片岡氏は、第二次加藤高明内閣ではじめて商工大臣となった。政務次官は富山の野村嘉六君だが、あるときに大臣が富山県を視察するというので野村君も同伴したが、片岡大臣の威張り方がはなはだしくて手が付けられない。富山市の歓迎会場は小学校であったが、学校の児童は門前に整列して大臣・次官を出迎えたが、校長が片岡氏に「なにか一言で結構ですから、児童たちに訓育のおことばを……」と願うと、片岡氏は「おれは、そんな用事で来たのでない」と、まるで木で鼻をくくるあいさつだ。ところが、新湊町でも同様のことがあったので、さすがの野村君も憤慨し、党員同士がたくさん集まっているのにこの無愛想はなんだ……とくってかかり、談判がこじれて、大臣と次官が取っ組み合いの大げんかに発展しそうなので、周囲でおさえたこともあった。

片岡氏には、こういう傲岸なところもあったが、一面にははなはだ小心に見える点もあり、失言によって経済界の恐慌をまねいたなど、そのためであったろう。片岡氏は、憲政会の総裁を望む野心も持っていたが、この失敗が大打撃となり、のちに病を得てなくなられた。

二　病院で晩酌三合——強情不屈の伊沢多喜男——

伊沢多喜男氏という人物は、いま思い出しても、非常時のころから大戦前後までを通じて、とくに政界上層部に深い関係を持ち、縦横に活躍されたので、各方面から特異の存在として注目されたのであり、異彩を放った政治家であった。元来、信州の伊奈郷・高遠の出身だから、いわゆる信州人気質の典型といってよい。なにより独立不羈の精神を信条としているから、したがって強情不屈だ。人に対しても、事に接しても、正邪の観念から判断して、一歩も仮借せぬという気性で、義侠心も強く、思いこんだら必ず押し通すというふうであった。なくなった野村嘉六氏の話だが、野村氏が若いころ——大津裁判所の判事か検事かの時分に、伊沢さんが滋賀県の内務部長であった。たぶん日露戦争前後ででもあろうか、軍人が羽振りを利かしたときというが、ある宴会の席上で、連隊区司令官だから歩兵中佐だ、これと伊沢内務部長とがはしなくも衝突した。

口論から組み打ち沙汰となり、やせっぽちの内務部長を司令官が押えて、二階かららんかん越しに投げ出そうとする。一座は総立ちの騒動だ。ところが伊沢氏は柱にしがみついて抵抗し、いっかな離れない。そのうちすばやく相手側の一人を階段から突き落とし、そのすきに立ち去ったという奮闘ぶりだ。この活劇などにも、伊沢さんの性格がよく現われているが、どこでも、いつでも、この気性を発揮している。地方長官として和歌山、愛媛、新潟県知事、また中央では警保局長、警視総監、それから台湾総督、それから東京市長にもなったが、枢密院に入って顧問官となったのは非常時のころであった。

強いはげしい性格の持ち主である伊沢さんは、それが任地に対する愛着ともなって、十年、二十年と経っても、かつての任地を自分の生地故郷のように思いやり、なにか問題があると進んで奔走してやった。だから世話をたのまれぬと、よく「いまの知事は相談せぬ、けしからん」と憤慨してやまなかったものである。

台湾総督に就任したのは、加藤高明内閣の当時である。もちろん内閣に入りたいという希望があるなら、いつでもできるのだし、最初は下馬評や新聞辞令もあったが、本人は「吾輩はキャビネット・メーカー（内閣製造者）が、素志だ」といって、それに興味を持っており、また誇りとしておられた。それで台湾に赴任するときに友人や知己が送別の宴を開き、忠臣蔵お軽の替え歌で「船で行くのは多喜男じゃないか……わたしゃ売られて行くわいな」と歌ってその役不足をからかったものである。しかし本人は平気で台湾へ赴任して行った。そして台湾に対してその一視同仁の施政に非常に台湾人の信頼を得た。

台湾については生涯を通じて関心をもっていた。総督をやめて後のことだが、国会に台湾統治について内地と差別待遇の法案が提出された。すると私にまで夜中に電話をかけてよこしてそれを批判し、台湾のためにこの法案を破るよう努力すべきだと力説され、私もその熱意に動かされて反対運動をした。伊沢さんはまくら元に電話器を置いて、深夜でも相手を呼び出し本人は床の中にあって三十分でも一時間でも長々と説きたてる。伊沢さんの電話……と聞くと、後には電話の前に椅子を運んだものだが、このときも冬の夜中に二時間ほども、その法案はよろしくないぞ……と念を入れての説教だ。それは私にのみでなくどこへも長い長い説教をされたので、この伊沢さんの電話によって、法案はとうとうほうむられたことがある。任地であった関係から、台湾に対する親愛感は、その後の台湾総督のだれもおよばないほどのものだった。

伊沢多喜男

伊沢さんは貴族院の勅選議員にあげられると、同成会を組織してその盟主として采配をふるった。同成会の組織分子は憲政会――民政党の系統で、加藤内閣、若槻内閣、浜口内閣と、貴族院における純然たる支柱であり、その中心である伊沢さんの統率ぶりは、実に一糸みだれぬ観を示した。およそ明治期における東京帝国大学法科出身者で、官界における人材の豊年作は二十八年組、四十二年組という評判だったが、伊沢さんは二十八年組で、同期生には衆議院に浜口雄幸、下岡忠治、貴族院に上山満之進、西久保弘道等々の顔ぶれで、勅選議員が七名か八名か出そろっていた。

これらの同期生勅選議員は、あげて（ただ小野塚喜平次博士だけは、伊沢さんと相許す親友であったが、東大教授なので無所属に籍を置いたが）同成会に肩を並べていた。それがまた官界にあっては常に伊沢さんの足跡を踏みついで行ったのである。西久保氏は警視総監・東京市長の後を、上山氏は台湾総督の後をというぐあいだ。その後の石塚英蔵、太田政弘、中川健蔵という面々も、やはり同成会に属しているということはいうまでもないし、それに昭和期に入ると四十二年組から丸山鶴吉君などの連中も加わるし、川崎卓吉氏も早くから嘱望されていた。

私も伊沢さんには偶然のことから知遇を得て、いろいろお世話にあずかったが、よく人物鑑識の明察を自慢されており、警保局長時代に「内務省の少壮官僚を物色して、三名を箇抜して部下にしたが、それは川崎卓吉、後藤文夫、前田多門であった。それがみな大臣となり、国の柱となった。どうだ、おれの目に狂いはあるまい」と常に自慢していた。

ところで三人の中でも、川崎氏だけは広田内閣の商工大臣として、現職中になくなられたのであるが、こんどようやくその伝記が三好英之、川崎末五郎君などの尽力で刊行されたが、故人が世を辞して二十余年。なぜこうまで伝記が遅れたか――には理由がある。執筆者は阿子島俊治君が依頼された。阿子島君は国民新聞記者で、故人とも昵懇の間柄で、その完稿もあまり手間取らなかったが、故人の政治的生涯をもっともよく知る伊沢さんが、伝記の草稿を検閲して、いちいち口を入れられる。伊沢さんの言うことだから直すほかにしようがない。――がその通りに直して行くと、それは川崎卓吉伝ではなくまさに伊沢多喜男別伝のようになる。刊行資金は次田大三郎君が保管しているのだし、いつでも出版できるのだが、それやこれやの間に町田総裁と伊沢さんとが意志の疎通を欠いて、とんでもないけんか騒ぎから絶交状態となり出版が出来なくなった。

町田さんとしては、自分の後を継ぐ唯一無二の総裁後継者として、岡田啓介内閣には自分のほかに川崎氏を入閣させ、次いで広田内閣にも川崎氏を留任させ、総裁の貫録というか〝はく〟というか、その大成を念願したのだから、川崎伝が伊沢別伝とあっては、あまりよい心持ちにもなれなかろうし、この気持ちもわからぬことはない。ところが時局は険悪化して戦争になるし、筆者の阿子島君も終戦を待たず死なれる。町田さんは二十一年に、伊沢さんは二十四年に、この〝川崎卓吉〟という人物と伝記とに、もっとも関係の深い人々が相次いでなくなられてしまった。それで二十幾年ぶりで、棚上げされていた川崎卓吉伝が、近ごろようやく世に出たのである。

町田、伊沢の両巨頭のけんかの種というのは、名古屋市長の候補問題に端を発している。そのころ名古屋の市長に大物市長をすえたいから……と、民政党の本部にその人選を依頼してきた。そこで町田総裁は、まず貴族院の勅選議員あたりから……と考えたらしく、とりあえず伊沢さんに相談した。伊沢さんは、太田政弘がよかろうと言う。太田氏は第一次若槻内閣当時の警視総監、第二次若槻内閣当時の台湾総督という閲歴があり、そのころは同成会を代表して党総務に出ていたが、町田さんも伊沢さんの人選に賛成し、名古屋市会にもその旨を通じて、話はきわめて順調に進捗していった。ところが当の太田氏は、軽井沢のゴルフ場で軽いめまいを覚えて卒倒した。それが新聞に報道されると、本部からの通知を了承して、いろいろ選挙の段取りを進めていた名古屋市会は、驚くとともに気づかって、その善後措置について何分の配慮、指示を仰ぎたい——と、早速と本部に申し出てきた。そこで町田総裁は幹事長の大麻唯男君と相談し、太田氏の病状はどんなものか、と主治医に聞くことにして、大麻君が坂口康蔵博士をたずねた。坂口博士の診察では、「まあ軽い脳溢血の徴候とおもわれるから、しばらく静養すべきだ。ともかく、激務をみることなどは当分避けられたい」ということばであった。町田さんは大麻君から坂口博士の返事を聞くと、それではいかんというので、伊沢さんに事情を報告せず、名古屋のほうに太田君の推薦を取り消して断わったのだ。

太田氏の人選を取り消したと聞いて、伊沢さんのことだから真っ向うから立腹した。太田さんの卒倒したのは軽い脳貧血かなにかだろう。それを理由に断わったのは、てっきり町田と大麻の策謀にちがいない。太田をやめさせようとするのだ……と息巻いて、なんと釈明しようが耳に入れず、かんかんに怒った。すると伊沢さんの悪口を聞いて町田さんは、「医者がそう言うのでそのとおりにしたのだ。なにが不都合だ」とやり返して、双方の言い分が変にこじれてしまい、手がつけられない。桜井兵五郎君とか大麻君は、如才なく双方をとりなしていたが、伊沢さんは町田さんの周囲の者の顔を見ると、町田のようなひどいやつのそばに寄り付くな。さっさと絶縁するがよい……と叱るように勧告する。仲裁しても利き目がないと知っているから、仲に立つ者もないしいつまで経っても同じだ。

とうとう私も伊沢さんにつかまった。私を見るなり伊沢さんは「おまえは町田の秘書などやったからといって、幕僚などになるのはよろしくないぞ。きょうかぎり町田につくのはよせ。町田と別れてしまえ。どうだ、そうしろ」という調子だ。そこで私は開き直り「先生、なにをおっしゃる。貴方はそういうことを言われるが、私が代議士になって以来、ずいぶんと町田さんには面倒をかけてきたのです。貴方と町田さんとがけんかしたからといって、私までけんかの巻きぞえをくうことはないでしょう。第一、町田さんが順境にあるというならまだしものこと、いま政党が凋落期に直面しているときに、男子としてそんな軽薄じみた去就の道がとれますか」とたたみかけて言うと、じっと聞いていた伊沢さんは憮然として「なるほど、そういうのを聞けばもっともだ。それでは君だけは別扱いにする」と、私だけは除外例として認めると了解してくれた。そこで、「貴方と町田さんのけんかで、私ども後進の連中は、どんなに迷惑しているかしれない。けんかの原因といっても、なんでもないゆき違いからです。貴方がた二人こそ仲直りしてくださるのがほんとうでしょう。どうですか」と言ったが、どうしても聞きいれる様子もなく、世を去るまで仲直りされなかった。

伊沢さんが牛込の国立第一病院に入院されると、やがて不治の大患であると伝えられてきた。それでは今生の別れになるかもしれぬ……と、重い心で訪れて行くと、非常に喜んで、いかにも元気らしく話される。「この間、君の郷里の佐藤助九郎(さとうすけくろう)君が、わざわざ見舞いにきてくれて、どうにも心配をかけたが、実に嬉しかった」と繰り返し繰り返し言われ、そして「おい松村、おれはまだ死なぬぞ」と言いきる。それで私は「そりゃそうですとも――死ぬわけはないでしょう」とあいづちを打って答えると「いや、なぜ死なんかというと、ここの院長に、晩酌を三合ずつ許されている。死ぬ病人に晩酌を許可するはずはなかろう。晩酌が差し支えないくらいなら大丈夫だ」と、その説明をしてくれた。やがて私が辞去しようとすると、私の手を握って、私の顔を見て二度も三度も「貴様、自重せい」と言われたが、その腕のやせ方をみると、実に胸がふさがるようであった。病室を出た足を院長室に運び、坂口博士に会って容態はどうか……と聞いてみると、博士は暗然として首を振り、「いけません、もうだめです。なにしろ癌で——胃から肝臓まで侵されている」「それで晩酌を許すとは……」「もう仕方がない。それで好きな物はなんでも……というので、晩酌も許しているというのである。もう絶望だ、とのことばに、私は嘆息しながら病院の門を出たが、先生との最後の対面であった。

それから後のことであるが、私が胆のう炎かなにかで、やはり国立第一病院に入院していると、ある日、歯科主任の吉田君が見舞いにやってきて、伊沢さんの話になった。「面白い方でした。こういうことがあります。伊沢さんは入れ歯に趣味を持たれるとみえて、入れ歯というものは五年、十年と投げやりにしておくものでない、どうしても一年おきぐらいに調整するものだ——と言われた。これは私ども専門家のいうことで、しろうとの方にはちょっと気付かぬことです。入院されている間に、新しく入れ歯を作ってくれとのことで、普通の型のように仕上げると、これはいかん、気にくわぬ……と不機嫌なのです。そして言われるには、おれは生まれ付きのそっ歯だ。母親からもらったのはひどいそっ歯だ。これは普通の歯型だから、母親のくれたそっ歯のとおりにしろ——と。そこで注文されるとおり、ある程度のそっ歯にして差しあげると、鏡を取りよせて自分で格好を見られ、まだそっ歯のぐあいが不足だ、と不合格なのです。なんでも三回か四回か作り直させられ、最後には技巧の許すかぎりの極端なそっ歯を作ったら、うん、これなら母にもらったとおりだ……とはじめて合格しました」という逸話を聞かせてくれた。生まれたときに母親から授かったとおりのそっ歯にしろ、と何回も作り直させ、鏡にうつしてみて大喜びで満足されたという心境を考えると、すでに死期を知ったのであるまいか。まことに胸を打つものがあるのだ。強情という点については、だれにも引けを取らぬという伊沢さんも、死んでいくときには母から受けた生まれたときの姿に返りたい。そういうやさしさ、ゆかしさが胸の中に秘められていたのである。

伊沢さんについては、いまは世間に忘れられたようだが、伊沢さんが官僚から政治家として知られるころになると、〃伊沢兄弟〃といえば、信州の代表的人物としてうたわれ、信州人も誇りとしたものである。伊沢兄弟というのは、兄の修二（しゅうじ）、弟の多喜男で、修二氏は伊沢先生といえば知らぬ者はなかった。修二氏は、実に明治期における教育界の開拓者・啓発者・指導者であった。高等教育から初等教育にわたって、制度の確立と内容の充実とに力を尽くし、理論と実際との両方面に、大きな功績をあげられて、それで貴族院の勅選議員となり、また男爵に叙せられた明治文化史上の巨人といってよい。教育界の第一線から退かれても、中央、地方を通じて名声を博せられたのは、ろうあ教育、発音整調、きつ音矯正のため、生涯を終えるまで献身的努力を傾注されたからであり、とくにどもりの矯正には、私力で「楽石社」を創設して、これによってどれほど嘆きにしずむ人の子の親を喜ばせたか、計り知れない。

三　若槻さんとわらじ酒——床次氏、突然の脱党騒ぎ——

若槻さんと酒——といえば、これは天下に有名な話で、いまでも若槻さんをしのぶ席上ではよく出ることだが、あるとき、〃若槻さんと酒〃について、ご本人から、いろいろ話を聞いたことがある。

それは夏であった……本郷大和村の私邸になにかの用件でたずねると、応接間に単衣で出てこられた。すると、総裁の腕にすり傷が目立っているので、不思議だから「どうしたけがですか」と問うと、微笑をうかべて「いや昨夕、一杯機嫌でうっかり縁側でうたたねしたところが、つい油断して縁側からころげ落ちたというわけだ」とのことで、それから酒の話になった。「どうですか、若い時分といまと、酒量の点は変わりませんか」「酒量は変わったと思わぬが、若いとき——大蔵省の時代は一升飲んでも二升飲んでも、帰宅してから、かばんの中の書類を取り出し、役所の仕事の残りを整理して、ちゃんとすませたし、朝になっても気分がどうこうということはなかった。しかし近ごろはそういうことはおっくうでできぬが、それだけの違いだ」「そこで、晩酌はそれとして、朝酒、昼酒をやられるというが、それは……」「家内がやかましいので朝はやらない。昼は大コップでぶどう酒一杯というのであったが、これは日本の食事、日本人の体質、これを総合してみると、どうも芳醇に限るようなので、ぶどう酒を日本酒にかえてもらっている。それから朝はやらぬが、例外として旅行するときは、玄関でわらじ酒というのを大きなコップで一杯やる。旅行の定義は東京を離れることだから、神奈川、埼玉、千葉県下へ一歩でも出ると旅行だ。横浜でも大宮でも旅行だから、わらじ酒が適用されるので、旅行に出るのがなによりの楽しみだ……ということになる」

ところで、若槻さんの飲み友だちというのは、なかなかいきな芸人で、伊沢多喜男、川崎卓吉とか、そういう仲間は小唄などをやる浅酌低唱党が多いのに、若槻さんときたら、浜口さんも同様だったが、まあ失礼な言い分だが〝音痴〟といっても過言でなかった。酒のさかなに唄などを必要とされなかった。若槻さんが、どれほど酒をなつかしみ、酒に親しまれたか——について、こういう逸話がある。

終戦後間もなく、もう高齢に達していられたが、伊東の別荘に静閑を楽しんでおられるとき、ある新聞で、若槻さんの回顧録を連載したい……という編集局の企画で、早速その交渉に取りかかったが、若槻さんはどうも面倒だから……と渋って承知しない。そこでその新聞記者は一計を考えだした。なにしろ終戦直後だから、若槻さんといえども、その好むところの美禄を容易に入手しがたいときだ。ところが、係りの記者が百方手をつくして二升びんを求め、これをたずさえて若槻さんに献上すると、いつもならにがい顔をする主人公が、酒びんを見ると、打って変わった機嫌だ。それでは話そうということになった。記者が新聞社に帰ってその話をすると、そうだ、それに限ると、伊東に行くたびに二升ずつを持たせてやると、若槻さんのほうから一週二回でもかまわぬぞ、三回でもよろしい、そういう申出があり、仕事が予想以上に進捗したという次第で、〝若槻さんと酒〟に新しい話の種が生まれた。

酒好きで有名だった若槻礼次郎

私と若槻さんとの関係は、私が報知新聞社に入って、当時は大蔵次官であった若槻さんと知り合ったので、衆議院議員になる二十年近い以前だが、よく右にもとれ左にもとれることばをつかってなかなか容易に真相を明かさない。若槻さんから真相を探ることができれば一人前の財政記者だといわれたものだ。

若槻さんは、非常時および戦時に国事を憂え、重臣として非常に努力せられた。若槻さんが浜口さんの遭難の後をうけて、二度目の総裁となり首相となった後だが、当時、民政党では毎週定例午餐会が開かれていたが、それは〝総裁の話を聞くの会〟であって、会場の丸の内会館は押すな押すなの状況で、いつも満員であった。

昭和八、九年といえば、軍部の横暴時代に入ったときで、もう非常時に入るというきざしははっきりしていた。そのある月の例会の席上で、若槻さんは敢然として「軍備の拡張充実だけを考えて他をかえりみず、国力に不相応な軍備に重点を置くのは、あたかも骸骨が鉄砲をかつぎ、砲車をひいて行くようなものである」と断言した。当時ようやく軍がはびこって抑えがたいときにあの若槻さんが、敢然骸骨論を掲げて警世したのは驚くべき大勇気であった。この骸骨と武器との比喩は、いつとはなしに世間に伝わり、一種の流行語として政治批評に用いられるようになったが、したがって軍部の反感もはげしく、身辺に危険をおぼえるようにさえなった。若槻さんも浜口さんも、およそ国家の運命を双肩にになう地位にある政治家は、国民の利害休戚に一身を賭する覚悟がなくてはならぬから、かりそめにも時流にこびたり、卑俗におもねたりして、一時を糊塗したり瞞着したりしてはならぬ……と、その所信を曲げるようなことは決してなかった。あのロンドンにおける海軍軍縮会議に、敢然八八艦隊を放棄したこと、四個師団陸軍軍縮のこと、浜口さんや若槻さんが、敢然大権干犯を旗じるしにした軍の反抗を排除して断行した勇気は、後世政治家のかがみとすべきところであろう。

晩年の若槻さんは、伊東の別荘にひきこもり詩酒の間に高臥された。学生時代は端艇部の選手であるし、そして嘉納治五郎門下で講道館の大先輩。それが大学卒業の際には、九十八点五分の新記録という好成績だった。中年から大弓に凝って首相時代にも韘をつけて射垜に向かわれる姿が見かけられた。からだは常人以上に鍛えられたと思う。——それでも晩年は心臓を病まれていた。絶えず時事を憂えられ、詩酒の間といえども一念国事を忘れなかったことは、その詩にも見ることができる。昭和八年の晩秋作「書懐」の五言律を引くと、それには

心に関するは富国の事、大計、愆まるなきを要す
己れを欺いて敢て世に阿ねらんや、身を忘れて唯だ天を畏る
蛩声は秋壁に在って、雁影は日に川を過ぐ
半夜孤牕の下に、書を繙いて古賢を憶う

とあって、これが克堂先生の偶作であるだけに、尋常詩家の作品とは別個の風韻と含蓄とに、人の心を打つものがある。時が時であり人が人であるからだ。私にも時事を諷した感懐の詩を揮毫してくれたが、知人が懇望するので断わりようがなく与えてしまったが、いわゆる翼賛新体制に対しての所感で、「世人、新装を愛するも、吾は独り旧衣を好む」という寓意であった。若槻さんの漢詩については、まったくしろうと離れしていた。昭和二十四年の十一月になくなられた。在世中に詩集を刊行されて私も贈られたが、ときに開いて誦読すると、在りし日の先生の面目に接する思いがする。それにしても、いまはかかる風韻のゆたかな政治家は跡を絶ったようである。

若槻内閣に代わって、田中義一内閣が出現し、その崩壊した後を受けて浜口雄幸内閣となったが、いわゆる金解禁、緊縮政策に強い政策と態度とをとり、これがわざわいをなして凶弾をうけ、治療がはかばかしくないので、やむをえず国事・党事をあげて、ふたたび若槻さんに委託することになった。大学病院の病床に若槻さんを招いて「国家の重大時局であるから、ぜひ後事をたのむ」と言われたときの情況を、若槻さんはこう語っておられる。「私の手を握って後事を依託されたが、その手は冷たくて、生きた人の手と思えない。これにはとても断わることができず、承知したというほかはなかった」と。

それで若槻さんがふたたび総裁の座につき、浜口内閣を継いで第二次若槻内閣を組織したが、はなはだ短命に終わり、犬養毅内閣の出現となった。こういう政党と政局との変転に際して思い出されるのは

床次竹二郎氏のことで、とくにその離党問題に関する進退についてである。憲政会と政友本党とが合同して、立憲民政党の成立をみたときには多数派だったから、浜口雄幸氏が総裁となることには、政友本党の人々も異存をいわなかった。そして政権を迎えることも、おのずから明らかなことであった。ところがしばらくすると、突然、旧同志のだれにも相談せず床次氏が突然脱党した。これだけの変化が起こったのに、旧同志はなにがなにやらわけがわからずとまどった。政友本党の総裁でもあり、民政党の最高長老たる人の進退としては、はっきりとした理由がない。それで床次氏とともに政友本党に属してきた山本達雄、桜内幸雄、小橋一太、松田源治、田中隆三、大麻唯男、小川郷太郎、中村啓次郎、小坂順造など——床次氏の股肱とも羽翼ともいうべき人々は、だれもついて行かない。わずかに二十幾名の旧同志を率いて脱党してしまった。なぜ出るのか原因がわからない。後になって、いつとなくわかったのは、当時、政友会代議士でもあったが松本剛吉氏という策士がいた。この人物が元老西園寺公のもとに、よくご機嫌を伺いに出るので評判となって、当人もそれを自慢にしていたのであるが、これがあるとき、床次氏と会って、「この間、西園寺公にお目にかかると、貴下の近況を聞かれて、床次君によく伝えてくれ。国家のため自重、自愛されるように……とのことであった」と言った。この当時は元老が「自重を祈る」とは組閣の大命降下を暗示する符牒のようなものであった。この自重、自愛の意味を、床次氏は「政党政派との関係を絶つ」というように受け取ったのである。そこで政党と縁を切って政界に中立の立場をとることに決意したのである。しかし脱党の理由は公表せねばならない。それで対支問題の意見相違かなにかを理由にしたが、民政党はもとより政界各方面には、まったく寝耳に水の衝撃であった。

　松本剛吉氏との会話が脱党の動機となったかどうか、その真意は別として、当時の真相を伝えるものとして、関係筋には、このうわさが伝えられていた。もしこの脱党さえなかったなら、床次氏の運命は、まったく別個のものであったろう。旧同志とともに床次氏が民政党にとどまっていたならば、疑いなく浜口氏のつぎに総裁たるべき人物であり、総理大臣の椅子も予約されていたのだ。床次氏が志を成すのには、それがもっとも近道であったのに……政治家の運命ほどはかりがたいものはない。

四　〝来たり、見たり、敗れたり〟――永井氏、勝太郎を天下に宣伝――

戦争中に私のもっとも尊敬し、また信頼していた同窓の人物を失った。それは永井柳太郎君であり、中野正剛君、それから山道襄一君である。

永井君との関係については、二人の郷里が山一つこえた同藩であり、早稲田大学時代には私より一年の先輩であるのだが、互いに大隈老侯邸に出入りして、ともにかわいがられたからでもある。かつて支那旅行に同行したいろいろの思い出を前にも話している。短髪長躯、涼しい眼に豊かなほほ、その容姿に引きしまった口から出る音吐朗々たる雄弁は、見る者、聞く者にとって、実に「永遠の青年」というのがぴったりで、その若々しさには、彼の政敵でさえも魅了されたものだった。政治家としての永井君をみると、その生涯を通じて――その是非は後世の批判に任せるとして――確かに、一つの根本的な精神によって行動している。その胸の中には常に烈々たる改革の火が燃えていた。その考え方がどこにあるか、ということは、簡単に即断しえられぬが……。とにかく日本の社会改造を、民主的基調のもとにやろう、そういう意図であったと思われる。だから近衛文麿公の挙国政治体制を提唱した前後に、永井君が共鳴して参画した態度を見て、単に親軍的の行動であるとか、軍部に追従するものとか、そういう批判が加えられたが、それは永井君のほんとうの考えを知らないからだ。

永井君としては、おそらく政界に入る前から、その胸の中に描いている理想があった。確か大正十三年に加藤高明内閣の成立をみた。まさに苦節十年、待望の憲政会内閣である。このときに、加藤総理大臣の創意により、政務官制度を設けて、各省に政務次官、参与官を置くことになったが、永井君は抜てきされて外務省参与官となった。総理大臣は外交官出身の最先輩であり、外務大臣は総理の義弟の幣原喜重郎氏であり、永井君の人材であるのを認めたからだ。私は郷里に帰っていたが、わざわざ上京し、永井君を訪問して「おめでとう」とお祝いを述べたが、いつもの愉快な表情とは打って変わった不機嫌ぶりだ。「松村君、実は僕の望むところは、陸軍参与官だったのに、それを外務省へ回されて失望に堪えぬ。きまった以上は仕方がないが……」「そりゃ——おかしいね。外務参与官こそ君にうってつけではないか。それを陸軍とはいったい、どうしたというわけなのだ」「いや、それはね、僕が念願としている日本の改造計画、革新運動を遂行するには、どうしても国民の間に大きな組織を持っている現役軍人、在郷軍人の協力を得なければならん。これと堅く結ぶならば、この大きな組織を動かして、改革の大業を成就しえられる。それで陸軍省を希望していたのに、外務省でははなはだ不満足なのだ」という返答であった。だから永井君としては、近衛公の挙国政治体制の提唱に、むやみと飛び付いたのでなく、若いころから、胸の中に燃えていた国家改造、社会改革の炎がほとばしり出たのだ。

その当時は、当局の監視が厳しかった北一輝の著作である『日本改造大綱』——これは印刷発売をまたず、禁止押収となったが、極秘の謄写版の物を、「これを見給え」といって、私に手渡してくれたこともあった。近衛公が枢密院議長をやめ、新体制運動に乗り出したのは昭和十五年の夏で、第二次近衛内閣の首班となり、八月二十八日に新体制の声明を発表し、政党各派に向かって解消を求め、新体制への協力、参加を提唱した。永井君が、すすんでこの親軍派視された政党解消運動に挺身したのも、前に話したような信念に基づく精神にほかならない。真に政治家として生命を賭した革新改造の熱情なので、その理想とするところを見のがしてはならないのである。私は政党解消には永井君とは反対でついにたもとをわかったが、私的な交際は終始変わらなかった。

永井君が早稲田大学の教壇をおりて、政界に進出することになったのは大正六年春の総選挙からである。その以前の選挙には当時大阪商船社長の中橋徳五郎と金沢の名門横山章との一騎打ちであり、横山氏は大隈後援会から出て非常に激烈な競争であった。大隈老侯自身も応援に来た。そのとき、長身白皙の青年が横山氏の応援に来て、その立板に水を流す雄弁はまったく市民を酔わせた。それが永井柳太郎君である。それではじめて金沢市民に永井柳太郎君を知らせた。永井君が出馬した第一回のころは小選挙区制で、金沢市は定員一名、選挙権は納税資格による制限をうけていた。その候補者は、政友会中橋徳五郎、憲政会永井柳太郎の一騎打ちで、選挙は日をおうて白熱化し、全国有数の激戦地となった。永井君は青年の大学教授に対し、中橋氏は大阪商船の社長としてすでに有名の実業家である。とても勝負になるまい……という世間の予想であったが、永井の雄弁と中橋の財力とのいずれに軍配があがるか、ということになった。この選挙で面白いのは、永井は果たして金沢人かどうかが選挙題目となったことだ。丹波の山奥に育ち、神戸の中学で学んだ青年は、断じて金沢人ではない、他国のものだというのが反対派の主張である。いや永井の父は確かに加賀藩士で、父は大久保利通を暗殺した島田一郎の一味というので、一時丹波の山奥にかくれ、教師をしていたが、柳太郎君は小学校は金沢で学んだので現にその同級生が現存すると、級友を証拠に演壇に引っ張り出すという騒ぎだ。実際永井は金沢人に間違いないようだ。あれほどの雄弁家でもときにいささか金沢なまりの口調が出てくることがあった。

それで選挙の結果は、わずかの差で中橋が勝ち、永井が負けた。しかしその直後に永井君が兼六公園に敗戦の報告演説会を開いて、「われ来たり、見たり、敗れたり」の演説に大雄弁をふるって市民を熱狂、興奮させたのは有名な話だ。それで永井の人気は負けながら火のように燃え上がった。次回の大正九年の総選挙には、中橋氏はとても勝算なしと見切りをつけ、選挙区を大阪に移した。それに代わって県会議長米原於菟男が立ったが、もう永井君の敵ではない。永井は圧倒的に勝った。

第三回は大正十三年の春の選挙で、そのときの相手は愛国生命保険会社社長の暉道文芸氏であった。暉道氏は京都大学出身の法学部教授から実業界に入った人で、欧州留学もしているし、それに金沢市は本願寺派の盛んな土地であるが、暉道氏の生家は金沢市外にある本願寺の有力な末寺である。ところで暉道派は、永井はクリスチャンである、キリスト教を信仰する人間だ……という流言を放ち、宗教的反感をけしかける戦術をとった。これには永井は弱った――が、ちょうど秋田県人で釈黙笑〔本名：藤沢順教〕という僧籍にある男がいて、私も知っている愉快な男であった。それが応援に金沢にきて永井氏は仏教徒である……という証拠を集めて演説会ごとに勧進帳を読む弁慶もどきに読みあげては聴衆に訴えつづけたものだ。

この選挙でも永井君は勝った。これで金沢市は永井君にとって金城湯池となった。永井君の選挙になると、金沢市の若い人たちは熱狂して、まるで気ちがいのようになって走り回るありさまであった。選挙に金沢の東の廓の若い芸妓が、開票結果の新聞号外の鈴の音を聞いて、はだしで飛び出し、永井勝つ――と知って「永井先生、万歳！」と叫んだなり街上に卒倒して、そのまま息絶えてしまったという話もあるくらいすごい人気だった。

それから普通選挙、中選挙区となり、私も政界に出て選挙を争うようになった。困ったことに県境の山一つ越えれば金沢である。私の世話をしてくれる若い連中は、私の運動をよそにみな永井君の演説を聞きに自転車で金沢に行くというので出払ってしまう。これにはほんとうに困った。永井君は非常に選挙区を大切にしたものだ。つねに冗談のように後進の代議士などに言いきかせた。「選挙区と女房とは人に貸すものではない」と。そして全力を尽くして、はなやかな選挙をやった。

早稲田大学で私と同期卒業生の連中はまるで申し合わせたかのように代議士となったもので、山道襄一、牧山耕蔵、春名成章に水島彦一郎、それから新潟の安倍邦太郎――と。これが私と前後して、衆議院に乗り込んだのだ。そのうちもっとも早く議会に出て名をなしたのは山道襄一君であった。

ところで、この安倍が、別に深い関係はなかったらしいが、新潟の沼垂（ぬったり）の芸者で、勝太郎（かつたろう）というのを唄がうまいので、日ごろひいきにしていた。すると安倍が当選して間もなく、「貴方が代議士になって東京へ行かれるなら、私だって一生こんなところで暮らすのはいやですから、お願いです、ぜひ東京へつれていってください。東京で一旗上げたいのです」という勝太郎の願いである。数ヵ月たったころ、阿部の宿屋神田駿河台の日昇館に、勝太郎が押しかけてきた。それで安倍は新橋がよかろうとあっせんしてみたが、まだ陣笠級の安倍の紹介ではどこでも引き受けてくれない。それで結局、いろいろ奔走した末に、日本橋葭町（よしちょう）にはめ込んだ。最初は「なに、ヌッタリの芸者だって――いったい、ヌッタリってなんだい」という調子で、お客がさっぱりだった。そこで勝太郎の不況ぶりに、安倍は責任もあるから宣伝係となり、仲間の宴会でもあると、すぐ「あいつ、出立てなもんだからよんでくれる客がない。機会があったら、ぜひたのむ」と言う。よぶと暇だからすぐやってくる。北陸方面の客だとなつかしがって飛んでくる。いかにもそのころから、美しい声で上手に唄っていた。

すると私たちの会合に永井君が出席したときだ。いつものように勝太郎をよんで歌わせると、演説も歌も同じだ。さすがに永井だけあって、これに耳を傾け、感心して絶賛したので、勝太郎も感激してほくほく喜んでいた。まだ人間の気持ちがのん気な時代で、それから永井君主催の宴席には、必ず勝太郎が出て来た。場所が新橋だろうが赤坂だろうが「ときに諸君、非常に美しい声で唄のうまい……」という推薦の辞があって、葭町の勝太郎がはせ参ずるのである。そのころ、永井君は党の幹事長で、新橋でその盛んな披露宴があったが、永井君が即興の唄を作って勝太郎にうたわせた。一同やんややんやのかっさいで、そんなことから「佐渡おけさ」の勝太郎は全国的名声を博し、コロムビア専属の歌手になるなど、ヌッタリの出身が大変なことになった。永井君はまったく勝太郎の宣伝係をやったようなものだ。勝太郎も如才がなく、いたるところで「永井先生、永井先生」の名を持ち出していたが、永井君が国務大臣となったのは斎藤内閣のときで、党を代表して長老山本達雄氏とともに入閣し、内閣に清新の気を吹き込むものと、もてはやされていた。

　ところが、世間の人気を見ると、永井の雄弁よりも勝太郎の唄のほうが非常な人気で、新潟の二流のヌッタリ芸者が一躍、一代の流行ッ子となった。そうなると、永井君が大臣になり、宴席に勝太郎を呼んでも多忙でなかなかこない。永井君に従って秘書官をしていた東舜英（あずましゅんえい）君などぷんぷん怒って、「あいつ——勝太郎ってひどいやつだ。これまでちょっと電話をかけたらすぐ来てくれたのに、流行ッ子になったと思ったら、なかなかこないし、来てもハアーというのを、二つか三つやってすぐ帰ってしまうが、ひどいやつだ」と言う。東の口の悪いのは天下ご免だから気にすることもないが、とにかく一代の流行ッ子となった。このように永井は勝太郎びいきで、東宝の経営者だった小林一三（こばやしいちぞう）氏に勝太郎を紹介したのも永井君であったという。私は勝太郎の歌を聞くたびに、永井、安倍の両友を思い出すのである。

五　最終バスに乗り遅れるな――ついに民政党を離党

私は永井君の気持ち、考えをよく知っておるが、非常時になると、政情は永井君の所信にも反映するようになり、したがって民政党と永井君との間に立って、その調整に苦労した。

林銑十郎（はやしせんじゅうろう）大将に組閣の大命が降下した際に、大将の意向は、民政党から永井柳太郎を抜く意向であり、永井君としては大将が金沢市出身で、同郷関係のうえからも、入閣してもよいという気持ちであった。入閣の条件として、党籍を離脱してほしいとの提示があり、一方では陸軍当局が「軍要望の政治形態並びに運用に関する重大声明」なるものを発表した。軍部の勢力を誇示したつもりだったろうが、これはまったく政党否認を意味するものだった。物議の生ずるのは当然であるし、さりとて個人の情誼から、永井君としては入閣拒否も心苦しかったらしい。折りからかぜをひいて床にふしていたが、入閣勧誘の手も差し延びてくるらしく、そこで私はまくら元にがんばった。入閣をやめろと二時間もがんばった。永井君はついに翻意した。永井君はついに「国政に関して、重大な意見の相違を生じた場合には、脱党を賭して争うことを辞するものではないが、ただ入閣するために今日までの同志と絶縁するようなことは、政治家の出処進退として、国民をあやまるだけでなく、林内閣対民政党の関係を悪化し、林内閣に累を及ぼすことになるので、この際、閣外から国政革新のために協力し、また政党更生のために奮闘することが、真の知己に報ゆるゆえんだと考えて善処した」と表明するにいたった。永井君は入閣はしなかったが、同藩の関係もあり、閣外からできるかぎり援助を惜しまぬ気持ちであった。私もまた、高岡中学以来の親友大橋八郎君が林内閣の書記官長であったから、差し支えなきかぎり注意を与えていた。

ところが、いろいろ紆余曲折があったが、議会で予算案の通過する前日になっても、政府側は大変心配し、内閣書記官長の大橋八郎君が、わざわざ私のところにやって来たので、「心配することはない。議会というものを君ら知らんのだ。大丈夫、もう一日延ばせばそれで通るのだ」と言ってやったら、大橋君は喜んで、そのことを林総理大臣に伝えた。すると、その予算案が翌日通過した後で衆議院を解散したものだから大騒ぎになった。それこそ寝耳に水で、「食い逃げ解散」ということばも生まれた。およそ予算案が通ったのに、衆議院を解散するなど、そんな乱暴なことがあるものでない。前日大橋君に会ったときなどは、少しもそんなことを考えてもいなかったのだが、夜中に右翼の者が訪ねてきて、総理大臣に解散することを勧告したのに林首相が動かされたのである。しからば前夜ひそかに解散勧告に来たものはだれかまったくわからなかったが、近ごろになってからその秘密がわかった。その解散勧告に、前夜半総理に会ったのは、前衆議院議長の清瀬一郎君であった。清瀬と漫談しているときに清瀬がみずから私にそのことを話したのだから間違いはない。その当時の清瀬はきわめて少数の会派であり、林大将によって一挙に多数を得るつもりであったのであろう。

不意の解散に政党は怒りに燃えて立ち上がった。解散直後院内で開かれた前代議士会の席上で、民政党の町田総裁が「売られたけんかなら買おうでないか」と激昂して、総選挙に臨む士気を高揚し、政友会も同様で、内閣打倒の声は火のように燃え上がった。総選挙の結果は第一党は民政党となり、政友会、小会派をあわせ、林内閣反対は四百人をこえた。それと同時に再解散説などを流布したので、いやがうえにも内閣反対の気勢を刺激し、民・政両党が協同して、林内閣即時打倒の倒閣運動を展開することとなり、林内閣は孤立無援のうちに崩れ去った。

永井君が入閣したのは斎藤実内閣が最初だが、この斎藤内閣が総辞職してから数ヵ月ののちに、民政党総裁の若槻氏が辞意を表明し、その後任に町田氏が推挙された。ところで、町田総裁と永井君とを対照してみると、政治家としての性格、態度というものが異なり、したがって意見のくい違いをきたすということにもなる。永井君は常に理想を追うて進むという型であるし、町田総裁は常に現実に即して動向を決するのだから、いきおい見解の相違を生じてくるのも当然というほかない。永井君は私にとって大学時代からの先輩であり親友の仲である。一方、また私が中央政界に出た当初から、町田氏には秘書官として非常にお世話になった。おそらく私ほど双方の気分なり、心持ちなりを理解しうる間柄にあった者はあるまい。それで双方の間に立って調整するのは私の役目であり、また苦労な役目でもあった。林銑十郎内閣のときも先に述べたとおり、永井君と町田総裁および党との間に立ち、その入閣を拒絶させる……というような苦しい役目に当たった。

第一次近衛文麿内閣が出現すると、永井君は逓信大臣に就任し、有名な〝電力国家管理法案〟を提案した。その就任するに当たって、永井君は私に向かってぜひ政務次官として補佐してほしい……との要望であり、町田総裁もまた私にすすめて、やってみたらどうだ……といわれたが、この懇望を私は断わった。断わった理由というのは、永井君が逓信大臣になると、電力国家管理法案を持ち出してくるのはわかりきっている。それに町田総裁、党幹部の筆頭の桜内幸雄君などは電力の民有国営――国有化に反対の意向を持っている。永井君は時勢の要求するところだから、脱党を賭しても断行する……という決意だ。こういう切迫した緊張状態を目前にして、私が役所の中に入ってしまうと、永井君と党との連絡、調整に果たしてだれがあたることができるか。その大事な役目をまっとうするためには、政務次官になるよりも党にあってその調整に当たるほうが最善であると考え、政務次官を断わり、逓信官僚の経験のある田島勝太郎君を推薦した。

この電力法案の審議は、衆議院でも貴族院でももみにもんで、永井君は持病のリウマチスに悩み、右手を包帯して肩につるし、不自由な左足をステッキにたより、病院から議会に通っていた。痛み止めの麻酔薬を連用し、そのため胃腸をそこねるという、実に悲壮ともなんとも言いようのない姿であった。審議は、政界、財界の反対の中に六十日を越え、永井君は民政党を脱党する決意までした――と聞いて、私がかけつけてやめさせたこともある。内閣総辞職とか、衆議院解散などの観測もあり、会期を一日延長してようやく通過したのである。

それから阿部信行内閣のときに、阿部大将も永井君と同郷の関係から、永井君を抜いて入閣させた。それが政党に対してなんの連絡もないので、政党を無視する内閣の態度が問題となったが、これも内閣の陳謝というようなことでおさまったとはいえ、私としては永井君のために精いっぱい調整に努力した。そのとき農林大臣の政務次官になるようすすめられた。大臣の有馬頼寧さんは、斎藤内閣時代に、有馬さんは政務次官、私は参与官で懇意の間柄であった。しかし私には永井君の下の逓信政務次官を断わった義理もあり、それで友人の高橋守平君を推した。町田総裁に言わせると、永井君は天上の星のみを数え、踏まえるべき大地に足を付けぬ空想主義者だ――とするし、永井君に言わすと、町田氏は現実のみに即する没理想主義の権化だ――とするし、同じく民政党にとってかけがえのない二人がこれだ。

そこで、二人は私を非難して、総裁は「どうも君は仲人口を利くからいかん、永井君の言うところをありのままに伝えない」と言うし、永井君もまた「君は町田氏の言うまま聞かせてくれない。それを真にうけると、とんだ仲人口に引っかかる」と、双方で申し合わせたような口調で責めるのである。やむをえず、私はたんかをきった。総裁には「永井君の足は大地に付かぬ……などと申されるが、しかし永井という人物は民政党の看板男で、それを総裁が冷評を口外されるのは、はなはだ偏狭に聞こえます。これを包容できないようでは総裁の貫録にかかわる。それで私も仲人口を利かねばならぬ次第です。なにが悪いんです」と。また永井君には「私が仲人口をたたく心持ちを解せぬのか。君は政治上の信念だ……と言って脱党を口にする。しかし脱党した者の末路を見よ、安達謙蔵氏はどうだ、中野正剛君はどうだ。あたら材器をみずからそこなって、政界の孤児の立場に陥っている。脱党して大衆の人気を占められると思うのか。脱党者の前蹤（ぜんしょう）を踏むのを、政治家の本意とするのか」と。

　昭和十五年のころには、いわゆる近衛公を中心とする新体制運動は旋風のように政界を吹きまくった。その前に社大党、国民同盟などは解消するし、それが両派に分かれた政友会に波及して久原派が解消した。残るは政友会の中島派、そして民政党なのであるが、永井君は三木武吉君などと同志を糾合し、あくまでも政党を死守すべきである……とする町田総裁の態度を因循姑息（いんじゅんこそく）であるとし、四十人を率いて、とうとう民政党から連袂脱党した。そして新体制運動に参加、促進することになった。このときの「最終バスに乗り遅れるな」という標語――合言葉などは、おそらく三木君あたりの案出したきわめて功利的なものと思われるが、それにしても四十人もの同志を結集したのは永井君の声望によるものといえる。時勢の推移もあろうし、多年のうっ積した感情もあろうが、事のここに至ってはもはやいかんともならない。私もあれこれ調整するのはやめて、総裁を助けて政党解消反対側に立った。

　七月の終わりであった。永井君が早朝、私をたずねてきたが、それは「今回、総裁と意見を異にして、民政党から離脱したが、いま護国寺畔に永眠されている大隈老侯の霊前に、このむねを報告して、幸い近所だから君のところに立ち寄ったわけだ。思えば中央政界に馳駆して、君と終始してきた多年の同志であるのに、たもとをわかったことは実に感慨に堪えないが、政治家としてやむをえざるものがあるので、これを了としてくれたまえ。しかしお互いの立場は立場として、二人の交誼は決して変わらぬ」と言うのであった。公人として別れる……など、永井君にしろ私にしろ、夢にも思わなかったことであったのに。

私としては政党の解消に反対であった。そして民政党を死守してきたのであるが、なによりも人心の変化――世論の動きが、政党不信となってきたのにはどうにもいたし方がなかった。そして大阪支部などをはじめ解党を要請し、決議するというありさまで、伝統を継ぐ立憲民政党も、政党としては最後に解消した。そして時局は――ついに戦争の大きな渦巻きに入って行った。その戦争の中において永井君は必ずしも得意の境遇に置かれず、戦局が不利になるとともに、かえって病床につくようなことになった。その病因というのも、永井君にとっては多年の痼疾（こしつ）ともいうべきもので、人力ではいかんともできぬものだった。若い時分から結核性の関節炎があり、イギリスに留学中、ロンドンで手術を受けた。それが完全でなく、左足が不自由になった。その足だけでなく、腕の関節、肩の関節にも炎症があり、一生それに苦しんだ。また、これに関連するのかどうか知らぬが、戦争の中ごろから健康を害し、聖路加病院ではがんと診断せられ、しかも散発性のがんで全身の関節に及んだから手の付けようもない。医師からは絶望と断定された。もちろん本人には知らせなかった。私が最後に見舞ったときには、ひどく衰弱していたが、気持ちは依然雄大で、病気が治癒したらこう考えている……と、いかにも永井君らしい希望を語って死期などは念頭になかった。

もう空襲が激しく、爆撃のため地下室に避難する始末で、そういう最中になくなった。知らせを受けてかけつけ、死後の対面をしたが、私の目には〝万年青年〟とうたわれたはなやかな面影がそのままで、あの不自由なからだでありながら奔放熱烈な精神と思想とが、生前のように生きているかのように思われたのである。

葬儀の当日も、ちょうど空襲の最中だったが、もう戦局は十九年の十二月に入っているので、時局を思い、故人を思うと、会葬者の心は暗く、重かった。このような政治家を親友として政界に奔走したこと、その指導と援助とを受けたことは、私にとってはこのうえない幸いであった。永井君の〝はなやかな大いなる歩み〟をしるす伝記は、同郷金沢の出身で閣僚として椅子を並べた伍堂卓雄（ごどうたくお）君を委員長として、その歿後に直ちに編集される予定であったが、物資の不足は底をつき、世情も穏やかでなく、用紙や印刷などの関係から不可能で、これに手をつけないまま伍堂君もまた病を得て心を残して逝かれた。

それから十数年、電力国家管理法案の当時に永井君を補佐した電気局長の大和田悌二（おおわだていじ）君（現日本曹達社長）をはじめ、友人や同志が集まって新たに伝記編修を決定し、民衆に敬愛された〝永井柳太郎〟の面目を伝えるすべての準備を整えた。故人と親交があったというので、私が委員長にあげられたが、伝記の執筆は富山県新湊の出身である中保与作（なかやすよさく）君に依頼した。中保君は生前、永井君と懇意で、執筆者としてもっとも適当な人であり、精細な叙述と雄健なる筆致と、実に見事に完成を告げて、一昨年、その刊行をみた。伍堂君の後を継いで、永井君の伝記を編修したのも、つながる因縁によることだろうし、そして故人の霊を慰むるに足るものがあろうか……と、刊行記念の席上で限りない感慨を覚えた。

六　死児の横で原稿書き——町田氏『東洋経済』を創刊——

私と町田先生との関係は、私が衆議院議員に当選したときから、先生がなくなられるまで三十余年の間、非常にお世話にあずかった。私にとっては、まったく文字どおりの〝師父〟という関係で、町田先生のことは公私はもちろん、政治に関係する部分は、もっともよく知っていると信じている。

およそ町田さんほど、まず自分の生涯にわたる志望、そして活動の企画方針をきめたうえで、これを方針どおり実行した人はまことにめずらしい。先生も立志伝の中の一人に数えることができるが、他の人の真似のできぬことを成しとげた——それが、先生の全生涯なのである。東京帝国大学に入ると、自分の一生の計画を立てた。大学を出たら新聞記者をやる、そして記者時代の四、五年間に、社会の実情というものを観察する。それから財界人となり、十年か十五年かの間に相当の財産を作り上げて、それから政界に進出しよう……そして自主独立の政治家になろうという人生の行程表を青年の間に作り、自分の生涯を三分して、記者時代・財界時代・政界時代と最初から予定し、そのとおりに実行し、成功したのである。

ところで、大学を出たが、この行程表にすぐ取り掛かるわけにいかなかった。それは大学教授の金子（かねこ）堅太郎（けんたろう）氏が、秀才の町田に望みをかけて、熱心に法制局に入るようにすすめたからだ。金子氏は法制局参事官で大学教授を兼ねていたのだから、当時の町田さんが同輩を抜いていたことは、なによりもこれで証明されるわけだ。町田さんの話によると、その当時の法制局長官は井上毅氏で、後年の法制局のように単なる法律や条例の起案や検討でなく、憲法制度の完成を任務として、各官庁の最高の権威とされていたそうだ。したがって人材を集め、官吏としては登竜門のように見られていたのだから、非常な名誉であり、幸福であると考えられるわけであろう。普通なら運動をしてでも採用を願うところで、官立大学の出身者ならなおさらであったろうに、町田さんは自分の行程表にない官界だから、はなはだ乗り気でない。とはいえ恩師のせっかくの厚意ある勧告——採用確定というほどのものだ。むげに拒絶することもできぬ。それで「私は官吏になるのを好みませぬし、一ヵ年ぐらいなら勤めましょう」という条件を持ち出したのであった。これには金子氏も驚いたが、面白いことを言う……と採用した。入ると熱心に仕事をする、まさか一年でやめもしまいと、条件などを忘れていた金子氏に、約束の期限がくると、それではやめたいから……と言う。惜しい男だがしかたがない。しかし将来は大成する人間だ、と考えた金子氏は、快く辞任を許した。そういう寄り道がある。

法制局をやめると、すぐ朝野新聞に入って、末広重恭（すえひろしげやす）、犬養毅、尾崎行雄、そういう人たちの仲間に入り、それから犬養、尾崎とは兄弟分のようになって、矢野文雄氏が筆政を主宰する『報知新聞』に、犬養、尾崎、町田がたもとを連ねて論説に花を咲かせることになった。報知新聞社の経営ぶりというものは、新鮮味では常に他社のトップをきり、大新聞として口語体を採用するとか、ふりがなをつけるとか、読者層を知識人から大衆へと拡大するとかの手段をとったのは、矢野氏の創案によるものである。新聞の色彩は改進党、すなわち党首大隈重信の機関紙であった。当時の大隈重信伯の身辺には朝吹英二氏がついていた。朝吹氏は福沢諭吉門下でも特色を帯びた人物で、財界人としてははじめは三菱、のちには三井に関係を持ったのであるが、犬養、尾崎、町田らは、いずれも朝吹氏からの財政的援助を受けている――そういう親しい仲なのであった。

ところが町田さんの人生行程表によると、そろそろ記者時代の切り上げどきなのである。もう論説記者として相当の名声を博している。犬養、尾崎は衆議院に出ているので、論壇を担当するのは、主として町田になっていた。なんとかして行程表の進行を予定どおりにしたい……と考えるようになった。町田さんの胸中には、財界人となる前に、新しい知識を得るために、その見聞を広くする洋行の希望が芽生えていた。一度はよかろう――ということになったのに、なんやかやで沙汰やみとなっていた。ひとつ思い切ってやっつけろ……と、ここで町田さんの性格とは、似もつかぬ、飛びはなれた芸当を演じた。

明治二十五、六年ごろと覚えるが、『報知新聞』の社説欄に、堂々と「外遊に際し読者に告別す」と題して、幾堂町田忠治の署名のもとに、国家の現状、社運の隆盛、自己の抱負を述べ、突然外遊する旨の宣言の文章を発表した。驚いたのは友人たちだ。えらいことをやらかした。社にも相談しないで突然外遊の論説を書く、ひどいことをやった……と大騒ぎ、どうするかの問題だ。いったい町田という人の性格に対する定評として、石橋をたたいても渡らぬ――とされていた。用心堅固の普通人は、石橋をたたいて渡るのだが、町田にいたっては、納得がゆかぬとたたいても渡らぬというのである。そういう人が、いかにも乱暴な、こうした強引なやり方に出たのである。しかし、町田さんの進退の跡を見ると、ことに臨んで世間の考え方とかけ離れた態度をとられることがある。細心緻密な性格と、ちょっと似あわぬようであるが、これが好結果をもたらしている。それは法制局を辞職したときや、洋行問題の大胆な発表などは、人に真似ができないように思われる。

町田さんがかねて外遊の希望のあることを聞いてはいたが、まさかと思っていた朝吹英二氏が驚いた。新聞の発表を見て、だれよりも面くらった。こういうことになっては是非もない。まさか町田を見殺しにすることもできまいというので、洋行費を工面して出発させ、不在中の家族、奥さんと幼児とは大隈邸に空家があったのを幸いに、朝吹氏と犬養氏との世話で、そこに移り住まわせることにし、これで心おきなく町田さんは出発した。それから数ヵ月を経て、日清戦争が勃発した。ロンドン滞在中の先生は、祖国の大事というので急に帰国することを決意し、そのむねを朝吹氏に通知してきた。すると朝吹氏は、町田が帰ってきても生活の方途がつかぬと困るだろうと心配し、当分の費用に……と二千円の金を調達したのである。その金を人もあろうに犬養、尾崎の両氏に町田に渡すように託した。両氏とも極度の貧乏ぶりで、麹町番町の犬養が神田駿河台の尾崎に手紙を出すのに、二銭の切手代がなく、自身で持参していったという話があるのでもその貧乏ぶりが想像される。国会議員の歳費が八百円こっきりの時代に、二千円の札束を託された両氏は、こんな大金を渡したら、町田のほうでかえって迷惑するだろう。だから三人でわけるほうがよい……と、否も応もない、本人の町田先生は八百円、両氏は六百円ずつと、手っ取り早く決めてしまったのだからどうにもならない。犬養、尾崎の両氏も晩年と違って若い盛り、柳暗花明のちまたに出没したころだから、それから間もなく『報知新聞』の競争相手の『東京日々新聞』が、どうした風の吹きまわしか、尾崎先生が新橋で手の切れるような札ビラをきっている……と、特筆して報道したという。そういう親しい仲の友人であった。

ところで帰朝後の町田さんの計画した仕事は、ロンドン滞在中に着目した経済雑誌『エコノミスト』を、日本でもこれと同様のものを創刊したいということであった。そこで生まれたのが『東洋経済新報』で現在の『東洋経済』であるが、その発行に関する資金はどうして調達されたのであろうか。資金の提供者としては日本銀行の営業局長である山本達雄氏とか、大隈家の財政を世話している朝吹英二氏とか、いろいろ伝えられているけれども、どうもそうではないようで、私が親しく町田夫人〔コウ〕に聞いたのでは、日本銀行総裁の川田小一郎（かわだこいちろう）氏が、その人らしい。川田という人は、いわゆる〝明治型〟の大器で、町田夫人の談話によると、雑誌発刊の計画を聞くと、それは結構なことだ。よろしい……と快諾して、その場で即座に所要資金を提供してくれた。金額は五千円で、これは先生も夫人も同様に明らかにしておられる。

夫人の話によると、町田さんはしみじみと「おれも一度は、困っている者から相談をうけたときに、川田さんのようにしてやる人になりたいものだ」と述懐されたというし、どれほど川田氏の厚意というか篤志というか、これに感激したことか――これを推察することのできる事実がある。川田氏の永眠されているのは、本郷駒込の染井墓地である。町田さんは人に語られなかったが、春秋二回の彼岸、それから国務大臣に任命されたときとか、また特別に身の上に重大な変化が生じたというような場合には、必ず川田氏の墓前に参って祈念し、昔日の恩義をおもうことは終生変わらなかった。

いよいよ創刊の運びになると、先生は原稿を書く、夫人は帯封を認めるというぐあいで、後年よく若い新聞記者をとらえて、日本で名士や大家に会見を求めて記事を書く、そのインタビューというのは、わが輩が元祖なのだぞ……と、その雑誌の執筆時代を自慢された。当時にあっては、まったく新しい形式であったのである。新帰朝の人材とみて、実業界の各方面からいろいろの招へいの話もあったが、これを辞退して新機軸の経済誌を出したのなど素志は財界人となることなのに、ここでも普通の意表をつく道を選んでいる。これも先生の性格の半面を物語るように思われる。創刊に奔走していたころに、家庭では夫人が産じょく熱におかされ、一時は危篤に陥るし、出生した次男の幼児は脳膜炎でなくなられる。死児の棺側に侍して、雑誌の社説を書くというありさまで、実に悲惨とも何ともいいようもなかったことは、先生が終生忘れがたい思い出としていた。

そういう苦心のもとに雑誌は、ようやく経営の目途もついたが、先生は最初から雑誌を私有する観念はなく、たとえば禅寺でも建てたつもりで、適材があればこれを住職にしていく、そういう精神を標榜されていた。理解ある先輩の出資によるものだから、これは公共のものである……と言明されていた。それで日本銀行に入ることになると、創立以来、寄稿関係のある早稲田大学の天野為之氏に一切をあげて委任し、それから東洋経済は三浦銕太郎氏へ、そして石橋湛山氏へ――と、いかにも禅寺の住職が次々と継いでいくような伝統を作ってその経営者が相続し、町田さんの精神を生かしている。

七　山口銀行の基盤をつくる——八十一歳で二時間の大演説——

町田さんが日本銀行に入ったのは、総裁の川田小一郎氏とは『東洋経済新報』の創刊の当時から浅からぬ関係があり、先生の才能を認めた川田氏の勧誘によってその決意をしたものと思われるが、正式の入行は川田氏の急逝によって、その後をうけた岩崎弥之助（いわさきやのすけ）氏のもとで手続きされたことが、いろいろの資料から考証される。職名は取調役であったが、岩崎氏とも懇意の間柄で最初は秘書役のようなことをつとめた。——町田さんがなくなられるまで、身につけられた時計があり、それは岩崎氏が外遊した際に、記念のみやげに贈った品で、その当時の型だから、現在の流行と違い、なかなか重いがんじょうな物である。それには「町田君へ、岩崎弥之助、ロンドンにおいて、一九〇二年」と英文の銘がある。そういう間柄であった。これは町田先生の遺愛品であり、夫人から故人の形見として、私がちょうだいしたのであるが、いまでもけっして狂わない。先生の形見と思って秘蔵している。

日銀本店に一年ほど勤めていると、大阪支店にやられた。支店長は片岡直輝氏で、取調役の先生は次席であるが、これは岩崎総裁から特別の内命を帯びたもので、この大阪行きがやがてのちに山口銀行から招へいされ、その懇請に応じて、山口銀行を屈指の銀行たらしめるまでに発展させるきっかけとなったのだ。

当時の日本銀行というものは、経済界、金融界に君臨して、とくに優越した地位をしめ、川田総裁などは大蔵大臣の渡辺国武（わたなべくにたけ）氏を私邸に呼びつけたくらいで、伊藤博文内閣の副総理をもって自ら任じた渡辺蔵相にすらこういう権威を持ったのだから、一般銀行などはおそれ入っていたものであった。岩崎総裁の内命は、それではよろしくない、できるだけ庶民的態度で接触するように——とのことである。そのころの大阪は旧態依然、銀行でも畳敷きで、町田さんも洋服をやめて縞の着物に縞の羽織の着流しで、日銀支店の重役室に納まる……という、そうした風俗だった。だからひげをはやしては生意気に見えるというので、町田さんもそらされた。町田さんばかりでなく、当時の大阪ではまったく町人根性からひげをきらった。鶴原定吉氏もそらされた。片岡直輝氏の弟の片岡直温氏などは、なによりも見事なひげが自慢であったが、それは大阪に不向きであると、むりやりにそらされた。そのころより少し後だが、文部次官をやった小山健三氏——私も大阪時代に大変お世話になったが、この人の胸にたれた白ぜんは見事なものであった。三十四銀行の頭取を承諾するときに、その条件として、ひげをそることだけは許してくれ、それなら承知する——と言ったという有名な話が伝えられている。当時の保守的な大阪がわかる。

大阪に赴任して一年ほど経つと、岩崎総裁が辞職し、山本達雄氏が後を継いだ。すると有名な〝日銀騒動〟が爆発した。この騒動の中心は東京支店、大阪支店で、本店理事鶴原定吉氏と大阪支店長片岡直輝氏が呼応し、日本銀行の理事、局長、支店長のそうそうたる人材——幹部の大半が連袂辞職したのである。町田さんは山本氏と親交のある仲であり、この騒動の渦中に入らなかったが、東京に帰りたい気持ちもあり、また騒動に加わらないからといって、自分だけ残るわけにはいかぬと、片岡支店長に引きつづいて辞職した。ところがこの〝日銀騒動〟によって大阪の経済界が新しい時代に入った。日本銀行を脱退した人材が、大阪に転入したというか、大阪が吸収したというか、片岡直輝、渡辺千代三郎氏は大阪瓦斯に、河上謹一、志立鉄次郎氏は住友銀行に、鶴原定吉氏が大阪市長に、そして町田さんは山口銀行〔昭和八年まで大阪にあった銀行。三和銀行の前身のひとつ〕に——というぐあいである。これが導火線になって、人材招致の流行時代となってきた。前にいった三十四銀行の小山健三氏、加島銀行の中川小十郎氏、北浜銀行の岩下清周氏、大阪商船の中橋徳五郎氏、等々と数えきれない。これと前後して言論界でも、『大阪毎日』は社長に原敬氏、『大阪朝日』は主幹に本多精一氏を招へいするというありさまで、大阪はまったく面目を新たにした。

ところで町田さんを迎えた山口銀行であるが、実際は両替屋というのが適当で、行員といってもでっち小僧上がりの十数人、前垂姿の連中は、先生が洋服で出勤したのに目を丸くして驚いている。それを関西で有数の銀行にまで大成させたのだから、その苦心というものは、実に一とおりや二とおりでない。先生の確立した経営方針の中でその出色とされるのは、やはり人材を集めたこと、これを養ったことであろう。先生の主義としては、太閤秀吉と同じく、自分で仕立てあげたものを幕僚として使うことであった。たとえば後年に東洋拓殖の頭取となった佐々木駒之助氏などは、その随一であろう。佐々木氏は大学を出ると、父親が山口銀行に借金があり、その善後策を相談に行くと、まあこの銀行にこい、借金の件はゆっくり相談しよう……と引っ張り込んだ。先生の後を継いだ三和銀行の頭取である森信敬二氏を採用したのも、その人物鑑定によって、十分に見きわめたうえでのことである。

先生が部下を使う秘訣というか、信条というか――それは必ず同格の者を二人並べて、巧妙に両頭の馬を駆使する方法をとった。けっして一人に委せなかった。これは財界人としても、また政治家としてもそうで、そして訓練もする、陶冶もするという調子であって、多くの人材を造りあげた。

大阪時代における町田さんの十年間――その経営を委託された山口銀行は、先生を迎えてから、がぜん、異常な発達をみせた。町田さんは、外には山口銀行の基盤を建設するのを目標とするとともに、内に山口家の基礎を完成するのを責任としていた。それで後嗣の吉郎兵衛氏の育成には、実に〝大山口の中心〟たるように、至れり尽くせりの配慮のもとに、その期待どおりの当主をつくることに成功した。

山口家の事業と後嗣とに関して負託された責任は、まさに十年にして共に果たされた。いまは先生が青年のときに立てた人生企画表どおり政界に入るべき時期がきた。町田さんは主人吉郎兵衛氏を同伴して、外遊の途に上ったのは明治四十二年の初夏、半歳にわたるものであった。これは負託の任務をまっとうしたのを機会に、財界を引退して政界に進む一つの区切りをつけるものであった。

はじめて総選挙に出馬したのは、明治四十五年（大正元年）五月で、当時は大選挙区制であった。改進党以来の政客で、国民党の代議士であった荒谷桂吉（あらやけいきち）氏の地盤を受けついだのだ。この荒谷氏という人は豪家の大地主であるが、志士の風格を帯びて、国民党でも相当に重きをなした。多年の政治活動のために家産を傾けたが、町田という立派な後継者を得た機会に後事を町田氏に託して引退した。

秋田県における犬養木堂の感化の跡は偉大であった。明治十四年の〝大隈参議下野事件〟に際して、大隈系として政府を追われた犬養毅は、大隈系の同志と共に、改進党の創立に参加して活躍していたが、やがて大隈―改進党を仰望する者のため、請われて秋田に迎えられたが、犬養は『秋田日報』（いまの『秋田魁新報』の前身）主筆として筆をふるうかたわら、致遠館という私塾を開いて、青年、壮年に民権思想を鼓吹した。その期間は一年ほどなのに、犬養氏の秋田県に与えた政治的影響もまことに大きなもので、最近まで〝若き日の犬養木堂〟を語る古老は、決して少なくなかった。

町田さんの立候補された本拠の秋田県北部地方は、この犬養氏の感化と荒谷氏の信望とでつくられた地盤である。それに町田さんの才能と名声とを加えるのだから、いかにも楽な選挙ができそうに思えるのであるが、事実は決してそうでなかった。時期を同じくして好敵手が現われたからである。それは田中隆三氏だ。年配も大学も同じく、同じ大阪育ちの実業家である。町田さんは山口銀行の総理事であり、田中氏は藤田組の重役である。小選挙区制、それに制限選挙で秋田市で争ったときは、有権者以外の老若男女まで両派に分かれ、普通の商店でも反対派なら売らず買わず、旅館や料理屋まで政党色を明らかにして反対派を相手にしない。その両雄が立憲民政党で、握手したわけであるが、政治家としては町田さんが優位に立った。ともかく人生五十年――というのに、その年齢で政界に入り、若槻内閣、浜口内閣、岡田内閣に農林大臣、商工大臣を歴任し、最後に民政党の総裁に推されたのである。天もまた町田先生その人に、長寿を与えることを惜しまなかった。八十歳をこえてもからだの健康、頭脳の明敏、知識の新鮮、経験の豊富――なにからなにまで恵まれていた。それになにより気が若かった。側近もへたをするとやられるから、油断ができない。

最後の選挙は、八十一歳のときであったが、私は一週間の日数を都合して先生のお供をした。秋田の人々は年が年だし、おそらく最後の選挙とも考えたのだろうか、いままで私の見たこともない歓迎ぶりだった。秋田市の演説会では、公会堂の内外を埋め、五千人といわれた聴衆であった。私は前座をつとめた。演説の中で、「先生は高齢に達しておられるので、政党政派を超越している存在となって、議会の大先輩、長老として敬意を表せられ、だれもかれも〝おじいさん、おじいさん〟と言って尊敬している……」と言った。それから先生が演壇に立たれたが、二時間にわたる大演説であって、それこそ聴衆も観衆も先生の老いを知らぬ元気さには、ただただ驚くばかりだった。演説会が終わって旅館に帰ると、先生は「おい、君の演説は趣旨はよろしいが、どうも〝おじいさん〟は困る。あれはやめてくれ」という注文を出された。八十歳をこえているのに〝おじいさん〟と言ってはいけない――と、そういう気分の若さであった。

一昨年か北陸に豪雪があったが、雪について思い出されるのは、総選挙のときのことである。いよいよ選挙戦開始となると、最高幹部・党総裁という関係から、町田先生は自由に本部を離れて自分の選挙

昭和十年一月十七日（木曜日）

"無下におことわりも出來んでのウ……"

"器でない"で押通した町田さん いよいよ總裁の座へ？

町田忠治の民政党総裁就任を報じる新聞記事〔『報知新聞』昭和10年1月17日〕

に没頭するというわけにいかない。それで私に「君、君、例によってご苦労だが、私に代わってひと回りしてくれ給え」とくる。戦前には、常例として総選挙は二月中に施行されることが多かった。そこで私は先生の代理として、秋田県第一区に向かう。まず秋田市へ、それから大館市へ、そこを中心に回るのだが、もう見渡すかぎり雪の野原だ。町から村へ、村から村へ、最短距離の直線コースを選ぶのだ。積もった雪がこおると、どこにでも馬そりを走らせることができる。堅雪で舗装された広場である。そこで快速力で馳駆するのだから、最初は実に壮快に感ずる——が、間もなく必ずしもそうではなくなるのだ。朝から夜まで、馬の尻を拝んで雪の野原を縦横に馳駆するのだから、寒風りんれつ、経験のない者には骨にとおるようである。私に随行する連中は一升びんを持ち込む。これをラッパ飲みにしながら、寒気をしのいで雪原に鹿を追うのである。この馬そりで縦横に馳駆するのも、秋田地方における冬の選挙の一風景だ。それを済ましてから、自分の選挙区に帰るのであるが、富山県では馬そりがない。大雪で歩くことがむずかしく、馬も車も利かないというときに、かつて衆議院に出られた安念次左衛門（あんねんじざえもん）さんが、勤め先の銀行に通う箱ぞりを提供してくださったが、富山の雪はやわらかで、道を走りはずすとひっくり返るのである。それで演説時間に間に合わず、反対派の若い候補者から「そりに乗らぬところれぬような政治家は困る」やられたことがある。

そりについては、永井柳太郎君もかなり苦労した。――永井君は、小選挙区の時分は、市部が独立していたので、金沢市だけで演説すればよかったが、中選挙区に制度が改まると、郡部も編入されるのである。それで総選挙が冬季に行なわれるとなると車が利かぬから、足の不自由な永井君にとっては、なにより面倒なことになる。それで箱ぞりを調整した。選挙の際のことだからひとつ目立つようにしよう……という次第で、箱ぞりの箱を漆塗りに仕上げ、それに人力車のように幌をつけたもので、そのころには人目を驚かす箱ぞりの豪華版という代物である。さて、これに乗り込んで青年たちに押させ郡部に出かけると、雪がやわらかいので、ちょっと道を踏みはずしたら大変だ、すぐひっくり返るのである。それに幌がついているし、起こすにも普通の箱ぞりの場合と違って、なかなか手数を煩わすような次第であり、まして永井君は足が不自由なのだから、常人のようにはゆかず、そんなわけで豪華な調整が、かえってわざわいしたというようなことになった。で、せっかくの箱ぞりも調整した目的にそわず、汽車でゆっくり回ることにしたが、雪中の総選挙には苦労させられる、と永井君がよく語っていたものである。「ところ変われば雪変わる」で、雪の質が違うと、時と場合によって、こういう苦労もでてくる。

八　町田氏の説得で決意——吉田氏、自由党総裁に——

終戦と同時に、軍部の弾圧によって、戦争完遂の名のもとに解消させられていたすべての政党政派は、新しくよみがえることになり、戦前における同志が結集し始めた。大政翼賛会を拡大した大日本政治会を解散して、政党の空白時代となったが、間もなくそれぞれ日本社会党、日本自由党、日本進歩党が新党結成の準備を進めて、二十年の暮れごろおのおの結党式をあげたのであった。日本社会党は委員長に片山哲氏を選び、日本自由党は総裁に鳩山一郎氏を推し、日本改進党は最初町田さんを総裁にあげたが受諾されず、組織委員の面々もその交渉に手をやいたが、ついに大麻唯男君に口説き落とされた。私は当時農林大臣に在任中であり、あまり関係を持たなかった。

町田さんはときに齢八十三、政界の第一線で働く自信は少しも衰えず、明春を期して行なわれる総選挙には勇躍して出馬し、政局を担当する心づもりをされていたが、その明春の一月四日に追放令が出た。万事休す。そこで町田さんは後の事を幣原喜重郎、斎藤隆夫両氏に託して政界を引退したが、鳩山一郎氏もまた追放令にかかって引退し、日本改進党の総裁は幣原さん、日本自由党の総裁は吉田茂氏が継ぐようなことになった。幣原、吉田の両氏は、町田さんと懇意の間柄で、とくに幣原さんのほうは憲政会、民政党の準党員のように思われていたし、また吉田氏も、戦時中における同氏の戦争終結運動には、町田さんは深い理解を持たれていた。

ところで、幣原内閣で吉田氏は外務大臣、私は農林大臣——そんな関係からだろうが、あるとき、吉田氏から電話で「自分は町田さんをよく知っているけれども、相談があるので、ぜひ君からの紹介で会いたいから、ひとつ町田さんに連絡してもらいたい」と言ってきた。承知して町田さんに伝えると、「追放中だから、外には出かけずにいるが、宅に来てくれるなら、いつでもお目にかかりましょう」との返事だ。吉田氏にその返事を伝えると、会談の際には私に是非立ち会ってくれ、と言う。それで町田さんを吉田氏が訪問したが、その席で、吉田氏は町田さんに（鳩とは鳩山氏のことだ。吉田氏はのちに鳩山氏とけんかしたが、そのときは鳩と呼び捨てにするほどの親しい仲であった）、「私は昔から鳩のやつと懇意を重ねてきたが、鳩が追放になると、私に自由党の留守番をしてくれ……との交渉です。それで牧野（宮内大臣、内大臣などを歴任した牧野伸顕子爵、吉田氏の雪子亡夫人の父）に相談したところ〝まだ外交官としての官僚たる以外には、政治に経験のない者が政党の総裁になるなどということは、相当な幕僚を必要とするものである。それで適任の幕僚を持っているか〟と言われるから、〝持っておらぬ〟と答えると、〝それではよしなさい。断わるがよろしい〟と言われた。自分もなるほどと考えて、鳩のところに断わりに行くと、逆に説得されましてね、どうすればよいか、と実は迷っている最中だ。貴方は政治家の先輩として、政党の苦労人であるから、貴方の意見を聞いて、否応の覚悟をきめたいと思います」と、日本自由党の後任総裁についての交渉を打ち明けた。

町田さんは牧野さんと反対に、積極的に賛成した。「それはぜひ国家のため承知しなければならぬ重大事だ。日本の現状は、一にかかって国際関係の折衝にある危急のときだ。このときに際して、内閣総理大臣の資格は、外交上にもっとも精通した人物でなくてはならぬのだ。そういう意味からして、貴方が自由党の総裁であり、幣原氏が進歩党の総裁であるとすれば、どの政党に政権が移動しても、日本の外交は安全だということになる。このことは貴方が進んで承知さるべきだ。私は追放の身のうえであるし、表面ではなにも助けることはできないが、陰でならかなり助けることもできると思う。そうするほうがよい」と強く勧告したが、それで吉田氏の決意となったかどうかは知らぬが、それから間もなく吉田氏は自由党の総裁に就任し、総理大臣となった。

町田さんという人は、決して〝ノントウ〟（のんきなとうさんの略）ではなかった。風貌を見ただけでは、ちょっとそう思えるかもしれぬが、先生に親しく接している者にとっては、少しも〝ノントウ〟などと感ぜられることはなかった。私は若槻さんの総裁時代に、その演説の草稿を作ったことが二、三回ある。町田さんのほうは、筆頭総務時代から総裁時代の最後まで、一貫して引き受けさせられたが、私の起草した原稿の取扱方が、まるで違うのである。若槻さんの頭脳の明晰なことはすでに述べているが、起稿を命ぜられるときには、たとえば、「財政のことは、小川郷太郎君の意見を聞いて、しかるべく取りまとめてください」という程度で、完成して差し出すと、「筆頭の町田さんに見せましたか、それならよろしい」でパスするか、または「これだけつけ加えてください」というぐあいであった。ところが町田さんになるとそうはいかない。最初に演説の構想を話して、これを基本に起草するのだが、完成して差し出すと、ああでもない、こうでもないと注文が出るので書き直させられる。それでパスするかといえば、この辞句は……この文字は……と指摘して、二、三回は必ず書き直させられた。

終戦直後、東久邇宮内閣のもとに開かれた臨時議会に、承詔必謹決議案が提出されて、町田さんは衆議院の最長老として、その提案理由の説明演説に当たることになった。時といい、事といい、このうえのない重大な意義をもつものであり、とくに私を呼んで、その草稿を作るように委嘱されたのであった。ちょうど私は厚生大臣なので、まことに多忙な最中であったが、承知して起稿に着手した。もとより先生の構想によって筆を執ったのであるが、やはり三回ほど書き直させられた。これは先生の最後の演説となったし、幾多の議会演説の中でも、長く議会史に残るのだから、とくに綿密に注意せられたのであったろうと思われる。だから、一語一句もゆるがせにされなかった。たとえば、国民の直面した冷厳なる事実をみると、国家の前途には幾多の荊棘の道が重畳として横たわっている……という辞句があったのを、荊棘のケイキョクはむずかしい、これはイバラの道とするようにせよ、というような点まで指摘されたほどであった。戦争中の町田さんは、住みなれた牛込南榎町の邸宅が、昭和二十年五月二十五日の帝都大空襲に焼失したが、先生は夫人とともにからだ一つで逃げられた。しかし万一の場合を考えて、郊外石神井谷原に小住宅を買っておられたので、そこに移り住まれた。道路を隔てたすぐ向かいには私も住んでいた。その小住宅というのは、わずか十五坪の平屋建てで、まことに不自由な朝夕を送られたが、やがて終戦となり、そして私ははからずも東久邇宮内閣に入って厚生大臣となって公務繁忙、いままでのように先生夫妻を不断に慰めることができなくなった。先生も周囲の閑寂にあき、したがって無りょうに苦しまれるようになったらしい。南榎町は先生が政界入りを決意した当時からの縁があり、愛着もあるので、翌年の春に三十坪ほどのバラックを建てたが、終戦の混乱は収まらず、大工も少なく工事は進まぬ。その完成を待ちかねて引き移られた。しかしそのころまでは健康も維持されていたが、夏を迎えて暑気が加わると、どうも衰弱が目立ってきたのである。

町田さんは非常に摂生に注意された人で、冬は熱海、夏は箱根に週末休養を欠かさず、とくに暑中は、例年箱根にゆかれて数週間も滞在されたが戦後の深刻化した状態ではそれもできず、バラックの暑い日射しにも、資材が欠乏しているので日覆を作って防ぐことができず、それに二十一年の夏はとくに暑さがはげしかった。食欲が減退して衰弱が目立ってくる――それを周囲の者が心配すると、先生は「なあに大したことはない」と努めて気に掛けぬ風を装われたが、私が「これはいかんぞ」と気が付いたのは七月の下旬に幣原(喜重郎)さんが、赤坂山王の山の茶屋に、先生を主賓として四、五人の客を招待されたときだった。町田さんは平生、うなぎの蒲焼きを大好物としておられたので、幣原さんは「うなぎを差し上げるから……」とのことであり、私も列席したのである。すると好きなうなぎの蒲焼きが出ても、町田さんははしを取ろうとされない。そして中座して、私に「どうも疲れているから帰ろう」と言われる。二階に上がるのも大儀そうであった。階段をおりる足もとはあぶなく、そこで私も心配になり、自動車に同乗して、南榎町に送ったが、これは確かによくない、と思われた。これが先生の外出された最後で、やがて病床につかれた。主治医の坂口康蔵博士の診断は、別に病因はなく、老衰、栄養の失調である――とのことだった。

坂口博士の勧告によって、牛込戸塚の国立第一病院に移ったのは十月の末であった。病状は一進一退、しかし、病因が病因だから、面会謝絶などの必要はない。先生の気分が若やぐような話が薬になる……とのことであり、先生も平生のように、打ち興ぜられていた。危篤になったのは十一月十二日、急を聞いて見舞いに来た人々にも、相変らずしゃれや冗談を言って笑わせたが、吉田首相が見舞いに来たときは「どうか国の将来をたのむ」と、手を握って涙を流された。夕刻の臨終まで意識は明確、精神は安静、周囲に別れのことばを述べられ、私をひそかに側に呼ばれて、「世話になった」と静かに見つめられた。これが老大政治家の死生一如を思わせる最期なのであった。

九　私財投げだし政党作り――中島氏の〝原爆〟話に驚く――

終戦直後の東久邇宮内閣に、偶然にも私は中島知久平氏とともに、閣僚として付き合うことになったが、二人の間では、いつもなんとかして政党をつくらなければならぬという話がでていた。すると、あるときに「いよいよ時期が到来したようだ。お互い腹をきめてやろうではないか。そのために、おれは一千万円だけ貯えを用意しているのだ。この金を投げ出してもよいから、ひとつ、これでやろう。ついては相談があるが、総裁は君の師匠分の町田さんにやらせろ。おれは副総裁でよろしい。君には幹事長の役を務めてもらいたい。これを町田さんに話して了解を得るようにたのみたい」と言うのだ。そこで町田さんに、中島氏から〝これこれしかじかの提唱だが……〟と言うと、町田さんは「私もだいぶ齢をとっているのだから、もうご免だ、うるさい総裁などは。それより中島が総裁になって、私は最高顧問ということにしろ。そして君が幹事長をやるなら十分だ」と言う。そうすると〝それは町田総裁にしなくてはいかん。なにを言うか……〟と中島氏。〝いや中島が総裁なら、私も最高顧問でゆく……〟と町田さん。双方の仲に立った私はほとほと手をやいて投げ出した。すると中島氏は、「おれが町田をぜひ総裁に……と主張するのは、町田さんという人は、政党解消の問題のさいでも節をまげずに終始された。それを見ているから、もう一度政党の総裁に復活させて、そして総理大臣をやらせたい。そう思っているのに、門下の君にして説きふせることができぬならいたし方のないことだ」と、さんざんの憤まんぶりだった。しかし町田さんはどうしても承知しないので、せっかくの新政党創立の計画も、そのまま実現をみずに終わったのである。その後になってから、政党が続出するようになり、町田さんは進歩党ができると、その総裁に推されて承諾した。これは、口説き上手な大麻君などにすすめられたように思う。私はそのとき農林大臣だったので、その創立に親しくたずさわれなかったのだが〝なあんだ、それなら……〟と思ったことだった。中島氏も以前の経緯から進歩党の創立には関係しない。その構想するところに差異もあったことだろうし、したがって以前のように町田さんの総裁を助けるという、そうした熱意ももたず、傍観的態度をとっていた。

ところで、後日のことだが、私が『町田忠治翁伝』の編纂委員長として、政党解消の当時における中島氏を中心とする政局推移の真相を聞こうと、武蔵野の奥の中島氏の寓居に同氏を訪れた。そのときの中島氏の話は、

「近衛公が会見を求めてきたので会うと、自分に対して近衛公は、〝政友会を自分にくれないか。むかし伊藤博文が政友会をつくるときには自由党をもとにしている。自分は民政党にも呼びかけて、二つをあわせて大政党を創立し、軍部のばっこをおさえるつもりだ。それで政友会をもらいたい……〟とこう言う。そこで〝それなら、民政党はどういうことになりましたか〟と聞くと、〝町田氏には内田信也、桜内幸雄氏などを通じて交渉しているから、たぶん承諾してくれると信ずる〟との返答であった。〝そういうことで、軍部の横暴を制止しえられるなら、このうえもない結構なことだ。喜んでさしあげましょう〟というと、近衛公は喜色満面、〝それでは軽井沢に行って、この構想をねる〟とのことだった。

すると、一週間ほど経つと、近衛公の使者が来て〝この間の話は取り消しにしたいから、そのつもりで……〟というあいさつだ。いやしくも民政党、政友会を解党して新政党を創立するため、解党を約束させておきながら、これはまた、あまりにもひどい取り消し方だ。あとで聞くと、ときの軍務局長武藤章が軽井沢に行き、サーベルをガチャつかせて近衛公にどなった。〝公爵は、二大政党をあわせて強力な新政党をつくり、軍を抑制するそうですが、やれるものならやってみなさるがよろしい。二つあわせるならたばにしてぶっつぶします〟というたんかなのだ。これに近衛さんすっかりおどかされてしまい、弱腰を折ったのだ。そこで軍部のがむしゃらな態度を理由にして、〝解党の件は取り消してくれ〟というのだ。なにがなにやら他愛のない話で、自分もあきれてしまった。それで、軍部に対抗するには、どうしても政党ががんばるほかに方法はないと思った。その後になってまた軍部から尻をたたかれ

て〝翼賛体制をつくるから解党してくれ〟と、平然たる交渉なのだ。自分は〝解党には絶対反対だ。なぜ歴史と伝統をなげうって解党せねばならぬのか……〟と、最後まで主張したが、大勢にはついに抗しきれず、民政党も最後には、その運命にしたがわねばならなかった」ということだった。

その話を聞いた日だが、十一時ごろになると昼飯を食うことになっていたのだが、出しぬけに「ちょっと変だ」と言う。そして「どうも体が変だ。右の手が、右の足が動かない」と言うので、私がびっくりして「医者を呼ぼう」と言ったが、だだっ広い家で勝手がわからぬし、奥に入って「だれかいるか」と大声で呼ぶと、女中のばあさんが出てきた。そこで、電話をかけさせて「医者を早く呼べ」と命じ、また座敷に床をのべさせて寝かしつけると、医者がきて診察し「軽い、大丈夫です」と言ったが、そのときは意識も言語もはっきりしていた。「おれのおやじが、こういう病気をしていたので、いつかおれも出るかと思っていたら……」と言う。私も付き添っていたが、医者は「軽いから……」と言うので二時間ほどして辞去した。しかし心配でならぬし、翌朝たずねて行くと、もうなくなっていた。そういうような不思議な因縁で私が偶然中島氏の死水をとったような次第であった。

私の交際した人物も多いが、とくに中島氏は個性の強い異色ある政治家であった。一機関将校の出身で、さまで学問のある人とも思えぬが、常に周囲に専門の研究家を集めて、このブレーン・トラストの知識を吸収していた。世間では中島といえば飛行機の生産事業の先駆者として知られているが、政界に入って短い間に大成をみたことから、決して凡庸の器でないことがわかる。

中島氏は大飛行機論者だったが、その提唱するところを聞くと、こう戦争が急迫してくるのに、日本では小型の飛行機ばかり作っているが、これではだめだ。小型では、日本を空襲してくる敵機に対し、消極的な防御に当たるだけだ。それよりも敵の南方基地なりアメリカ本土なりをたたかねば積極的な効果はない。それにはB29のような大型飛行機が必要だから、小型の製作に代えて大型にしろというのである。そこで私が「話はわかるが、大型にするといっても、B29に匹敵するような飛行機ができるか。そうした計画があるのか」と聞くと、中島氏は「出来るし、計画もある。自分の工場では、その試作も行なっていたのだ」と言う。それで東条首相にもしばしば進言したのだが、なにしろ戦局が急なので、製作転換の処置がとれぬ……ということだったそうである。「せいぜい迎撃する程度の小型など作っても仕方がない。それより大型を五十台なり百台なり作って、アメリカ本土をやるなら、アメリカ市民も驚くだろう――これではだめだ」と言っていた。

それから、サイパン島を米軍が攻め落としたころだから、昭和十九年の七月中旬だと思うが、当時、私は翼賛政治会の政務調査会長をやっていたが、総裁は海軍の小林躋造（こばやしせいぞう）大将だった。総裁室にいるところへ中島氏がやってきて、自分で作った〝戦局予想表〟――そういうものを持参し、これを小林総裁に説明した。私も立ち会って聞いていた。それによると、今後の戦局について、硫黄島、小笠原、沖縄――何年何月には米軍が来襲、何月に上陸するというぐあいに月を割って示している。そして二十年八月になると、これから以降のことはわからん……としてある。そのときには、なにを言うのか、そんなことがわかるものか、とそう思ったが、おそらくは小林大将も同様に考えたであろう。ところが戦局の推移は、多少の相違はあったが、中島氏の指摘したとおりとなった。後日、小林大将は「あれはよく当たったね。中島という人は、実に予言者のようじゃないか」と言ったが、これなども氏のブレーン・トラストによるものだった。

それから後のことだが、東久邇宮内閣当時の閣僚連中が、寄り合って懇親会を開いた。二十三年ごろかと思うが、なくなった緒方竹虎君がその席上、中島氏に向かって聞いた。「中島さん、あなたは原子

中島知久平

爆弾の研究をやっておられるそうだが、ほんとうですか。それなら少しお話してください」「いや、原子爆弾そのものは研究しておらぬが、専門家を集めて、原子爆弾の研究が、今日各国でどこまで進んでいるか——について調査している。アメリカとソ連との競争が、どうなっているのか、それだけのことです」と言うのである。それでは競争はどういう状態にあるか、と質問すると、「ソ連ではまだ持っておらぬというのは、だいたいだれも考えているところだが、調査したところによると、すでに持っておるのではないかと思われる。持っておらぬという説の根拠はウラニウムの精製法は、アメリカの工程では非常に繁雑で大規模の施設を要し、ソ連の容易に及ぶところではないということであるが、事実はソ連のほうの精製法は米国と違い、きわめて簡単にできる……から、もはや原爆の製造に成功しているだろう」というのである。中島氏の話では「原子爆弾については、戦時中ドイツでも研究して、ほとんど成功に近づいていた。もう二、三ヵ月もドイツに時をかせば、世界で最初に原子爆弾をつくったのは、おそらくドイツであったろう。そうなれば世界の歴史は変わったであろう。それがアメリカに一歩を先んぜられた、そういう事情だ。ソ連の原子爆弾に関する研究は、そのドイツの研究から出発している。あの大戦の終わりにソ連は北東から、アメリカは西南から、ドイツに侵入したが、ソ連はわずか一日足らずほど早くベルリンに突入し、それがソ連にとって非常な好運であった。ソ連はその間に原子爆弾の研究に関する一切——学者、資材、機械、技術を、あげてソ連に持ち帰った。連れて行った学者とか、技術者とかを非常に優遇して、それを基礎として研究を進めた。いまごろは確かに完成しているとみてよい。それから、いわゆるウランの研究にしても、ドイツとアメリカとでは方式が違う」というのだ。アメリカの方式としては幾百とおりの精練の過程があって、その過程がむずかしいので、大きな工場の設備を必要とする。ところがドイツの方式は、アメリカに比してわりあい簡単なのである。ソ連では、そのドイツから人間も材料も設備もひっくるめて持っていったのだから、ソ連のほうは簡単にいくのではないか。――だから、ソ連も持っておるに相違ないだろう、という結論に達するまで、該博な知識を披露したものである。

これには列席した連中もみな驚いたが、さらに驚いたのは、間もなくソ連がその実験を発表し、アメリカもまたこれを肯定したことであった。実によく調査したものだが、中島という人はこういう異彩を帯びた人であり、日常生活をみても豪壮というか、その邸宅なども広大なもので、邸内にはライオンを二頭も飼育していた。それに独身で――裏のことは知らぬが――珍しい人であった。

十　財界で異彩の人物――池田成彬と小林一三の両氏――

世の中が非常時体制、準戦時体制、そして戦時体制を推し進められていく間にそれが挙国協力体制となり、財界人が政界人とともに直接に政治に参与するようになったが、その中でも異彩を放ったのは、なんといっても池田成彬氏などがその第一であろう。財界の最高勢力者として、団琢磨（だんたくま）、郷誠之助（ごうせいのすけ）に次いで池田成彬の名があげられ、元老・重臣・長老とみられる政界人とともに、右翼勢力や少壮将校などにねらわれて、団氏は白昼、兇弾にたおれたが、池田氏は難を免れ、時勢の変化とともに、財界の大御所にのし上がった。

池田氏の存在が一般国民にクローズ・アップされたのは、まず浜口雄幸内閣の金解禁断行に対して、ドル買いをはばかるところなくやり、国家の政策を無視してこれを打壊したときのことだ。これだけの事をやるのだから、政界の人となっても、水際立った存在を示していた。この池田氏と前後して、閣僚に推選されて就任した人々は、藤原銀次郎、小倉正恒、村田省蔵、小林一三などで、それぞれに独自の風格というか、また手腕というか、とにかく存在を認められたが、しかし池田成彬という人物に比較するならば、なんといっても池田氏は異彩を放った。

池田氏が政府に直接関係したのは、岡田啓介内閣に内閣審議会が設置されたとき、政党代表者などと肩を並べて委員となり、また閣僚となったのは近衛文麿内閣に大蔵大臣兼商工大臣となったのが最初で、それから内閣参議制を採用した政府では、いつも参議の席を占めるというふうであった。私は池田氏と接触する機会は少なかったので、取り立てて話すほどの因縁は結ばれておらない。しかし町田先生は、内閣参議として池田氏と同僚であり、非常時から戦時に移行する間の財界や産業界の問題については、相当に深く心配されたことなので、なかなか懇意だったと思われたのである。それで戦後――私が『町田忠治翁伝』を執筆するに先だって、編纂助手を勤めてくれる小楠正雄君といっしょに、町田先生との関係を聞くために、池田氏を訪問したことがある。大磯にある伊藤博文の別荘滄浪閣と並んで池田邸があったが、快く座敷に通してくれ、暇だとみえていろいろ話してくれた。

話はまことにざっくばらんで、なんでもあけすけに語られる。その中でいまでも記憶にあるのは、一つは軍部の青年将校――過激派の連中に連絡関係のあったこと、一つは中野正剛とはきわめてよく、池田氏は中野君の金穴であったこと、これをずばずばとかくすところなく話す。金を集めることにかけては、中野君は実に上手であった。永井柳太郎君も上手だったし、山道襄一君も上手だった――がそれぞれの器量で、その方法も趣を異にしている。

永井君が金を集める（と言っては少し語弊があるが）のは、ファンからの献金だ。たとえば大阪の大きな牛肉屋の主人で、これが永井君に傾倒し、角力や役者のファンと同じように、もう金があまると永井君に献金だが、さりとて別に求むるところがあるのでなく、一種の崇拝熱だ。

中野君の場合はかなりあくどさがあるのだ。といっても中野君の美点は、それを一銭も身につけずに目的のために散ずる。その志すところに注ぎ込んで、私人としての生活はきわめて簡素であり、代々木の家屋なども、同志や書生を集める本部のようなもので、そのことだけは十分に認められる。浜口内閣のときに小泉又次郎氏が逓信大臣となると、政務次官に中野君を採った。すると中野君が電話民営を提唱した。これは一つの見識で、杓子定規の官営ではその発達を阻害することは事実である。当時としては相当の見識である。朝野に賛否の議論がわいた。これは政府・与党に反対があって、阻止され、素志を達しえずに終わったが、当時の中野君の熱中ぶりは大変なものだった。それで事行なわれないと、中野君は政務次官を辞し、山道君が後任となったが、どうも電話民営論の火元は池田成彬氏であったらしい。私との会見のときも、池田氏は当時を回顧して、電話民営を実現したならば、どれほど発達したか計り知れないものがある。それが挫折したのはいかにも残念である……自分はそれが実現すれば一手に民営会社を引き受けてやるつもりであったと追懐していたが、その池田氏は浜口内閣の使命とする金解禁政策には真っ向から反対し、裏では中野氏を通じて電話民営を自分の手でやろうとしていたのだ。実に〝大胆不敵〟と評するほかない。そして後になってこれが安達謙蔵氏の離党問題にもからみ合っていることがうなずかれるし、こうした話を包むところなく聞かせてくれた。

安達氏の参謀長として、中野君は国民同盟を組織したが、それを分裂させて中野君が主体となり、東方会を組織して、端げいすべからざる活躍をするのだが、その背後には池田氏と中野君との関係がある――となると、池田成彬という人物の、そして勢力の広さ・深さというものを想像することができる。池田氏はその後、間もなくなくなられたが、私との会見はこれが最初で最後の対面であったため、その情景はまだ目に耳に鮮やかに残っている。

これは私にとって、めずらしい金もうけの話――といっても、ただ金もうけの知恵をさずけられたというだけのことであるが……。

戦後、幣原内閣に入って農林大臣になったときに、偶然、小林一三君も国務大臣となって、閣僚の仲間となった。小林君の所管は、復興院総裁というのである。ある日、なにか用事で自動車に二人が同乗して外に出たが、窓から見ると、東京は見渡す限り焼野原である。この復興をやるのが、小林君の任務

小林一三

池田成彬

なのだが……などと考えていると、小林君は例の調子で私に、「君は金もうけなんか知らぬ男だが、どうだ、ひとつ教えてやろうか」と言う。「ほう、なにか宝塚の美人連中の踊りでも興行しろというのかい」「いや、簡単な金もうけの方法なんだ。この東京の焼野原を見たまえ、非常に坂道が多いだろう。これが金もうけの基になるのだ。まず、坂道の両側の傾斜地域を買い占める。こういう際だから、とくに傾斜地などは使用に不便だから、非常に安く手に入れられる。それで札を立てるのだ。〝ここは焼跡の塵芥捨場（ごみすてば）だから、なんでも捨ててください〟と掲示しておくのだ。すると、所々方々かられんがだ、石塊だ、泥土だ、と焼跡のものを捨てにくるに相違ない。そして堆積して高地になったら、石垣を作ってこれを平地にならせば、傾斜地が金をかけずに一変して立派な邸宅地になるわけだろう。こんな簡単な金もうけはない。せいぜい周囲に石垣を作るだけだから、いくらおまえさんでも、これぐらいのことはできよう。どうだ。ひとつ取り掛かるとしたら……」とからかうのだ。そこで私も冗談に「なるほど、それはよい方法らしい。私にだってできそうだが、ついでにひとつ君が金を出してくれるかな」と笑っておしまいになったことがある。考えてみると、幾多財閥の中でも、異彩を放った逸材であり、大阪育ちの事業家の面目を躍如たらしめるものがあり、さすがにそういう金もうけの知恵は偉いものだと思った。

それから十年ほど経って、鳩山内閣の文部大臣であったころ、たまたま甲子園の野球大会に、朝日新聞社に要請されて始球式に出ることになり大阪に行った。その晩のこと、六甲山上の六甲ホテルに泊まると、ホテルは小林君のものと思うが、私の来阪するのを知って、ホテルに泊まっていた小林君は、かなり遅く着いた私を待ちあわせてくれ、夜のふけるまであれこれと歓談したが、話題はいかにも小林一流のものであった。この六甲山を中心とする経営の抱負などでも、たとえばこんなふうである。

「大阪の近郊、芦屋の地区なども、自分が大阪市の郊外開発を経営していたころは、大阪市民の安息する場所だったのだ。ところが現在になると、もう市内同様雑踏の地になってしまって、安息する地区などとはいえない。それで、自分は昔の芦屋のような地区を別の方面に経営するつもりだ。違った場所に持っていこう……というのだが、それはこの六甲山の頂上なのだ。ここなら安息地を希望する人々に格好であろう。それには、まず山上までのドライブ・ウェーを付ける。交通の便をはかるのが先決問題だから……。そうすると閑静な住宅地、別荘地として、きっと歓迎してくれるに相違ない。昔の芦屋をここに持ってくる」というので、私は閣僚仲間であった当時に聞いた〝傾斜地買い占め〟の金もうけの話をはしなくも思い出して、同工異曲とはこれをさしていうのだろうか……と感心した。それについて、小林君はまた自分の企業観というか、経営信念というか、その点について付言した。

「金もうけの場合に心得なければならないことは、対人関係、すなわち人と人との間において、策略を用いるとか、駆引きを行なうとか、そういうことは絶対によくない。しかし対物関係――土地とか物資とかを対象とする人と物との間において、これを開発するとか、改良するとか、そういう点についてなら、策略を用いたり駆引きを行なったりしてもよい。それでもうけたところで、神様も文句をいうまい」と言って、大阪市と六甲山とを連絡させる仕事には張合いを覚えると結論した。

小林一三という人物は、宝塚とか阪急とかばかりでなく、すべてそういう見地に立った奇抜な方式をとったのだろう。氏もまた変わった人生の生き方をした人である。

解説

武田　知己

一

本書は、政治家の回顧録の名著としてしばしば取り上げられる松村謙三著『三代回顧録』（東洋経済新報社、一九六四年）を復刊したものである。[1]ただし、今回の復刊にあたり、旧版で石橋湛山内閣時の東南アジア視察や訪中時の紀行文的性格を持っていた第一〇章、一一章を削除した。これらの紀行文にも捨てがたい滋味があるが、削除したことで、松村が、生家の事を含め、生まれから一九五〇年代半ばまでを語った回顧録としての統一感が出ている。また、今回、旧版にあった図版をほぼ松村家文書中のものに一新した。初めて世間の目に触れる写真も少なくない。その際、松村家からお預かりして筆者が整理している写真を活用させていただいた。記して感謝申し上げる。

『三代回顧録』は元来、松村の地元・富山の『北日本新聞』に連載されたものである。松村は、それまでもしばしば政治家としての回顧談を熱望されてきたが、鳩山一郎内閣改造の機会に文部大臣を辞職した後（それには保守合同への批判の意味があったという）「新聞社の再三にわたる懇請を断り切れず」[2]、衆議院第三議員会館の特別室で、毎回二時間、北日本新聞東京支社の記者二人を前に語り下ろし、整理を旧友の土田恭治に任せることを条件に引き受けた（本書「序」を参照）。松村は、戦前の代議士時代から、郷里の新聞や講演会などに、重要な政治報告や関連する発言を残したが、連載「三代回顧録」もその例に洩れなかった。郷里の支援者とのコミュニケーションを最も大切な政治活動の一つとしてきた松村らしい挿話である。

こうして、一九五八（昭和三三）年一月一日に念願の連載が開始された。だが、松村の身辺はこの頃から忙しくなり、同年四月二四日に一旦連載を休止し、一九六一（昭和三六）年二月二〇日に再開が予告され、同年九月一六日に全連載が終了した。その後、これら「正」「続」の記事を整除して（その整除の際の原稿も松村家文書内に残されている）、富山県出身者の宮川三郎の紹介で、一九六四年に東洋経済新報社より本書が刊行されたのである。

二

松村謙三は、一八八三（明治一六）年一月二三日、現在の富山県南砺市福光（謙三生誕当時はまだ富山県は存在しておらず、同所は石川県にあった）に生まれた。名門高岡中学を卒業し（正力松太郎や河合良成、大橋八郎ら、本書に登場する著名人が同窓生）、早稲田大学に入学（永井柳太郎や石橋湛山と松村は学生時代からの付き合いである）、高田早苗の紹介で報知新聞記者となるが、一九一一（明治四四）年、一九一二年と相次いで祖父・父を亡くし、郷里に戻らねばならなくなる。家業を継いだ松村は町議・県議を経て、一九二八（昭和三）年、普通選挙法に基づいて行われた最初の選挙において民政党公認として総選挙に立候補し、見事当選した。すでに四四歳となっていた松村は、年次は若いが民政党の少壮政治家として、総務や政務調査会長として活躍する。戦時中は翼賛政治会の政務調査会長、大日本政治会幹事長となった。敗戦直後には、厚生大臣兼文部大臣、農林大臣を歴任し、敗戦に伴う極度の混乱の対処にあたったが、公職追放の憂き目に遭う。独立後の政界に復帰した松村は、改進党結成に中心人物の一人として関与し、同党の総裁となった重光葵の下で幹事長も務めた。松村の言動は、一九五五（昭和三〇）年一一月のいわゆる保守合同のころまで、しばしばメディアの注目を浴びた。

総裁選後に岸信介と握手する松村

「三代回顧録」が連載され、出版される一九五〇年代末から一九六〇年代においても、すでに高齢ではあったが、岸信介に対抗して自民党総裁選に立ったこと（それは連載が開始された年の一一月のことであった）、また一九五九年から日中関係の維持改善に向けて訪中を都合五度行ったことなどから、松村は日本中でその名を知らぬ者のいない政治家となっていた（巻末の年表は、本書を越える時期の足跡についてもやや詳しく記述しているので参照されたい）。

そうした松村の『三代回顧録』の出版記念パーティーは、一九六四（昭和三九）年九月に、富山県とゆかりの深いホテルニューオータニを会場として開催され、政界からも多くの参加者を集めた。登壇した松村は「私の著書は一〇年ほど前、郷里の北日本新聞に思い出を綴ったもので、本にするつもりはなかった。ところが、私と親しい各新聞社の目にとまり、それらの諸君が出版しろといい、進んで

『三代回顧録』出版記念パーティー会場での佐藤栄作と大平正芳〔1964年9月〕

その労をとってくれた」と謝辞を述べた(3)。また、祝賀会会場で、片山哲元首相は、中保与作（松村が編纂委員長となった『永井柳太郎』の執筆者）に「三代とは何の事だろう」と尋ねた。「明治、大正、昭和を指す」という中保の答えを聞いて、片山は「おそらくこの三代を通じてその政治的信念を一貫した政治家は松村さんをおいてほかにないだろう」と祝辞を述べた。同じく登壇した三木武夫は、本書を「噛みしめるように」読んだと語っている(4)。

会場には、八〇〇人ほどの来場者があった。松村家文書内には、若き日の中曽根康弘や田中角栄のほか、佐藤栄作と大平正芳が何やら密談している写真が残されている（上掲）。当時の政界の動きを考えると、興味深い面子である。

三

さて、本書は、松村謙三という政治家を知る上での重要な資料の一つに他ならないが、もちろん松村の生涯について触れた研究や著作は少なくない。鳩山一郎内閣で文部大臣を務めた際に秘書となり、その後も東南アジア歴訪や訪中に同行した田川誠一による『政治家以前』（私家版、一九七七年）、『初陣前後』（私家版、一九八〇年）、『松村謙三と中国』（読売新聞社、一九七二年）、『日中交渉秘録』（毎日新聞社、一九七三年）など一連の著作に、改進党以後の松村が登場する。なお、現在、こうした田川の著作のもととなった日記が国立国会図書館憲政資料室で公開されている。また田川誠一「松村謙三の半生」上中下（『世界』第三一三−三一五号、一九七一−一九七二年）もある。

生涯を扱ったいわゆる伝記的な作品には、郷里富山県の視点を重視した遠藤和子『松村謙三』（KBS出版、一九七五年）がまず挙げられる。また、新聞連載「越中自民党　その人と系譜　松村謙三　その一〜一二」（『朝日新聞』富山版、一九八三年三月四日〜一九日）も、富山から見た松村の姿とその影響を伝えている。国政進出後の歩みを中心に、その生涯を要領よく論じたものとしては、安藤俊裕「松村謙三」（『政客列伝』日本経済新聞社、二〇一三年）がすぐれている。詳細は省くが、笹山茂太郎、和田博雄、古井喜実など、松村を知る人物の回想にも、松村の人となりが語られており、参考になる。

現在までの松村伝の決定版は、松村の日記や筆者が整理中の関係文書の一部も読み込んで書かれた木村時夫『松村謙三』上下（櫻田會、一九九八年）であろう。同書で、木村は、政治家松村の政治へのかかわりには三つの柱があったとする。すなわち、政党政治の確立発展、農業問題の合理的解決、日中両国の友好的提携の実現である[5]。松村自身、一九六九年に次回選挙への不出馬を決めた後、支持者へ配った挨拶状において、自分は引退するとはいえ、「中国問題に関しては非常な興味と使命」を感じており、また「議会制度及び農村問題など日本の将来に関する重要時につきましても同様に微力を竭す所存」と述べている（松村家文書に原文が収録されている）。松村の関心がこの三つの分野にあったのは確かであり、木村の視点は今後も松村研究の定石の一つとなろう。

松村の政治家としての業績をバランスよくかつ詳細に論じる際に、松村自身が残した記録が重要であることは言うまでもない。しかし、ジャーナリスト出身で筆達者であった松村は、意外なことに、自らが書き上げた著作としては『町田忠治翁傳』（東洋経済新報社、一九五〇年）しか残さなかった。同書は、国政に出てから秘書官として仕えた縁から政治の師となった町田の生涯を追った伝記であり、昭和戦前期の記述に自らの歩みを重ね併せている節があるとはいえ（特に民政党関連の記述に関しては『三代回顧録』と似たところが少なくない）、あくまで町田の伝記である。松村がその都度の関心について語った新聞記事・雑誌記事は散見される。ご遺族が編まれた資料集『花好月圓』（私家版、一九七七年）や木村時夫他編『松村謙三』資料編（櫻田會、一九九八年）には主な記事が収録されており便利である。また、筆者は、松村とも縁の深い櫻田會の助成金を得て、未整理であった一連の松村家文書を整理中であり、没後五〇周年にあたり、松村謙三記念館（南砺市福光）も同館所蔵の史資料の整理を本格化している。さらに、富山県南砺市中央図書館も一部史資料を保管しており、併せて整理が進められている。

こうした史資料が今後の松村研究の基礎となることは間違いないが、一九七一年八月二一日、松村謙三が八八歳八カ月の生涯を終えた時に、松村自身の息遣いを通してその生涯をふり返るよすがとなったのは、やはり『三代回顧録』であった。なお、松村には『私の自叙伝』（一九五六年四月連載。翌五七年に単行本化）もあるがごく短いものに過ぎない。現在残されている松村の様々な記録を整理してきた立場からいっても、松村の語りおろしになる『三代回顧録』は、松村の「人間性や時代の背景」を知る上で[6]、また、彼の政治哲学を知る上で、まず手にすべき最も重要な手がかりであると断言できる。

四

ところで、松村没後、最も雄弁に松村の足跡について発言し続けたのは、前述の田川であった。その田川の提示した松村像が、現在の定説となっていると言ってよい。

特に、戦後の松村が保守合同に批判的な「保守二党論」者であり、また党人派と言われた非官僚出身者の代表的政治家であり、日本と中国との関係改善を模索した人物であったことは、田川が前述の著作で繰り返し語ってきたところである。このような松村像は、例えば松村ファンの一人であったジャーナリスト桑田弘一郎「吉田茂と松村謙三」『朝日ジャーナル』（一九七二年一二月二二日号）にも見受けられる。ただ、田川は吉田茂や佐藤栄作らいわゆる保守本流の対抗者として松村を捉える一方、桑田はそうした路線の補完者として語るというニュアンスの違いがある。この点は、松村謙三という政治家を再検討する際の大きなヒントの一つとなりうると思われる（後述の「六」「七」を参照）。

松村という人物が、いわゆる保守本流と異なる系譜に属するという論点は、現在も、戦後政治に関心を持つ読者の関心事の一つであろう。実際、松村が敗戦直後の農林大臣時代に農地改革の先鞭をつけたことや、福祉や中小企業擁護に熱心であった民政党総裁を務めた町田忠治の薫陶を受け、戦後もそうした政策に熱心であったこと、またそうした政策を推進した改進党に所属したこともあり、「保守」のイメージとは異なる松村の進歩的性格を疑う者はほとんどいない。田川は、朝日新聞記者時代に改進党を取材した経験から、松村のこうした側面を最もよく理解していた。その後も、松村の清貧の政治家として性格、その誠実な人柄、信念の強さを田川は熟知するようになる。

一九八〇年代に入ると、田川は、こうした松村の政治姿勢を「松村精神」と呼び改めて強調する。その清らかで情熱的な政治姿勢を継承すべきと考える政治家・支援者も少なくなかった。そうした松村の政治姿勢が、自民党の代表的な首領たちとは一線を画していることは確かであり、例えば佐高信『正言は反のごとし』（講談社文庫、一九九五年）などにみられるように、その後の世代の松村像にも受け継がれていった。

五

だが、改めて『三代回顧録』の出版の頃をふり返ってみると、当時、評論家として売り出し始めた藤原弘達が、日本経済新聞に掲載した同書の書評に興味ある記述がある。藤原は、「（著者の）松村老は、いまの日本の政治家のなかで、最も保守主義者らしい保守主義者だといってよかろう」とその書評を書きだしている。さらに、「保守主義者というのは、こういう人間だという証明のような語り方」で書かれているこの本は「読んでいて楽しい」と評価するのである。筆者は、松村を、反主流の人物や進歩的政治家と定義するのは間違いだと言いたいのではない。そうではなく、そうした側面がある故に彼を評価するのではなく、正面から「保守主義者」と捉え、その側面を評価するこの視点には、松村謙三という政治家を再評価する重要なヒントがあるように思うのである。(7)

松村と田川誠一〔1958 年〕

そもそも、「保守」とか「保守主義」という言葉は、一般にどのような意味で使われるのであろうか。特に戦後日本政治を語る際に「保守」という場合、そこには社会党や共産党などの「革新」勢力ではなく（今日では「革新」という言葉はほぼ廃れ、「リベラル」という呼び方が一般的になっているが）、「保守」勢力に分類される自民党に属したという意味が持たされるであろう。松村は、保守合同には批判的だったが、結局自民党に入ったのだから、「保守」政治家と分類されるほかないのだろう。また、そこには、戦中派や戦前派の「古い」政治家という含意もあろう。この点でも、一八八三(明治一六)年生まれの松村の、その意味での「古さ」は事実として否定できないであろう。

しかし、藤原に言わせれば、「保守主義」とは、そういった形式的なものではなかった。それは「過去の良いものをできるだけ守りながら、変転する未来へ対処してゆくこと」を意味する政治姿勢のことである。[8] 例えば『広辞苑』を引いて見ても(なお、『広辞苑』の編者の新村出は松村家の縁戚にあたる)、保守とは、「古くからの制度・習慣・考え方などを守り、急激な改革を避けようとすること。また、その立場」とされる。つまり、失ってはならない大切な何かを保存はするけれども、変化を否定するものではない。むしろその何かを変化から守りながら、漸進主義的改革を進めることが「保守主義」の核心なのである。

他方で、日本における「保守」、特に戦後日本におけるそれには、論者によって様々な意味がこめられてきた。ある論者によれば、「保守」とは、ある政策体系に支えられる政治的選好ととらえられるものであり、所属する政党や気分や価値体系のことではない。別の論者によれば、戦後の「革新」勢力を、戦前を否定し、新しい民主主義を根付かせることができると考える典型的な合理主義的態度こそが評価すべきものであり、「保守」あるいは「保守主義」は、あらゆる面で戦後革新と対立する思想となる。世界観の対立というべきこの対立の中では、松村のような「保守」の中の「進歩派」の可能性などは日和見主義的すぎるし、幻想に過ぎなくなってしまう。また「保守」にも本流なるものがあり、傍流なるものもあるとされるが、それらはいったい誰に体現されるどういうものなのかも多様な定義がなされてきた。また松村も表明するところの保守二党論も、どこに二党の線引きをするのかをめぐって実に様々な議論がなされてきた(9)。

二一世紀の現在において重要なのは、こうした定義や議論の跡を追うのではなく、まずは松村謙三という人物が考える政治のかたちや国のかたちを改めて捉え直すことであろう。昔からある古典的な研究手法であるが、それを地道に進めることは、リベラルがここまで弱体化し、保守が次の国のかたちや社会のありかたを考えねばならなくなっている今日の日本において、新しい意味を持つかもしれない。

つまり、『三代回顧録』の魅力とは、松村が保守と変化、伝統と進歩のバランスをどのような視点から見通していたのか、国内においていわゆる「五五年体制」が成立した時代、国際的には冷戦がエスカレートし、危機が連続し、大躍進から文化大革命へと移り行く中国政治の混乱と核開発の成功が、そうした動乱期の国際関係をさらに複雑にし、日本政治が新たな分裂の火種を抱えていく時代に、いったい何を守ろうとし、現状の何に不満をもち、何を変えようとしているのかが、松村の語りを通して、読者に伝わってくる点にあると言えるように思われるのである。

六

そうした例を本書からいくつかとり上げてみよう。例えば、本書の初めに展開されるのは、松村の恩師・山本宗平という人物の話である。四五年もの間、地元・福光で教師をし、祖父の代から松村家が様々な相談に乗ってもらっていた山本を軸に、松村は、福光の歴史、また、島田孝之など越中改進党を熱烈に支持した松村家のこと、そして、自分を支えてくれた地元の支援者との長く、暖かい友情と彼等からの信頼に対する深い感謝を、繰り返し語り始める。そうしたものへの深い感謝と愛情は、母校・早稲田の教師や学生、また、大隈重信を軸にした政治家に対しても向けられる。大隈はもちろん、高田早苗、坪内逍遥、山田三良らたくさんの早稲田の名物教師が本書には登場する。

中でも松村が感慨深く語っているのは、大隈を除けば安部磯雄、青柳篤恒のことである。大隈については第3章第一節が、例えば、大隈と夫人との関係や大隈が白瀬矗の南極探検後援会長となったくだりなど、微笑ましい挿話にあふれている（なお、松村は文部大臣時代に自らも南極観測推進統合本部長となっているが、それも大隈への敬意の表れかもしれない）[10]。安部に対しては、安部のサミュエル・スマイルズの品性論の話を聞き、「火のような正義感を、水のように静かに説かれた。私の青年の日の感激であった」と語っている。松村にとって、安部の存在は、山本と並んで別格の敬意を受けるべきものであったようである。また安部との縁を通じて、松村は片山哲や西尾末広などの社会党員との親交を結んでいる（第1章第七節）[11]。青柳については、日露戦争時に清朝末期の中国大陸に渡ったことを回想している（同章第九節）。こうしたことは、政治家松村が大事にしていたものを明示している。すなわち、「家」「家族」「ふるさと」「師」そして「仲間」である[12]。

また、松村は尊皇家であった。昭和天皇の即位の大礼に、代議士となったばかりの松村が感激のうちに出席した記録が松村家文書に残されている。『三代回顧録』においても、敗戦直後の伊勢神宮ご親拝の様子が感激の下に語られている（第7章第十節）。松村は戦後も尊皇家のままであった。なお、戦後の新憲法におけるいわゆる「象徴」論議について松村は賛成の態度を示したが、憲法改正時の極東委員会とマッカーサーとの微妙な権限関係にも気がついていたようである（第8章第三節）。

政策理念の面ではどうだったであろうか。本書には触れられていないが松村は、かつて明治初期の儒者であった中村敬宇の翻訳原稿を大事にしていた（なお、縁戚にあたる松村西荘は敬宇の弟子であった）。中でも先にも触れたスマイルズの著作「西国立志編」の中村訳による次の一節を好んだ。すなわち「地球萬國當ニ学問文芸ヲ以テ相交リ利用厚生ノ道互ニ相貿易シ彼此安康ニ共ニ福祉ヲ受ケシムベシ……此ノ如クナレバ則亦甲兵鈍砲ノ用アランヤ」という一節である。[13] この点で気がつくのは、『三代回顧録』において、松村が幣原喜重郎の回想にかなり多くのページを割いていることである（第7章第四節および第8章）。公職追放時代の日記を見てもしばしば幣原と面会している記述がある。また、松村は、幣原内閣で同僚であった吉田茂とも、実は馬が合った（第9章第八節）。それは、松村が、大正期日本に充満した経済重視のリベラル外交路線を戦後に至るまで好んでおり、その意味でいわゆる幣原外交や吉田外交と言われる路線に親近感を有していたことを示唆する。また、民政党の政務調査会長時代には、松村構想とでもいうべき農業技術による日中提携構想を提示していることが確認できる。それは、武力によらず、当時の卓越した日本の技術による、農民たちによる日中提携構想というべきものであり、その意味でリベラルな構想と言い得るものであった。[14]

さらに、彼の師である町田忠治も幣原や吉田とは深い親交を結んでいる。その町田は、中小企業の保護に熱心であったが、松村もその路線を引き継いでおり、改進党は福祉国家路線を推進した。松村はこの点でも戦前の民政党の政策理念を受け継いでいたと言ってよい。[15]

戦前から変わらないものと言えば、松村の中国への熱意もそうであった。松村が大学卒業時に中国を視察し、その後も中国大陸にしばしば渡ろうとしていることは（特に一九二三年の永井柳太郎との中国旅行の関連の史料が松村家文書に多数残されている）、本書で繰り返し書かれているところである（第2章第二節）。しばしば取り上げられる『三代回顧録』の一節は、松村が済南事件に関する民政党の慰問団の一員として渡米した際に、偶然にも張作霖爆殺事件時に遭遇した部分である。松村の筆は、元ジャーナリストの面目躍如というべく、観察眼に優れ、分析も鋭い（第4章第八節）。さらに戦時中には、満洲における食糧増産計画にも関わった。一九四三（昭和一八）年には満洲国にわたる途中で九死に一生を得ているし（第6章第六節）、叔父の谷村一太郎と親しかった小川郷太郎に請われ、共にビルマにいき、農政に腕を振るうことも検討している（同章第五節参照）。松村には、こうした大陸やアジアに雄飛したいという冒険心にあふれたところがあった。また、中国語の指南を受け、共に中国に渡った青柳も、今では忘れられているが、戦前に活躍した「支那通」の一人であったし、松村は昭和戦前期を代表する支那通と言ってよい神尾茂や神田正雄などとも親しかった（第1章第九節など）。また、本書にも登場する福田千之は、大陸で活躍した縁戚にあたる人物であった（第2章第四節）[16]。

ところで、後年の松村は所謂九条改正には反対の態度をとっていた。しかし、彼が入閣した鳩山内閣は、選挙区改正を梃に、一気に憲法改正を目論んだ。その際、松村は旧友の三木武吉に対し、次のように語った。「憲法改正のような重大事をば、早急に断行しようなどと、むやみにあせるのは間違いのもとだ。……よい例が、明治憲法の制定で、これにならうべきだ……激化した議論の冷却時間（をとり）……国民歓喜のうちに、欽定憲法の発布をみたのだが、こういう前例があるのに、なぜこれにかんがみようとせぬのであるか」（第8章第四節）。松村は、改正に原則論として反対ではなかったようである。むしろ、慎重かつ漸進的な改正と国民に歓迎される方法とを切望していたのである。この点も興味深いといえよう。

七

以上のように見てくると、戦後に至っても松村は、古くからある共同体を大事にし、伝統を重視し、政策的にはアジアへの強い関心をもち、同時に戦前の憲政会―民政党系の主流派のそれにほぼ忠実であった。ある書評子が「とくに評者はこの書を読みながら……憲政会―民政党系政治家が日本政治史上に占める意義について再検討再評価する必要を痛感した」と言っているが、確かにそれは「一貫して改進党系の流れをくむ政治家たることを誇りとする著者（松村）がひそかに望む」ことであったかもしれない。[17]だが、松村を政友会に対する保守第二党あるいは保守傍流の政治家と頭から決めて受けてかかることは危険である。松村は、何よりも、郷土にしっかりした政治基盤を有する政治家であり、戦前のリベラリズムの強い影響を受け、武力発展の限界を自覚しつつ、アジアに日本の経済的な影響を拡大してゆくという、戦前のリベラリストにかなりの程度共通する政治哲学を有していた政治家であったということをまず理解すべきである。戦後の反自民党主流という政治姿勢は、政局がもたらした結果に過ぎない。

しかも、民政党は一九三〇年代には準与党的立場に立つこともあったとはいえ、松村が家庭の事情から郷里の家業を継ぎ、ようやく代議士となった一九二八年頃から、政党や議会は日本政治に主流から零れ落ち始めたことにも注意したい。民政党は、その時代にようやく政権をとり得る政党となったのであったが、その理想は十分に実現できなかった。『三代回顧録』で、代議士当選当初は中国にばかり目が向いていたと述懐する松村は、町田忠治農相に秘書官として鍛えられ、実は、昭和戦前・戦時・そして敗戦直後の日本の議会政治の凋落と抵抗、そして復活を、民政党の総裁となった町田の傍らで見てきた人物である。『町田忠治翁傳』には次のようにある。「（町田忠治）翁は非常に熱烈な立憲主義者であった。政党、議会主義者であつた。……政党が解消してもなほ日本が純然たるナチスとならず、幕府とならず、議会の性格も変わらず、内地作戦のドン底まで行かなかつたのは、陛下のお力であるとともに、消極的ではあつたが、翁等の頑固な、立憲、議会主義の抵抗が興つて力あつたともいへる」。これは、町田の傍で、民政党の総務・政務調査会長として、その歴史を生きた政治家松村の実感ではなかった

文部大臣時代の松村。山形県中川第二小学校視察〔1955年9月14日〕

か。[18] 第6章では、そうした歴史が松村の言葉として語られており、本書の白眉の一つである。

こうしたことから考えると、松村が「保守主義者」であるとして、政治家松村が保持し、守ろうとしているのは、実は、「戦前政治そのもの」ではなかったように思われる。それは、松村らが必死に守ろうとした日本の議会政治の理想、松村が『町田忠治翁傳』で使っている当時の言葉をそのまま用いれば「立憲政治」の理想だったのではないだろうか。それは確かに存在してはいたが「未発のままに終わった可能性」と言いかえることもできる。それが、松村を、良き伝統はあくまで守るという意味で保守的であり、理想を追い求めるという意味で極めて進歩的な、深みのある政治家にした理由の一半であったろう。

しかも、繰り返すように、こうした政治姿勢は、松村のごく身近にあった伝統であった。越中改進党の熱烈な支持者であった家の記憶、土地の香り、明治以来の自由民権運動の歴史や早稲田時代に多くの一流の知識人から薫陶を受けたその記憶、そして、護憲運動の中から政党内閣を生み出し、動乱の時代に軍や革新官僚と戦った民政党の歴史が合わさって、松村の政治哲学を築いている。それが、本書から漏れ聞こえてくる息遣いであり、見えてくる風景である。また、そうした「未完の立憲政治」を生きた群像の肌触りも鮮明である。その中では、永井柳太郎や中野正剛のように、かつて親しく、やがて袂を分かった人物も、記憶すべき人物として語られる。特に永井に関しては、愛情あふれる記述が読むものの胸をうつ。第5章以降、特に第9章の人物譚は、それぞれが味わい深い。また、田淵豊吉や飯野吉三郎、西能源四郎のような破天荒な人物も、忘れがたい人物として登場している。それらもこの歴史の名脇役たちなのである。

果たして、戦後の日本政治は、こうしたある意味雑多ではあるが豊饒な歴史や理想像を、どこまで受け継いだのだろうか。二一世紀の現在から見て、そうした伝統を体現している人物の息遣いや彼らの見た風景を、どれだけ理解できるかもわからない。しかし、松村没後半世紀を経た今、戦前・戦時・戦後の松村が生きた時代同様の厳しい国際対立や格差が新たに台頭している中、現在そして未来の日本が探し求めている政治のかたち、国のかたちを考える際のヒントをそこに求めてみたい。

もちろん、それは、将来、松村の残した史資料の公開と利用によって補完されるものであろう。若き日のことや戦後の農地改革の詳細、教育改革や本書刊行以後の政界のことや訪中の事など、本書では十分に語られていないことも少なくない。松村が戦後における教育の停滞を明治にかこつけて語っているところや（第3章第四節、第7章第三節）、戦前からの農業政策を展望しつつ、また戦後の食糧難の責任者となった経験から、国際農業への強い批判を持っていたことも（第7章）、一顧の価値があるに違いない。そうしたもののいくつかは、筆者らが整理している記録を紐解くことでより明らかにすることができる。また、戦後の松村は、訪中の際に外務省とかなり緊密な連携をとっていたことが外交記録から明らかになっている。さらに、松村は「政治的に解決しなければならない大きな課題は、まさにその国を代表するものがでていってやるべきもので、個人の資格なんかでチョロチョロ行くものがやるべきでない」と語っていたと言うが、これは五度にわたる訪中の政治的意味合いを再考させる一つのヒントとなろう。[19] 最後に、訪中時の発言を見ても、松村が単純な親中派であったとは到底言えない。一九六四（昭和三九）年には早稲田大学において、日本もこのまま慢心していては「下手すると中国からこっちが見下される」とも語っている。[20] 松村は熱烈な愛国者であり、中国との交渉でしばしば周恩来ら要人と渡り合った。自主独立志向が強かった外交官・重光葵を改進党総裁に推薦した背景にも、重光の外交構想にある種の共鳴があったからであるとも考えられる。幣原や吉田との関係を含め、興味深い論点である。

本復刊が、こうしたことを含め、松村への関心を広く喚起し、多角的な研究を促進する一助となることを切に望む次第である。筆者も引き続き、史資料の公開と復刻に、努力していきたい。

最後の中国訪問〔1970 年 3 月〕

復刊に資しては、貴重な史資料の整理をお任せいただいた松村壽・美佐子ご夫妻、田中俊六・奈津子ご夫妻、濱本良一・なほ子ご夫妻、虎石ゆう子様をはじめ、松村家の皆様にはお礼申し上げる。濱本様お二人には、いつも現代中国を見る視点をご教示賜わり、多くの出会いを作っていただいた。また、松村壽様には、本復刊にあわせて松村家の系図を作成いただいた。故松村襄二様、故松村進様、故小堀治子様、平山久雄様には、秘書をされた際の想い出や戦後の第一次訪中に同行された際の印象、政界でのお付き合いなど、ご尊父の想い出を様々にお話しいただいた。本書の復刊および史資料整理に一貫してご援助いただいている櫻田會の皆様、特に増田勝彦理事長・三千代理事には、この場をかりてお礼申し上げる。

富山県福光では、まるで私のもう一つの故郷のように、いつも温かい歓迎を受けている。松村謙三顕彰会の故桃野忠義様、川合声一様、また、四方正治様、橘慶一郎様、そして、松村記念会館の皆様、特に奥野芳隆様、竹澤一秀様、鵜野幸男様、鳥越知証様、辻澤功様、土居敬生様、谷本亙様には、長年のお付き合いに改めて感謝申し上げる。

註

(1) 『三代回顧録』を論じた代表的なものに、田川誠一『一冊の本』(共同印刷、一九七七年)。最近のものとして、保坂正康「松村謙三『三代回顧録』」(『政治家と回想録』講談社文庫、二〇〇六年所収)。
(2) 前掲、田川『一冊の本』四頁。なお、松村の文部大臣辞任の意味については、筆者の田川誠一氏へのインタビューによる。
(3) 『北日本新聞』一九六四年九月二六日付。
(4) 中保与作「松村氏の『三代回顧録』(上)」(『北日本新聞』一九六四年一〇月一九日付)。
(5) 木村時夫『松村謙三』上巻(櫻田會、一九九八年)、三六－三七頁。
(6) 前掲、田川『一冊の本』四頁。
(7) 藤原弘達「淡々とした側面史　松村謙三『三代回顧録』」(『日本経済新聞』一九六四年九月二一日付)。
(8) 同上。
(9) こうした点については、増田弘編『戦後保守政治家の群像』(ミネルヴァ書房、近刊)を参照のこと。筆者は「保守第二党がめざしたこの国のかたち――松村謙三と重光葵」を寄稿している。

(10) なお、白瀬矗のくだりや松村が画家菊地左馬太郎に山本宗平の銅像を依頼する下り（第4章第四節）に登場する谷村一太郎という人物は、松村の叔父にあたる（系図を参照のこと）。藤本ビルブローカー銀行の頭取（今の大和証券の前身の一つ）であって、若き松村の指南役の一人であった。

(11) 松村は、昭和三〇年代半ばに、社会党右派との連携あるいは新党を構想していたことがあったというが、西尾らに「私たちは生れた家が違う」として拒否されたという（松村嚢二氏談）。

(12) この時の紀行文は、木村時夫他編『松村謙三』資料編（櫻田會、一九九八年）に掲載されている。また、中国より帰国後に書かれた卒業論文も同書に復刻されているので参照されたい。

(13) 松村謙三「敬宇先生の遺稿」（一九一二年）（『花好月圓』私家版、一九七七年）七六－七七頁。

(14) 松村謙三「新支那建設の捷径　日満支の農業提携」（『朝日新聞』一九三八年一一月一〇日付）、同「日満支共存共栄へ」（『読売新聞』一九三九年一月四日付）。

(15) 田名部康範「日本の保守勢力における福祉国家論の諸潮流――一九五〇年代を中心として」（『社会政策』二（三）、二〇一一年）。

(16) 松村は、公職追放中、福田が銀座に開業したロシア料理店「トロイカ」でしばしば人と会っていたという（平山久雄氏談）。

(17) 八代建朗「松村謙三『三代回顧録』」（『サンデー毎日』一九六四年一二月二九日号）。

(18) 松村謙三『町田忠治翁傳』（東洋経済新報社、一九五〇年）七頁。

(19) 青島幸男・河野洋平・横路孝弘・塩口喜乙「座談会　逆光と力の政治」（『朝日ジャーナル』一九七一年一〇月八日号）一二頁。河野洋平の発言。

(20) 「松村謙三翁を偲んで　中国をめぐって」（一九六四年一一月一三日）（『縣人』第一〇号、早稲田大学富山県学生会、一九七二年四月一日）。なお、松村と中国をめぐっては『山高水長――松村謙三と中国』（松村記念会館、二〇二一年）に若干の新史料が紹介されている。

松村謙三関係略年譜

年（西暦）	年齢	松村謙三関連事項	内外事項
明治16年（1883）	0	**1月24日** 父和一郎、母つやの長男として石川県砺波郡福光新町村四六番地（現在は富山県南砺市福光新町四六番地）に生まれる。曾祖父謙、読書を好み経済を善くしたるに因み、それより三世の後なるを以て謙三と名づけらる。	**1月** 東京に鹿鳴館完成。**3月** 北陸7州自由党懇親会、越中高岡の瑞龍寺で開催。高田事件、越中でも逮捕者が出る。**5月** 富山県が設置される。
明治17年（1884）	1		**7月** 華族令制定。**10月** 自由党解散。秩父事件。
明治18年（1885）	2	母の実家、大谷家、後嗣を喪う。ために母離別して帰る。	**12月** 太政官を廃止し、内閣制度創設、第一次伊藤博文内閣発足。
明治19年（1886）	3	**3月** 篠井氏たみ継母となる。	
明治20年（1887）	4	**1月** 弟尚則生まる。	
明治21年（1888）	5		**4月** 黒田清隆内閣成立。
明治22年（1889）	6		**2月** 大日本帝国憲法発布。**12月** 第一次山縣有朋内閣成立、内閣官制公布。
明治23年（1890）	7	**4月** 福光町立立本小学校入学。山本宗平に強い感化を受ける。 **6月** 妹とよ生まる。	**7月** 第一回衆議院議員総選挙。集会及政社法公布。**9月** 立憲自由党結成。**11月** 第一回帝国議会開院式。

明治24年（1891）	8		**5月** 第一次松方正義内閣成立。
明治25年（1892）	9	**2月** 政府による選挙大干渉の際、金沢盈進社（えいしんしゃ）の壮士、民党弾圧のため福光を襲い、松村宅にも来る。	**2月** 第二回衆議院議員総選挙。**8月** 第二次伊藤博文内閣成立。
明治26年（1893）	10		
明治27年（1894）	11	**3月** 福光町立立本小学校尋常科卒業。**4月** 同高等科入学。	**3月** 第三回衆議院議員総選挙。**7月** 日清戦争。**9月** 第四回衆議院議員総選挙。
明治28年（1895）	12		**4月** 日清講和条約下関で締結。
明治29年（1896）	13		**9月** 第二次松方正義内閣成立。
明治30年（1897）	14	**3月** 福光町立立本小学校高等科卒業。**4月** 富山県第一中学校（後の富山中学）入学。叔母しげの婚家密田家等に寄宿して通学。	
明治31年（1898）	15	**4月** 富山県第二中学校（後の高岡中学）開校により二年生として転入。	**1月** 第三次伊藤博文内閣成立。**3月** 第五回衆議院議員総選挙。**6月** 第一次大隈重信内閣成立。**8月** 第六回衆議院議員総選挙。**10月** 憲政党分裂、憲政党（党首板垣退助）と憲政本党（党首大隈重信）に分かれる。**11月** 第二次山縣有朋内閣成立。
明治32年（1899）	16		
明治33年（1900）	17		**9月** 立憲政友会結成（総裁伊藤博文）。**10月** 第四次伊藤博文内閣成立。
明治34年（1901）	18	**7月** 中学同級生八人と五箇山、飛騨へ徒歩旅行に出発。	**6月** 第一次桂太郎内閣成立。

明治35年（1902）	19	**2月** 校長等排斥ストライキ首謀者の一人となり、二週間停学に処せらる。**3月** 富山県第二中学校卒業（卒業時の成績は一二人中七番）。一期後輩に大橋八郎、河合良成、二期後輩に正力松太郎がいた。同期生に、堀卓次郎、荒木彦弼、寺井勝太郎、宮長平作、高日義海、石田義太郎、津田龍平など。**4月** 東京専門学校（この年の秋に早稲田大学となる）高等予科入学。牛込原町二丁目七一番地の二、静思館に下宿。西田為三と同室。	**1月** 日英同盟締結。**8月** 第七回衆議院議員総選挙。
明治36年（1903）	20	**7月** 早稲田大学高等予科卒業。**9月** 早稲田大学政治経済科入学。越中改進党の強力な支援者であった和一郎は、謙三に島田孝之の紹介状を持たせ、大隈重信、犬養毅、尾崎行雄に会う。坪内逍遥、安部磯雄、高田早苗、浮田和民などの授業を受ける。特に安部磯雄に強い感化を受ける。中国語の勉強に精を出す。	**3月** 第八回衆議院議員総選挙。**7月** 伊藤博文、枢密院議長に就任。
明治37年（1904）	21	**12月** 青柳篤恒教授に引率され早大の学友と共に清国視察旅行に赴く。上海、南京、漢口などを視察（翌年一月に帰国）。	**2月** 日露戦争始まる。**3月** 第九回衆議院議員総選挙。
明治38年（1905）	22	**10月** 早慶野球戦（第一回戦）観戦。	**9月** ポーツマス条約（日露講和条約）調印。
明治39年（1906）	23	**7月** 早稲田大学政治経済科卒業（第二回生）。卒業論文は紆余曲折の末「日本農業恐慌論」とする。一回生に永井柳太郎、同期に関与三郎（文科）、中国語の同期に平野英一郎、山道襄一、牧山耕蔵、春名成章、水島彦一郎、安倍邦太郎、桑島主計ら。この間、中国に教師として赴任する交渉を受けるが断る。また卒業に先立ち、高田早苗からの指名で、初の大学卒業幹部候補の一人として報知新聞社に入社。報知新聞社では経済部に所属。若槻礼次郎（当時次官）などを取材する。社長は箕浦勝人、社主は三木善八、主筆は江藤新作。	**1月** 第一次西園寺公望内閣成立。堺利彦ら日本社会党結成。

明治40年（1907）	24	**6月** 荒井静枝と結婚。秋頃に、名古屋支局長として赴任。伊藤博文を取材する。縁戚の松村桓（毅）と同居。	
明治41年（1908）	25	**5月** 妻静枝死去。**10月** 大阪支局長に転任。鶴の茶屋、堂島に住む。この間、大隈の旅行に随行を命じられたのをきっかけに、頻繁に大隈番として取材を重ねる。	**5月** 第一〇回衆議院議員総選挙。**7月** 第二次桂太郎内閣成立。
明治42年（1909）	26		
明治43年（1910）	27	**3月** 山田こ乃と結婚。**7月** 大阪北浜大火、その報道に奮闘す。堂島の自宅罹災し、堺市浜寺公園内二〇号地に移る。**8月** 姉川流域大地震で伊吹山取材を行う。年末、香川県丸亀での福来友吉東京帝国大学教授による長尾郁子の千里眼実験に立ち会う。	**3月** 憲政本党解散、立憲国民党結成（総裁犬養毅）。**8月** 韓国併合条約調印。
明治44年（1911）	28	**2月** 長男正直生まる。**5月** 本社へ転任、企画部を主宰する。早稲田南町四八番地に住む。**8月** 祖父清治死去。	**8月** 第二次西園寺公望内閣成立。**10月** 辛亥革命。
明治45年 大正元年（1912）	29	**1月** 父和一郎死去。夏、報知新聞社を辞して郷里富山県福光町に帰り、家業薬種商を継ぐ。以後、家事整理、所有山林の植林などに従事。	**1月** 孫文が中華民国臨時大総統に就任。**5月** 第一一回衆議院議員総選挙。**7月** 明治天皇逝去、大正と改元。**12月** 第三次桂太郎内閣成立。
大正2年（1913）	30	菊池素空画伯の助力を仰ぎ井口仁志氏と共にＭＩ商会（太平木工社の前身）を興す。菊地左馬太郎とともに北欧の塗料を用いた木工細工を福光に導入を試みる。**7月** 長女はな子生まる。	**2月** 第一次山本権兵衛内閣成立。**10月** 袁世凱、中華民国大総統に就任。**12月** 立憲同志会結成（総裁加藤高明）。
大正3年（1914）	31		**4月** 第二次大隈重信内閣成立。**7月** 第一次世界大戦勃発。
大正4年（1915）	32		

大正5年（1916）	33	**1月** 次女治子生まる。	**10月** 寺内正毅内閣成立。憲政会結成（総裁加藤高明）。
大正6年（1917）	34	**4月** 福光町会議員に当選。	**4月** 第一三回衆議院議員総選挙。**10月** ロシア十月革命起こり、ソヴィエト政府誕生。
大正7年（1918）	35	**7月** 三女敏子生まる。	**8月** 米騒動富山県下に起こり、全国に拡大。**9月** 原敬内閣成立。**11月** 第一次世界大戦終わる。
大正8年（1919）	36	**9月** 富山県会議員に当選。根尾宗四郎、高広次平、北六一郎、島荘次、砂土居次郎平、桜井宗一郎、武部毅吉、高広政之助らに支えられる。この間、県知事東園基光と常願寺改修問題、県営電力会社設立問題でやりあう。	**5月** 五・四運動。**6月** ヴェルサイユ条約調印。
大正9年（1920）	37	**12月** 次男襄二生まる。	**1月** 国際連盟に正式加入。**5月** 第一四回衆議院議員総選挙。
大正10年（1921）	38	**4月** 福光町会議員（二級）当選。	**7月** 中国共産党結成。**11月** 原首相東京駅で刺殺される。高橋是清政友会内閣成立。
大正11年（1922）	39	**1月** 大隈重信の葬儀に出席。	**1月** 大隈重信死去。**2月** ワシントン海軍条約調印。**6月** 加藤友三郎内閣成立。
大正12年（1923）	40	**1月** 福光町耕地整理組合組合長となる。**8月** 永井柳太郎氏、平野英一郎氏と共に中国旅行に出発。青島で田辺郁太郎に世話になる（九月に帰国）。**9月** 富山県議員落選（依頼状も書かない、演説もしないと宣言したため）。	**9月** 関東大震災。第二次山本権兵衛内閣成立。**12月** 虎の門事件。

大正13年（1924）	41	**1月** 三男甲子郎生まる。総選挙への立候補を進められるが、野村嘉六（憲政会）への遠慮もあり、出馬を断念。	**1月** 清浦奎吾内閣成立。第二次護憲運動。床次竹二郎ら、一四九名で政友本党を結成。**5月** 第一五回衆議院議員総選挙。**6月** 加藤高明護憲三派内閣成立。**11月** 第九師団の陸軍北陸方面特別大演習挙行される。
大正14年（1925）	42	**4月** 福光町会議員当選。**5月** 福光町耕地整理工事終了。	**5月** 普通選挙法公布。治安維持法施行。**8月** 第二次加藤高明憲政会内閣成立。
大正15年 昭和元年（1926）	43	**12月** 四男進生まる。	**1月** 若槻礼次郎内閣成立。**3月** 労働農民党結成（委員長杉山元治郎）。**12月** 社会民衆党結成（委員長安部磯雄）、日本労働党結成（書記長三輪寿壮）。大正天皇逝去、昭和と改元。
昭和2年（1927）	44		**3月** 金融恐慌勃発。**4月** 田中義一政友会内閣成立。**6月** 憲政会・政友本党合同、立憲民政党結成（総裁浜口雄幸）。
昭和3年（1928）	45	**2月** 衆議院議員富山県第二区より出馬し、二位で当選（当選一回）。新宿三光町大沢氏方に寄宿。**5月** 民政党済南事件視察団に加わり済南に赴く。帰途奉天にて張作霖爆死事件に遭遇、現地で情報を集め、帰国して浜口総裁に報告。同行者は、山道襄一、小山倉之助、神田正雄、森峰一、岸衛、松村の六名。**11月** 即位大典に出席。	**2月** 第一六回衆議院議員総選挙（普通選挙法による最初の総選挙）。**3月** 三・一五事件。**6月** 張作霖、関東軍の謀略により爆死（満州某重大事件）。

昭和4年（1929）	46	**7月** 町田忠治が農相となる際に、山森利一を推薦するが、安達謙蔵の推薦で、自身が大臣秘書官となる。麹町富士見町の宿舎に住む。従五位に叙せらる。	**7月** 張作霖事件の責任を追及され田中内閣総辞職。浜口雄幸民政党内閣成立。**10月** 世界恐慌はじまる。
昭和5年（1930）	47	**2月** 衆議院議員に最下位で当選（当選二回）。**8月** 妻こ乃死去。	**1月** 金輸出解禁。**2月** 第一七回衆議院議員総選挙。**4月** ロンドン海軍軍縮条約調印。**11月** 浜口首相、東京駅で狙撃され重傷を負う。
昭和6年（1931）	48	**11月** 平山ひさと結婚、市外落合町下落合四丁目一五九三番地に住む。**12月** 農林大臣秘書官を辞す。	**4月** 第二次若槻礼次郎民政党内閣成立。**9月** 満州事変。**12月** 犬養毅政友会内閣成立。
昭和7年（1932）	49	**2月** 衆議院議員当選（当選三回）。**6月** 後藤文夫農相の下で農林参与官となる。政務次官は有馬頼寧。正五位に叙せらる。郷里の民政党機関紙に「犬養首相の兇変は政友会暴政の結果」と書き、協力内閣の官吏として不謹慎なりとして政友会幹部会で糾弾さる。**9月** 米穀委員会委員となる。**11月** 米穀統制調査会臨時委員となる。**12月** 五男久雄生まる。	**3月** 満州国建国宣言。**5月** 五・一五事件。斎藤実内閣成立（挙国一致内閣）。**7月** ドイツ総選挙でナチスが第一党となる。
昭和8年（1933）	50		**1月** 独にヒトラー内閣成立。**3月** 国際連盟脱退。
昭和9年（1934）	51	**4月** 妻ひさ死去。**12月** 財団法人櫻田會理事となる。	**4月** 帝人事件。**7月** 岡田啓介内閣成立。
昭和10年（1935）	52	**1月** 民政党党資部長に留任（就任日は不明）。**12月** 三浦博、長女はな子と結婚、松村家に入籍し家業薬種商を継ぐ。	
昭和11年（1936）	53	**2月** 衆議院議員当選（当選四回）。二・二六事件に際し、町田忠治商相秘書官・野田武夫とともに民政党本部、町田などとの連絡	**2月** 第一九回衆議院議員総選挙。二・二六事件勃発。**3月** 広田弘毅

昭和11年（1936）	53	役をこなす。**4月** 民政党総務となる。 **秋** 小石川区大塚坂下町九一番地に転居。	内閣成立。**11月** 日独防共協定。**12月** 西安事件。
昭和12年（1937）	54	**4月** 衆議院議員当選（当選五回）。**5月** 民政党会計監督となる。第一次近衛内閣成立時に永井柳太郎より逓信政務次官を打診されるが断る。以後、永井と民政党の間の調整役となる。**6月** 貴族院制度調査会員となる。	**2月** 林銑十郎内閣成立。**6月** 第一次近衛文麿内閣成立。**7月** 日中事変。**11月** 日独伊防共協定
昭和13年（1938）	55	**4月** 民政党政務調査会長となる。北支那開発株式会社及び中支那振興株式会社設立委員となる。武部毅吉富山県議会議長救済のため、富山県知事・矢野兼三と対立する。	**4月** 国家総動員法公布。**9月** ミュンヘン会談。
昭和14年（1939）	56	**1月** 農林政務次官となる。農相は桜内幸雄。	**1月** 平沼騏一郎内閣成立。**5月** ノモンハン事件。**8月** 独ソ不可侵条約。**8月** 阿部信行内閣成立。**9月** 第二次世界大戦勃発。
昭和15年（1940）	57	**4月** 民政党総務となる。勲三等旭日中綬章を授与さる。 **夏** 近衛新党、大政翼賛会結成の動きに際し、町田忠治、永井柳太郎の間の調整に奔走する。家族を率いて長野県蓼科高原滝温泉に避暑、蓼科山、横岳に登る。	**1月** 米内光政内閣成立。**7月** 第二次近衛文麿内閣成立。**8月** 民政党解党。**9月** 日独伊三国同盟成立。**10月** 大政翼賛会結成（総裁近衛文麿）。
昭和16年（1941）	58	**5月** 大政翼賛会調査委員会委員となる。	**4月** 日ソ中立条約成立。**7月** 第三次近衛文麿内閣成立。**8月** 大西洋憲章。**10月** 東条英機内閣成立。**12月** 太平洋戦争。
昭和17年（1942）	59	**4月** 衆議院議員当選（当選八回）。**8月** 大政翼賛会第八（国防体	**4月** 第二一回衆議院議員総選挙。

		制）委員長。**9月** 満州国建国一〇周年祝典参列衆議院代表に加わり出発、新京より北京を周り帰国。福田千之（松村桓の実弟）と北京雅叙園で再会（戦後は銀座「トロイカ」を経営）。	**5月** 翼賛政治会結成（総裁阿部信行）。
昭和18年（1943）	60	**10月** 満州派遣国会使節団長として食糧増産交渉のため出発。一行の加藤鯛一、助川啓四郎両氏の分乗せる関釜連絡船崑崙丸、アメリカ潜水艦の攻撃を受け遭難、松村は三〇分の違いで難を免かる。新京で任務を終え急遽帰国。この年、小川郷太郎がビルマ司政長官として赴任するに際し、農政担当として同行を乞われる。	**11月** カイロ宣言。**12月** テヘラン宣言。
昭和19年（1944）	61	**5月** 翼賛政治会総務、政務調査会長となる。**9月** 朝日新聞の座談会で政党復活を唱え、親軍派の攻撃を受く。**12月** 朝鮮及台湾在住民政治処遇調査会委員となる。	**7月** サイパン陥落。**9月** 小磯国昭内閣成立。
昭和20年（1945）	62	**2月** 板橋区石神井谷原町一丁目一五二番地へ疎開。町田忠治、大橋八郎が近所に疎開。**4月** 大日本政治会幹事長となる。このころから、終戦前後の中枢の動きを、町村金五、古井喜実、桜井兵五郎、大橋八郎らから聞く。ソ連仲介の終戦工作の話を富山ホテル滞在中の南次郎総裁に伝える。三男甲子郎死す。**5月** 空襲のため大塚坂下町自宅焼失。**6月** 戦時緊急措置委員会委員となる。**8月** 玉音放送を民政党本部で聞く。東久邇宮内閣に入閣、厚生大臣（前田多門が軽井沢から下山するまで文部大臣兼任）となる。町村や古井から推薦を受け、亀山孝一を次官とする。賀川豊彦と協力して米軍から資材・役員の調達することに成功する。また、軍関係の病院の再編、住宅再建、労働問題対策に従事する。食糧問題で千石興太郎、中島知久平が論争する仲裁を行う。**9月** 従三位に	**2月** ヤルタ会談。**4月** 鈴木貫太郎内閣成立。**5月** ドイツ軍無条件降伏。**8月** 天皇「終戦の詔勅」を録音放送。東久邇宮稔彦王内閣成立。**10月** 幣原喜重郎内閣成立。**11月** 日本社会党結成（書記長片山哲）。日本自由党結成（総裁鳩山一郎）。日本進歩党結成（総裁町田忠治）。**12月** 船田中ら、日本協同党結成。

昭和20年（1945）	62	叙せらる　このころ、町田の「承詔必謹決議」提案説明を執筆する。**10月** 幣原喜重郎からの要請で農林大臣として入閣する。正力松太郎を仲介とし、次官に河合良成を据える。和田博雄、東畑四郎、楠見義男、笹山茂太郎らに支えられ、食糧供出懇請に各地を行脚、また食糧増産問題、畜産の統制解除、農地制度改革案に取り組む。勲二等端宝章を授与される。板橋区石神井谷原一丁目一五四番地（町田忠治氏の疎開先跡）に移る（自身は厚生大臣官邸に住む）。**11月** 閣議で農地制度改革案（三町歩案）を説明。	
昭和21年（1946）	63	**1月** 幣原が内閣総辞職を決意するも、公職追放令該当のため農林大臣を辞す。後任に河合良成を期待するも、三土忠造の希望で副島千八となる。**8月** 公職追放の指定を受く。以後、中野区鷺宮六丁目七五六番地（現状鷺宮五丁目一三番地六号）の山林を拓き仮寓を建て、晴耕雨読の生活を送る。『町田忠治翁伝』の執筆を依嘱される。**11月** 町田の臨終に立ち会う。**12月** 弟尚則死す。	**2月** 公職追放令公布施行。**4月** 第二二回衆議院議員総選挙。**5月** 第一次吉田茂内閣成立。**11月** 日本国憲法公布。**11月** 町田忠治死去。
昭和22年（1947）	64		**3月** 国民協同党結成（書記長三木武夫）。日本進歩党解散し日本民主党結成。**4月** 第一回参議院議員選挙。第二三回衆議院議員総選挙。**5月** 日本国憲法施行。片山哲内閣成立（社会党・民主党連立内閣）。
昭和23年（1948）	65	**12月** 日本棋院より囲碁初段を贈られる。	**3月** 芦田均内閣成立。民主自由党結成（総裁吉田茂）。**10月** 第二次吉田茂内閣成立。
昭和24年（1949）	66		**1月** 第二四回衆議院議員総選挙。**2月** 第三次吉田茂内閣成立。**10月**

			中華人民共和国成立。
昭和25年（1950）	67	**8月**『町田忠治翁伝』刊行。	**1月** 社会党、左右両派に分裂。**3月** 民主自由党、民主党連立派と合同して自由党結成（総裁吉田茂）。**4月** 民主、国協両党合同、国民民主党結成（最高委員長苫米地義三）。**6月** 第二回参議院議員選挙。朝鮮戦争勃発。
昭和26年（1951）	68	**8月** 公職追放指定を取り消される。民政旧友会を組織（のち新政倶楽部と改称）。	**3月** 幣原喜重郎氏死去。**6月** 第一次公職追放解除発表。**8月** 第二次公職追放解除発表。**9月** 対日講和条約調印、日米安全保障条約調印。**10月** 社会党、講和・安保両条約の賛否を巡り左右両派に分裂。
昭和27年（1952）	69	**2月** 改進党結成と共に中央常任委員会議長となる。**3月** 胆嚢炎のため国立東京第一病院に入院（五月退院）。**10月** 衆議院議員当選（当選七回）。	**2月** 国民民主党・新政倶楽部など合して改進党結成、のち総裁に重光葵を迎える。**10月** 第二五回衆議院議員総選挙。自由党鳩山派、民主化同盟を結成。第四次吉田茂内閣成立。
昭和28年（1953）	70	**1月** 衆議院本会議で代表質問。**2月** 母たみ死去。**4月** 衆議院当選（当選八回）。**6月** 農相官邸で急病を発し九段坂病院に入院ついで国立東京第一病院に移る（八月退院）。改進党幹事長となる。**11月** 衆議院予算委員会で質問（食糧統制廃止問題、農業災害対策、軍隊の定義等に関し）。	**3月** 分裂派自由党結成（総裁鳩山一郎）。**4月** 第二六回衆議院議員総選挙。**4月** 第三回参議院議員選挙。**5月** 第五次吉田茂内閣成立。**11月** 鳩山自由党分裂、二一名復党、三木武吉ら残留派八名日本自由党結党。

昭和29年（1954）	71	**2月** 衆議院予算委員会で緊急質問（汚職問題に関し）。**11月** 日本民主党結成と共に、政務調査会会長となる。**12月** 衆議院本会議で吉田首相の施政方針演説に対し質問、内閣退陣を迫る。	**11月** 改進党・日本自由党など合して日本民主党結成（総裁鳩山一郎）。**12月** 第一次鳩山一郎内閣成立。
昭和30年（1955）	72	**2月** 衆議院議員当選（当選九回）。**3月** 第二次鳩山内閣に入閣、文部大臣に任ぜらる。辻政信の依頼で横山大観と会う。甲子園で始球式を行う。国立国会図書館連絡調査委員会委員。**4月** 日教組代表と会見。**6月** 教科書制度大幅改正を表明。**10月** 松田竹千代不在中、臨時に郵政大臣の職務を行う国務大臣となる（一一月九日解除）**11月** 南極地域観測推進統合本部長となる。**11月** 自由民主党顧問となる。**11月** 第二次鳩山内閣総辞職に伴い文部大臣辞任。**12月** 来日中の郭沫若氏と会見、訪中を勧められる。	**2月** 第二七回衆議院議員総選挙。**3月** 第二次鳩山一郎内閣成立。**10月** 両派社会党の統一成る（委員長鈴木茂三郎）。**11月** 保守合同、日本民主党・自由党合して自由民主党を結成（総裁鳩山一郎）。第三次鳩山一郎内閣成立。
昭和31年（1956）	73	**2月** 日本棋院より囲碁二段を贈られる。**3月** 日中文化交流協会設立と共に顧問となる。新生活応援協会設立と共に理事となる。**4月** 新生活運動協会常任理事に互選される。**8月** 鈴木学術財団（鈴木大拙博士記念）設立代表者兼理事長となる。	**7月** 第四回参議院議員選挙。**10月** 日ソ国交回復に関する共同宣言。**12月** 石橋湛山内閣成立。
昭和32年（1957）	74	**1月** 石橋首相の個人特使として中近東・アジア諸国も親善訪問に出発、イラン、イラク、パキスタン、インド、セイロン、シンガポール、オーストラリア、ニュージーランド、インドネシア、タイを訪問（三月帰国）。**3月** 自民党憲法調査会会長就任を要請され断る。**8月** 岸内閣改造に際し農林大臣として入閣を要請され断る。**12月** 来日中の寥承志氏と初めて会う。	**1月** 重光葵死去。**2月** 大麻唯男氏死去。岸信介内閣成立。
昭和33年（1958）	75	**1月**「三代回顧録」北日本新聞に連載開始。**3月** 日本棋院より囲碁四段を贈られる。**5月** 衆議院議員当選（当選一〇回）。選挙応援のため旅行中の青森県にて胆嚢炎を再発、帰京して国立東京第一病院に入院。選挙区にはついに帰れず、病床で当選の報を聞く。	**5月** 第二八回衆議院議員総選挙。**6月** 第二次岸信介内閣成立。**11月** 警察官職務執行法（警職法）改正案をめぐって国会紛糾。

		11月 警職法審議未了を主張。	
昭和34年（1959）	76	1月 自由民主党総裁公選に立候補、岸首相と争い三二〇票対一六六票で敗れる。10月 周恩来首相の招待を受け第一次中国訪問に出発、周首相らと会談の後各地を回る（一二月帰国）。永年在職議員（二五年在職）として衆議院本会議において表彰される。この年、編纂委員長となった『永井柳太郎』（執筆者、中保与作）刊行。	6月 第五回参議院議員選挙。
昭和35年（1960）	77	5月 衆議院における新安保条約の自民党単独採決に反対。7月 自由民主党総裁選挙に立候補するも辞退。善隣外交推進等を条件に石井光次郎候補を推し党人派連合を結成、池田勇人候補に対抗。8月 河野一郎氏から新党構想を打診され、慎重を要望す。11月 衆議院議員当選（当選一一回）。12月 池田首相に日中問題打開を要望。	1月 民主社会党結成（中央執行委員長西尾末広）。5月 日米新安保条約発効。6月 自由民主党総裁公選、池田勇人当選。7月 第一次池田勇人内閣成立。第二九回衆議院議員総選挙。11月 第二次池田勇人内閣成立。
昭和36年（1961）	78	2月「続三代回顧録」北日本新聞に連載開始。5月 中国との囲碁交流に尽くした功により日本棋院より五段を贈られる。8月『甲子郎追悼』（私家版）を刊行。	
昭和37年（1962）	79	1月 米穀管理制度懇談会の座長となる。4月 欧州共同市場（EEC）視察に出発、フランス、ドイツ、イタリア、オランダ、ベルギー、イギリス、スペイン、ポルトガル、デンマーク、スイスの一〇か国を歴訪（五月三一日帰国）。6月 新生活運動協会顧問となる。9月 第二次中国訪問に出発。北京で周恩来首相と会談。10月 早稲田大学より名誉法学博士の学位を贈られる。財団法人櫻田會理事長となる。	7月 第六回参議院議員選挙。
昭和38年（1963）	80	4月 日本愛蘭会会長として中国蘭愛好者代表団（張兆漢団長、孫	11月 第三〇回衆議院議員総選挙。

昭和38年（１９６３）	80	平化副団長）の来日を迎える。**11月** 衆議院議員当選（当選一二回）、最年長議員となる。**12月** 大隈重信生誕一二五周年記念祭（於日比谷公会堂）に発起人代表として参列。	**12月** 第三次池田勇人内閣成立。
昭和39年（１９６４）	81	**4月** 第三次中国訪問に出発（五月帰国）。北京にて松村謙三、廖承志覚え書きを発表。『三代回顧録』出版記念会（於ホテル・ニューオータニ）開かれる。**9月**『三代回顧録』刊行。勲一等旭日大綬章を授けられ、親授式において叙勲者を代表して挨拶する。	**2月** 高碕達之助死去。**7月** 自由民主党総裁選挙、池田勇人三選。**11月** 首相病気のため池田内閣総辞職。佐藤栄作、自民党総裁に指名され第一次佐藤内閣成立。
昭和40年（１９６５）	82	**2月** 自民党外交調査会顧問。**8月** 自民党顧問。	**7月** 第七回参議院議員選挙。河野一郎死去。**8月** 池田勇人死去。
昭和41年（１９６６）	83	**2月** 自民党「アジア・アフリカ問題研究会」の世話人となる。**5月** 第四次中国訪問に出発。**5月** 自民党ＡＡ研で訪中の公式報告を行う。同日世界平和アピール七人委員会主催の中国問題懇談会で保守二党論を提唱、波紋をよぶ。**6月** 福光町名誉町民の称号を贈られる。	**2月** 自民党有志議員、「アジア・アフリカ問題研究会（ＡＡ研）」を設立。
昭和42年（１９６７）	84	**1月** 衆議院議員当選（当選一三回）。**5月** 富山県福光町刀利ダムの完工式に参列。	**1月** 第三一回衆議院議員総選挙。**7月** 櫻田會により建設中の東京櫻田ビル完成。**10月** 吉田茂死去。
昭和43年（１９６８）	85	**2月** 自民党「新政策懇話会」の初会合において講演。	**2月** 自民党反主流派議員を中心とする「新政策懇話会」結成、佐藤内閣の政治、外交政策を批判。
昭和44年（１９６９）	86	**2月** 覚書貿易交渉代表団（古井喜実団長）に周恩来首相あて親書を託す（覚書貿易継続、藤山愛一郎氏訪中につき）。**7月** 富山県立福光高校で行われた立野ヶ原パイロット事業起工式、近隣七地	

		区画場整備事業完成式に出席（郷土入りの最後）。**9月** 次回総選挙に不出馬を声明。**10月** 妹とよ死去。	
昭和45年（1970）	87	**3月** 第五次中国訪問出発。郭沫若氏と会談。周恩来首相と会談（四月帰国）。	**6月** 日米安保条約自動延長。**10月** 佐藤栄作、総裁に四選。
昭和46年（1971）	88	**1月** 満八八歳の誕生日を自宅で祝う。**2月** 国立東京第一病院に入院。**8月21日** 午後九時三〇分、化膿性胆管炎と胆石症のため国立東京第一病院において死去。自宅において密葬（二三日）。日本棋院より囲碁六段を追贈される。従二位に叙し、旭日桐花大綬章を追贈される。**8月25日** 築地本願寺において通夜、同所で「故松村謙三先生を偲ぶ会」開かれる。王国権中日友好協会副会長、葬儀参列のため来日。**8月26日** 築地本願寺において葬儀および告別式。**9月4日** 郷里の福光中学校体育館において福光町葬。夜同所にて追悼演説会開かる。郭沫若氏より中国訪問中の川崎秀二氏を通して松村記念館のために追悼の誄を贈られる。**9月25日** 松村謙三顕影会の醸金により福光町に建設中の「松村記念館」完成、完成式ならびに胸像（松村秀太郎氏作）除幕式行われる。遺骨を福光町坂本の松村家墓地に葬る。**12月** 葬儀の際の厚意に謝するため小堀治子、松村進、覚書貿易交渉団と共に中国へ出発。周恩来首相に会い謝辞を述べる。	**6月** 第九回参議院議員選挙。
昭和47年（1972）		**3月** 松村謙三追悼会催される（於ホテル・ニューオータニ）。**8月** 一周忌に際し、東京小石川護国寺に墓所を設け分骨を葬る。	**7月** 田中角栄内閣成立。**9月** 田中首相、北京で日中共同声明に調印、日中国交正常化成る。

※『三代回顧録』『花好月圓』巻末年表を合体させ、木村時夫『松村謙三』、安藤俊裕「松村謙三」（『政客列伝』）、『三代回顧録』などの記述を参考に作成。

松村家系図

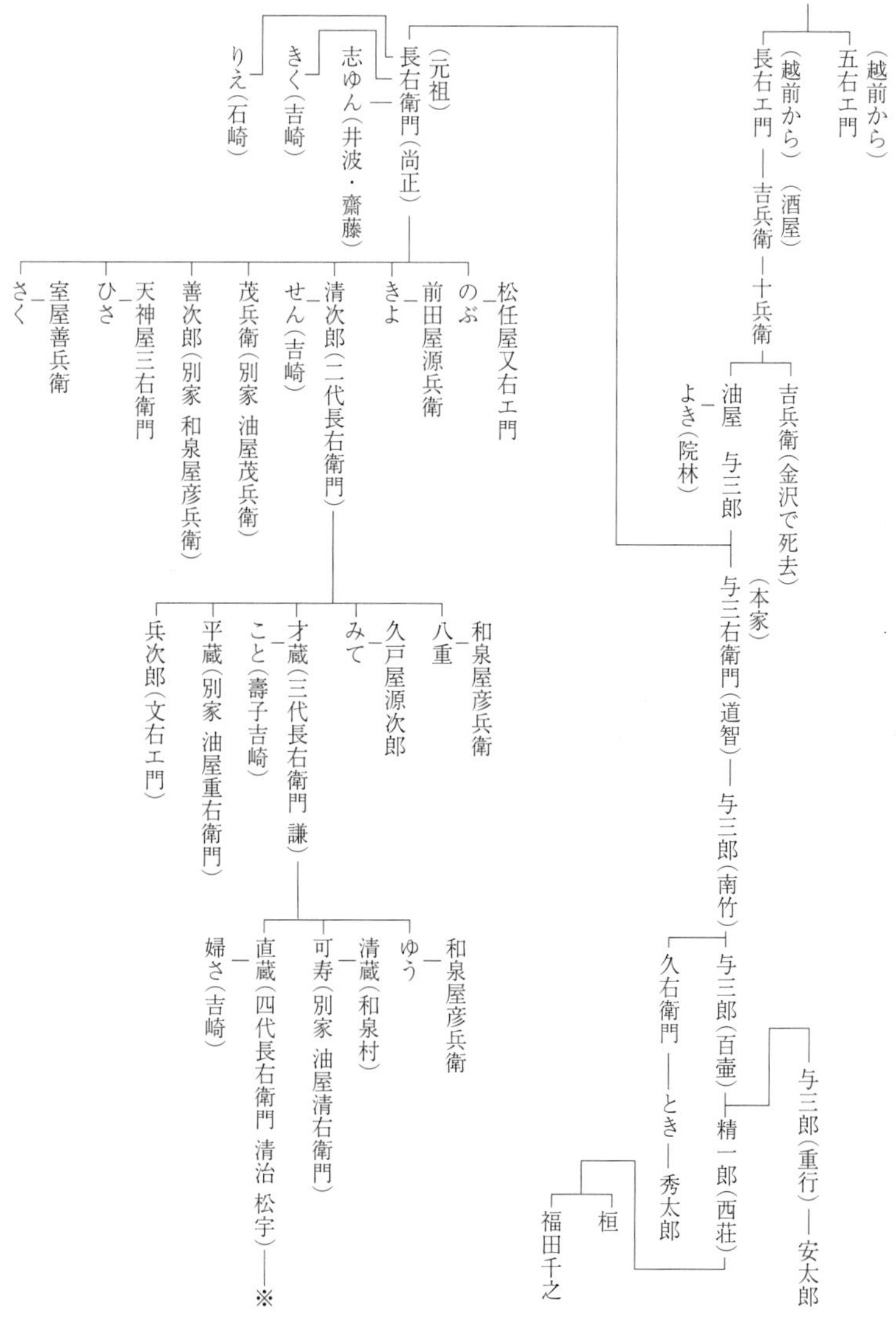
（越前から）五右エ門
（越前から）長右エ門
（酒屋）吉兵衛
十兵衛
吉兵衛（金沢で死去）
油屋　与三郎
よき（院林）
（本家）与三右衛門（道智）
与三郎（南竹）
与三郎（百壷）
与三郎（重行）
安太郎
精一郎（西荘）
久右衛門
とき
秀太郎
桓
福田千之
（元祖）長右衛門（尚正）
志ゆん（井波・齋藤）
きく（吉崎）
りえ（石崎）
松任屋又右エ門
のぶ
前田屋源兵衛
きよ
清次郎（二代長右衛門）
せん（吉崎）
茂兵衛（別家　油屋茂兵衛）
善次郎（別家　和泉屋彦兵衛）
天神屋三右衛門
ひさ
室屋善兵衛
さく
和泉屋彦兵衛
八重
久戸屋源次郎
みて
才蔵（三代長右衛門　謙）
こと（壽子吉崎）
平蔵（別家　油屋重右衛門）
兵次郎（文右エ門）
和泉屋彦兵衛
ゆう
清蔵（和泉村）
可寿（別家　油屋清右衛門）
直蔵（四代長右衛門　清治　松宇）——※
婦さ（吉崎）

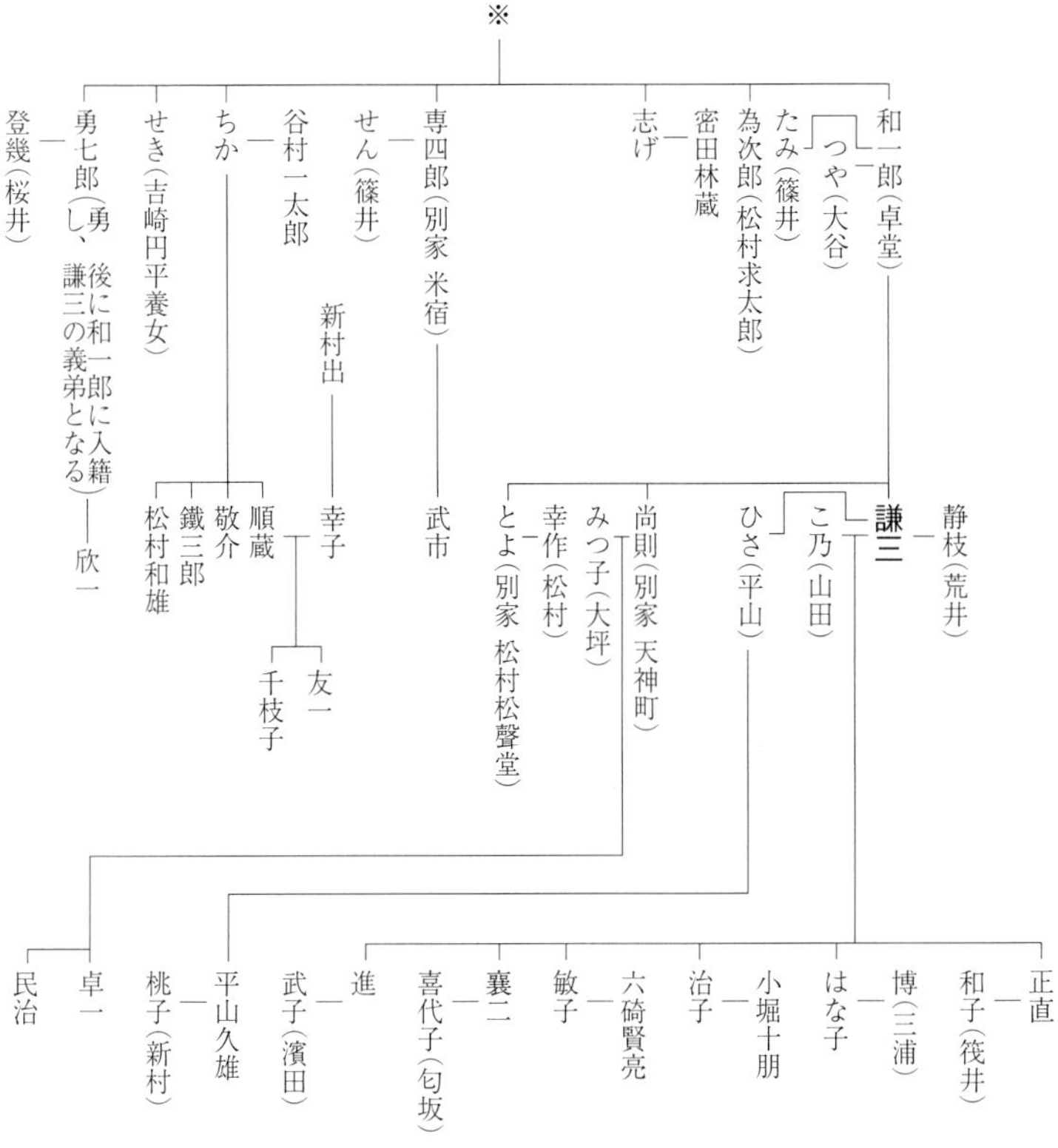
※
和一郎（卓堂）
つや（大谷）
たみ（篠井）
為次郎（松村求太郎）
密田林蔵
志げ
専四郎（別家 米宿）
せん（篠井）
谷村一太郎
ちか
せき（吉崎円平養女）
勇七郎（勇し、後に和一郎に入籍 謙三の義弟となる）
登幾（桜井）
静枝（荒井）
謙三
こ乃（山田）
ひさ（平山）
尚則（別家 天神町）
みつ子（大坪）
幸作（松村）
とよ（別家 松村松聲堂）
武市
新村出
幸子
友一
千枝子
順蔵
敬介
鐵三郎
松村和雄
欣一
正直
和子（筏井）
博（三浦）
はな子
小堀十朋
治子
六碕賢亮
敏子
襄二
喜代子（匂坂）
進
武子（濱田）
平山久雄
桃子（新村）
卓一
民治

＊系図作成協力：松村壽氏

東京都中野区鷺宮の自宅にて、家族らに囲まれて寛ぐ松村謙三

【ら行】

【わ行】

【ま行】

【な行】

【は行】

【た行】

主要人名索引

第 1 章から第 9 章に登場する主要な人物について抽出した。本書の著者である松村謙三は省いている。

【あ行】

編集付記

一、本書は一九六四年に東洋経済新報社から刊行された松村謙三著『三代回顧録』を、武田知己氏の編集のもと改題のうえ復刊するものである。

一、復刊に際しては、掲載写真を新たに選定し直し、明らかな誤記、誤字脱字は改めたほか、第一〇章と一一章を削除した。また、読者の便を考慮して、判明する限り人名にはふりがなを付し、〔 〕にて注を補った。

一、本文中、差別にかかわる語句・表現も見られるが、時代的背景と作品の価値に鑑み、また著者他界によりそのままとした。

吉田書店編集部

著者紹介
松村 謙三（まつむら・けんぞう）
1883（明治16）年、富山県生まれ。早稲田大学政治経済学科卒業後、報知新聞社入社。福光町会議員、富山県会議員を経て、1928年に第16回衆議院議員総選挙（第1回普通選挙）で当選。戦前は連続6回当選（立憲民政党）。戦後いったん公職追放になるものの、解除後に改進党、自由民主党に所属して衆議院議員総選挙で連続7回当選。厚生大臣、農林大臣、文部大臣を歴任。
1971年8月21日、88歳で逝去。

編者紹介
武田 知己（たけだ・ともき）
大東文化大学法学部教授
2000年東京都立大学大学院社会科学研究科博士課程中途退学、博士（政治学）
主な著書に、『重光葵と戦後政治』（吉川弘文館、2002年）、『日本政党史』（共編、吉川弘文館、2011年）など。

松村謙三　三代回顧録

2021年7月15日　初版第1刷発行

著　者　松 村 謙 三
編　者　武 田 知 己
発行者　吉 田 真 也
発行所　合同会社 吉 田 書 店
102-0072　東京都千代田区飯田橋2-9-6 東西館ビル本館32
TEL：03-6272-9172　FAX：03-6272-9173
http://www.yoshidapublishing.com/

装幀　野田和浩
DTP　閏月社
定価はカバーに表示してあります。

印刷・製本　藤原印刷株式会社

ISBN978-4-905497-97-4